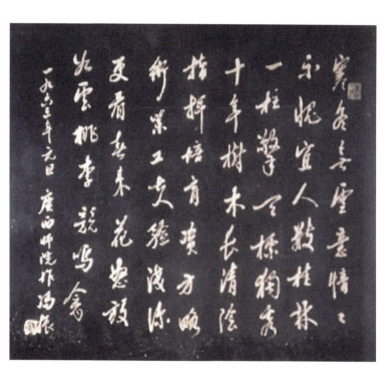

作者校庆日贺诗诗碑，在今广西师大王城校区独秀峰下

（右頁）

又以歲及歿人來相弔盡哀兩不流俗迨逼道固壽多隱德之人何違
止於是　先姚雖不顧緣子中壽以年而人之壽多為之乘去閭省
此上壽之人邪　先姚之遇人與人之術　先姚可知矣
旬春共糜骨褰味無所晼絕少分廿以周貧眷糶飲火而勤抉
操作倆拾仰取不息勤柄將息不可數十年中蓋题一日之假焉
先姚生於前清光緒乙亥夏歷五月二十六日時卒於中華
民國十一年九月二十日巳將事年四十有八歲矣　府君之卒
九十年嗚咪余合而微更校諸弟畫曳　毌氏之訓尚可潯
邧墉哉次子振謹述

（左頁）

北流縣立中學校圖書館記
圖書館記

民國十年秋邑人梁君如堂之聵來長是校惡圖籍缺如校受徵引無
以資參證教學病焉爰謀之校舍成以筆之大紙增置者希彙由欺
務會議之決微收學生圖書費以期稍紫之功其明年更纂集
相賴邦人君子慷慨助得熱二千餘九次第購來具藉邵束菱
度類歐部分雖非大觀亦具體粲然一新先往者承學之士所
誦不過四子五經之書所製不過韓柳歐蘇之文佐事咿唔呫畢以
繼日仲絨標缺伯顧賅目以為大下之美盡任於此
一旦出乎窮鄉觀乎上圖摃浩雅宏博之士乃始瞠目郧步龍槐

《覆瓿集》书影

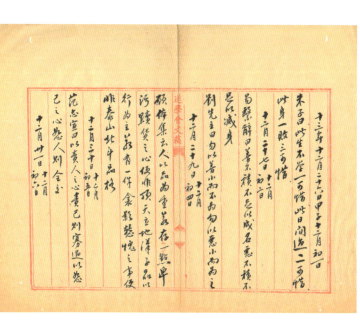

十三年十月二十六日甲子十二月初一日

朱子曰此生不学一可惜此日閒過一可惜

此身一敗三可惜

十二月二七初二日

蜀漢解曰善不積不足以成名惡不積不

足以滅身

十二月二十九日初三日

劉先主曰勿以善小而不為勿以惡小而為之

十二月二十九日十二月初四日

顏綝集云人以品為重蓋在一點卑

污則貨之心偽作頭天立地澤子孫以

行為主莽若有一件余愧悚愧之事使

非春山北斗品格

十二月三十日初五日十二月

范忠宣曰以責人之心責己則寡過以

己之恕恕人則全交

十二月廿一日十二月初六日

進學會文藏

《早会格言》手稿

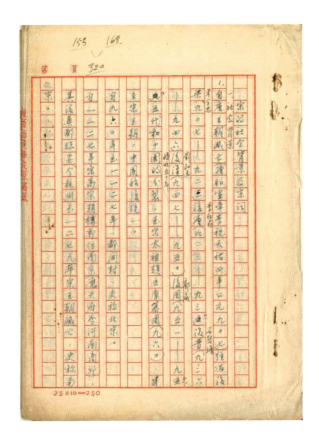

宋的社会背景及宋词

一、社会背景

1、自唐王朝威亡距赵宋李唐天佑四年公元九〇七经溃後

梁九〇七——九二三後唐九二三——九三六後晋九三六

——九四六後漢九四七——九五〇後周九五一——九五

九代和十國的分裂時期共五十年

迄宋太祖赵匡胤篡奪後周九六〇建國都在开封（史称北宋。

自九六〇年至一一二七年，新國封，史称北宋。

自一一二七年宋高宗赵構都偏南京應天府今河南南部

其後東都臨安今杭州至一二七九年宋王朝威亡。史称南

宋。

《宋的社会背景及宋词》讲义手稿

《读书随笔》手稿

《祭亡弟用拚文》手稿

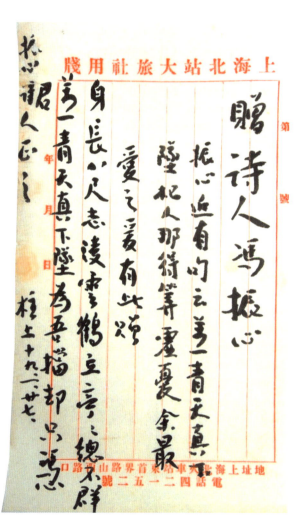

一九三〇年陈柱致作者诗函

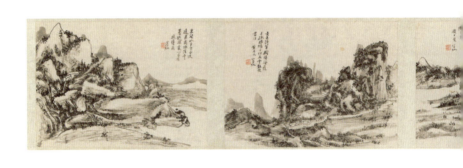

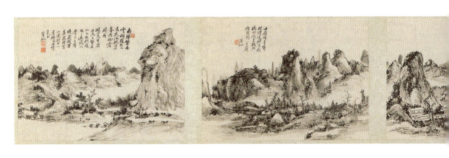

《山围八景图》，一九三五年黄宾虹绘赠作者

比園八景圖

振心仁兄屬書
八十一叟 齊

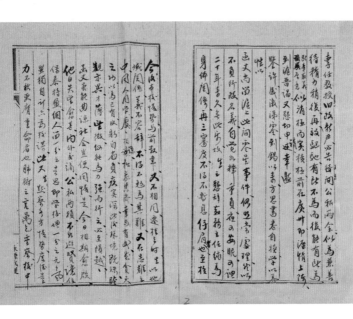

一九四六年作者致唐文治函

稳心老兄先生：

日前约定廿五日在中山公园会面，今据告布田中角荣即於是日到京，欢迎队伍将在公园门前经过，倘公园正门不便出入，请进公园之旁门（在南长街之东为幸！又倘公园是日竟不开放，则请驾临西单（易找处）素菜馆一聚，弟准知仍十一时在彼候照此馀面谈不尽

大安　中　梁漱溟

九月廿六日

一九七二年梁漱溟致作者函

振心前辈先生大鉴：草草拟别，忽忽旬月，得奉
惠书，知此一是，尊诗一挥敷首，为我辈之健也！仰仰。赠诗仲
之清，光何豪迈，拜祝无余味，胜
长者华色。前久借书见时，知有瘦稿，因有散失推说未定，书
又起臣。诗浦至，望诗
拆剖！

　　金缕曲　振心先生自桂来苏过访，别三十三年矣！相引步园
　　　　林，登陵阜，尊酒论文，连床话旧，小楼夜雨，故园青山，
　　　　即事赋，欣闻文集。

别梦潇湘杳。手重携，卅三年后，鬓丝惊缩。仍夜连床听雨话，历
历长生青鸟，更彻底沧桑多少！昔日移家因葛令，悔风尘误走邯
郸道。匀偏月，屋梁照。　　奉桥贤厂谁同调？望苍云楚天万
里，故人能到。难得此情重叙失，来写登临怀抱，正时节霜飙
吹帽。胜地林亭飘劫迈，问潇湘远挂我胸怀，且赋叙，难相
磨掉。（湘、潇二江有作潇湘江者。）

　　　　　　　匆上致祝
道使不一　　　　　　　　　晚仲联　十二月二日

一九七二年钱仲联致作者函

冯师尊鉴：

一九七二年周振甫致作者函

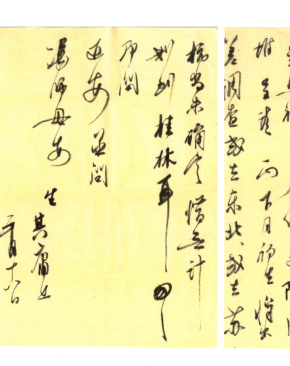

一九七三年冯其庸致作者函

根据董师……每……面言

湖……必为志日……

唱……来……张衡……闲来

谨祝……

师……会志……教月书

用……文化部没

……

……创造……忙……者

有心废又复……发……陈华

……

一九七六年王蘧常致作者函

ZIRANSHI ZAZHU

# 自然室杂著

冯振全集

第五卷

冯　振◎著

冯郅仲◎编

广西师范大学出版社

GUANGXI NORMAL UNIVERSITY PRESS

·桂林·

**图书在版编目（CIP）数据**

自然室杂著 / 冯振著；冯郅仲编. --桂林：广西
师范大学出版社，2023.9
（冯振全集；第五卷）
ISBN 978-7-5598-5727-9

Ⅰ．①自… Ⅱ．①冯… ②冯… Ⅲ．①古典文学
研究－中国－文集 Ⅳ．①I206.2-53

中国国家版本馆 CIP 数据核字（2023）第 018697 号

广西师范大学出版社出版发行

（广西桂林市五里店路 9 号　邮政编码：541004）
（网址：http://www.bbtpress.com）
出版人：黄轩庄
全国新华书店经销
广西民族印刷包装集团有限公司印刷
（南宁市高新区高新三路 1 号　邮政编码：530007）
开本：880 mm ×1 240 mm　1/32
印张：16.625　插页：8　字数：400 千
2023 年 9 月第 1 版　　2023 年 9 月第 1 次印刷
定价：98.00 元

如发现印装质量问题，影响阅读，请与出版社发行部门联系调换。

# 出版说明(全集)

　　冯振(一八九七—一九八三),字振心,广西北流人。早年求学上海,始入中国公学,继入南洋公学(交通大学前身),而后执教于梧州、北流等地中学。及复入上海,出唐文治、陈衍二先生门下,并受聘任教于无锡国学专修学校,前后凡兼任江苏教育学院、正风文学院、暨南大学、大夏大学、交通大学等校教授。迨抗战军兴,国专迁校桂林,以教务主任代理校长职务,勉力经营,维持斯文以不坠,虽播迁千里而意不少衰。解放后任广西大学和广西师范学院(今广西师范大学)中文系主任、教授等职。

　　本次推出的五卷本《冯振全集》囊括了现在所能找到的作者的全部著述,旨在展现作者完整的学术、创作与教育的一生。正如作者在自写《小传》中所概括的:"义理好先秦诸子,兼治宋明理学;辞章好诗古文辞,不拘之于宗派,而浮词滥调,在所必摈;考据好许氏《说文》,而清儒形声故训之学,亦颇心醉。"本书五卷中,卷一为诗稿,卷二为诗词作法及诗词批评,卷三为诸子学研究,卷四为文字学研究,卷五为教育实践及其他,其编排目的也在尽可能全面体现作者的诗人、批评家、学者及教育家身份。所收诸种著述有的业已刊行,如《自然室诗稿》《诗词作法举隅》《老子通证》《说文解字讲记》等;有的是初次面世,如作者的一些授课讲稿、书札函电等。不论已刊未刊,此处出版,均予审慎校订。

　　全集的出版得到了广西师范大学师生及冯邲仲、张葆全等先生的热切支持,冯邲仲先生拟定了编排目录并提供了大量未刊稿,张葆全先生对文稿的校订工作帮助很大。另,卷三、卷四均参照曾德珪教授所编的《冯振文选》,其中卷三诸子学研究的各篇著述,特邀江南大学刘桂秋教授作了审阅和订正;卷四《说文解字》研究的各篇资料,则由武汉大学博士研究生邓盼帮助进行整理和审校,在此聊致诚挚谢意。

　　需要说明的是,作者在古典文化的多个领域均卓有建树,其学堂庑阔大,其文兼容并包,惟编者力有不逮,虽黾勉从事,仍不免鲁鱼亥豕之弊,故诚恳地希望广大读者批评指正。

广西师范大学出版社
二〇一七年十一月拟
二〇二〇年六月修订

# 补充说明

  《冯振全集》原拟分四卷出版，其中卷一为旧体诗词，卷二为诗词作法及批评，卷三为学术专著，包括诸子学及《说文解字》研究，卷四为讲稿及函电等杂著。其中除卷一为繁体直排外，余三卷皆为简体横排，用广流传。然而在实际的整理编辑过程中我们发现，本来拟收入卷三的文字学部分，因为涉及古文字字形字义的释读，并不适宜用简体排印，且此部分研究成果为数亦不少，完全可以独立成书。因此，我们本着一切从实际出发的原则，且在取得了冯郅仲先生认可的前提下，将学术专著部分析为两卷，即第三卷为诸子学研究，以简体排印；第四卷为文字学研究，并采用繁体横排形式。这样全集的卷数亦将达到五卷。特此说明。

广西师范大学出版社

二〇二〇年六月

3

# 本卷说明

　　本卷为《冯振全集》第五卷，是冯振先生除诗稿、诗词作法、诸子学说及文字学研究之外的文字结集。全卷共分为五编：第一编"早期论著"，收录了《庚申集》(已收入第一卷，本卷仅拾其遗佚)、《锡山游稿》(已收入第一卷，本卷仅列存目)、《覆瓿集》、《早会格言》、《夫子言行录》，及少量单篇论著等；第二编"晚近论著"，主要收录冯氏在广西师范学院(今广西师范大学)任教时的讲稿，包括《两汉乐府古诗选读》《魏晋南北朝诗歌选读》《南方民歌选读》《北方民歌选读》《宋的社会背景及宋词》《元的社会背景及元曲》《明代文学》《清代文学》《略谈一些旧体诗词中的艺术性》《宋词选讲》《宋诗选讲》《古文批判注释稿》，及少量单篇论著，诗稿、诗词杂话补遗等；第三编"书信集"，包括冯氏与唐文治、梁漱溟、钱仲联、夏承焘、王蘧常、周振甫、冯其庸等师友、弟子的书信往还、诗词酬唱，以及部分家信；第四编"操办无锡国专"，收录冯氏代理无锡国专校长时为学校的生存发展拟写的部分公函与私信；第五编"附录"，梳理了冯氏家族史及个人履历。因本卷涵盖广泛，体裁、题材丰富多样，故借用冯氏"自然室主人"之名号，名之为"自然室杂著"。

　　本卷绝大部分内容均为首次公开面世，充分展现了冯振先生丰厚的学识修养，严谨的治学、教学态度和博大的教育家襟怀,为我们了解冯氏的生平,研究他的学术思想、教育理念,提供了丰富而珍贵的第一手资料。

全书由冯振先生哲嗣冯郅仲老人根据家藏手稿整理、编目,识读、录入工作则由冯老与广西师范大学文学院研究生共同完成;江南大学刘桂秋教授为第四编"操办无锡国专"的编纂贡献甚钜;中华书局原编辑、苏州大学张伟博士受邀校订全书。在此向所有为本书暨《全集》出版付出心血的人们致以诚挚的谢意,并愿藉《全集》的出版,向无锡国学专修学校"振起国学、修道立教"的三十年艰苦卓绝的教育实践致以崇高敬意。

特此说明。

广西师范大学出版社

二〇二三年七月

# 录入校对小组名单

（排名不分先后）

| | | |
|---|---|---|
| 杨曼曼 | 梁远腾 | 黄彩霞 |
| 卢汝铭 | 郑小倩 | 樊琪源 |
| 郭心怡 | 彭东菊 | 邓铃琳 |
| 郑梦婷 | 高诗雨 | 高　娜 |
| 罗誉中 | 梁芸菲 | 米雪绮 |

# 目　录

# 第二编 晚近论著(1949 年以后)

## 第三编　书信集

## 第四编　操办无锡国专

## 第五编　附录

# 第一编 早期论著（1949年及以前）

# 庚申集（1920 年）

编者按：该集多数诗稿已收入《冯振全集·第一卷·自然室诗稿》（后附篇目），本卷仅录与《诗稿》不同部分。

## 戏调柱尊、戒甫

弯弯曲曲水，奇奇怪怪山。

人将诗作怪，心转眼成弯。

陈道鬼婚伯（柱尊有"山鬼嫁河伯"之句），

谭媒寡配鳏（戒甫有"金陵如伟男，西湖如美女"句）。

好奇人亦有，似子孰能攀。

3

## 卜算子·送春（《题桂游集》附词一首）

春似故乡人，见面常欢喜。一旦出门各异乡，惜别情无已。

别久再相逢，亲切知何似。欲识相逢相送情，更看明年里。

附：第一卷已收篇目

游罗浮宿冲虚观·游白鹤白水黄龙诸山·登华首台·断肠别·代断肠别·再代断肠别·将游桂林发自苍梧留别诸亲友·舟至大荔口还望苍梧城·舟行阻雨·夜泊野牛角·次日与柱尊异舟中途遇雨相失夜后始追及之·夜泊八塘·荆南滩看竹·夜泊榄水·舟泊马江登岸纵目迟柱尊舟未到·在马江候一日柱尊舟始至谈前夜所遇更与酌酒·马江望月·山行经马峡俯观水

# 覆瓿集（1921 年）

## 游都峤山记

容县都峤山，亦名南山，世称"二十洞天"。与吾邑之句漏、桂平之白石，均载于道书，盖其峰峦峻秀，与尘嚣相隔绝。古之隐君子，既无所求于世，或遁迹栖息于其间，以遂其蝉脱浊世之志。耳食者或神其事，以为吸风露、乘云气而仙。而数山之名，殆将与天台、茅山之流并矣。

余以民国九年冬至后二日，与平南甘云庵先生抵故人陆柱南家。陆君故奇士，率性直行，胸中不能容毫毛委屈意，难与俗人偶，故落落寡合，相与友善者数人而已，余其一也。居都峤山下七八里，背山带溪，有林泉鱼鸟之乐，盖有古逸民之风。旦日，共登都峤山，经二百级，度虎牢关。百二级者，凿绝壁成小阶，险甚而可上者也，虎牢关即在其上。更入深谷，水声迎送不绝，若在平地。谷尽则憩于太极岩，由太极岩而上，曲折崎岖，或不可得路。披草莱，援藤葛，历玄宝岩、魁星岩，凡五六所，而达云盖最高峰，或曰即汉中峰也。按县志，山有八峰，曰兜子、马鞍、八叠、云盖、香炉、仙人、中峰、丹灶。而耆旧流传，则"云盖"乃中峰之异名，而"八叠"则八峰之总称也。年代久远，名实或错杂讹乱，失其本真，莫可得而考矣。甘先生雅善歌，能为流徵寥亮之音。既登绝顶，俯瞰群山，争趋走回伏其下。落日反映江水，鞹纹沦涟，相顾而乐。甘先生拊髀高歌，其声往复停泻，上彻云表，同行者或和之，及暮始返。是夜，宿太极岩。夜半，月光与山色相辉映，皎洁澄鲜。遥望谷口，烟云开合吞吐，须臾满布岩谷，忽又散去，已而复合，如是者变化不居。凝坐谛视，心魂悠然，似与烟云相舒卷。同游凡七人，多就睡，知此乐者盖寡。七人者，甘先生之侄弘骞，柱南之兄更存、弟汝奇，容县盘璧寅，桂林欧阳秉文。

## 祭陈干丞先生文并序

民国十年夏历二月初四日夜，陈君柱尊得其先君子干丞先生仙逝之耗，于苍梧匍匐奔丧。哀毁备甚，行道感伤，况其亲旧乃如振者。逾十五日，知将以是月二十九日以礼葬于其祖茔之侧，而以二十八日奠焉。

振维干丞先生为吾邑耆宿，其言行久著乎人人。振为童子时已习闻之，其后游学上海，与其令郎柱尊君交尤笃。民国五年，柱尊君奉命长梧州中学。其明年，振亦忝与共任教职。数年以来，梧州中学之名如水之渐，无间乎昼夜，而闻者亦恍如震聋发聩，惊为吾国所稀有。固莫不钦柱尊君之才之卓，而亦共信其家学渊源，得之于庭训者有渐也。先生恬淡寡欲，而性嗜酒、好花木，素以廉洁自持。其待人宽厚，若不知有不善者。虽为所欺，终未尝怼，故众乐亲善。历办阖邑团务，正直持平，戒慎如恐有失，积数十年，人多受其赐。邑中每有兴革大事，莫不共仰先生裁决。先生曰可，翕然从之；曰否，无异议者。盖其为乡邑所尊重也如此。嗟乎！世风日偷，人欲愈炽，熙熙攘攘，莫不奔命乎自私自利，不知礼义廉耻为何物。士大夫假州县之威以行恶乎乡党，附势趋走者假士大夫之威以行恶乎穷谷小民，恣睢暴戾，苟以遂其损人益己之心而止耳。其能洁身自好、不畏强御者,盖已夐乎寡传,况能以廉洁自持,直道是非,为士大夫之模范如先生者哉！贤不肖未尝不可以相及,彼借威行恶、甘自暴弃者独何耶？

先生以今年夏历二月初三日辞尘,享年六十有六。德配杜太夫人生男二人,长名柱即柱尊君,次名郁莹,已前卒;女二人;孙男二人,长名一百,现随父肄业梧州中学,次名振海;孙女共四人。自释氏因果律及欧西自然律之说倡,而为善获报,益确切而不可移易。由君子观之,固行乎其自得之乐,而未尝以是稍动乎其心。然不若是,则中材以下何以勉焉？今柱尊君以道德文章名海内,又得天下之英才而教育之,而其子一百亦崭然见头角,皆方兴而未艾,傥亦报之不虚者哉？虽然,哲人其萎,典型云没,是不可不先为世道人心惜,然后致予一人之私痛也。乃为文以祭之,其辞曰:

容山之下,白水之傍。笃生有德,百夫之仿。幼而颖异,驰骋文章。光怪陆离,珠玉琳琅。中尚笃行,函锋敛芒。纯金出矿,簸粃扬糠。进退步趋,珮玦铿锵。乡人化之,曰我贤良。恶则具弃,善曷不匡。今兹之美,维民之望。小大界之,孰云不臧。排难解纷,感德莫量。临老退居,乃艺农桑。花木四时,随风芬芳。外及庭际,内而室房。一杯独酌,还邀客尝。陶然自乐,谓是羲皇。曰余不敏,辱交令郎。去冬家居,幅巾登堂。音容笑语,夫岂能忘。如何今者,驾鹤上骧。辞此红尘,归彼帝乡。典型孰是,老成云亡。临文涕泣,云何不伤。哀哉尚飨。

## 杨君熙仿哀辞

杨君熙仿者,郁林云石人也,民国八年游学于梧州省立第二中学校。时余任教职校中，以故识君。君勤苦好学，率常一二月不出校门。尤好治哲学，既稍窥周秦诸子之说，遂锐意于泰西译著若培根、笛卡儿、达尔文、斯宾塞尔、赫胥黎及现代柏格森、罗素、杜威之所讨论发明，莫不游其藩而深心研究之，极有慕乎今之所谓新文化者，盖有志之士也。同学皆爱敬之，尝被举为本校期刊副编辑。然性褊急，其持论有故，虽非之者众，终莫为动，反复辩难独说，常数千言不能自休，而心无怼恨意，岂所谓和而不同者与？今年夏历五月十九，以苍梧战事，仓皇逃避者甚众。君与余同行，既脱重险，途中日置酒，共饮以乐。酒酣，君议论风发，滔滔不绝，或引声高歌，惊其邻右，座中尝折辱朋侪，莫以为意。余邀君过吾家，信宿再行，不果，未至容城十里而别。及君抵家，盖尝有书与余，余旋作覆。时两军方大战北流、郁林间，故

余书中有云："如今世事不可知，此书亦不知何时得达也。"后两月余，陶君守中及其弟绍勤、梁君谦而等以赴梧，顺道过余，因悉君已先一月中痰卒矣。呜呼！余之书竟不得达邪！达而君不及见邪！痛哉！一二十年来，郁林风气素称固塞，富家守财物、买官爵，以取荣名于乡党间；贫者躬耕井里，无学问上达志，故游学于外者甚少。然余交游中素所敬畏者，则有陶君守中；尝从余游者，则有陶君之弟绍勤、梁君谦而及君。三人皆少长郁林，而志气迈往复绝，好为博大深沉之学，异县之士未能或之先也。三人者尤醉心于新文化，大反其乡固塞之习，岂物极则变，理固然邪？余尝以谓三子学成之后，必将大有易乎今世乡愿之俗，非仅区区郁林受其影响而已也。今陶、梁二君学日益进，志日益大。余固信吾言之必不谬，而君独不稍待尽其才以成有用之学，而不幸先卒，不得见其乡之俗之大有异乎昔也，悲夫！词曰：

郁林三鸟兮，远违其乡。游于苍梧兮，鸳水之傍。翻飞集合

兮，和鸣铿锵。待羽翮之丰满兮，将高举而远翔。忽失其一兮，哀哀以傍徨。我为招魂兮，心焉悲伤。归来归来兮，毋之遐荒。姿形髣髴兮，夫何日而能忘？

## 送陈君尚同之沪就学序

甚矣，乡愿之祸之烈也！士君子多以同乎流俗、合乎污世为至善，暖暖姝姝而私自悦。富家纨袴子弟，斗鸡走马，驰逐声色，博赛游谈，日夜相继而不休，固无足讥焉者。贫者迫于衣食，汲汲终日，或欲图温饱而不可得。其能立志求学，思有所树立者，盖尠矣。而始或力自策励，继而怠，终而馁，卒无所成就者，又常十之八九，此所以成材之士终甚少也。世或悯其境之贫困，虽中途而返不获，有所至，犹哀而怜之，曲为之谅焉。君子不尔也，盖尝以谓贫者士之常，如使贫者必不足以为学，是古今之贫者皆无学也；必富者而后可以为学，是古今之学者皆出于富人也。然而古今之学者多出于贫士，是贫不足以沮学，而富反足以损志也。孟子曰："待文王而后兴者，凡人也；豪杰之士，虽无文王犹兴。"待文王而后兴且不可，焉有待富而后学者乎？盖士而能不耻恶衣恶食，焉往而不可以适道？彼以为不可为而遂不为者，皆乡愿之徒也。世衰道息，乡愿之人盈于国，睹一二有志兴起者，咸目为狂莽不自量，以谓圣哲贤士必非学之所能及，潜移默化，蔚成风俗，将欲使一世之人偷惰无志而后已。

甚矣，乡愿之祸之烈也！故今日而欲求学，固不可以无志，而尤不可不去其害志者，则乡愿之俗，焉可以不力反乎？邑子陈君尚同，家甚贫而求学之志甚锐。既学于梧州省立第一师范学校，文特条达郁茂，日进而未有已，若将有以忘其贫之苦者，犹不以自足，思远渡沪，求益广其术焉。虽重贫困且弗顾，是其志岂与乡愿者同邪？余之贫虽不若君甚，顾力不足以厚助君。念余之言，或于君有所补益于其行也，为是说赠之。而余又深惧沦溺于乡愿之中而不能自拔也，并以自警焉。

## 先妣行略

先妣姓李氏，年二十归我府君。府君先娶前母陈氏，生兄汝力；继娶先妣，生振及弟挥、弟抈、弟拔，凡四人。先大父母时，耕稼蚕桑，罔不事焉。先大母多督农事于外阃，以内悉先妣任之。尤谨事先大父母，饔飧饮食无不经其手者，数十年如一日。逮先大父母殁，明年，与伯父分爨，时兄汝力出外游学，振及弟挥就乡塾中读。每夜，先妣辄篝灯执女红，而令振等读其旁。既熟日中所受书，乃令更读，下课就寝后，复令将所学陈说，且加以考问。又时时举古今嘉言懿行以训勉，必期于有成。天将明，又呼令将夜所读书默背一过，问熟否，乃遣入塾。故振与挥幼时所读书，常多且熟于他童。其后伯兄游学桂林，振游学上海。及伯兄毕业于桂林中学，未几而府君弃养，弟挥亦相继游学上海。在家二弟尚幼，又就乡塾中读，先妣教之如教振与挥时。振等每自外归，兄弟五人怡怡先妣之侧，夜则选授诸弟书史，先妣必就旁坐听。迨授毕，即取其善言大节勉之。振尝授诸弟欧阳公《泷冈阡表》，毕，先妣反顾，训季弟拔曰："欧公生四岁而孤，汝之孤则二岁耳。欧公勤苦励学，卒以大成，汝等当何如？宜共勉之。"又曰："自余归汝家，知汝祖汝父绝爱读书之士，深耻子孙之不为士人。故不惜劳苦节衣食，以教育子弟。又素有积德，宜有昌者。汝等其念之弗忘。"振等唯唯。先妣平生虽不娴于文史，然性甚强记，耳所闻，目所见，终其身未尝忘，故其平昔所举以训振等者极博。至其考问其所听授诸弟书史，则一字之伪不能欺也。先妣性尤醇厚，视伯兄如己出，伯兄与振等亦忘其为异母兄弟，虽外人亦若罔知之。其视前母外家陈氏如己父母家，陈氏诸侄亦忘先妣之为异姓诸姑也。其遇人尤有恩礼，邻族戚党无贫富，一善待之，无不得其欢心，人亦乐为之尽。及先妣病，困卧经年，百药罔效，时剧时差，存问者常弗绝。闻稍愈，则相告以慰；比剧，即又以戚。及殁，又来相吊尽哀，无不流涕道曰："素多阴德之人，何遽止于是！"先妣虽不获臻乎中寿以卒，而人之为之奔走匍匐者比上寿之人，即先妣之遇人与人之为先妣可知矣。先妣自奉甚薄，膏粱厚味无所嗜，绝少分甘，以周贫窭。虽食少，而勤于操作，俯拾仰取不怠。劝稍将息，不可。数十年中，盖尟一日之暇焉。

11

先妣生于前清光绪乙亥夏历五月二十六日丑时，卒于中华民国十一年九月二十日巳时，享年四十有八岁，后府君之卒凡十年。呜呼，今而后更授诸弟书史，欲再闻母氏之训，尚可得邪？痛哉！次子振谨述。

## 北流县立中学校图书馆记

民国十年秋，邑人梁君之幹来长是校，患图籍缺如，授受征引，无以资参证，教学病焉，谋所以革之。而校款支绌，增置者希，遂由校务会议议决征收学生图书费，以期积累之功。其明年，更募集义捐，赖邦人君子慷慨输助，得款两千余元。次第购求典籍，架陈笈庋，类聚部分。虽非大观，抑亦具体，粲然一新矣。往者承学之士，所诵不过四子五经之书，所习不过韩柳欧苏之文,占毕咿唔,夜以继日,伸纸操觚,句摹字拟,俯仰顾盼,自以为天下之美尽在于己。一旦出乎穷乡,观乎上国,睹淹雅宏博之士,乃始瞠目却步,规规然自失,悔向者闻见之不广。然而智尽能索,年迈气衰,纵有志焉,而力不逮矣。彼其所成就,若是而遂止,岂必其智不足哉?亦其所处之境有所劫而然也。人之情性,非大愚极蠢,莫不常欲有所操作思虑,而不肯徒螟螟而动,愓愓而息。其智力之所营,不务于此,必务于彼,不入于善,必入于恶。中人以下,寡能自拔于流俗而不为外物所推移。世之日夜驰骛乎声色货利,滔滔而忘返者,改恶易虑,曷尝不可以守礼义、治学问哉?其所以甘于自暴自弃者,亦以陷溺于环境之故也。近代以来,稍留意于教育者,咸知徒恃口讲指画、强相挹注之无当。而浅见寡闻,必多拘墟之弊;游息失所,必陷迷途之悲。先事而思,预为之防,利而导之,以归于正,必使学者优游渐渍于诗书学术之中。耳濡目染,默化潜移,不待耳提面命,而义理交于胸中;不假从师求友,而圣哲接乎左右。浮沧海者难为水,登泰岱者难为山。窥览既多,所得斯卓,夫而后感兴之力宏而教化之功著也。非有待于图书馆,焉能收其效者乎?吾省僻处西南,盖亦山国之亚,图籍鲜少,自昔已然,而于吾邑为尤甚。然自本校倡办图书馆以来,不满三载,闻风兴起、毕力筹设者,已不乏人。人才之兴,常以图籍之多寡为衡。然则风气之转移而文物之渐盛,此其先见之几乎!吾又以此知移易风俗而陶铸人才,恒随倡之者而无不效,而其效又近而易见。如此其明也,则学者其可委诸气数而度外置之与?然书籍之浩浩,渺若烟海,学术之发明,与时变迁而莫可究诘。兹之所得,犹毫末之于马体耳。惟气运之转,必借豪杰之事为之倡。斯则亘万古而不易,所赖后贤不以故步自封,不沉溺末俗,秉弘毅之心,励耿介之节。一人行之为学术，众人从之成风俗。继今以往，图籍人才，相得而滋盛，又将百焉千焉于今日者，是其事虽造端于一校一馆之微，而其影响之效，不亦弥远而益著哉？民国十三年岁次甲子四月邑人冯振记。

## 修理独石湖募捐启

大凡人性不能常劳而无息，常郁而不舒。既劳且郁，必借物焉以宣其心志，而畅其肢体。美术音乐，系人之切，其效或与饮食服御埒，然要属人力所为，或失天趣。其得诸天地自然之美，触目而可悦，感心而畅然者，惟山水乎！山水之情，匪直高人逸士有之，恒人莫不有也。西子蓬鬓荆钗，固不足以掩其美，抑与靓妆扫眉，绮縠环珮，意态亦别矣。然则山水虽贵自然之美，而人力之措施增饰，又何可少邪？北流县治东二里许，有独石湖，孤峰秀出，翠若芙蓉。其中岩洞透达，六通八辟，蜂房蚁穴，层叠连缀，异状奇形，迷离怳忽。登巅四顾，诸山拱揖，回巧献技，若朝至尊。下临湖水，澄碧千顷，山色波光，掩映有无，乱石起没，若远若近。遥睇兹峰，如仙子轻盈，凌波微步，其自然之致，盖令人有窈然之思焉。然以僻处幽隐，无学士文人为作诗歌以彰之，徒辱于牧童樵叟之游钓。非好奇幽讨之士，乃或不能举其名，斯亦兹山之不幸也已。同人等悯灵境久闭，奇迹莫宣，爰拟捐集巨资，从事施设，筑桥建亭，艺花树木，少加人事，以助天工，浓抹淡妆，庶并增丽。固将驾句漏、桃源而上之，其足以壮游观、滋逸兴，又必然矣。山灵久待，稽首云端。兹事之成否，是在仁人君子垂教之而已。谨启。

13

# 中学国文导

民国十年秋,余承乏吾邑中学国文教席,见诸生多墨守一先生之说,而终日规规焉于教科书以自足,窃以为甚非其道。盖大匠能示人以规矩,而不能使人巧。先生者,指示道路之人,而非载之使行之器也。苟不自力求之,则虽知燕北越南,又岂能坐而致之邪?而教科书所载,文甚寥寥,聊供教授举一反三之用,非谓学生应读之文尽在于是也。因论读书为文之道数则,示初学以门径,非谓博雅君子言也,幸阅者谅焉。

孔子曰:"博我以文,约之以礼。"扬子云曰:"多闻则守之以约,多见则守之以卓;寡闻则无约也,寡见则无卓也。"故读书之道,莫要乎先博后约。然博之一字,又岂易言哉?百家众流之说,儒释耶道之书,汗牛马,充栋梁。童而习之,白纷如也,亦择其精者而读之耳。夫专门学者,犹须善为采择,分门别类,乃能各尽其道。况中学国文一科,特亦具体,而高谈博览,庸非谬甚!今兹所论,约之又约,盖为普通中学生道而已。

一

选本宜兼读《文选》及《古文辞类纂》。

《昭明文选》虽华文少质,若无所用于今世,而言情之作,佳构甚多,且于选本中为最古,为文之士,今所不废。然芜杂之文,往往而有。至其分类之支离,久为识者所非笑,是又不可不知者也。姚选《古文辞》,义法谨严,类例明晰,实足救《文选》芜杂支离之病。然学之善者,极其为文之能事,雅洁而已;其不善者,即枯槁浅陋,欲救其弊,又有赖于《文选》矣。中学生诵习国文,最少亦须有此二书，然后可以得其门径。若徒读《古文观止》《古文详解》及中学国文教科书之类，难乎其能文矣。友人尝谓余曰，曾遇某中学毕业生，询以国文向读何书，答曰"古文已读毕矣"，座客哑然而笑。某生之意，固以《古文观止》《古文详解》《古文笔法百篇》诸书，为古文尽在于是矣。今之学者多类是，岂不陋哉！

经类宜先读《诗经》。

会稽章学诚氏曰："六经皆史也。"又曰："古人未尝离事而言理，六经皆先王之政典也。"故欲知先王之政典，不可以不读经。然古人皓首穷经，犹有未达，通经致用，夫岂易言？区区中学而欲治经，劳而无功矣。惟群经不能尽读，而《诗经》则不可不读。《诗》者，温柔敦厚之教，陶冶性灵，盖有似于音乐。孔子曰："《诗》可以兴，可以观，可以群，可以怨。迩之事父，远之事君，多识于鸟兽草木之名。"《诗》之为用大矣哉！然读《诗》有必不可缺者二事：一曰通古音，二曰明古训。《诗》本有韵，不通古音，则与无韵之文何异？讽咏歌诵，文义索然。不明古训，则语多强解，望文生义，见笑大方。凡兹二事，语其精博，要在专门。论其大略，则欲通古音，不可不读顾亭林之《诗本音》；欲明古训，不可不读陈奂之《毛诗传疏》。

史类宜先读《史记》。

二十四史，卷帙浩繁，固非中学所能任。选精择善，四史不可不窥。若犹以为多，则《史记》断不可以不读。司马迁为文家之圣，读其书，非仅记故事而已也，出于涯涘，观乎大海，于为文之道，亦将大有得焉。况其书上于《尚书》《左氏》《国语》《国策》，下及秦汉诸家之文，莫不网罗收拾。取其精华，去其糟粕，读一书而得十数书之益，善莫善于此矣。上智之士，阅四史已，

15

犹有余力,则《五代史》《资治通鉴》,亦宜览焉。

宜多选读诸子。

吾国学术之盛,莫盛于春秋战国。春秋以前,学术多属于官守。春秋以后,学术始归于平民。诸子为书,自鸣其术,各自名家。《易》曰:"同归而殊途,一致而百虑。"唯互相掊击,若不相能,而东西相反,不可以相无,亦并行而不悖者也。除孔子集群圣之大成外,若儒家之孟、荀,道家之老、列、庄,法家之管、韩,墨家之墨子,兵家之孙子,杂家之《吕氏春秋》,莫不持之有故,言之成理,信为论理之至文,非后代所能及。虽泰西哲学,未之能先也。论理之文,最切于实用。好为议论之文,而不窥诸子,经生常谈,陈陈相因,既无独到之见,安望足以动人?然诸子之书,历世久远,错乱讹缺,势不可免,非经清代大儒考证校定,殊未易观。故读诸子无取于二十八子、二十二子、十子全书之类,要当选择单行善本。若王先谦之《荀子集解》、王先慎之《韩非子集解》、郭庆藩之《庄子集释》、孙诒让之《墨子间诂》,明义理而兼得考据之功,斯为善耳。汉代诸儒,注重解经,自立之学,不逮周末远甚,而淮南之《鸿烈》、王充之《论衡》、扬雄之《法言》,亦卓焉者也。自斯以降,一鳞一爪,固亦有焉,求其枝叶扶疏、同条共贯、成一家言者,尠矣。

宜选读专集。

魏晋之后,子类日衰,而集类日盛。一代之作,各自为集者甚众。遍而观之,生知之资,有所不能,不可不严为选择,每代取其足为代表者数家读之足矣。然所谓数家者,必须览其全集。盖既足为一代之代表,则其学术文章,必有所影响于一代。若徒窥选本,则无以观其汇通,而于一代学术渊源所自,亦将无从识之矣。以辞章而论,则唐之韩愈、柳宗元,宋之欧阳修、王安石、苏轼、曾巩，清之姚鼐、梅伯言、曾国藩；以义理而论，则宋之周敦颐、程颐、程颢、朱熹、陆象山，明之王守仁，当其时莫不风靡一世，遗风余烈，或数代不息，其关系于风化之盛衰、学术之升降者甚巨。虽其全书，不无瑜瑕互见，好学之士，所不能废也。形声训诂之学，为清儒之特长，度越前代远甚。然此乃专门之学，非中学所能任。有志者欲稍窥其术，则顾炎武、惠栋、戴震、段玉裁、王念孙父子诸家，其卓卓者也。

辞赋类宜读《楚辞》。

班固曰："赋者，古诗之流也。"辞赋一体，实《诗》三百篇之滥觞。自楚国屈原，以竭忠尽诚，遭谗被放，忧愁抑郁，发愤为辞，以宣其不平之气，寄其爱国之思。故其文缠绵往复，情韵深远，为后世言情之作所祖。其弟子宋玉、景差、唐勒之徒承之，遂成其为辞之一体矣。汉贾谊、枚乘、司马相如、扬雄，咸祖宋玉《高唐》之体，比物缀辞，铺张扬厉，虽意存讽谏，而辞过奢华。其后班固、张衡继之，又自成其为赋之一体矣。此辞赋大同小异之分也。然《子虚》《上林》《长杨》《羽猎》《两都》《二京》之类，讽一而劝百，华多而实少，于今诚无所用之。而《离骚》《招魂》《九歌》《九章》之属，情真辞切，歌咏舞蹈而不足，治文学者，虽更千载，不能废也。《楚辞》多载于《文选》，然《文选》所不录者，未尝不佳，此所以贵乎读其全书也。

诗选本宜读《古诗源》《五朝诗别裁》《唐宋诗醇》《王渔洋古诗选》。

诗之为用，论读经中，盖尝言之矣。然诗三百篇，大抵多四言之作。汉代苏李创为五言之章，《古诗十九首》，亦其类也。建安以还，斯道大盛，陈思、王粲，尤为绝伦，下及六朝，其风未替。嗣宗之清新，越石之激昂，渊明之冲淡，灵运之隽永，明远之俊逸,玄晖之潇洒,莫不卓然复绝,非余子所能庶几也。七言之什,始于武帝《柏梁》,至鲍照乃大畅其风。《行路难》诸作,实太白所自出。唐最尚诗,故诗亦莫盛于唐,五言七字,律体古风,无所不有,亦无体不佳,名家之作,难以枚举。然求其包涵并蓄,若河海之与细流者,则杜少陵、李青莲二人而已。王摩诘、白香山、韩昌黎亦其次也。宋之苏东坡、陆放翁,虽风格不及于唐,而体无不备,亦不失为大家。《唐宋诗醇》独取唐之李、杜、韩、白,宋之苏、陆,不为无见也。《古诗源》断自隋朝,《五朝诗别裁》采至清代,选精而评确,诚有益于初学。《古诗选》虽无评,而义法谨严,亦学诗之康衢大道也。若讲求乐府,则郭茂倩《乐府诗集》备焉。

诗学亦宜选读专集。

前谓凡足为一代文章学术之代表者,必须窥其全集。文既如此,诗亦宜然。略举其类,则魏之曹子建,晋之阮嗣宗、陶渊明,宋之谢康乐、鲍明远,齐之谢玄晖,唐之杜工部、李太白、白乐天、韩昌黎,宋之苏东坡、陆放翁,元之元遗山,明之高清邱,清之吴梅村、王渔洋、朱竹垞、施愚山之流是也。选本徒示以津梁,全集乃能窥其堂奥。学者视其力之如何,次第观览焉可也。

宜选读译著。

今日之学问,世界之学问也。若徒读我国之著述,必致有昧乎世界之潮流,则其人之学问,虽不无所长,亦古之人而非今之人也。然泰西著作,必待通其文字,然后研究,则所知者少矣,故译著之书尚焉。往者严复所译,类皆欧西名著,若《群学肄言》《群己权界说》《社会通诠》《法意》《原富》《天演论》《名学浅说》《穆勒名学》之类是也。近数年来,译述之书,日新月异,指不胜屈。他若著名之杂志,或介绍以名作,或讨论其得失,择阅数种,必将有得焉。

忌读唐宋以后之论文。

汉黜百家而崇孔氏,诸儒以解经为业,言说一遵轨范,为非常可喜之论者甚少。晋及六朝,佛学渐盛,与庄老玄谈,相得益彰,论辩之文,有足多者。若范缜之《神灭论》,沈约之《难神灭论》,针锋相对,至理名言,尤多可采。唐代禅宗独盛,贵乎明心见性,少论难之辞。而三藏玄奘、窥基大师等,又不多与文士还往,文章钜公,若昌黎韩氏之徒,亦自许为卫道,深拒闭绝,不肯稍窥释氏之书。故文士论辩之作,绝少佳构。逮至赵宋,义理之学,自为语录一体。文士之论文,徒应策科,或故为顿挫抑扬之笔,以自娱意而已,非有真理存乎其间也。下及明清,斯弊未改。故曾涤生云:"古文之道,无施不可,但不宜说理耳。"亦足见唐宋以后之论文无足观也已。

19

忌读最普通共见之文。

观书读文,或取其义理,或取其格调。普通共见之文,义理既庸,格调亦俗,虽曰化腐臭为神奇,岂中材所能任?欲免斯弊,不能不严为摒弃。若《兰亭序》《滕王阁序》《讨武氏檄》《岳阳楼记》《醉翁亭记》《前后赤壁赋》之类,其文未尝不佳,然流俗所诵,已成腐臭,但知古人曾有此文,以免于寡陋足矣;若更熟读而效法之,能不令人作三日恶乎?

以上论读书竟。

二

读书既多,积理遂富,心所欲言,宜以为文,操纸笔立就,自成佳作,恶有所谓法者。论文法者,制艺之陋习,通人所不道也。然初学为文,易犯之病,亦不可不知。姑举数则如左方。

审题。

凡遇题目,稍加鉴察,则文之长短体裁,自有不能过于移易者。而学生为文,每多不明此义,或当长而短,宜短反长。体非歌辞,忽用兮、些之字;文方写实,又杂典故之言,补布衣以锦绣,美而不伦,转增其丑矣。此文体所以不可不别也。

忌俗。

为文贵雅而忌俗。俗者,非谚语之谓。汉高自称乃公,祢衡骂人死公,皆当时谚语,载诸史文,转见绘声之妙。所谓俗者,腐臭之谓也。记日景则曰"天朗气清,惠风和畅";写暮色则曰"夕阳在山,人影散乱";论游历则曰"太史公行天下,周览四海名山大川";言势位则曰"仕宦而至将相,富贵而归故乡";诸如此类,陈腐不堪。苟不洗涤芟夷,欲其文之雅净,难矣哉。

削繁。

文长短有宜,贵得其当。长或万言,人不厌其多;短或数语,人不病其少。而浅学之士,以长为贵,米盐博杂,蔓延繁芜,数句之意无别,琐屑之物必详,令人读之,倦然思寝。苟非扫除枝叶,岂能气盛而辞足? 不有精言警语,何足动人观听? 文以达意,意少而辞多,则文盛而质丧。彬彬君子,知其去取者也。

忌用典故。

文贵即景写情,因事直书,无取乎用典。周秦诸子,无用典者,盛汉之文,用典亦少,而其义理辞章,远非后代所能及。则文之佳丽,又岂在乎用典邪?至于骈体,虽常用故事,然其佳句,正不在是。如孔稚圭《北山移文》"使我高霞孤映,明月独举,青松落阴,白云谁侣",邱迟《与陈伯之书》"暮春三月,江南草长,杂花生树,群莺乱飞",鲍照《芜城赋》"孤蓬自振,惊沙坐飞",庾信《谢赵王赉白罗袍袴启》"凤不去而恒飞,花虽寒而不落"……此皆古今传诵之名句，实一篇之警策，又何尝用一典邪？若论为诗，夫岂异是？古诗如谢朓之"大江流日夜，客心悲未央""余霞散成绮，澄江静如练"，江淹之"日暮碧云合，佳人殊未来"，薛道衡之"空梁落燕泥"；律诗如王维之"漠漠水田飞白鹭，阴阴夏木啭黄鹂"，杜甫之"黄牛峡静滩声转，白马江寒树影稀"，卢纶之"家在梦中何日到，春来江上几人还"，柳宗元之"一身去国六千里，万死投荒十二年"，韩愈之"云横秦岭家何在，雪拥蓝关马不前"，白居易之"风吹古木晴天雨，月照平沙夏夜霜"；绝句如王维之"渭城"，王昌龄之"奉帚平明"，李白之"朝辞白帝"，郑谷之"扬子江头"，李益之"回乐峰前"……亦皆古今所传诵，或推为压卷者，又何尝用典邪？然用典而善，亦不为病。惟须使用自然，如天衣无缝，方为佳构。若强为牵合，堆砌成章，而自诩以为用典，不知知文之士，必以为否也。

21

讲求名学。

议论著文，必明逻辑，否则不能自圆其说，或竟自相矛盾。诸子著书，莫不各有其名学，故能成立一说。非特惠施、公孙龙坚白同异之辨，《墨子》经上、下，经说上、下，大取、小取之类而已也。自汉以后，斯道不讲，然去古未远，尚存先民矩矱，至唐宋而扫地尽矣。虽天竺因明，远播吾国，而儒、释异教，文士不窥，故论著之文，每多悖理之句。如韩愈《获麟解》"角者吾知其为牛，鬣者吾知其为马"，然则今有人曰"口者吾知其为羊，足者吾知其为犬"，可乎哉？不可也。苏轼《荀卿论》"仁人义士，如此其多也。荀卿独曰'人性恶'"，然则今有人曰"乱臣贼子，如此其众也，孟轲独曰'人性善'"，可乎哉？不可也。此皆不通名学之过也。而初学为文，当春而曰"其色惨淡，其意萧条"，当秋而曰"木欣欣而向荣，泉涓涓而始流"，记北部之植物亦有荔枝，写岭南之春犹存积雪,若此之类,何可胜言?举一反三,是在学者。

忌论古人。

读古人之书,固不可徒盲从而无审择,则怀疑古人,亦学问进步之一法也。然一人之学说、行事,必非片言所能尽。断章取义,举一概余,若老泉之《辨奸论》,东坡之《荀卿论》《韩非论》,揆诸情理,岂可谓平?况意在转折其文,故作抑扬之笔,是非不定,信口雌黄,匪特于论理有乖,抑亦于道德有损。若斯之类,亦宜戒焉。

以上论作文竟。

## 三

附论改文一则:废除无用之批评。

夫评点古人之文,论其开合,明其段落,通人硕学,尚讥为明儒陋习,然犹曰"指示初学,引人入胜",非用之以教博雅君子也,沿而不废,亦颇有可采者。惟删改学生习练之文,亦眉批总批,称其文之长短。不曰"开门见山",则曰"烘云托月";不曰"珠圆玉润",则曰"风发泉流"。此一段束,彼一段折;此一段断,彼一段续。又有所谓"遥接""突接""承上起下"者。光怪陆离,满布纸上。观之者亦将以评语之多寡,定其文之佳恶、改者之能否,相习成风,迷不知改。不知学生何益于得此,教员何苦而为此也。若曰此亦"论其开合,明其段落"耳,岂学生自作之文,亦不自知起乘断续,尚有待于教员之批评而后明邪?即不知此,固亦无害。司马迁、相如、扬雄之文,近代不乏评点之者,当其时岂尝自定此开门见山法、烘云托月法,然后下笔为文邪?世人必欲务此以为辉煌,何不择通常所用评语一二十种,令手民刻之,以便随时取用,省事多矣。然有乖逻辑之句,或前后矛盾之言,亦宜指明,加以符号,使之留意,未可同类而共笑之也。

## 四

结论:

吾邑文风,素称固陋,一曲之士,守以自矜。余不自量力,欲稍挽颓风,讲诵之暇,因发愤著为此文,略示读书为文之法。惟成于仓卒,又无书参考,引用之文,徒凭记忆,疏略舛谬,知所不免,盖亦论其大较而已。然习俗既深,积重难反,或惊吾言为异论,寡信从之心。余又德学无状,愧为人师,顾亦无如颓风何。诸君少年英发,数年之后,必大有异乎今日,且将相谓而言曰:"某某才虽罢驽,不能自致千里之途,而识道路之人也。"是则余今日所敢断言者矣。若犹有讥于余者,余必将对以:"余不足为学生法,故必不敢使学生以余为法,惟导之使法贤圣君子而已。即余之狂简,今亦不知所法。乃所愿,则法贤圣君子,如是而已。"

夏历九月十五日草于北流中学校。

（一九二一年）

## 福善祸淫新说

福善祸淫、因果报应之说,无论何种宗教,莫不有之,否则不成其为宗教,非特佛家言而已也。我国儒、道二家,虽无宗教色彩,然而《尚书》言"作善降之百祥,作不善降之百殃",《易》言"积善之家,必有余庆;积不善之家,必有余殃",《春秋左氏传》言"多行不义必自毙",《老子》言"强梁者不得其死",又言"天网恢恢,疏而不漏"……此类语言,散见于吾国古籍中,不知凡几。然则无论其为宗教,或非宗教,因果报应之说,固多承认之也。

虽然,其信因果报应之说虽同,而所以信之之观念,则有根本不同者在。盖一为目的论之因果观念,而一为自然论之因果观念也。

目的论者,以为万有之外,尚有一超然之真宰,照临乎其上,监察乎其左右,为之分别是非,赏善罚恶,若景教之"上帝"及墨家之"天"是也。万有在宇宙中,凡动作云为,是非善恶,超然之真宰莫不记录无遗。及其后也,通盘计算,加减抵扣,善恶之迹既明,祸福之报亦显。毫厘锱铢,无有差爽矣。此目的论者之因果观念也。

自然论者,不信于万有之外,更有所谓超然之真宰者存,然以为万有之生住异灭,必循乎自然之法则,及天演之公例,若物理学之"万有引力",及进化论之"物竞天择,适者生存"之类是也。善恶祸福之报,亦受自然法则、天演公例所支配。故虽无超然物外之真宰为之主持,亦断不至于衡决紊乱,失其伦次。此自然论者之因果观念也。

近代以来,科学、哲学,日益倡明。目的论者,已失其根据,今后当不能自存矣。而自然论之因果,固莫得而废也。然则福善祸淫之说,岂不较然无疑哉?然世人不深考察,微细分析,虽或信其必然,而不知其所以然,遂疑有神秘存乎其中,有不可思议者。翻有似于目的论者之所云,而转为科学、哲学所诟病。而恣肆放诞之徒,遂逾闲荡检,无所顾忌而无不为。是真理之日昧,而人心无所维系,天下日入于乱而未有已。今以平易浅近之理,说明善恶报应之不虚,而以不涉于神秘为主旨。高妙玄谈,盖阙如也。

善恶报应之事，有显而易见者，有隐而可知者，有昧而难明者。显而易见者，及身之报是也。隐而可知者，子孙之报是也。昧而难明者，死后与来世之报是也。

功名烜赫于一时，富厚殊异乎当世，忽而身诛家败也，忽而身死嗣绝也。其所以招杀身之祸者，非见诛于公法，则见戮于私剑也。见诛于公法者，必其人贪赃舞弊也。见戮于私剑者，必其人恃势虐人也。贪赃舞弊，可侥幸于万一，而非平易之常道也，一旦事发，则身诛矣。恃势虐人，得寸思尺，视为固然，苟与人以所必不能堪，其势必铤而走险，操一剑以戡其仇人之胸，虽死，顾且快意，是不见惩于公法，必死于私剑也。其家产私财，不以身诛而破败，则奢侈安逸而无度也。其绝嗣无后，则其纵欲好色而无节也。凡此之为不善，皆足以于其身而招恶报。其免者幸耳，然其子孙不能免也。

25

躬耕稼穑，屡世清贫，俄而名扬身显矣，俄而资财富厚矣，俄而子孙众盛矣。其所以名扬身显者，必其刻苦励学、道德衍美也。其所以资财富厚者，必其勤俭力作、理财有方也。其所以子孙众盛者，必其妻室好合、色欲有节也。凡此之为善，皆足以于其身而招善报。其不然者，不幸耳。然不报于其身，必报于其子孙也。

善恶之报，不于其身而于其子孙者奈何？亲于其身为不善之人，其处心积虑，无往而不为险诈。虽其伉俪，未必能和睦也。藉令和睦矣，其交接之顷，有能一洗其险诈之心，而为清明之府乎？是其险诈之念已遗传于子孙矣。其子孙禀先天之恶因，虽有良善之教育，犹难汰而尽之以归于善。况乎少小之年，渐染于不良之习，凡其家舞文弄法、恃势凌人、骄奢纵欲之事，莫不视为当然，而次第效法之。一旦长成，有不变本而加厉者乎？如是则其父幸而免之恶报，必不能再幸而免于其子矣。彼亲于其身为善之人,其处心积虑,无往而不清明正直。有道之人,其妻子必乐,兄弟必和。其善良之种子,既足以遗传于子孙,其和乐之家庭,又足为儿童之模范。以先天优美之人,而受美满之教育,凡其家刻苦励学、勤俭力行、节欲爱身之事,莫不视为当然,而次第效法之。一旦长成,有不青青于蓝而冰寒于水者乎?如是则其父不幸而不得之善报,必不再不幸而不报于其子矣。

死后与来世之报,非荒诞而无稽者乎?非神秘而不可思议者乎?虽然,吾有说在。有物质之世界焉,精神之世界焉。物质之世界,假而非真,变而匪常,故受精神之世界所支配。好生恶死,恒人之情也。刃之则伤,击之则痛,生理之常然也。激于义理者,赴汤蹈火,有所不辞,刀锯鼎镬,甘之若蜜。彼其所以然者,精神胜其形骸也。今夫所处之境同,所业之事同,然而苦乐不同者,以其精神各有所注也。故极乐之世界与极苦之地狱,皆非固然,唯心所造。正直清明,慈祥爱惠,与人接物,欣然无所忤。其心体之和,含弘十方,无彼此物我之别,虽居市井之中,处陋室之内,安在而不为极乐世界也?心劳日拙,奸伪百出,夫妇之间,同床异梦。其心体之戾,于物无所容,虽为帝王之尊,居卿相之位,安在而不为黑暗地狱也?夫正直清明之人,平居行事,自问无过,仰不愧天,俯不愧人,内不愧心,虽临终之际,心恒泰然,以为十殿阎王,亦不能加祸于无罪之人也。故生前则身居于极乐,死后则魂游于极乐。极乐之世界,非与今之世界异也,其居处之人之心异耳。彼奸邪之辈,终其身罪怨丛积而无所惭悔者,以人欲之私,厚蔽其天良而已。人莫不有天良,佛性之谓也。佛与众生,平等无二,迷即众生,悟即是佛。迷妄凡夫,情欲炽盛,佛性晦昧,若顽云之蔽日月,流转黑暗之中,不复知更有青天白日在矣。一旦大病将死,力竭精疲,奇珍异味,罗列鼎俎,不能复嚼；赵女卫姬，侍奉前后，不能复淫；高堂华厦，万户千门，不能复住；黄金满库，珠宝满楼，不能复用；凡平生所日夜孳孳求而不足者，至此乃一无所用。顾聘咨嗟，虽极狠戾之人，有不翻然改悔者乎？情欲既衰，天良立现，回念平生行事，因财而谋害者何人？因色而株连者何族？愧情一集，冤鬼立呈，索命偿财，纷纷而至。此时如生龟脱壳，苦不可言，呼吸既停，永沦地狱，非冤鬼之果来索命，债主之果求偿财也，然而所见如此者，心之所造者然也。不修行于平时，而忏悔于临死，莫能幸而免也。况佛性普遍，人之精神感应相通，若无线电然。禅定之人，能视于无形，听于无声，一滴微尘，亦在心内。以理推之，断非乖谬。特世人情欲深重，机件已坏，不复能之耳。然自古孝子义士，笃挚于其亲若友者，往往千里相感，盖其通之者诚也。然则杀身赤族、衔莫白之冤者，其愤郁之气，独无所恋恋于其仇人之身乎？是盖不能证其必有，亦不能证其必无者也。（数年前阅《乐天却病法》，尝记其中曾云："用新法化学实验，人之一怒，其化合极微之毒质足以杀人无数。"今无此书，不能查考，果然，则戾气招祸，岂不信而有征哉?）

27

来世之报，较茫昧矣。然人有八识：耳识、目识、鼻识、舌识、身识、意识、末那识、阿赖耶识也。耳、目、鼻、舌、身，各有所司，而听命于意，吾人感觉经验，类知之者也。末那识又名传送识，阿赖耶识又名藏识。谓末那识执持前六识之所熏习，传送于阿赖耶识中而储藏之也。阿赖耶识本与真如性海无异，特以内藏熏习种子，遂至流转生死中耳。人既死后，前之六识，即随散灭，故一无所知。然其熏习种子，深藏于第八识中，不可分散，随其所熏习之善恶，以轮回于六道。再生之后，以先天之因，与现世之缘，更得善恶之果。对其先天之因，斯谓之未来之报也。

总而论之，善恶报应，或于其身，或于其子孙；或于死后，或于来世,莫不循因果之律令而无毫厘之或爽。然因果之迹,有简而易明者,有杂而难知者。富贵之人,易于骄奢,骄奢易于纵欲,纵欲易于死亡;贫贱之人,易于勤俭,勤俭易于谨慎,谨慎易于无过,此简而易明者也。不报于其身,不报于其子孙,而报于来世,或当祸而福,与当福而祸,此杂而难知者也。然以简而易明者推之,则杂而难知者,可信其必然矣。然则人之生世也,为善为恶,种瓜得瓜,种豆得豆,莫非自作之,自受之,而无锱铢得以假借,可幸而免者。明乎此,则世人于为恶之念,所以日夜趋于阿鼻地狱而不自知者,或稍杀乎?是则不佞撰述此文区区之微意也夫。

(一九二一年)

# 锡山游稿（1924 年）

编者按：该集共辑录诗文 61 篇，经核查，已全部收入《冯振全集·第一卷·自然室诗稿》，散见于"自然室诗稿卷一·甲子（一九二四年）""山围精舍诗稿·甲子（一九二四年）"中。在此仅列出篇目名称，以展示冯氏手稿完整面貌。

29

纪别·别家人·舟中遇险并序·舟中遇险抵梧后寄亲友·晡钟震吾·过香港悼苏铭卓·旅梧数日浩然远行渡海游申感而赋此·逢柱尊·始至无锡陪柱尊酌酒·晡用拯拔得二弟·赠柱尊·赠陈百一·呈唐蔚芝夫子·秋思·五里街·第二泉·锡山禅院望太湖·谒张中丞庙·谒吴太伯祠·寄畅园知鱼槛与柱尊酌酒·送陈实夫赴金陵慰问其族兄镜波病·送陈百一赴考金陵大学·寄甘云庵先生并序·东林旧迹·专诸塔遗迹·夜饮·寄内二首·寄挥之弟·书斋独宿·秋夜·代答三首·余偕友登惠山柱尊独中酒不往而为诗以记次韵和之·三茅峰下步行·登三茅峰望太湖·梅园·万顷堂二首·春申涧·寄呈苏寓庸先生二首·紫金山·秦淮海祠·将有陕西之行浩然赋此·书感示柱尊·得内子书感赋以答·寄朱东润·与柱尊散步无锡城南失道野中·夜游石桥上·忆儿二首·九日与柱尊经松林从石门登九龙至寄畅园酌酒·与陈隔湖游太湖即次其韵·由万顷堂泛舟至中独山寺及鼋头渚游横云小筑花神庙奇秀阁等处而返·古项王庙·客夜·至无锡悼张友艺·雨花台·秦淮河·清凉山·三台洞·金陵渡扬子江·梅园赏菊·长安之行不果因赋南归·留别在锡亲旧

# 早会格言

## 民国十三年（1924）

十三年十二月二十六日（甲子十二月初一日）

朱子曰：此生不学，一可惜；此日闲过，二可惜；此身一败，三可惜。

十二月二十七日（十二月初二日）

《易·系辞》曰：善不积不足以成名，恶不积不足以灭身。

刘先主曰：勿以善小而不为，勿以恶小而为之。

十二月二十九日（十二月初四日）

《愿体集》云：人以品为重，若存一点卑污黩货之心，便非顶天立地汉子；品以行为主，若有一件衾影惭愧之事，便非泰山北斗品格。

十二月三十日（十二月初五日）

范忠宣曰：以责人之心责己，则寡过；以恕己之心恕人，则全交。

十二月卅一日（十二月初六日）

王龙溪先生曰：譬如人在梦中，只争个觉与不觉。今既有将觉之机会，须猛醒振衣一起，以收开复之功，若再悠悠，又将做梦矣。

## 民国十四年（1925）

十四年二月二十三日（乙丑二月初一日）

汤文正公斌曰：学者志气，常如朝日。孔子发愤忘食，乐以忘忧,不知老之将至,是何如志气精神! 今人志气昏惰,无精进勇猛之意,何由成得事?

二月二十四日(二月初二)

《颜氏家训》曰:天下事,以难而废者十之一,以惰而废者十之九。

三月二日(二月初八)

管子曰:奸邪之所生,生于匮不足;匮不足之所生,生于侈;侈之所生,生于毋度。

三月三日(二月初九)

管子曰:天下财之所生,生于用力;用力之所生,生于劳身。

三月四日(二月初十)

赵清献公抃曰:凡不可与父兄师友道者,不可为也;不可与父兄师友为者,不可道也。

三月五日(二月十一)

汪信民先生革曰:人能咬得菜根,则百事可做。

三月六日(二月十二)

《国语》曰:惟善人能受尽言。

三月七日(二月十三)

《中庸》曰:君子戒慎乎其所不睹,恐惧乎其所不闻。莫见乎隐,莫显乎微,故君子必慎其独也。

三月十日(二月十六)

吕新吾先生曰:肯替别人想,是第一等学问。

三月十一日(二月十七)

朱子曰:读书只理会文义,便是无志。

三月十二日(二月十八)

曾文正公曰:习劳为办事之本。

三月十三日(二月十九)

　　《颜氏家训》曰:习闲成懒,习懒成病。

三月十四日(二月二十)

　　公父文伯母曰:民劳则思,思则善心生。逸则淫,淫则亡善,亡善则恶心生。

三月十八日(二月廿四)

　　程明道先生曰:外物之味,久则可厌;读书之味,愈久愈深。

三月十九日(二月廿五)

　　曾文正曰:君子不恃千万人之谀颂,而畏一二有识之窃笑。

三月二十日(二月廿六)

　　司马迁曰:[子曰:]"岁寒,然后知松柏之后凋。"举世混浊,清士乃见。

三月二十三日(二月廿九)

　　《尚书》曰:不作无益害有益。

三月二十五日(三月初二)

　　某儒学署联云:近圣人之居教亦多术矣,守先王之道文不在兹乎?

四月二十日(三月廿八)

　　李恕谷先生塨曰:读尽《论语》,非读《论语》也,但实行"学而时习之"一言,即为读《论语》;读尽《礼记》,非读《礼记》也,但实行"毋不敬"一言,即为读《礼记》。

四月廿三日(四月初一)

　　李恕谷先生曰:所行几微不能告人,即不顾言;言有纤悉回护,即不顾行。

九月十六日(七月廿九)

　　吕新吾先生曰:少年只要想我现在干些什么事,到头成个什么人,这便有许多恨心,许多愧汗!如何放得自家过?

# 夫子言行录

## 孔子之自述

子曰："吾十有五而志于学,三十而立,四十而不惑,五十而知天命,六十而耳顺,七十而从心所欲,不逾矩。"(《为政》)

子曰："巧言,令色,足恭,左丘明耻之,丘亦耻之。匿怨而友其人,左丘明耻之,丘亦耻之。"(《公冶长》)

子曰："十室之邑,必有忠信如丘者,不如丘之好学也。"(《公冶长》)

子曰："知之者不如好之者,好之者不如乐之者。"(《雍也》)

33

子曰："述而不作,信而好古,窃比于我老彭。"(《述而》)

子曰："默而识之,学而不厌,诲人不倦,何有于我哉?"(《述而》)

子曰："德之不修,学之不讲,闻义不能徙,不善不能改,是吾忧也。"(《述而》)

子曰："甚矣,吾衰也! 久矣,吾不复梦见周公。"(《述而》)

子曰："富而可求也,虽执鞭之士,吾亦为之;如不可求,从吾所好。"(《述而》)

子曰："饭疏食饮水,曲肱而枕之,乐亦在其中矣。不义而富且贵,于我如浮云。"(《述而》)

子曰："加我数年,五十以学《易》,可以无大过矣。"(《述而》)

叶公问孔子于子路,子路不对。子曰："女奚不曰:其为人

也,发愤忘食,乐以忘忧,不知老之将至云尔?"(《述而》)

子曰:"我非生而知之者,好古,敏以求之者也。"(《述而》)

子曰:"三人行,必有我师焉,择其善者而从之,不善者而改之。"(《述而》)

子曰:"盖有不知而作之者,我无是也。多闻,择其善者而从之,多见而识之,知之次也。"(《述而》)

子曰:"文,莫吾犹人也,躬行君子,则吾未之有得。"(《述而》)

子曰:"若圣与仁,则吾岂敢?抑为之不厌,诲人不倦,则可谓云尔已矣。"公西华曰:"正唯弟子不能学也。"(《述而》)

达巷党人曰:"大哉孔子!博学而无所成名。"子闻之,谓门弟子曰:"吾何执?执御乎?执射乎?吾执御矣。"(《子罕》)

太宰问于子贡曰:"夫子圣者与?何其多能也!"子贡曰:"固天纵之将圣,又多能也。"子闻之,曰:"太宰知我乎?吾少也贱,故多能鄙事。君子多乎哉?不多也。"牢曰:"子云:'吾不试,故艺。'"(《子罕》)

子曰:"吾自卫反鲁,然后乐正,《雅》《颂》各得其所。"(《子罕》)

子曰:"出则事公卿,入则事父兄,丧事不敢不勉,不为酒困,何有于我哉?"(《子罕》)

子曰:"听讼,吾犹人也。必也,使无讼乎!"(《颜渊》)

子曰:"君子道者三,我无能焉:仁者不忧,知者不惑,勇者不惧。"子贡曰:"夫子自道也。"(《宪问》)

子曰:"莫我知也夫!"子贡曰:"何为其莫知子也?"子曰:"不怨天,不尤人,下学而上达,知我者,其天乎!"(《宪问》)

子曰:"赐也!女以予为多学而识之者与?"对曰:"然,非

与?"曰:"非也,予一以贯之。"(《卫灵公》)

子曰:"吾之于人也,谁毁谁誉? 如有所誉者,其有所试矣。斯民也,三代之所以直道而行也。"(《卫灵公》)

子曰:"吾尝终日不食,终夜不寝,以思,无益,不如学也。"(《卫灵公》)

## 孔子之言行

子之燕居,申申如也,夭夭如也。(《述而》)

子曰:"志于道,据于德,依于仁,游于艺。"子曰:"自行束脩以上,吾未尝无诲焉。"(《述而》)

子曰:"不愤不启,不悱不发,举一隅不以三隅反,则不复也。"(《述而》)

子食于有丧者之侧,未尝饱也。子于是日哭,则不歌。(《述而》)

子之所慎:斋、战、疾。(《述而》)

子在齐闻《韶》,三月不知肉味,曰:"不图为乐之至于斯也。"(《述而》)

子所雅言,《诗》、《书》、执礼,皆雅言也。(《述而》)

子不言怪、力、乱、神。(《述而》)

子曰:"二三子以我为隐乎? 吾无隐乎尔。吾无行而不与二三子者,是丘也。"(《述而》)

子以四教:文、行、忠、信。(《述而》)

子钓而不纲,弋不射宿。(《述而》)

互乡难与言,童子见,门人惑。子曰:"与其进也,不与其退也,唯何甚? 人洁己以进,与其洁也,不保其往也。"(《述而》)

35

子与人歌而善,必使反之,而后和之。(《述而》)

子疾病,子路请祷。子曰:"有诸?"子路对曰:"有之。《诔》曰:'祷尔于上下神祇。'"子曰:"丘之祷久矣。"(《述而》)

子温而厉,威而不猛,恭而安。(《述而》)

子罕言利与命与仁。(《子罕》)

子曰:"麻冕,礼也;今也纯,俭,吾从众。拜下,礼也;今拜乎上,泰也。虽违众,吾从下。"(《子罕》)

子绝四:毋意,毋必,毋固,毋我。(《子罕》)

子见齐衰者、冕衣裳者与瞽者,见之,虽少必作;过之,必趋。(《子罕》)

子疾病,子路使门人为臣。病间,曰:"久矣哉,由之行诈也。无臣而为有臣。吾谁欺?欺天乎?且予与其死于臣之手也,无宁死于二三子之手乎?且予纵不得大葬,予死于道路乎?"(《子罕》)

子贡曰:"有美玉于斯,韫椟而藏诸?求善贾而沽诸?"子曰:"沽之哉!沽之哉!我待贾者也。"(《子罕》)

子欲居九夷。或曰:"陋,如之何?"子曰:"君子居之,何陋之有!"(《子罕》)

子曰:"岁寒,然后知松柏之后凋也。"(《子罕》)

子曰:"不得中行而与之,必也狂狷乎!狂者进取,狷者有所不为也。"(《子路》)

陈成子弑简公。孔子沐浴而朝,告于哀公曰:"陈恒弑其君,请讨之。"公曰:"告夫三子。"孔子曰:"以吾从大夫之后,不敢不告也。君曰'告夫三子'者。"之三子告,不可。孔子曰:"以吾从大夫之后,不敢不告也。"(《宪问》)

子贡方人。子曰:"赐也贤乎哉?夫我则不暇。"(《宪问》)

微生亩谓孔子曰："丘，何为是栖栖者与？无乃为佞乎？"孔子曰："非敢为佞也，疾固也。"（《宪问》）

子击磬于卫，有荷蒉而过孔氏之门者，曰："有心哉，击磬乎！"既而曰："鄙哉！硁硁乎！莫己知也，斯己而已矣。深则厉，浅则揭。"子曰："果哉！末之难矣。"（《宪问》）

卫灵公问陈于孔子。孔子对曰："俎豆之事，则尝闻之矣。军旅之事，未之学也。"明日遂行。在陈绝粮，从者病，莫能兴。子路愠，见曰："君子亦有穷乎？"子曰："君子固穷，小人穷斯滥矣。"（《卫灵公》）

公山弗扰以费畔，召，子欲往。子路不说，曰："末之也已，何必公山氏之之也？"子曰："夫召我者，而岂徒哉？如有用我者，吾其为东周乎！"（《阳货》）

佛肸召，子欲往。子路曰："昔者由也闻诸夫子曰：'亲于其身为不善者，君子不入也。'佛肸以中牟畔，子之往也，如之何？"子曰："然，有是言也。不曰坚乎，磨而不磷；不曰白乎，涅而不缁。吾岂匏瓜也哉？焉能系而不食？"（《阳货》）

齐景公待孔子曰："若季氏，则吾不能；以季、孟之间待之。"曰："吾老矣，不能用也。"孔子行。（《微子》）

齐人归女乐，季桓子受之，三日不朝。孔子行。（《微子》）

楚狂接舆歌而过孔子曰："凤兮凤兮，何德之衰？往者不可谏，来者犹可追。已而已而，今之从政者殆而！"孔子下，欲与之言，趋而辟之，不得与之言。（《微子》）

长沮、桀溺耦而耕。孔子过之，使子路问津焉。长沮曰："夫执舆者为谁？"子路曰："为孔丘。"曰："是鲁孔丘与？"曰："是也。"曰："是知津矣！"问于桀溺。桀溺曰："子为谁？"曰："为仲由。"曰："是鲁孔丘之徒与？"对曰："然。"曰："滔滔者，天下皆是也,而谁以易之?且而与其从辟人之士也,岂若从辟世之士哉?"耰而不辍。子路行以告,夫子怃然曰:"鸟兽不可与同群,吾非斯人之徒与而谁与?天下有道,丘不与易也。"(《微子》)

子路从而后,遇丈人,以杖荷蓧。子路问曰:"子见夫子乎?"丈人曰:"四体不勤,五谷不分,孰为夫子?"植其杖而芸,子路拱而立。止子路宿,杀鸡为黍而食之,见其二子焉。明日,子路行,以告,子曰:"隐者也。"使子路反见之。至,则行矣。子路曰:"不仕无义。长幼之节,不可废也;君臣之义,如之何其废之?欲洁其身,而乱大伦。君子之仕也,行其义也,道之不行,已知之矣。"(《微子》)

逸民:伯夷、叔齐、虞仲、夷逸、朱张、柳下惠、少连。子曰:"不降其志,不辱其身,伯夷、叔齐与?"谓:"柳下惠、少连降志辱身矣。言中伦,行中虑,其斯而已矣。"谓:"虞仲、夷逸隐居放言,身中清,废中权。我则异于是,无可无不可。"(《微子》)

## 弟子之称述孔子

子禽问于子贡曰:"夫子至于是邦也,必闻其政,求之与,抑与之与?"子贡曰:"夫子温、良、恭、俭、让以得之。夫子之求之也,其诸异乎人之求之与!"(《学而》)

子贡曰:"夫子之文章,可得而闻也;夫子之言性与天道,不可得而闻也。"(《公冶长》)

太宰问于子贡曰:"夫子圣者与?何其多能也!"子贡曰:"固天纵之将圣,又多能也。"(《子罕》)

颜渊喟然叹曰:"仰之弥高,钻之弥坚,瞻之在前,忽焉在后。夫子循循然善诱人,博我以文,约之以礼,欲罢不能。既竭

吾才，如有所立卓尔。虽欲从之，末由也已。"（《子罕》）

卫公孙朝问于子贡曰："仲尼焉学？"子贡曰："文武之道，未坠于地，在人。贤者识其大者，不贤者识其小者，莫不有文武之道焉。夫子焉不学，而亦何常师之有！"（《子张》）

叔孙武叔语大夫于朝曰："子贡贤于仲尼。"子服景伯以告子贡，子贡曰："譬之宫墙，赐之墙也及肩，窥见室家之好。夫子之墙数仞，不得其门而入，不见宗庙之美，百官之富。得其门者或寡矣。夫子之云，不亦宜乎！"（《子张》）

叔孙武叔毁仲尼，子贡曰："无以为也！仲尼不可毁也！他人之贤者，丘陵也，犹可逾也；仲尼，日月也，无得而逾焉。人虽欲自绝，其何伤于日月乎？多见其不知量也。"（《子张》）

陈子禽谓子贡曰："子为恭也，仲尼岂贤于子乎？"子贡曰："君子一言以为知，一言以为不知，言不可不慎也。夫子之不可及也，犹天之不可阶而升也。夫子之得邦家者，所谓立之斯立，道之斯行，绥之斯来，动之斯和。其生也荣，其死也哀，如之何其可及也？"（《子张》）

## 外人之称述孔子

仪封人请见，曰："君子之至于斯也，吾未尝不得见也。"从者见之，出曰："二三子何患于丧乎？天下之无道也久矣，天将以夫子为木铎。"（《八佾》）

达巷党人曰："大哉孔子！博学而无所成名。"（《子罕》）

太宰问于子贡曰："夫子圣者与？何其多能也！"子贡曰："固天纵之将圣，又多能也。"（《子罕》）

子路宿于石门，晨门曰："奚自？"子路曰："自孔氏。"曰："是

知其不可而为之者与?"(《宪问》)

## 论 政

子曰:"为政以德,譬如北辰,居其所而众星共之。"(《为政》)

子曰:"道之以政,齐之以刑,民免而无耻;道之以德,齐之以礼,有耻且格。"(《为政》)

哀公问曰:"何为则民服?"孔子对曰:"举直错诸枉,则民服;举枉错诸直,则民不服。"(《为政》)

季康子问:"使民敬忠以劝,如之何?"子曰:"临之以庄,则敬;孝慈,则忠;举善而教不能,则劝。"(《为政》)

或谓孔子曰:"子奚不为政?"子曰:"《书》云:'孝乎惟孝,友于兄弟,施于有政。'是亦为政,奚其为为政?"(《为政》)

定公问:"君使臣,臣事君,如之何?"孔子对曰:"君使臣以礼,臣事君以忠。"(《八佾》)

子贡问政,子曰:"足食,足兵,民信之矣。"子贡曰:"必不得已而去,于斯三者何先?"曰:"去兵。"子贡曰:"必不得已而去,于斯二者何先?"曰:"去食。自古皆有死,民无信不立。"(《颜渊》)

齐景公问政于孔子,孔子对曰:"君君,臣臣,父父,子子。"公曰:"善哉!信如君不君、臣不臣、父不父、子不子,虽有粟,吾得而食诸?"(《颜渊》)

子张问政,子曰:"居之无倦,行之以忠。"(《颜渊》)

季康子问政于孔子,孔子对曰:"政者,正也。子帅以正,孰敢不正?"(《颜渊》)

季康子患盗,问于孔子。孔子对曰:"苟子之不欲,虽赏之不窃。"(《颜渊》)

季康子问政于孔子曰："如杀无道以就有道，何如?"孔子对曰："子为政，焉用杀? 子欲善而民善矣。君子之德，风;小人之德，草。草上之风，必偃。"(《颜渊》)

子路问政，子曰："先之，劳之。"请益，曰："无倦。"(《子路》)

仲弓为季氏宰，问政。子曰："先有司，赦小过，举贤才。"曰："焉知贤才而举之?"曰："举尔所知。尔所不知，人其舍诸?"(《子路》)

子路曰："卫君待子而为政，子将奚先?"子曰："必也正名乎!"子路曰："有是哉，子之迂也! 奚其正?"子曰："野哉由也! 君子于其所不知，盖阙如也。名不正，则言不顺;言不顺，则事不成;事不成，则礼乐不兴;礼乐不兴，则刑罚不中;刑罚不中，则民无所措手足。故君子名之必可言也，言之必可行也。君子于其言，无所苟而已矣。"(《子路》)

子曰："其身正，不令而行;其身不正，虽令不从。"(《子路》)

子曰："苟正其身矣，于从政乎何有? 不能正其身，如正人何?"(《子路》)

子适卫，冉有仆，子曰："庶矣哉!"冉有曰："既庶矣，又何加焉?"曰："富之。"曰："既富矣，又何加焉?"曰："教之。"(《子路》)

叶公问政，子曰："近者说，远者来。"(《子路》)

子夏为莒父宰，问政。子曰："无欲速，无见小利。欲速则不达，见小利则大事不成。"(《子路》)

## 孔子之政治哲学略述

《汉书·艺文志》曰："儒家者流，盖出于司徒之官。助人君，顺阴阳，明教化者也。"故儒家之言，其立场必不离于教化。

孔子为儒家巨擘，徒属遍天下，身通六艺者，七十二人，其教化之效尤为显著。即其政治哲学，亦极重教化，与法家纯任赏罚者截然不同。韩非子曰：

> 明主之国，无书简之文，以法为教。无先王之语，以吏为师。（《五蠹》）

是以政，即为统教。孔子则以为伦常之间、弟臣子友之际，苟能各尽其职，则家齐、国治，而天下平。是政亦统于教之内也。故《论语》载：

> 或谓孔子曰："子奚不为政？"子曰："《书》云：'孝乎惟孝，友于兄弟，施于有政。'是亦为政，奚其为为政？"（《为政》）

> 齐景公问政于孔子，孔子对曰："君君，臣臣，父父，子子。"公曰："善哉！信如君不君、臣不臣、父不父、子不子，虽有粟，吾得而食诸？"（《颜渊》）

君君臣臣，属于政治，固也。而父父子子亦归于为政，则国之与家，政之与教，儒家固以为二而一者也。故孔子对于君臣父子，则主兼善而不偏责一方，故君君与臣臣、父父与子子，相对并举。而

> 定公问："君使臣，臣事君，如之何？"孔子对曰："君使臣以礼，臣事君以忠。"（《八佾》）

亦以君礼臣忠对举。《孟子》曰：

> 君视臣如手足，臣视君如父母；君视臣如草芥，臣视君如雠寇。

此正孔子之意也。孔子既主以教为政，故于为君方面，重以身作则。则《论语·颜渊》篇载：

> 季康子问政于孔子，孔子对曰："政者，正也。子帅以正，孰敢不正？"

又曰：

> 季康子患盗，问于孔子。孔子对曰："苟子之不欲，虽赏之不窃。"

又曰：

> 季康子问政于孔子曰："如杀无道以就有道，何如？"孔子对曰："子为政，焉用杀？子欲善而民善矣。君子之德，风；小人之德，草。草上之风，必偃。"

而《子路》篇亦载：

> 子曰："其身正，不令而行；其身不正，虽令不从。"

又曰：

> "苟正其身矣，于从政乎何有？不能正其身，如正人何？"

此并欲治其国，先修其身之义也。为政既主正身，故尚德而不尚刑。子曰：

> 为政以德，譬如北辰，居其所而众星共之。(《为政》)

又曰：

> 道之以政，齐之以刑，民免而无耻；道之以德，齐之以礼，有

33

耻且格。(《为政》)

以德道民,亦政教为一者也。至于为臣方面,则《颜渊》篇载:

> 子张问政,子曰:"居之无倦,行之以忠。"

《子路》篇亦载:

> 子路问政,子曰:"先之,劳之。"请益,曰:"无倦。"

无倦,即臣事君以忠之义也。

# 论 仁

子曰:"巧言令色,鲜矣仁。"(《学而》)

子曰:"人而不仁,如礼何?人而不仁,如乐何?"(《八佾》)

子曰:"唯仁者能好人,能恶人。"(《里仁》)

子曰:"苟志于仁矣,无恶也。"(《里仁》)

子曰:"君子去仁,恶乎成名?君子无终食之间违仁,造次必于是,颠沛必于是。"(《里仁》)

子曰:"我未见好仁者,恶不仁者。好仁者,无以尚之;恶不仁者,其为仁矣,不使不仁者加乎其身。有能一日用其力于仁矣乎?我未见力不足者。盖有之矣,我未之见也。"(《里仁》)

子曰:"人之过也,各于其党。观过,斯知仁矣。"(《里仁》)

孟武伯问:"子路仁乎?"子曰:"不知也。"又问,子曰:"由也,千乘之国,可使治其赋也,不知其仁也。""求也何如?"子曰:"求也,千室之邑、百乘之家,可使为之宰也,不知其仁也。""赤也何如?"子曰:"赤也,束带立于朝,可使与宾客言也,不知其仁

也。"（《公冶长》）

子张问曰："令尹子文三仕为令尹,无喜色,三已之,无愠色,旧令尹之政,必以告新令尹,何如?"子曰："忠矣。"曰："仁矣乎?"曰："未知,焉得仁?""崔子弑齐君,陈文子有马十乘,弃而违之。至于他邦,则曰:'犹吾大夫崔子也。'违之。之一邦,则又曰:'犹吾大夫崔子也。'违之。何如?"子曰："清矣。"曰："仁矣乎?"曰："未知,焉得仁?"（《公冶长》）

子曰："回也,其心三月不违仁,其余则日月至焉而已矣。"（《雍也》）

子贡曰："如有博施于民而能济众,何如? 可谓仁乎?"子曰："何事于仁,必也圣乎! 尧、舜其犹病诸! 夫仁者,己欲立而立人,己欲达而达人。能近取譬,可谓仁之方也已。"（《雍也》）

子曰："仁远乎哉? 我欲仁,斯仁至矣。"（《述而》）

子曰："若圣与仁,则吾岂敢? 抑为之不厌,诲人不倦,则可谓云尔已矣。"公西华曰："正唯弟子不能学也。"（《述而》）

子曰："君子笃于亲,则民兴于仁;故旧不遗,则民不偷。"（《泰伯》）

子罕言利与命与仁。（《子罕》）

颜渊问仁,子曰："克己复礼为仁。一日克己复礼,天下归仁焉。为仁由己,而由人乎哉?"颜渊曰："请问其目。"子曰："非礼勿视,非礼勿听,非礼勿言,非礼勿动。"颜渊曰："回虽不敏,请事斯语矣。"（《颜渊》）

仲弓问仁,子曰："出门如见大宾,使民如承大祭。己所不欲,勿施于人。在邦无怨,在家无怨。"仲弓曰："雍虽不敏,请事斯语矣。"（《颜渊》）

司马牛问仁,子曰："仁者,其言也讱。"曰："其言也讱,斯谓

之仁已乎?"子曰:"为之难,言之得无讱乎?"(《颜渊》)

樊迟问仁,子曰:"居处恭,执事敬,与人忠。虽之夷狄,不可弃也。"(《子路》)

子曰:"刚、毅、木、讷,近仁。"(《子路》)

宪问耻,子曰:"邦有道,谷;邦无道,谷,耻也。""克、伐、怨、欲不行焉,可以为仁矣?"子曰:"可以为难矣,仁则吾不知也。"(《宪问》)

子曰:"君子而不仁者有以夫,未有小人而仁者也。"(《宪问》)

子路曰:"桓公杀公子纠,召忽死之,管仲不死,曰未仁乎?"子曰:"桓公九合诸侯,不以兵车,管仲之力也。如其仁,如其仁!"(《宪问》)

子贡曰:"管仲非仁者与?桓公杀公子纠,不能死,又相之。"子曰:"管仲相桓公,霸诸侯,一匡天下,民到于今受其赐。微管仲,吾其被发左衽矣。岂若匹夫匹妇之为谅也,自经于沟渎而莫之知也。"(《宪问》)

子曰:"志士仁人,无求生以害仁,有杀身以成仁。"(《卫灵公》)

子贡问为仁,子曰:"工欲善其事,必先利其器。居是邦也,事其大夫之贤者,友其士之仁者。"(《卫灵公》)

子曰:"民之于仁也,甚于水火。水火,吾见蹈而死者矣,未见蹈仁而死者也。"(《卫灵公》)

子曰:"当仁,不让于师。"(《卫灵公》)

子张问仁于孔子,孔子曰:"能行五者于天下为仁矣。"请问之,曰:"恭、宽、信、敏、惠。恭则不侮,宽则得众,信则人任焉,敏则有功,惠则足以使人。"(《阳货》)

宰我问:"三年之丧,期已久矣! 君子三年不为礼,礼必坏;三年不为乐,乐必崩。旧谷既没,新谷既升,钻燧改火,期可已矣。"子曰:"食夫稻,衣夫锦,于女安乎?"曰:"安。""女安则为之! 夫君子之居丧,食旨不甘,闻乐不乐,居处不安,故不为也。今女安则为之。"宰我出,子曰:"予之不仁也! 子生三年,然后免于父母之怀。夫三年之丧,天下之通丧也,予也有三年之爱于其父母乎!"(《阳货》)

微子去之,箕子为之奴,比干谏而死。孔子曰:"殷有三仁焉。"(《微子》)

子夏曰:"博学而笃志,切问而近思,仁在其中矣。"(《子张》)

子游曰:"吾友张也为难能也,然而未仁。"(《子张》)

曾子曰:"堂堂乎张也,难与并为仁矣。"(《子张》)

## 论仁知勇

子曰:"里仁为美,择不处仁,焉得知?"(《里仁》)

子曰:"不仁者不可以久处约,不可以长处乐。仁者安仁,知者利仁。"(《里仁》)

樊迟问知。子曰:"务民之义,敬鬼神而远之,可谓知矣。"问仁,曰:"仁者先难而后获,可谓仁矣。"(《雍也》)

子曰:"知者乐水,仁者乐山。知者动,仁者静。知者乐,仁者寿。"(《雍也》)

子曰:"知者不惑,仁者不忧,勇者不惧。"(《子罕》)

樊迟问仁,子曰:"爱人。"问知,子曰:"知人。"樊迟未达,子曰:"举直错诸枉,能使枉者直。"樊迟退,见子夏,曰:"乡也吾见于夫子而问知,子曰'举直错诸枉,能使枉者直',何谓也?"子夏

曰:"富哉言乎! 舜有天下,选于众,举皋陶,不仁者远矣。汤有天下,选于众,举伊尹,不仁者远矣。"(《颜渊》)

子曰:"仁者必有勇,勇者不必有仁。"(《宪问》)

子曰:"可与言而不与之言,失人;不可与言而与之言,失言。知者不失人,亦不失言。"(《卫灵公》)

子曰:"知及之,仁不能守之,虽得之,必失之;知及之,仁能守之,不庄以莅之,则民不敬;知及之,仁能守之,庄以莅之,动之不以礼,未善也。"(《卫灵公》)

## 论　孝

子曰:"父在,观其志;父没,观其行;三年无改于父之道,可谓孝矣。"《学而》)

孟懿子问孝,子曰:"无违。"樊迟御,子告之曰:"孟孙问孝于我,我对曰'无违'。"樊迟曰:"何谓也?"子曰:"生,事之以礼;死,葬之以礼,祭之以礼。"(《为政》)

孟武伯问孝,子曰:"父母唯其疾之忧。"(《为政》)

子游问孝,子曰:"今之孝者,是谓能养。至于犬马,皆能有养;不敬,何以别乎?"(《为政》)

子夏问孝,子曰:"色难。有事,弟子服其劳;有酒食,先生馔,曾是以为孝乎?"(《为政》)

子曰:"三年无改于父之道,可谓孝矣。"(《里仁》)

曾子曰:"吾闻诸夫子,孟庄子之孝也,其他可能也;其不改父之臣与父之政,是难能也。"(《子张》)

## 论性命天道鬼神生死

子贡曰："夫子之文章,可得而闻也;夫子之言性与天道,不可得而闻也。"(《公冶长》)

伯牛有疾,子问之,自牖执其手,曰:"亡之,命矣夫! 斯人也而有斯疾也! 斯人也而有斯疾也!"(《雍也》)

子曰:"天生德于予,桓魋其如予何?"(《述而》)

子罕言利与命与仁。(《子罕》)

子畏于匡,曰:"文王既没,文不在兹乎? 天之将丧斯文也,后死者不得与于斯文也;天之未丧斯文也,匡人其如予何?"(《子罕》)

子曰:"凤鸟不至,河不出图,吾已矣夫!"(《子罕》)

49

季路问事鬼神,子曰:"未能事人,焉能事鬼?"曰:"敢问死。"曰:"未知生,焉知死?"(《先进》)

子夏曰:"商闻之矣:死生有命,富贵在天。"(《颜渊》)

子曰:"莫我知也夫!"子贡曰:"何为其莫知子也?"子曰:"不怨天,不尤人,下学而上达。知我者其天乎!"(《宪问》)

公伯寮愬子路于季孙。子服景伯以告,曰:"夫子固有惑志于公伯寮,吾力犹能肆诸市朝。"子曰:"道之将行也与,命也;道之将废也与,命也。公伯寮其如命何?"(《宪问》)

孔子曰:"君子有三畏:畏天命,畏大人,畏圣人之言。小人不知天命而不畏也,狎大人,侮圣人之言。"(《季氏》)

子曰:"性相近也,习相远也。"子曰:"唯上知与下愚不移。"(《阳货》)

孔子曰:"不知命,无以为君子也。"(《尧曰》)

## 论　学

子曰："学而时习之,不亦说乎?"(《学而》)

子曰："学而不思则罔,思而不学则殆。"(《为政》)

子曰："学如不及,犹恐失之。"(《泰伯》)

子曰："譬如为山,未成一篑,止,吾止也;譬如平地,虽覆一篑,进,吾往也。"(《子罕》)

子路曰:"有民人焉,有社稷焉,何必读书然后为学?"(《先进》)

子曰："古之学者为己,今之学者为人。"(《宪问》)

子曰："吾尝终日不食,终夜不寝,以思,无益,不如学也。"(《卫灵公》)

孔子曰:"生而知之者上也,学而知之者次也,困而学之,又其次也。困而不学,民斯为下矣。"(《季氏》)

子曰："由也,女闻六言六蔽矣乎?"对曰:"未也。""居! 吾语女。好仁不好学,其蔽也愚;好知不好学,其蔽也荡;好信不好学,其蔽也贼;好直不好学,其蔽也绞;好勇不好学,其蔽也乱;好刚不好学,其蔽也狂。"(《阳货》)

子夏曰:"仕而优则学,学而优则仕。"(《子张》)

## 论好学

子曰："君子食无求饱,居无求安,敏于事而慎于言,就有道而正焉,可谓好学也已。"(《学而》)

子曰："十室之邑,必有忠信如丘者焉,不如丘之好学也。"(《公冶长》)

哀公问："弟子孰为好学?"孔子对曰："有颜回者好学,不迁怒,不贰过,不幸短命死矣。今也则亡,未闻好学者也。"（《雍也》）

子曰："笃信好学,守死善道。"（《泰伯》）

季康子问："弟子孰为好学?"孔子对曰："有颜回者好学,不幸短命死矣;今也则亡。"（《先进》）

子夏曰："日知其所亡,月无忘其所能,可谓好学也已矣。"（《子张》）


# 论 士

子曰："士志于道,而耻恶衣恶食者,未足与议也。"（《里仁》）

曾子曰："士不可以不弘毅,任重而道远。仁以为己任,不亦重乎! 死而后已,不亦远乎!"（《泰伯》）

子贡问曰："何如斯可谓之士矣?"子曰："行己有耻,使于四方,不辱君命,可谓士矣。"曰："敢问其次。"曰："宗族称孝焉,乡党称弟焉。"曰："敢问其次。"曰："言必信,行必果,硁硁然小人哉! 抑亦可以为次矣。"曰："今之从政者何如?"子曰："噫! 斗筲之人,何足算也!"（《子路》）

子路问曰："何如斯可谓之士矣?"子曰："切切偲偲,怡怡如也,可谓士矣。朋友切切偲偲,兄弟怡怡。"（《子路》）

子曰："士而怀居,不足以为士矣。"（《宪问》）

子曰："志士仁人,无求生以害仁,有杀身以成仁。"（《卫灵公》）

子张曰："士见危致命,见得思义,祭思敬,丧思哀,其可已矣。"（《子张》）

51

# 论君子

子曰:"人不知而不愠,不亦君子乎?"(《学而》)

子曰:"君子不重则不威,学则不固。主忠信,无友不如己者。过,则勿惮改。"(《学而》)

子曰:"君子食无求饱,居无求安,敏于事而慎于言,就有道而正焉,可谓好学也已。"(《学而》)

子曰:"君子不器。"(《为政》)

子贡问君子,子曰:"先行其言,然后从之。"(《为政》)

子曰:"君子无所争,必也射乎!揖让而升,下而饮。其争也君子。"(《八佾》)

子曰:"君子去仁,恶乎成名?君子无终食之间违仁,造次必于是,颠沛必于是。"(《里仁》)

子曰:"君子之于天下也,无适也,无莫也,义之与比。"(《里仁》)

子曰:"君子欲讷于言而敏于行。"(《里仁》)

子曰:"吾闻之也,君子周急不继富。"(《雍也》)

子曰:"质胜文则野,文胜质则史。文质彬彬,然后君子。"(《雍也》)

宰我问曰:"仁者,虽告之曰'井有仁焉',其从之也?"子曰:"何为其然也?君子可逝也,不可陷也;可欺也,不可罔也。"(《雍也》)

子曰:"君子博学于文,约之以礼,亦可以弗畔矣夫。"(《雍也》)

子曰:"君子笃于亲,则民兴于仁;故旧不遗,则民不偷。"(《泰伯》)

曾子曰："君子所贵乎道者三：动容貌，斯远暴慢矣；正颜色，斯近信矣；出辞气，斯远鄙倍矣。笾豆之事，则有司存。"（《泰伯》）

曾子曰："可以托六尺之孤，可以寄百里之命，临大节而不可夺也。君子人与？君子人也。"（《泰伯》）

司马牛问君子，子曰："君子不忧不惧。"曰："不忧不惧，斯谓之君子已乎？"子曰："内省不疚，夫何忧何惧？"（《颜渊》）

司马牛忧曰："人皆有兄弟，我独亡。"子夏曰："商闻之矣：死生有命，富贵在天。君子敬而无失，与人恭而有礼，四海之内皆兄弟也。君子何患乎无兄弟也？"（《颜渊》）

子曰："君子于其所不知，盖阙如也。……故君子名之必可言也，言之必可行也。君子于其言，无所苟而已矣。"（《子路》）

曾子曰："君子思不出其位。"（《宪问》）

子曰："君子耻其言而过其行。"（《宪问》）

53

子路问君子，子曰："修己以敬。"曰："如斯而已乎？"曰："修己以安人。"曰："如斯而已乎？"曰："修己以安百姓。修己以安百姓，尧、舜其犹病诸！"（《宪问》）

子曰："君子义以为质，礼以行之，孙以出之，信以成之。君子哉！"（《卫灵公》）

子曰："君子病无能焉，不病人之不己知也。"（《卫灵公》）

子曰："君子疾没世而名不称焉。"（《卫灵公》）

子曰："君子矜而不争，群而不党。"（《卫灵公》）

子曰："君子不以言举人，不以人废言。"（《卫灵公》）

子曰："君子谋道不谋食。耕也，馁在其中矣；学也，禄在其中矣。君子忧道不忧贫。"（《卫灵公》）

子曰："君子贞而不谅。"（《卫灵公》）

孔子曰:"君子有三戒:少之时,血气未定,戒之在色;及其壮也,血气方刚,戒之在斗;及其老也,血气既衰,戒之在得。"(《季氏》)

孔子曰:"君子有三畏:畏天命,畏大人,畏圣人之言。小人不知天命而不畏也,狎大人,侮圣人之言。"(《季氏》)

孔子曰:"君子有九思:视思明,听思聪,色思温,貌思恭,言思忠,事思敬,疑思问,忿思难,见得思义。"(《季氏》)

子贡曰:"君子亦有恶乎?"子曰:"有恶。恶称人之恶者,恶居下流而讪上者,恶勇而无礼者,恶果敢而窒者。"(《阳货》)

子张曰:"君子尊贤而容众,嘉善而矜不能。"(《子张》)

子夏曰:"虽小道,必有可观者焉,致远恐泥,是以君子不为也。"(《子张》)

子夏曰:"百工居肆以成其事,君子学以致其道。"(《子张》)

子夏曰:"君子有三变:望之俨然,即之也温,听其言也厉。"(《子张》)

子夏曰:"君子信而后劳其民,未信,则以为厉己也;信而后谏,未信,则以为谤己也。"(《子张》)

子贡曰:"纣之不善,不如是之甚也。是以君子恶居下流,天下之恶皆归焉。"(《子张》)

子贡曰:"君子之过也,如日月之食焉。过也,人皆见之,更也,人皆仰之。"《子张》)

子曰:"不知命,无以为君子也。"(《尧曰》)

## 论君子小人

子曰:"君子周而不比,小人比而不周。"(《为政》)

子曰："君子怀德,小人怀土;君子怀刑,小人怀惠。"(《里仁》)

子曰："君子喻于义,小人喻于利。"(《里仁》)

子谓子夏曰："女为君子儒,无为小人儒。"(《雍也》)

子曰："君子坦荡荡,小人长戚戚。"(《述而》)

子曰："君子成人之美,不成人之恶;小人反是。"(《颜渊》)

子曰："君子之德,风;小人之德,草。草上之风,必偃。"(《颜渊》)

子曰："君子和而不同,小人同而不和。"(《子路》)

子曰："君子易事而难说也,说之不以道,不说也,及其使人也,器之;小人难事而易说也,说之虽不以道,说也,及其使人也,求备焉。"(《子路》)

子曰："君子泰而不骄,小人骄而不泰。"(《子路》)

子曰："君子而不仁者有矣夫,未有小人而仁者也。"(《宪问》)

子曰："君子上达,小人下达。"(《宪问》)

子曰："君子固穷,小人穷斯滥矣。"(《卫灵公》)

子曰："君子求诸己,小人求诸人。"(《卫灵公》)

子曰："君子不可小知而可大受也,小人不可大受而可小知也。"(《卫灵公》)

孔子曰："君子有三畏:畏天命,畏大人,畏圣人之言。小人不知天命而不畏也,狎大人,侮圣人之言。"(《季氏》)

子游曰："昔者偃也闻诸夫子曰:'君子学道则爱人,小人学道则易使也。'"(《阳货》)

子路曰："君子尚勇乎?"子曰："君子义以为上。君子有勇而无义为乱,小人有勇而无义为盗。"(《阳货》)

# 单篇论撰

## 亡弟挥之哀词

吾弟挥之以民国十五年丙寅夏历七月抱病自梧归。归数日,病日起。八月九月,盖几痊愈矣。十月后,时或不适。十一月,旧病悉作,展转缠绵,次第加剧。明年丁卯立春后三日,竟卒,年二十八。妻苏氏,遗孤一人,才四岁。呜呼痛哉!

挥之幼余三岁,少时读书村中,恒相随,年十四,游学上海,余又先在。及余任教席梧州,挥之又时来同居,故余与挥之共学之日为久。挥之与余皆好治诗古文词,挥之明朗通颖、英华秀发,其诗文真草,皆遒丽清拔,劲峭不群,称其为人。尝与余论为诗文,以谓必精能深刻,乃为可贵,虽苦吟力索、穷日继夜以易一字不为病。苟得一篇半什迥出意表,未经人道,即为文字异境,斯已足传。若伸纸疾书,顷刻千言,曾无深语,纵称捷才,要难垂远。故其每有所作,恒冥心幽探,造奇抵怪,入鬼出神,旦暮吟哦,寝食几辍,一字不安,十易未已。而余好宗尚自然,不主艰索,以谓文章天成,妙手偶得;凡诗与文,读之令人不欢者,即非其至。故余二人所为诗文不甚相类,而彼此又互好之,不能相舍也。然海内知识、习稔吾二人者,皆谓挥之天资高,异时所成就,当远出余上,余亦自愧不能及。挥之平生颇艳羡魏晋文士,读其书,思慕乎其人,往往赞叹,以为虽类多短折,而其才华足惊也。当挥之在沪时,尝以课余从吾邑陈君柱尊、锡山张君友艺学为文。其时二君与余及挥之皆为南洋大学学生,故又同学。张君尝戏谓陈君曰："挥之要是六朝人物。"然挥之持身谨饬，屏绝嗜好，又绝有才干，经纪筹划，莫不纲目井井，又非诞妄放任者比。挥之天性至笃，孺慕友爱均过人，交友得其欢心，令人不忍舍。居常亦平易仁蔼，少崖岸不乐之色。独其为诗，则好作苦语，镂肝镕肾，形凅神瘁，务求天下穷愁至悲以为快。其于古今文人不遇愁苦之作，若屈原、贾谊，以至李长吉、王仲则之词，尤好讽诵而称道之。平南甘云庵先生既爱其才，尝举以相诫，谓不称其境，恐非福，宜有以易之。余亦以为言，挥之亦深然之，而其后有作，则又类是。岂气机所感，有不能自已者邪？而今竟遂止于是，将非所谓命邪？挥之志行皎然，于世荣乐无所慕，又不违俗名高，以自殊异。曾任容县、南宁各中学教员，容县苏寓庸厅长初审挥之学行，即以女妻之。苏公之于挥之，盖姻亲而知己者也。及苏公任财政厅长，函电相促者再，始赴任第三科科长。逮苏公解职，挥之即欲与之俱去，而疾作矣，在邕凡病二月余，旋就医梧州。又一月，始归家，抵家几半年而卒。卒前一月，自知不起，常自谓平生读书，参究佛老，生死寿夭，实能无累于中，顾惟久病苦耳。临尽，耳目犹聪明，神色不异常时，遂卒。痛哉！始余兄弟五人，自壬戌七月，先姊弃养；其冬，先兄鉴明相继逝世；甲子，孤侄又殇；乙丑，叔弟用抍病殁沪上。值世多故，遗棺未归，孤魂万里，寒食清明，每相顾歔欷，泣数行下，不复知生人之乐。今挥之又亡，独余与季弟拔得在耳，而季弟复方远游上海，一时尚无所闻知，顾影孑然，对此遗柩，大地茫茫，埋忧何所？嗟乎，五年之间，骨肉摧残，至于此极，天之所废，孰知其故。死而有知，地下之乐，殆胜人间远矣。呜呼痛哉！遂缀词以哭之。词曰：

呜呼吾弟！一棺付身，万事都已。孰谓汝生，遽止于是。汝病抵家,将六阅月。死生无累,亲为我说,事如昨日,汝可能忆?今纵缕谈,其又何益?汝未没时,汝忧我哀。汝今既没,心徒自摧。有弟天涯,孤儿黄口。兄持弟丧,谓我哀否?旌旛飘飘,白日晼晼。送汝永归,近郊不远。魂往不返,哀何已时。茹酸饮恨,岂谓汝知?缀语摛文,庶摅我悲。呜呼哀哉!

## 祭亡弟用抃文

维民国纪元十六年丁卯夏历二月,弟用抃没。再周年,胞兄振乃能衔哀致诚,为文函札,远寄上海殡所而告之曰:

呜呼用抃!汝之殁于今两载矣,吾欲为诗与文以哭汝告汝者屡矣,而不果。非有他故相阻迫而然也,每设意为之,而吾之痛滋益甚,心手酸软,终不可以为也。故以谓且少待之,俟吾悲之稍杀而后为之。呜呼!岂料吾今为文以告汝,吾之痛倍甚于往日邪?痛哉!痛哉!汝之殁,实以乙丑二月二十四日,而正月廿日,汝尝有书与余,详述无锡战况,不及病事。乃二月初二日,桂师院拔弟来函,忽谓汝病势缠绵,难期速愈,亟欲南归调治,约即遣亲人至梧相接,当有良伴护汝南行也。旋又函告汝抵沪后,病益加重,万难涉海,故且在沪就医,且述汝意,极欲余亲往诊治。余时方长吾邑中学,得书彷徨,惊忧丛积,即驰归与汝八哥商度,以谓余职责所系,猝难远去,即去亦不能久,而汝病又非十数日可愈,不如由汝八哥赴沪医理,可以专任,无所顾念。盖尔时汝八哥新自邕归,汝尚未之知也。且汝壬戌疽发乳旁,经春涉夏,瘦骨柴立,濒危者屡,皆由汝八哥调治痊愈,则汝平素体质,汝八哥实较余知之深,而用药为尤效。不料汝之噩耗,乃先汝八哥到梧也。兄南弟北,遂成永诀。痛哉!痛哉!自汝病剧,即日

夜望余往治最切，虽闻讯即往，而汝已不及待，且余以先年十月
杪自锡归，而汝自十一月后病即时□，余不能预期诊知。及汝病
危，即余亲治，亦岂能冀效？然余不得一行以慰汝，吾实负疚。
悠悠苍天，此恨何极！余之别汝南归也，亦岂知天涯乍别，遂隔
重泉邪！痛哉！痛哉！

　　自汝殁后，亦尝筹度运柩归葬，免汝孤魂飘零万里。今世乱
路阻，迄未能行，吉田树佳。廿四叔父病殁南乡，与汝先后月耳，
柩至中途，陷入匪窟，勒赎不归，旋又为潦水漂去数十里，幸抵沙
石，得不沉没，展转运归，几历一载。以此戒惧，不敢轻试，今之
祸乱，又甚于昔，久留不葬，河清何日？昔延陵季子适齐而反，其
子死，葬于嬴、博之间，曰："骨肉复归于土，命也，魂气则无不之
也。"孔子闻之，以为知礼。今停柩殡所，期满二年，例以清明日
安葬，谨遵先贤遗意，就地权厝，并由拔弟亲至料理，待世稍平，
然后归骨。汝倘有知，当无不可于意也。

　　汝秉性沉静，寡言笑，不露圭角，居常读书，似亦无大异于
人。所为诗文，恒秘造深藏，无所假乎师友，而句平字妥，不类初
学者。自余游锡，始得汝近作诗数首观之，皆清颖可诵，叹为天
授。盖以余手足之密迩，又同好为诗，于汝所得，尚不相知如此，
则汝其他所学，余更不足以知之，而世之人岂有真知汝者哉！吾
兄弟少时，皆甚白皙，惟汝微黑，又能任劳，寡疾病。自先妣在
日，即谓汝体质壮健，为兄弟冠，岂知汝在兄弟中乃最少亡邪！
生死寿夭不可知，如此得不谓之命邪！自汝云亡，吾形槁心灰，
未尝不深痛汝少年夭折，不克稍尽其才，以就所学，以稍见于世。
乃汝八哥所学虽未大成，而已有所就，方渐见知于世，为时人所
称誉，亦不获稍延，年未三十，竟于今春继汝逝世。盖自壬戌至
今，先妣见背，兄弟五人损其三，孤侄殇一，幼女殇二，骨肉之恩，

死丧之戚,生人茶苦,乃至斯极。凡平昔吾辈交劝互勉以期有所树立者,至是乃知一本于命,而丝毫不可以人力强求。而汝与汝八哥乃独蒙其祸,竟以学殒其生。人之子弟,患不能贤;贤矣而短命如此,则余之痛,岂寻常骨肉所能知者哉!汝今既殁,幽明异路,凡吾缕陈,汝岂尽知?惟吾抱此无涯之痛,终不能不为汝言之,然后稍舒于吾心。此所以虽吾之痛倍甚于往日,而不能不忍痛为汝言之也。汝其竟知之邪?其竟不知邪?呜呼痛哉!

## 《茹经堂文集三编》序

昔姚姬传氏言学问之途有三:曰义理,曰词章,曰考据。戴东原氏亦以为言。窃尝论之:天下学术,之三者括囊尽之矣。试以四部言:若经与子,则义理之科也;若史,则考据类也;若集,则多属于词章者也。然此特就其书之质性言而已,若读其书而各专其所好,则又有其人之质性焉,而短长见矣。才华之士,举圣经贤传、子史杂记,罗列胸次,供其驱役,以成其炳炳琅琅之文章,悦目而快耳。其治史,取其华词也,治经与子,亦为其词章使耳。极其弊,则华文少实,寖以无行,虽谓之侮圣人之言,玩物以丧志,可也。考据用以辨世次之先后,明制度之得失,虽圣人不能废也。推而极之,因声音训诂而明其字义,字义明而后古昔圣贤之义理显,则用之于经、子,未为失也。而僻者为之,支离破碎,务极穿凿,干之去而枝是取,形之守而神已亡。则碎义逃难、便辞巧说之讥,岂可免哉?笃好义理者,以六经为堂奥,诸子为户牖,固矣。然史籍所载,嘉言懿行;文集篇章,名言至理。兼收并蓄,触类而通,孰不足以助发其性理?顾视其人之爱好何如耳。而世亦或议之者,则以空疏病之。盖为束书不观、游谈无根者发也。要之三者各有所长，未可偏废。而义理所以立人道之本，天地赖以不息，人类藉而不灭，其长远胜于彼二者，而流弊为尤少。虽以东原氏之深于名物训诂，犹有轿夫、轿中人之喻。则义理之于三者，不尤可贵也哉！

吾师锡山唐蔚芝夫子，于三者之学无不精，其治经，实镕汉宋于一炉而冶之。既已撷汉儒考据之长，以阐发宋儒之义理矣；又时时吐为文章，以舒其所抱。虽其海涵地负、亭蓄潴汇、网罗所及者，至广且微，然要其归，必有关乎世道人心，不专为一人一家而作。而称述忠勇义烈之士、孺慕友爱之情，可泣可歌，缠绵悱恻，虽木强人读之，莫不感动流涕而不能释手。盖先生以至性至情，发而为天地之至文，其所以维纲常名教于不坠、激发仁慈孝友于末世者，每篇之中，未尝不三复致意焉。故先生之文，以义理而发为词章者也。然世之读先生之书者虽甚众，而或未亲炙先生，则于先生平居治学所以养而致此者，犹或未了然也。

盖先生得于天者之至性至情既独厚，又务益济之以学，居常言行，一准乎法则，读书治事，必有定时，虽大饮酒，不稍乱。遇人接物，尤足表见大儒君子之度，望之俨然，即之也温。听其言，蔼然仁厚长者，闻之者莫不心悦诚服，若春风时雨之化。昔庄周述申徒嘉称伯昏无人之德曰："我怫然而怒，而适先生之所，则废然而返。不知先生之洗我以善邪？"若先生之诚挚宽容，使人自弃于鄙倍，则又过乎此矣。先生之学，大抵尤重于义理，而必反之于心身，躬行而实践之，推而至于齐家处世，壹是皆行其所学。故先生之学，皆坐而言、起而能行者也，学与言与行，合而为一者也。故先生之义理，又躬行实践之义理也。言义理者，苟皆归本于躬行，纵不能文章，何害？而先生独兼擅考据、词章之长，以相媲美辉映，则尤难能而可贵耳。

61

先生所著《茹经堂文集》，其第一二编，久已行也。今又将刊布其第三编，辱命为之序。振窃惟侍先生也久，妄以为或可以窥先生行身治学之万一，因不辞固陋，略述其胸臆以就正。而敬谨为读先生之书者概括而告之曰：

先生之文章，必归本于义理；先生之义理，必归本于躬行。读先生之文章者，必求之于义理；求先生之义理者，必反之于躬行。夫而后乃可以得先生之大者。而振方沉溺于训诂词章，而一无所就。先生倘以其余暇，从容训诲，导而归之于义理躬行之学，则身心之益，庶几其有进乎？

民国二十年十一月门人北流冯振谨序。

## 《子二十六论》叙

我国目录，大别有四，曰经、史、子、集。然经者常也，谓恒久之至道、不刊之闳教，佛道回耶巫医星相之徒，莫不崇其祖述之书谓之经，盖犹儒者之于六艺矣。就以六艺论，左史记言，右史记事，言为《尚书》，事为《春秋》。则《尚书》《春秋》，史之科也。《易》言天地阴阳之理，可谓之子。《诗》载国风雅颂之文，可谓之集。《礼》《乐》则言原理者宜属子，述制度者宜属史。子为义理之学，集为词章之学，史为考据之学，循名核实，古今著作，举不外是。违乎此者，谓之杂糅。杂糅不已，则万变而不可穷极，非所论于学术之源矣。史部虽广，疆域分明，未易羼杂。子集二部，则往往相淆。《昭明文选·叙》谓诸子"以立意为宗，不以能文为本"。意则义理也，文则词章也。子集之判，斯为精切，然意必全书一贯，文可各体兼陈。故辨章真伪，子则重意不重人，集则重人不重意。主惜苟同，虽撰者数人，不碍为一子也；文非赝作,虽工拙不侔,不碍为一集也。

尝考诸《史记》,若老聃,若庄周,若韩非,若孟子,若荀卿,史公固称其尝自著书矣。若管仲,若晏婴,若孙武,若吴起,若商君,则但称读其书而已,未尝定其书之必为自著也。若《吕氏春秋》,则直云吕不韦使其客人人著所闻,号曰《吕氏春秋》。《吕氏春秋》非不韦所自著,尚不为伪;然则流传已久之先秦诸子,苟其持之有故,言之成理,非有明验足以证其为汉以后人所依托者,固不宜轻疑而伪之也。挽近诸子之学浸兴,顾多竞相异以疑老、疑庄、疑孟、疑荀、疑管、疑晏、疑孙、疑吴而伪之,以谓文或首尾不类,非出一人之手。然则昔之天子卿相,其诏令奏议,必一一自为而后可乎? 其有假手于侍从幕府者,皆谓之伪乎? 司马谈论六家要指,谓阴阳儒墨名法道德,皆务为治,直所从言之异路,有省不省。今舍诸家之宗旨不谈,而断断焉于作者之真伪,吾恐其去诸子著书务治之意愈远也。孔子曰:"我欲载之空言,不如见诸行事之深切著明也。"然则有行事可见者,不必汲汲于其言之载。故吾意若伊尹太公管晏申商之徒,皆尝为王霸之佐,其书大抵不纯为其所自著,或后人辑录,或门客所为,有类后代之学案。太史公列举文王《周易》以递韩非《孤愤》、《诗》三百篇,概而蔽之曰"圣贤发愤之所为作……此人皆意有所郁结,不得通其道",故论书策以舒其愤,思垂空文以自见。然则无行事可见者,乃不得不发愤而著书。故吾意若老庄孟荀韩非之徒,其书大抵皆其所自著。由此观之,诸子之不自著书,其书可以不著也,已见诸行事也;诸子之自著书,诸子之之不幸也,诸子之不得已也。

柱尊道兄著作等身,义理、词章、考据,无不兼备,讨论子部之作尤众。若《墨子十论》《老学八篇》等,早已不胫走天下,顾多专论一家之学,虽至精微而未极博大。近又成《子二十六论》,于九流十家,扬搉得失,直凑单微,益以通博。其宗旨明,其义理显,一一皆可措诸实行,以致乎康盛(原有"而于作者之真伪,则置不深辨"二句,依柱尊说删)。不特深契诸子务治之旨,而审其去取,陶镕百氏,成一家言,实亦一子也,岂孤文单义,轻于疑古者之比乎!《汉·志》云:"礼失而求诸野。"方今去圣久远,道术缺废,无所更索。彼九家者,不犹愈于野乎?若能修六艺之术,而观此九家之言,舍短取长,则可以通万方之略。柱尊此书,庶足以当之。虽然,诸子著书言治道,究以徒载空言者为多,后人读其书者,往往惜其怀宝不遇,不得稍试其才,以跻世于隆治,为之感慨往复而不能已。今柱尊之才,郁其所怀抱,久不得见诸行事,积其发愤,不得已而自著书。虽孰得孰失,必有能辨之者,未可谓为不幸。然使柱尊长此不得已而著其徒载空言之书,则吾知读其书者之感慨嗟惜,又不必待之后人也。

民国二十四年一月十日冯振谨叙于无锡国学专修学校。

## 茹经先生自订年谱跋

甲戌岁,茹经先生年七十,同门诸子,既谋建纪念堂于太湖之琴山,以为先生寿;又请先生以自订年谱刊布于世。先生谦让未遑,未之许也。振以旦夕随侍于先生,乘间窃请者屡,始蒙付校。因就年谱中著作所系,略加按语,以当索引。又综先生文集奏疏所载,逮各专书,编为著作年表,附刊于后。既毕业,窃僭识其末曰:

先生八岁,即立志为伊尹,顾生丁叔季,虽抱尧舜其君其民之盛德宏愿,不获见诸功业,识者莫不为先生惜。退而讲学,则以先知先觉,觉斯世斯民,弟子遍天下,著作充栋梁,闻风感发,斯道之兴,当不在远。孟子论禹、稷、颜回同道,伊尹未尝干汤,先生虽不得大行乎其志,其传道授徒之盛业,亦何愧于伊尹之任! 今老矣,而筋力坚强,神明完固,讲授述作,无一日或息。继今以往,八十、九十以跻乎期颐,吾知天之所以成先生之任者,盖未有艾也。

民国二十四年二月二十日门人冯振谨跋。

## 客斋说

民国三十六年春,冯子振心颜其所居曰"客斋",并刊牙章以为之志。或曰:其义云何? 曰:古诗云"人生天地间,忽如远行客",盖以生为逆旅,而死为归真。凡生宇宙间者尽客也,此客之通乎人我者也。余生五十年矣,此五十年中,家居者三分之一,客居者三分之二,今垂老,仍客异乡。何日归田,邈难预卜。然则纵七十、八十以逮期颐,殆必客居之日为多。此客虽非吾所独有,而吾与有焉者也。言哲学者,有主观客观之说。人之其所亲爱而辟焉,之其所贱恶而辟焉。莫知其子之恶,莫知其苗之硕,此主观也。毋固毋我,廓然大公,不将不迎,用心若镜,此客观也。常人每易严于责人,而宽于自恕。其失多由于主观太重,吾敢不兢兢以此自戒,而蕲向于客观乎? 此就吾志趣趋舍言之者也。老子曰"不敢为主而为客",又曰"俨若客"。余自服务社会已三十年,虽不求闻达,淡泊自足,而一校之中,忝为主管主任者逾二十年,自视阙然,未尝敢一日以主者自居也。虽不居其实,犹居其名,名者实之宾也,宾亦客也。此又吾任事以来,私心独念,久于为客者也。自今以往,吾将应主任之名而不居,庶几名实相副,如老氏所谓"不敢为主而为客"者。然则吾之以"客斋"名吾所居,岂非一名而五义乎?既以答或者之问,并书之以为"客斋说"云。

民国三十六年二月二十八日北流冯振振心草于复员后之无锡国学专修学校。

## 送宁楚禅先生序

振向在上海,即闻楚禅先生名,知为道德学问之士,愿交之而未有因也。去年家居,舍弟始得交先生于沪渎。越数月,六年春,振从事教育于苍梧,舍弟自沪东归,蒙先生赐以大著,益知先生文章经济,为当今所罕俦,而宿闻之名为不虚也。书札之交,盖自此始。又数月,先生南游,始得亲聆绪论,一快平生仰慕之忱。窃观先生激昂慷慨,议论闳伟,纵谈上下古今得失成败,及欧美各国之所以强而我国之所以弱者,了了若指诸掌上。使先生而得志于时也,出其所学以挽救国家,以膏泽斯民,固斯世之幸也,盖亦先生之志焉。言谈之余,尝索吾文以观,过蒙推许,以为颇得古文气象,故其行也,遂托为之序。

嗟乎!若振正举世所共笑,以为无丝毫文学智识者,其将何以序之?虽然,振自十五而醉心古文,不自知其罢驽,以为可有得于是也。不图攻之愈力,而毁之者愈众,诚有如韩昌黎先生所谓小称意则必小怪之,大称意则大怪之者矣。故数年以来,每为文章,苟非同笔砚二三知己外,未尝敢出以示人,诚恐无益,只取辱耳。今先生独以为可与有成,虽溢美之言,不可谓非知己者已。若是,岂可无言乎?自古怀才而不遇者多矣,故曰"士为知己者用",及其不遇而穷也,虽以孔孟之圣,栖栖皇皇,席不暇暖，犹终不得位以行其道于天下。何者？世俗竞于货利，而君子尚乎道德也。今先生虽有经济国家之材、膏泽斯民之志，然自守道德，不阿于世。而今之习俗，去古甚远，吾恐学问愈大、道德愈高，其求知己也愈难，而不遇于世愈甚；从俗浮沉，与时俯仰，得志愈易。先生将由其道而从其难乎？抑违其道而从其易乎？使先生而得行其志，大有为于时，以福国利民，其功烈较诸文章之士，徒驰骋于翰墨，以求立言于身后者，不可同年而语矣。使不得行其道于时也，又恐求欲得二三知己，以翰墨自娱，置讥笑侮骂于不顾，若吾今日者，又不可得也。然邪？非邪？吾将以先生此行卜之焉。

## 民众文艺讲义绪论

不佞现与诸君所讲论者，其学程为《民众文艺》。在讲论之先，不能不将"民众文艺"四字，加以解释说明，并略述其讲论之标准焉。

"民众文艺"四字，亦宜分析解之，即何者称为文艺，而何者又称为民众文艺也。

"文艺"二字，殊无十分确切之定义，而大意颇近于文学，但较文学为狭义。盖"文学"之义，有极宽泛者：如《论语》"夫子之文章，可得而闻"及"焕乎其有文章"。先儒谓凡言语、威仪、事业之著于外者皆是。此固无论矣。即今人章炳麟亦云："文学者，以有文字著于竹帛，故谓之文；论其法式，谓之文学。"（《文学总略》）是文学之所涵盖广，此皆无当于文艺之旨。惟阮元氏祖述梁昭明太子《文选》之义，大申"有韵为文，无韵为笔"之说（《文心雕龙·总术篇》云："今之常言，有文有笔，以为无韵者笔也，有韵者文也。"阮氏云："所谓韵者,乃章句中之音韵,非但句末之韵脚也。六朝不押韵之文,其中奇偶相生,顿挫抑扬,皆有合乎宫羽。"),以为"专名为文,必沉思翰藻而后可也"(《书梁昭明太子〈文选序〉后》)。又谓:"凡文者,在声为宫商,在色为翰藻。"(《文韵说》)其定义狭而严,于文艺之旨差近。然阮氏之所谓翰藻者,必奇偶相生,则又过于狭隘,仍不足为文艺之定义。要而论之:文艺者,乃含有艺术性之文学,如诗歌、戏剧、小说之类,即现代所谓纯文学者也。

文艺之中,而有所谓民众文艺,则民众文艺,异乎普通所谓文艺,亦可知矣。民众文艺,颇有似于平民文艺,然亦微有分别:平民文艺,与贵族文艺相对;民众文艺,则与个性文艺相对。民众文艺必为平民文艺,而平民文艺,则未必限于社会性,而必不可抒写个人之特殊性格。故民众文艺,又较平民文艺之范围为尤狭也。古者民众文艺,首产于平民,而后世之民众文艺,则不必尽出于村夫野妇之口,但求其所表现者为社会情况,或虽叙述一人之见闻,而足以观察一时代之社会现状,万万非专发露个人之特殊性格者,则不问其作者为何人,其所叙述者为何事,皆得谓之民众文艺。(如王粲《七哀诗》云:"路有饥妇人,抱子弃草间。顾闻号泣声,挥涕独不还。未知身死处,何能两相完。"此虽记其一时之闻见,而亦足以观察当时社会乱离之现象,此民众文艺也。如孟郊《赠崔纯亮》诗云:"食荠肠亦苦,强歌声无欢。出门即有碍,谁谓天地宽。"此只足表现其个人一时之感觉,与社会绝无关涉,不得谓之民众文艺也。)故民众文艺者,乃含有社会性之平民文艺是也。

春秋之前,官师合一,一切学术,职在官守,除极浅陋之农工技术外,在平民中绝无所谓学术者。战国以后,诸子争鸣,政教之途既分,官守之防亦决,草野之士,或能以一艺擅长。然当时简册繁重,传播者希,无所师承,则莫由致力。其后虽文字纸墨刊布日多,而学术领域亦只及于智识阶级而止,仍无与于平民也。至于文艺,则大异,是不特十三国风(邶、鄘、卫、王、郑、齐、魏、唐、秦、陈、桧、曹、豳)多采自民间,而《康衢》《击壤》之歌,乃远始唐虞之世。此皆求之于野,绝无等级之殊,故古者"孟春之月,群居者将散,行人振木铎徇于路以采诗,献之大师,比其音律,以闻于天子"(《汉书·食货志》),而稗官小说则"街谈巷语,道听途说者之所造"(《汉书·艺文志》),咸不出于上大夫之口,此真我国平民之纯粹民众文艺也。

古者文艺与民众合而为一,后世文艺与民众离而为二,盖文艺莫先于歌谣,而歌谣即发生于民众。歌谣之兴,盖在文字之先。(沈约《宋书·谢灵运传论》曰:"民禀天地之灵,含五常之德,刚柔迭用,喜愠分情。夫志动于中,则歌咏外发。六义所因,四始攸系,升降讴谣,纷披风什。虽虞夏以前,遗文不睹,禀气怀灵,理无或异。然则歌咏所兴,宜自生民始也。")歌谣不藉文字以成,亦不易随文字而灭。惟其不藉文字以成,故能产生于村夫野妇之口,而不为文字所限,此国风之所以多采自民间,而为纯粹之民众文艺也。惟其不易随文字而灭,故《诗》"三百五篇,遭秦而全者,以其讽诵,不独在竹帛故也"(《汉书·艺文志》)。歌谣发生于民众,而歌谣之外无文艺,故曰:古者文艺与民众合而为一也。后世文艺领域渐张,文艺既不限于歌谣,诗歌亦不尽关涉于民众,(诗之《雅》《颂》,去民众文艺已渐远,若汉魏以来,公讌、应制等诗,尤与民众无涉。)而文艺遂离民众而独立,故曰:后世文艺与民众,离而为二也。

文艺与民众合而为一者,其作品不知作自何人,亦不必只传于一人之口,其作者亦无以创造自命,远希传世不朽之心。只就民众之生活,或宁静者,或变动者,加以描写;或就民间之故事,或悲哀者,或愉快者,加以叙述,无一不与民众有关。其作品亦

69

遂流传以不朽,此真正原始之民众文艺也。文艺与民众离而为二者,其作者不必身在草野,躬与民众工作,而关心民瘼、留意土风,将民生疾苦、殊方异俗,布之诗歌小说,以寄讽刺。虽事以文传,文由人显,异乎向之所称文艺与民众合而为一、不知作者之名氏者,而其诗文所载,特与民众生活关切至深;若杜子美、白乐天之徒之一部分作品,亦得称之为民众文艺也。

总而论之:始也文艺与民众合而为一,文艺即产生于民众之中;后也文艺与民众离而为二,文艺不必产于民众之内。始也文艺即产于民众之中,故文艺必与民众之生活有关;后也文艺不必产于民众之内,故文艺亦不必与民众之生活相切。始也文艺之范围狭,民众文艺之外,更无文艺,故凡文艺,即可称之为民众文艺;后也文艺之范围广,民众文艺之外,仍有文艺,故可称为民众文艺者,乃反甚少。始也民众文艺之作者,混迹于民众之中,多为无名氏之作者,故其作品亦多为无名氏之作品;后也民众文艺之作者,多特异于民众之外,为有名氏之作者,故其作品,亦多为有名氏之作品。始也作者必混迹民众之中,作品又尽关切于民众之事,乃得称为民众文艺;后也作者不必混迹民众之中,但求其作品有关切于民众之事,即可称之为民众文艺矣。此民众文艺古今不同之大较也。

民众文艺与其他文艺不同,其特异之点有二。文艺有浪漫派与写实派之分,民众文艺大率多写实派;其他文艺则多属浪漫派。此其不同之一也。文艺所描写叙述者,有以个人性格及境遇为对象者,有以社会情状为对象者,民众文艺必以社会情状为对象,其他文艺则多以个人性格及境遇为对象。此其不同者二也。

民众文艺既以写实为主,而其对象,又在社会情状,其作品之趋向必为平民的而非贵族的；必为浅易的而非艰深的；必为情感的而非哲理的；必为现实的而非理想的；必为音节畅顺的而非诘屈聱牙的。此又民众文艺与其他文艺不同之点也。

民众文艺，既以社会情状为内容，而社会情状之记载，则实在历史。故研究民众文艺，实不能舍历史而不顾。而不佞今兹所讲论，即拟略依历史为编次。因源习流，既足觇历代社会之状况，亦足明文艺变迁之痕迹。以文艺与历史，互为印证，兴趣宜更浓厚。此又研究民众文艺与其他文艺不同之点也。

或曰：然则子之所论，得毋类于文学史乎？曰：唯唯，否否，此盖有别。文学史之所述，重在各时代文学变迁之史绩，而不重在各时代文学作品之裒录；今所讲论，则以各时代之民众文艺作品为主，而其变迁之史迹，则阙而不论，以待读者之推求。质而言之：则略依年代编次之文艺选本而已。此又与文学史似同而实异者也。

文艺之为物，乃艺术的而非理智的。艺术只可以欣赏，而不可以研究；只可以直觉得其真美，而不可以强力求其精神。故欲为文艺作家，必须将优美之文艺作品，长吟短咏，反复讽诵，以待其心凝神释、默与之契，久之，乃可渐摄其精魂，而遗其糟粕。而其所作，亦可渐几近，而日即高明。以此长养，久乃得之。但须自求，不假师授，至于剖析毫厘，判别妍媸，或明其意之所存，或抉其情之所寄，以为临文去取、知人论世之助者，此则研究之所资，而非欣赏之所尚矣。民众文艺，造端于歌谣，其节奏铿锵，正以取便于讽咏歌诵，似宜厕诸可以欣赏而不可以研究之列。然民众文艺，所描写叙述者，为社会状况。当其歌谣之始播，投足而歌之时，不知手之舞之，足之蹈之，其徒供人之欣赏鼓舞，固无疑义。而自后代之人观之，以其事过境迁，或竟类夫已陈刍狗，

71

不足引起人之同情心者,亦往往而有。若此之流,苟非加以研究考求之心,使过去之社会状况,仍活现于心目之中,则此类文艺发生之主因,既无由明了,而欣赏之兴趣,亦无由浓厚。故讲论民众文艺,于欣赏之外,又宜参以研究态度也。

虽然,吾于此有一语须连带声明者焉:文艺与普通著述不同。普通著述,以智识为内容,智识与时代俱进,使其所陈之理,已无成立之可能,则其著述之价值,亦必无存在之余地。故普通著述为时间所范围者也。至于文艺,则大要以情绪为主,喜怒哀乐之情,虽万有不同,而遇喜则笑,逢哀则泣,古今中外,人无或异,故易水之歌,壮士闻而慷慨;河梁之咏,行子吟而悽怆。情不可亡,则感必不失,感而常应,则文艺之价值,如日月光华,终古常新矣。故文艺不为时间所范围者也。民众文艺,虽以社会状况为对象,不尽属于情绪,然实以社会状况为经纬,以情绪为组织,使无情绪附丽于其间,则社会状况,亦死物耳,又何足以感人?荀卿有言曰:"千人万人之情,一人之情是也。天地始者,今日是也。"(《不苟篇》)社会风俗,不必尽同。而古今人情,要不甚相远。苟能本今以推古,从一以知万,则皇古风教,尚在人间。民众文艺之价值,千秋不可灭也。

(撰作时间不明,暂置 1949 年前)

第二编 晚近论著（1949年以后）

# 两汉乐府古诗选读

## 战城南

**一、解题**

　　这是一首诅咒战争的诗,通过描写战后战场的惨状、士兵平时服役的苦况和追悼阵亡战士的一去无归,充分地暴露了战争的罪恶,也充分地表达了人民反对战争的思想感情。

　　陈沆曰:"此塞上屯戍之士,且耕且战,痛死亡之苦而思良将帅也。其武帝取匈奴河南地,筑朔方,缮故塞,匈奴数大入杀掠屯戍之时乎? 凡二十二句。"

**二、内容和结构**

　　这诗可分为三节:自起至"驽马徘徊鸣"为第一节,写战后战场鸟食遗尸、战马悲鸣的惨状。自"梁筑室"至"愿为忠臣安可得"为第二节,写屯戍之士平时服役的苦况。自"思子良臣"至末为第三节,追悼阵亡战士的一去无归。

**三、艺术特点**

　　1. 表现手法:现实主义与浪漫主义相结合;想象力强,假设与鸟说话;用烘托法从战后战场的惨状映射出战争的残酷。

　　2. 词句形式:三字、四字、五字、七字的句子参合使用,偶用对句。

　　3. 押韵:用换韵法。

**四、词语**

　　激激、冥冥、枭骑

## 五、比较

与《九歌》《国殇》比较

## 六、异义

末四句如作追思古良将解,即汉文帝向冯唐说"安得廉颇、李牧为将"及李白"李牧今不在,边人饲豺虎"之意;但如此则"暮不夜归"无须作"莫不夜归"解,方能通达。"暮不夜归"即吾见其出而不见其归之意,"莫不夜归"即全师而归之意。一字之改,意义全异,而两皆可通。

# 有所思

## 一、解题

这是一首描写一个女子发现她的情人爱情变迁后,心情极度激动的情诗,通过这篇作品,充分地表现了纯洁人民对爱情不专一的深恶痛绝。

## 二、内容和结构

这诗可分三节:自起至"用玉绍缭之"为第一节,写自己对情人的专一深挚,情人虽远在他方,仍旧赠送珍贵物品表示爱情。自"闻君有他心"至"相思与君绝"为第二节,写闻对方爱情变迁,断然决绝。自"鸡鸣狗吠"至末为第三节,意思不够明显,大约是申明"相思与君绝"之意,言兄嫂在家,天日在上,断不作彼此偷会之念了。

## 三、艺术特点

1. 表现手法:加倍用力的写法:言有所思,则说远在大海之南;言赠簪,则说用玉绍缭之;言摧烧之,则说当风扬其灰;言勿复相思,则说相思与君绝;言兄嫂当知之,又说东方须臾高知之。

2. 词句形式：三字、四字、五字、七字的句子参合运用,偶用叠句、叠词相承。

3. 押韵：换韵参错。

四、词语

绍缭、拉杂、摧烧、肃肃、晨风

# 上　邪

一、解题

这是一个女子向她的情人表示爱情非常坚固的誓词,通过这篇作品,充分地表达了纯洁人民的爱情非常强烈和崇高。

二、艺术特点

1.表现手法：比拟、重叠。

2.词句形式：二字、三字、四字、五字、六字、七字句参合运用。

3.押韵：换韵。

三、词语

上邪、长命、震震

四、参考对比

乌须白、马生角、羝羊乳

冯延巳《长命女》："春日宴,绿酒一杯歌一遍,再拜陈三愿：一愿郎君千岁;二愿妾身长健;三愿如同梁上燕,岁岁长相见。"

# 孤儿行

一、解题

这是一首写孤儿受兄嫂虐待,过着奴隶生活的叙事诗,充分地暴露了封建家庭的内部矛盾和黑暗惨状。

二、艺术特点

1. 表现手法:对比;逐层叙述;现实与幻想相结合。

2. 词句形式:二字、三字、四字、五字、六字句参合使用,偶用对句。

3. 押韵:换韵。

三、词语

虮虱、取、错、菲、肠肉、将、校计、譊譊

# 东门行

一、解题

这是一首写一个男子为贫困所迫,铤而走险,他的妻子苦加劝阻的叙事诗,充分表现了这个男子刚强反抗和他的妻子善良婉顺的各个特殊性格,同时也反映了当时社会不安、人民困苦的情况。

这诗有本辞和晋乐所奏两篇,词句稍有不同,晋乐所奏可能是本辞的加工,但词意更为完整,更易理解。所以现在选读解释,是以晋乐所奏为主,而以本辞作为参考。

二、内容和结构

这诗可分为三节:自首至"儿女牵衣啼"为第一节,写这个穷困的男子,既出门又复入门,最后仍复坚决拔剑出门而去,心理矛盾、思想斗争表现于实际行动的过程,曲折变化,刻画形象,非常突出。自"他家但愿富贵"至"君复自爱莫为非"为第二节,全部记录善良妻子劝告的语言,这个安分守己、爱怜儿女的妇女对于丈夫的委婉规劝,完全是久受压迫不敢反抗的善良人民的思想感情的具体表现。自"行！吾去为迟"至末为第三节,仍是对话的记录。"行！吾去为迟!"是丈夫坚决出去,临别的决绝语;"平慎行,望君归!"是妻子在劝阻不得无可奈何的情况下,作出嘱咐期望之词。夫妻二人不同的性格,仍然在极简短的词语中,充分表现出来。

三、艺术特点:

1. 表现手法:①纯用赋体,叙事与记言相融合,前面叙事,后面记言;叙事则形象逼真,记言则口吻宛然。②逐层写去,次节井然;但声情激动,绝不平衍。③参用叠调(指晋乐所奏)。④对写:出、入,盆中、桁上,他家、贱妾,上用、下为。

2. 词句形式:一字、二字(本辞有"今非"句,但疑有脱误)、三字、四字、五字、六字、七字句参合使用,参用偶句。

3. 押韵:一韵到底。

79

# 乌生八九子

一、解题

这诗是叙述乌鸟惨遭射猎者的杀戮,因而推想世间如白鹿、黄鹄、鲤鱼无不受到不幸的遭遇,这样,人的生死寿夭,只可委之于命运。通过这篇作品,充分反映了善良人民在统治阶级残酷的压迫下,走投无路,充满悲哀的思想情绪。

二、内容和结构

这诗可分为三节:自首至"乌死魂魄飞扬上天"为第一节,写乌鸟中弹身死。自"阿母生乌子时"至"钓钩尚得鲤鱼口"为第二节,写乌生深山岩石之间,寄身偏远,不应遭受祸难;但又联想到白鹿之在上林西苑,黄鹄之摩天高飞,鲤鱼之深藏洛渊,一样不能免祸,自然有遍地网罗、无路逃生之感。最末两句为第三节,从上节之祸害难逃,自然得出死生有命,只有委天任运之意,这是乱世的悲观心理的反映。

三、艺术特点

1. 表现手法:运用重叠复杂的比体,可与《上邪》参看。

2. 词句形式:杂言,参用乌声的叹息。

3. 押韵:用韵参错,保留民歌的形式多,文人加工的成分少。

## 城上乌

一、解题

这是后汉桓帝(刘志)时候,反抗政治贪污的一首童谣。大意可知,不易逐句确切解释。前段解说,分歧尤多。注解所引,只可聊供参考,不能认为定论。

二、内容试探

"城上乌,尾毕逋"(毕,尽也。逋,欠也。),言尾巴残缺的乌鸦,不在田间野外觅食,而高止城上,令人憎恨,比最高统治者居高独食,不顾人民痛苦,贪敛无厌,人之见而恶之:与《诗经》之言硕鼠,比拟略似。一说喻人主凭高而处,皇嗣屡绝。"公为吏,子为徒",言父子相继,为吏为徒,作威作福,贪暴无已,权臣如梁商、梁冀,便是显例;帝王相承,更不待言。"一徒死,百乘车",一说一徒指天子,则百乘车应指迎立的国王。"车班班,入河间",言桓帝、灵帝(刘宏)皆迎自河间(今河北省河间市),行车之声班班然也。"河间姹女工数钱,以钱为室金为堂",言灵帝改立,其母永乐太后好聚金以为堂也。"石上慊慊舂黄粱",言帝室虽聚敛金钱,盈堂满室,而人民穷困痛苦,虽欲舂黄粱以为食,亦慊慊然常感不足也。"梁下有悬鼓,我欲击之丞卿怒",言悬鼓本以备人民冤屈无告的时候击之以上达皇帝的天听,可是主鼓的丞卿戒备森严,人民虽欲击之而不可得,自然欲诉而无由了。

三、艺术特点

1. 表现手法:参用比、兴。

2. 词句形式:承接处多用叠字连珠式。

3. 押韵:音节自然,读之非常顺耳。

## 上山采蘼芜

一、解题

这是一首写一位被遗弃了的妇人无意中和故夫相遇,彼此对话的叙事诗。通过这篇作品,充分地暴露了封建社会里男女的不平等,男子对女子可以随便地得新弃旧;同时也深刻地表现了这位故夫的势利无耻,并肯定了生产能力的社会价值。

二、艺术特点

1. 表现手法:①横断面的写法——简单、扼要、经济、生动。②多用对话式——除起三句用第三者口气叙述外,其外全是对话式;通过对话,双方的人物性格全部活现。③多用对比法——新人、故人,颜色、手爪,织缣、织素。

2. 词句形式:多用对句。

3. 押韵:古韵平去通为一韵,今韵分为两韵。

# 十五从军征

## 一、解题

这是一首写一位少年十五岁从军,八十岁归来,家中无人、景物全非的叙事诗。通过这篇作品,充分地暴露了战争的残酷和所给予人民的痛苦,自然是诅咒战争非常强烈的作品,可以和《战城南》并读。

## 二、内容和结构

这诗可分为三节:首六句为第一节,写将到家时的情境;中四句为第二节,写初到家时所见的景物;末六句为第三节,写到家后的情境。

## 三、艺术特点

1. 表现手法:直叙,参用对话。

2. 词句形式:参用对句。

3. 押韵:一韵到底,但杂有无韵之句。

## 四、词语

阿谁、累累、旅谷、旅葵

## 五、比较

《战城南》、杜甫《无家别》

魏左延年《从军行》(亦作汉词):"苦哉边地人,一岁三从军。三子到敦煌,二子诣陇西。五子远斗去,五妇皆怀身。"

# 陌上桑

## 一、解题

这是一首写一位年轻貌美有夫的妇女严词拒绝使君无礼诱

惑的叙事诗,充分地暴露了封建官僚对良家妇女的压迫,同时也歌颂了妇女的美丽、勤劳、智慧和坚贞。

二、内容和结构

这诗可分为三节:自起至"但坐观罗敷"为第一节,叙述罗敷采桑,从她的装束和引人注目的情况上烘托她的美貌。自"使君自南来"至"罗敷自有夫"为第二节,叙述使君对罗敷的引惑和罗敷对使君的严词拒绝。自"东方千余骑"至末为第三节,叙述罗敷盛夸夫婿,以压倒使君。

三、艺术特点

1. 表现手法:多用赋体铺叙夸张;参用比兴;旁面烘托;参用对话;参用单句;多用对句、排句。

2. 押韵:一韵到底,韵脚有重字。

四、故事推测

这个故事可能是从秋胡子的故事转化而来。

《列女传》:"鲁秋胡纳妻五日而官于陈,五年乃归。未至家,见路旁有美妇人采桑,悦之,下车谓曰:'力田不如逢丰年,力桑不如见国卿。吾有金,愿以与夫人。'妇曰:'采桑力作,以供衣食,奉二亲不愿人之金。'秋胡归至家,奉金遗母,使人呼其妇。妇至,乃乡采桑者也。妇污其行,去而东走,自投于河而死。"

秋胡的故事是悲剧,陌上桑则变为喜剧。不论秋胡也好,使君也好,都是有钱有势的官僚,[他们]对民间良善美好的妇女施以威迫利诱的掠夺,都是封建制度下官僚地主玩弄女性的具体表现。就秋胡的故事来说,秋胡原欲引诱他人之妻,因而自害其妻,本属咎由自取,罪有应得。但秋胡尽管无耻,其妻实极贞良,这个故事的结果,使善良女子遭到惨死的悲剧,实在违反大

83

众人民的意愿;而且对好色无耻的秋胡,没有丝毫惩戒,也觉得过于便宜了他。因而,由秋胡的故事转变而为《陌上桑》,借罗敷的口吻,词严义正地申斥了使君,又盛夸了自己夫婿的势位形貌,以奚落使君一番。这样处理题材,既无须牺牲善良的女子,又可以对好色无耻的官僚给以应得的惩戒,这是合乎大众人民的意愿的。这个故事转化的原因,或者就是这样。因此,对于诗中有些问题,如"二十尚不足、十五颇有余"的女子嫁了四十余岁的丈夫而自鸣得意,"东方千余骑"是否当时辽东的将军,罗敷是否勤劳妇女,这个故事是否暴露统治阶级内部的矛盾等,都不值得深论了。

五、词语

　　倭堕、著、帩头、谢、鬑鬑、盈盈、冉冉

# 羽林郎

一、解题

　　这是一首写一位卖酒胡姬对一位倚势骄横的金吾子的调笑,加以委婉而严正的拒绝的叙事诗,主题和《陌上桑》相似,可以拿来比照并读。

二、内容和结构

　　这诗可分为三节:起首四句为第一节,用作者的口吻,概括叙述家奴调笑卖酒胡姬的故事,但用了"倚势""调笑"等字,作者的立场和爱憎已经非常明确。自"胡姬年十五"至"两鬟千万余"为第二节,写胡姬衣着首饰鬟鬟的美丽,但非常庄重,没有一点妖冶轻浮的情态,已经肯定了胡姬是正面的人物。自"不意金吾子"至末为第三节,用胡姬的口吻写金吾子(即倚势家奴)

盛装引诱,而胡姬既委婉又严正地加以拒绝,一方面充分地暴露了倚势家奴的骄横无耻,一方面也表达了弱小女子处在这种权威压力之下,必须既委婉而又严正地作以适当应付的委曲心情。这样既歌颂了胡姬的坚贞和智慧,也通过具体的叙述更明显地说明金吾子的倚势调笑并加以否定,这样便成了一篇非常完整,思想性和艺术性并高的作品。

篇中"男儿爱后妇,女子重前夫"二句表现了对男女不平等的反抗;"人生有新故,贵贱不相逾"二句表现阶级的对立,即《乌鹊歌》"妾是庶人,不乐宋王"之意。

"结我红罗裾,不惜红罗裂,何论轻贱躯"三句的各种解释。

三、艺术特点

1. 表现手法:先概括,后铺叙;参用赋体,铺叙夸张;叙述中有述语而无对话。

2. 词句形式:参用对句、排句。

3. 押韵:一韵到底,韵脚无重字,这是文人加工和民间文艺的主要分别之一。

85

四、《陌上桑》和《羽林郎》的比较

| | | 《陌上桑》 | 《羽林郎》 |
|---|---|---|---|
| 同点 | 内容 | 反抗对女性的侮辱 | |
| | 形式 | 叙述故事,铺叙夸张,多用对句、排句 | |
| 异点 | 内容 | 严正而诙谐 | 严正而委婉 |
| | 形式 | 用兴体引起 | 用直述体叙起 |
| | | 叙述中有对话 | 叙述中有述语而无对话 |
| | | 有单句 | 无单句 |
| | | 韵脚有重字:三敷三头二隅二夫二须字 | 韵脚无重字 |

| | | 《陌上桑》 | 《羽林郎》 |
|---|---|---|---|
| 异点 | 形式 | 用韵较宽较古,鱼、虞、尤三韵通押 | 用韵较窄较近,鱼、虞两韵通押 |
| | | 无作者姓氏,保存民歌的特色多 | 有作者姓氏,经文人加工的迹象显 |
| | | 戏剧性的成分多,真实性的成分少 | 真实性的成分多,戏剧性的成分少 |

五、作品比照

1.《乌鹊歌》

《彤管集》:"韩凭为宋康王舍人,妻何氏美,王欲之,捕舍人,筑青陵之台。何氏作《乌鹊歌》以见志,遂自缢。""南山有乌,北山张罗。乌自高飞,罗当奈何! 乌鹊双飞,不乐凤凰。妾是庶人,不乐宋王!"

2. 唐张籍《节妇吟》

宋洪迈《容斋随笔》:"张籍在他镇幕府,郓帅李师古又以书币辟之,籍却而不纳,而作《节妇吟》以寄之。"其诗云:"君知妾有夫,赠妾双明珠。感君缠绵意,系在红罗襦。妾家高楼连苑起,良人执戟明光里。知君用心如日月,事夫誓拟同生死。还君明珠双泪垂,恨不相逢未嫁时。"

以思想性论,《羽林郎》近于《乌鹊歌》;以艺术性论,《节妇吟》是将《陌上桑》和《羽林郎》的表现方法结合运用。

六、参考资料

余冠英《乐府诗选》云:"冯子都的身份并不是执金吾而胡姬称他为'金吾子',正和解放前老百姓称反动军队的士兵为'老总',军官为'大人'相似。"

又云:"本篇作者的身世不详,《玉台新咏》列在班婕妤之前,以风格论,应属东汉。东汉和帝时窦宪做大将军,兄弟骄横,尤其执金吾窦景,他手下的人常常强夺民间的妇女、财物,官吏不敢干涉,商贾像怕强盗似的躲避他们。这诗似乎是为窦景作的,假托西汉事,不过为说话方便。"

## 行行重行行

一、解题

这是一首写别离之苦的抒情诗,看"浮云蔽白日,游子不顾返"二句,可能是逐臣远谪,借弃妻以自比,词意眷恋缠绵,哀感顽艳。通过这篇作品,充分地暴露了在封建统治制度之下,君臣夫妇的不平等;在伦理道德方面,只强调臣忠妇贞的一面而不问君明夫贤的一面,这种封建的道德意识在士大夫阶级的文人中更为突出。

【眉批】《离骚》:"不抚壮而弃秽兮,何不改乎此度?""荃不察余之中情兮,反信谗而齌怒。""初既与余成言兮,后悔遁而有他。余既不难夫离别兮,伤灵修之数化。""怨灵修之浩荡兮,终不察夫民心。"

《诗·郑风·褰裳》:"子惠思我,褰裳涉溱。子不我思,岂无他人?狂童之狂也且!子惠思我,褰裳涉洧。子不我思,岂无他士?狂童之狂也且!"

《有所思》:"乃在大海南。"

李白《登金陵凤凰台》:"总为浮云能蔽日,长安不见使人愁。"

二、艺术特点

1. 表现手法:反复缠绵,参用比体。

2. 押韵:换韵。

87

# 青青陵上柏

一、解题

这是一首写人生无常,及时行乐的抒情诗,通过这篇作品,充分透露出在贵贱贫富悬殊的情况下,没落的士大夫阶级所感受的现实生活的悲哀。

【眉批】《世说新语》:"阮仲容(咸)、步兵(籍)居道南,诸阮居道北。北阮皆富,南阮贫。七月七日,北阮盛晒衣,皆纱罗锦绮。仲容以竿挂大布犊鼻裈于中庭。人或怪之,答曰:'未能免俗,聊复尔耳!'"

二、艺术特点

1. 表现手法:反兴的连用;勉强行乐的描写;双提单叙的敷述;贫富贵贱的对比;内心(勉强行乐的悲哀)的透露。

2. 词句形式:散句多,偶句少。

3. 押韵:一韵到底。

# 冉冉孤生竹

一、解题

这是一首托言女子迟婚以比士不见用的抒情诗。假定承认这一说法,那么,这便是一首全首都用比体的诗,而诗中如孤生竹、泰山阿、菟丝、女萝、蕙兰花等又是比中之比。如果细加分别,应可以说孤生竹、泰山阿是兴,菟丝、女萝、蕙兰花是比。若只就字面解释,自然是一首女子感慨迟婚的抒情诗,那么,也是先用起兴,后用比喻。

二、内容和结构

　　首二句比兴作起。"与君为新婚"二句比。"菟丝生有时"二句由比引入正文。"千里"二句言相隔之远。"思君"二句言相待之久。"伤彼"以下四句写迟暮之感，是一篇之主。末二句推进一层以自宽慰，并为双方各占地位，说明进退以礼、交结以义之意。全篇所要表达的思想内容，其实只是孟子所说"君子未尝不欲仕也，又恶不由其道"及《离骚》"惟草木之零落兮，恐美人之迟暮"的意思，这也可以说是在旧社会里高级知识分子的一种高尚品德。这是典型的文人诗，所反映的也是士君子的典型思想。

# 迢迢牵牛星

一、解题

　　这是一首借写牛郎织女的故事以表达夫妇离隔之苦的抒情诗。这诗作为直写夫妇离别，妇女思夫的作品看，固然可以。但这是文人的作品，文人另有一套习惯使用的创作方法，那便是：借夫妇以说朋友、君臣。这种比拟的方法，虽然最初也是创自人民大众，但后来文人却很兴盛地一直使用着。我以为固定在一种意义上去体会一篇比较有灵活性的思想内容的作品，是会减少它的文学意味的，所以我以为读诗不要过于呆板；当然，过于穿凿附会，认为句句都有寄托，也是不妥当的。

二、内容和结构

　　第一、二两句牛女并写，第三、四、五、六四句专写织女一面，第七、八、九、十四句又是牛女并写。

三、艺术特点

　　1. 表现手法：纳抒情于叙事之中。

2. 词句形式:排偶句与散行句参错并用。

# 驱车上东门

一、解题

这是一首写人生无常,不如及时行乐的抒情诗,表面看来是一种达观思想,其实这种思想反映的正是士大夫阶级没落的悲哀,主要全在最后两句。

二、内容和结构

自起至"千载永不寤"写墓中死人,永远长眠;自"浩浩阴阳移"至"多为药所误"写万物变迁,圣贤不能独免,服食求仙,长生徒为妄想;末两句提出主题,以见只有玉食美饮,及时享乐为最可靠、最现实,似极颓废,实极愤慨。

# 青青河畔草

一、解题

这是一首写一位堕落女子心境苦闷的抒情诗,通过这篇作品,可以透露出在极其美丽的掩盖下存在着极其痛苦的生活,真正是剥削社会本质的反映。

二、艺术特点

1. 表现手法:今昔对比;参用比兴。

2. 词句形式:连用叠字句;参用对句。

3. 押韵:一韵到底。

# 孔雀东南飞

## 一、解题

这是一首写一对青年夫妇因为受到家长的压迫而双双殉情表示反抗到底的叙事诗，通过这篇作品，充分地暴露了封建礼教吃人的罪恶，也明显而深切地表达了作者对青年恩爱夫妻的同情和对凶暴家长的憎恨。

## 二、内容和结构

这诗共357句,1785字,是我国[古代]最长的五言叙事诗。全篇主要可分为三大段：

自起首至"二情同依依"为第一段，叙述兰芝被遣，离开夫家的情形。其中开头两句是托物起兴的引子；自"十三能织素"至"及时相遣归"是叙述兰芝向府吏诉说痛苦，自请回家；自"府吏得闻之"至"遣去慎莫留"是叙府吏和阿母第一次对话；自"府吏长跪告"至"会不相从许"是叙府吏和阿母第二次对话；自"府吏默无声"至"久久莫相忘"是叙府吏和兰芝的对话；自"鸡鸣外欲曙"至"精妙世无双"是叙兰芝临去时的妆扮；自"上堂拜阿母"至"涕落百余行"是叙兰芝向阿母和小姑辞别；自"府吏车在前"至"二情同依依"是叙兰芝和府吏途中相会，立誓而别。在这一大段里写府吏和阿母的口角，写府吏、兰芝两人的依恋，写兰芝临别的伤感和希望，缠绵反覆，淋漓尽致。

自"入门上家堂"至"愁思出门啼"为第二大段，叙述兰芝回家后遭受重重逼迫的情形。其中自"入门上家堂"至"阿母大悲摧"是叙兰芝初回母家，母女对话；自"还家十余日"至"不得便相许"是叙第一次县令遣使求婚，刘母还听兰芝之言，予以拒绝;自"媒人去数日"至"便可作婚姻"是叙第二次太守又遣媒来,兰芝迫于兄命,表面允许;自"媒人下床去"至"郁郁登郡门"是叙媒人回复太守,备礼迎娶;自"阿母谓阿女"至"愁思出门啼"是叙兰芝被迫准备衣裳应付再嫁。在这一大段里写媒人的说辞,刘母的摇摆不定,阿兄的势利压制,并铺张太守纳聘的盛况,更反衬出兰芝对府吏爱情的坚固。

自"府吏闻此变"至末为第三大段,叙述两人希望断绝,双双自杀的情形。其中自"府吏闻此变"至"千万不复全"是叙府吏闻变而归,中途又与兰芝相会,约定同死;自"府吏还家去"至"渐见愁煎迫"是叙府吏回家,向母告别,准备自杀;自"其日牛马嘶"至末是叙两人自杀和合葬。这一大段里写兰芝同府吏的诀别,写府吏向阿母的预告,都非常惨凄动人。末尾二句点出作诗的用意。

三、思想性——暴露封建家庭吃人礼教的残酷罪恶。

正面人物:刘兰芝、焦仲卿;

反面人物:焦母、刘兄;

摇摆人物:刘母;

帮闲人物:媒人。

无关紧要的问题——焦、刘两家的家庭成分;兰芝对仲卿的爱情是否真诚?

四、艺术特点

1. 表现手法:①叙述和对话并用。②组织严密:两句起,两句收,中间全部叙述故事。③参用赋体,铺叙夸张。④曲折变化:两次叙府吏兰芝中途相会,前后对话,互相映照。⑤形象逼真:兰芝的婉顺而倔强,府吏的多情而柔懦,焦母的凶狠而毒辣,刘兄的势利,媒人的迎合,都刻画得非常突出。

2. 词句形式:参用单句,参用对句排句。

3. 押韵:换韵;用韵宽;偶有不合韵处,还保存民歌原有的特点。

# 魏晋南北朝诗歌选读

## 曹操《苦寒行》

### 一、解题

这是一首描写从军的时候道路所经的痛苦的诗歌,通过这篇作品,可以深切体会到战争所给予人民的痛苦是非常惨酷的。作者当时是军队的主将,他所感受的苦况尚且如此,其他士兵和遭难的人民更不必说了。

### 二、内容和结构

首四句直写路途的崎岖危险,次六句分写途中所见的景象,"延颈"四句写心中的感触,"水深桥梁绝"八句写途中所遇的困难,末二句再写作者的心情。

### 三、艺术特点

表现手法:两次通过对客观事物的接触,表现主观心理受到莫大的激动;只用一般叙述的赋体,不用夸张浓丽的写法,也不参用比兴;对客观事物的刻画,精简扼要,重点突出,生动动人。

### 四、史事对照

这诗是曹操在建安十一年(206)征高干时所作。

按:《魏志·武帝纪》:"(建安十年)冬十月,公还邺。初,袁绍以甥高干领并州牧。公之拔邺,干降,遂以为刺史。干闻公讨乌丸,乃以州叛,执上党太守,举兵守壶关口。遣乐进、李典击之,干还守壶关城。十一年春正月,公征干。干闻之,乃留其别将守城,走入匈奴,求救于单于,单于不受。公围壶关三月,拔之。干遂走荆州,上洛都尉王琰捕斩之。"

## 曹丕《燕歌行》

一、解题

　　这是一首写夫妇离别家室相思的抒情诗。《乐府广题》谓"良人从役于燕,而为此曲",论其命名的始意,可能为此。这诗则只言夫妇离别家室相思之情,不必确指其为从役于燕。通过这篇作品,可以深切体会[到]希望家室团聚、安乐相处乃是广大人民共同的愿望,而夫妇离散、异地相思则是人民共同的痛苦。

二、内容和结构

　　首三句先从天时、气候、草木、禽鸟的变动迁移说起,因而触景生情转到念君思君,再从君留他方、妾守空房转到自己忧来思君方面,着重写出涕下沾衣,援琴短歌的凄苦情况。但在这时却正是明月皎皎,星汉两流,良辰美景,形单影只,倍觉孤清,因而感到牵牛织女,隔水相望,不能会合;天上人间,未免同慨。似借牛女之事以自慰,实因牛女之事而增伤也。

三、艺术特点

　　1. 表现手法:触景生情;借物映照,以燕雁知归反照客游忘返,以牛女相望比照夫妇离隔。

　　2. 词句押韵:七言古体最早的作品;句句押韵。

四、《燕歌行》和《苦寒行》的比较

　　1. 表现手法

　　同点:从客观事物写到主观感情。

　　异点:《苦寒行》,客观事物的切实接触,主观感情的激昂悲壮;《燕歌行》,客观事物的深微体会,主观感情的委婉逸深。

2. 词句形式

同点:不换韵。

异点:《苦寒行》通体五言,双句押韵;《燕歌行》通体七言,句句押韵。

## 曹植《白马篇》

一、题解

这是一首写游侠之士健捷勇敢,能尽力为国、不念家私的诗歌,通过这篇作品,充分表达了英雄人物的爱国主义精神,作者有隐以自比之意。

二、内容和结构

首四句先将突然出现、骑白马的主人公作以简单的介绍,"少小去乡邑"以下十句乃作详细的叙述,主要是写这主人公的矫捷勇敢,为下文能够捐躯为国打好基础。自"边城多警急"至末写故人进犯、国难来临的时候,这主人公便英勇地奋不顾身以保卫祖国,深切地表现了英雄人物的爱国主义精神及崇高品质,全篇的主要精神都集中在最末一段。

三、艺术特点

1. 表现手法:逐步深入,最后说明主旨;叙述中略用铺张的赋体。

2. 词句形式:参用对句。(仰首接飞猱,俯身散马蹄。狡捷过猴猿,勇剽若豹螭。)

四、史事对照

《魏志》:曹植常自愤怨,抱利器而无所施。太和(魏明帝曹叡年号）二年（228）上疏求自试，有云："慈父不能爱无益之子，仁君不能畜无用之臣……方今天下一统，九州晏如，而顾西有违命之蜀，东有不臣之吴，使边境未得脱甲，谋士未得高枕者，诚欲混同宇内，以致太和也。……窃不自量，志在效命，庶立毛发之功，以报所受之恩。……如微才弗试，没世无闻，徒荣其躯而丰其体，生无益于事，死无损于数，虚荷上位而忝重禄，禽息鸟视，终于白首，此徒圈牢之养物，非臣之所志也。"

按：《白马篇》云："边城多警急，胡虏数迁移。羽檄从北来，厉马登高隄。长驱蹈匈奴，左顾凌鲜卑。"当时作者心目中的敌人是指北方外族。至《［求］自试表》则言"西有违命之蜀，东有不臣之吴"，作者的立功对象，自然是平吴伐蜀，前后情势，显然不同。但作者怀才不遇，常思得一机会为国效力，一显其才，则始终为一，故亦可借以比照也。

又作者《杂诗》中"仆夫早严驾"一首，与《［求］自试表》内容相似，亦可比照并读。

五、附《野田黄雀行》

余冠英《乐府诗选》云："这诗是悼友之作，全用讽喻。曹丕即位后，凡与曹植亲近的人，一一受到曹丕的迫害，曹植自恨不能救援。本篇风波喻险恶，利剑喻权力，雀喻被难的朋友，少年是假想的有力来救援的人。"

艺术特点：全用比体。

六、附《七步诗》

《世说新语》："文帝尝令东阿王七步中作诗，不成者行大法，应声便为诗云：'煮豆持作羹，漉豉以为汁。其在釜下燃，豆在釜中泣（或作"煮豆然豆萁，豆在釜中泣"）。本是同根生，相煎何太急！'"

97

艺术特点:全用比体。

思想内容:暴露了统治阶级内部的矛盾和无人性的残酷斗争。

## 陈琳《饮马长城窟行》

### 一、解题

这是一首写秦筑长城给人民造成极大痛苦的叙事诗,虽是陈说故事,但通过这篇作品,充分地暴露了统治者对劳动人民的残酷压迫,同时也表达了劳苦人民对统治者的无比憎恨。(后来杜甫的《兵车行》、白居易的《折臂翁》都是这一类的作品,可以拿来并读。)

### 二、内容和结构

开头直接叙起,但"水寒伤马骨"五字已经突出而扼要地说明了当时的苦况。"慎莫稽留太原卒"是筑城的人对监督筑城的官吏发出的凄惨呼声。"官作自有程"两句却是监筑官吏残酷无情的答语。"男儿宁当格斗死"两句又是筑城者报答的反抗语。"长城何连连"以下五句是客观的叙述。"连连三千里"以见地区的广阔,"多健少""多寡妇"以见受害人的众多。"便嫁莫留住"三句是征夫写信给妻子叮嘱的语言:一、嘱咐妻子快快嫁他人;二、嘱妻子好好地侍奉新的公公婆婆;三、嘱妻子对自己不要忘记。三句话都是句句刺心,表达了非常惨痛的情感。"君今出语一何鄙"一句乃是妻子的答言,虽然简单,一方面表达了自己坚定的意志,一方面对丈夫对自己的不了解也表现得有些生气。"身在祸难中"至"死人骸骨相撑拄"六句又是征夫答复妻子的语言。"身在祸难中"两句说明自己既然受苦,不必更累亲爱的人。这样设想,不特不算鄙俗,而且非常光明正大。

在说这话的前面,不知道经过多少剧烈的思想斗争,才作出最后的决定,这是可以想象的。接下"生男慎莫举"两句作出异乎寻常的忠告,在封建制度重男轻女的社会,说这种话真会使人大吃一惊。所以接着"君独不见"两句,乃是极其必要的说明。但是尽管理由说出了,展现这种理由的现实经验,却使说出这话的人早已心肠碎断了。末尾四句又是妻子答征夫的话。"明知边地苦"是妻子对征夫心情的全面了解,其中含有无限同情的血泪。"贱妾何能久自全"又是妻子自己考虑前途的结果,恐怕亦难久于人世。这样征夫和妻子的下场,自然不言而喻了。便此突然而止,不再作其他结语,这种作法,文字是非常经济精简的。

三、艺术特点

1. 表现手法:用少量的叙述,连串大量的对话,甚至只用对话,完全不用叙述;语言精练而深刻。

2. 词句形式:五言、七言错杂结合。

3. 押韵:换韵。

# 王粲《七哀诗》

一、解题

这是一首写作者在乱离逃难中亲眼看到饥饿的妇人在无可奈何的情境下抛弃自己的孩子的悲惨情况的诗歌。通过这篇作品,可以深切地体会到乱世的时候人民大众所遭受的痛苦是如何惨酷,同时也表达了作者望治的迫切心情,这种感情是和人民大众完全相同的。

二、内容和结构

这诗可分三节。自起首至"朋友相追攀"共六句为第一节,写西京(长安)遭乱,作者准备赴荆州避难,临行时亲戚朋友送别的悲惨情况。自"出门无所见"至"不忍听此言"共十句为第二节,写途中听见极其悲惨的景况:白骨遍地,固然惨不忍睹;而饥妇弃子,挥涕不顾,说出"未知身死处,何能两相完"这样非常悲痛的语言,尤其更不忍听,只有急急地驱马弃之而去。这是重点突出的写法,不需罗列许多事实。自"南登霸陵岸"至末共四句为第三节,承上仍写继续南行,但不再写途中所见的景物,只写因登霸陵岸而想到似汉文帝这样号称比较开明的统治者,再回头看看长安这样的动乱,不能不感到"九原不可作"而喟然伤心了。("下泉人"一作"泉下人",泉下人便是指汉文帝。如作下泉人,则只能用《毛诗序》"下泉思治也"解之。但二者都是当乱世而思贤君之意。)

三、艺术特点

表现手法:①不用比兴,不用浓丽的赋体,只用简单的叙述,但叙述能够重点突出,生动感人,这是艺术极高的表现。杜甫《垂老别》云:"老妻卧路啼,岁暮衣裳单。孰(同熟)知是死别,且复伤其寒。此去必不归,还闻劝加餐。"又《无家别》云:"虽从本州役,内顾无所携。近行止一身,远去终转迷。家乡既荡尽,远近理亦齐。"和这诗"路有饥妇人"以下六句,神理气味,非常相似。②不用对话,但有单简的录音。③前面全写身之所历,末了两句才写心之所感。

## 阮籍《咏怀》

### ("夜中不能寐"一首)

一、解题

这是一首写作者夜不能寐,忧思伤心的抒情诗,通过这篇作品,可以深切地体会到作者当时对时局的不满情绪和内心的苦闷。

二、内容和结构

这诗开首便从"夜中不能寐"直直叙起,因深夜仍不能入睡,所以起坐弹琴以自遣。就在此时,如果就个人处境说,有明月照到薄帷之中,有清风吹到衣襟之上,原可孤标独赏,清高自适。无奈贤士失志,似孤鸿叫号于外野;小人竞进,如翔鸟争鸣于北林;处此黑白混淆、是非莫辨之世,即逃林入山,是否便能自免于祸害? 徘徊伫立,所闻所见,都是如此,真如鱼游沸鼎之中,燕巢焚幕之上,稍有远识的人,谁能不为之忧思伤心? "我"之所以深夜不能入睡,亦正为此之故耳。

三、艺术特点

1. 表现手法:写景与抒情相结合;直述与比拟相结合;简洁空灵。

2. 词句形式:参用对句。

四、主要评论

《文心雕龙·明诗篇》:"〔及〕正始明道,诗杂仙心,何晏之徒,率多浮浅;唯嵇志清峻,阮旨遥深,故能标焉。"

《诗品》:"晋步兵阮籍,其源出于《小雅》,无雕虫之功。而咏怀之作,可以陶性灵,发幽思;言在耳目之内,情寄八荒之表。洋洋乎会于风雅,使人忘其鄙近,自致远大,颇多感慨之词。厥旨渊放,归趣难求。颜延年注解,怯言其志。"

《文选》李善注引颜延年注:"嗣宗身仕乱朝,常恐罹谤遇祸,因兹发咏,故每有忧生之嗟。虽志在刺讥,而文多隐避,百代之下,难以情测,故粗明大意,略其幽旨也。"

101

## 阮籍《咏怀》

### ("嘉树下成蹊"一首)

一、解题

这是一首借草木的繁荣和零落比喻人生盛衰无常的抒情诗。通过这篇作品,可以深切体会到作者当时处境的苦闷,同时也反映了当时社会的黑暗和人民的痛苦。

二、内容和结构

这首诗可以分为两节:前六句为第一节,后六句为第二节。第一节写客观事物的接触,第二节写主观心理的感慨。第一节先暗用古来谚语"桃李不言,下自成蹊"之说,表明桃李有极其美丽的花果,可以吸引很多游人,使得树下走成道路,这是何等华盛的景象。可是春天虽然如此,秋风一起,百花凋零,往日的繁华,便一去无踪了。草木的繁荣有憔悴之时,正如贵人的华屋有荒芜之日,此本自然的演变,似乎无足介怀。但自远识之士观之,不能不深怀警惕危惧之意。因此第二节承接上文,表示这种迅速变化,"朝为繁华,夕成枯槁"的现象,殊不值得丝毫的留恋,只有驱马舍之而去,宁可学伯夷、叔齐采薇于西山而不食周粟,更有什么富贵荣华足以动心? 但是处境如此,则个人生命尚难保全,又何能顾恋妻子? 况凝霜被草,岁暮同尽,与桃李繁荣于春天而零落于秋日 [相比],虽时间能够延长一些,竟亦同一命运而无法逃避,所谓忧生之嗟,真是充满于字里行间了。

三、艺术特点

1. 表现手法:从客观事物的观察写到主观心理的感伤;参用比体;前后照应。

2. 词句形式：“一身不自保，何况恋妻子？”与曹植《白马篇》“父母且不顾，何言子与妻？”及王粲《七哀诗》“未知身死处，何能两相完？”句法相似，和《诗经》的“我躬不阅，遑恤我后”亦可对比。

# 左思《咏史》

## （共八首，选前二首）

### 一、作者简介

左思字太冲，山东淄博人。生卒年月不详。博学能文，貌寝口讷。作《三都赋》，豪贵竞写，洛阳为之纸贵。

沈德潜《古诗源》云：“太冲胸次高旷，而笔力又复雄迈，陶冶汉魏，自制伟词，故是一代作手，岂潘、陆辈能比埒！”

《文心雕龙·才略篇》：“左思奇才，业深覃思，尽锐于《三都》，拔萃于《咏史》，无遗力矣。”

《诗品》：“晋记室左思，其源出于公干。文典以怨，颇为精切，得讽喻之致。虽野于陆机，而深于潘岳。谢康乐尝言：‘左太冲诗，潘安仁诗，古今难比。’”

又云：“宋征士陶潜，其源出于应璩，又协左思风力。”

又云：“陈思《赠弟》，仲宣《七哀》，……阮籍《咏怀》，……越石感乱，景纯咏仙，……鲍照戍边，太冲《咏史》，……斯皆五言之警策者也。所以谓篇章之珠泽，文彩之邓林。”

【眉批】五言诗：《咏史》八首，《招隐》二首，《杂诗》一首，《娇女诗》一首；四言诗：《悼离赠妹》二首。

### 二、解题

咏史诗共八首，不专咏一人，也不专咏一事，主要是借古人

103

以自喻。全诗八首,可以合为一首,成为有机的联系。第一首开端,第八首结束,主要是写个人怀抱,兼借古人作正面的(如第一首)或反面的(如第八首)比况。中间六首主要是借咏古人,自抒怀抱。第一首主要是末了"功成不受爵,长揖归田庐"两句,表达了作者高尚的品德。第二首主要是"世胄蹑高位,英俊沉下僚"两句,表达了作者对封建士族的愤恨。第四首"寂寂杨子宅"和"赫赫王侯居"对比,和第七首"何世无奇才,遗之在草泽",亦同此感慨。

【眉批】第三首"吾慕鲁仲连",第五首"高步追许由",第八首"贵足不愿余""可为达士模",皆因此主旨。

### 三、内容和结构

第一首:首四句言自己平时对学问的修养。自"边城苦鸣镝"至"右盼定羌胡"言遭遇时变,极思一试才能,为国效用。末二句表明个人志趣,只思立功,绝无爵禄之念,和第三首"功成耻受赏,高节卓不群。临组不肯绁,对珪宁肯分。连玺曜前庭,比之犹浮云",第五首"被褐出阊阖,高步追许由。振衣千仞冈,濯足万里流",第八首"饮河期满腹,贵足不愿余。巢林栖一枝,可为达士模",意旨是前后相贯的,这是作者胸襟高尚的表现。

第二首:首四句以"径寸茎"荫"百尺条"作比,次四句说明正意而得到地势使然的结论;末四句就历史事实举例证明,以金张和冯唐作鲜明的对比,使得结论更加确定。这是对当时的士族制度所谓"上品无寒门,下品无世族"给予无情的攻击。

### 四、艺术特点

表现手法:第二首:比喻作起;比较对照。

# 刘琨《扶风歌》

## 一、作者简介

刘琨(270—318)，字越石，晋中山魏昌(今河北省)人。愍帝(司马业)时都督并冀幽三州军事。元帝(司马睿)称制江左，琨遣长史温峤上表劝进，转侍中太尉。琨忠于晋室，素有重望，段匹磾(音低)忌之，为所害。刘琨与祖逖俱为司州主簿，同寝，中夜闻鸡鸣，逖蹴琨觉，曰"此非恶声也"，皆起舞。后闻逖被用胜敌，与亲故书曰："吾枕戈待旦，志枭叛逆，常恐祖生先我着鞭。"其意气相期如此。

《诗品》云："刘越石仗清刚之气……"

又云："……善为凄戾之辞，自有清拔之气。琨既体良才，又罹厄运，故善叙丧乱，多感恨之词。"

沈德潜云："越石英雄失路，万绪悲凉，故其诗随笔倾吐，哀音无次，读者乌得于语句间求之。"

越石尚有《答卢谌书》并四言诗一首，又有《重赠卢谌》五言诗一首，俱很好，俱见《昭明文选》。《答卢谌书》与《重赠卢谌》诗尤佳。

## 二、解题

这是一首作者写途中经历，备受艰难困苦的诗歌。诗中对于汉代李陵忠信获罪，尤表示无限的感慨，这是作者借以自比之意。

## 三、内容和结构

这诗以每四句为一解，全诗共分九解。从第一解至第七解都是写途中经历艰难悲苦的情况，一步一步地加深。但是对此

105

境遇,只有感慨激昂,没有丝毫颓唐畏缩,这样便很明显地表现了作者的英雄气概。第八解在历史人物中独独提出汉代的李陵,为他作出不平的呼声,作者实有隐以自比之意。从"忠信反获罪,汉武不见明"两句中,更深切表现了作者对当时政治黑暗的愤慨。第九解虽用一般的乐府套调作结,但总结前文,无论为自己现在所经历,或古人往昔的遭遇,归根到底,不堪再说,再说只有增加内心的伤痛而已。

四、艺术特点

1. 表现手法:主要叙述当前自己身历的境况,偶然参以历史故事的比照,今古对举,易于生动。

2. 词句形式:参用对句,由于气盛言直,绝无堆砌板实之病。

3. 押韵:除第一、二两解同韵外,均每解换韵。

五、《扶风歌》与《苦寒行》的比较

同点:作者的英雄气魄和遭受境遇有些相似;都写途中经历的艰难困苦;都慷慨激昂;都暗用古人以自比。

异点:①内容方面,《苦寒行》的前途开朗,有古直悲凉之句;《扶风歌》的前途黯淡,多凄戾感恨之词。②形式方面,《苦寒行》一韵到底,《扶风歌》基本上是四句一转韵。


## 陶潜《咏荆轲》

一、作者简介

陶潜(372—427),字渊明,一说名渊明,字元亮,入宋后才改名潜,江西浔阳柴桑人。他是屈原后、杜甫前最伟大的诗人。他的伟大处是能将他的人生思想的全部和他的作品溶成一片。

【眉批】陈寅恪说："江左名人如陶侃及渊明亦出身于溪族。"（溪族便是"巴蜀蛮獠黔俚楚越"的豁族。捕鱼是豁族的主要职业。《桃花源记》是寄意之文，亦纪实之文。）

苏轼曰："欲仕则仕，不以求之为嫌；欲隐则隐，不以去之为高。饥则扣门而乞食，饱则鸡黍以迎客。古今贤之，贵其真也。"

陶渊明的思想，有儒、佛、道三家的精华而去其渣滓。他有律己严正肯负责任的儒家精神，而不为那种虚伪的礼法与破碎的经文所陷；他爱慕老庄和那种清净逍遥的境界，而不与那些颓废荒唐的清谈名士同流；他有佛家的空观与慈爱，而不染一点下流的迷信色彩。

陶渊明的诗主要可分为两部分：一部分是鲁迅先生所说"金刚怒目"式的，如"精卫衔微木，将以填沧海。刑天舞干戚，猛志固常在"（《读山海经》）之类。这类作品当然比较少。一部分是写田园生活，从参加实际劳动中体验得来而为中国诗坛开辟了一个新天地的作品。这类作品便占极大多数，所以有"田园诗人"和"隐逸诗人"的称号。鲁迅先生说："写'猛志固常在'和'悠然见南山'的是一个人，倘有取舍，即非全人，再加抑扬，更离其实。"我们对这样一个伟大的诗人，应有全面的正确认识。

陶渊明是我国历史上有名的现实主义诗人。他出身于没落的官僚地主家庭（他是晋大将军陶侃的曾孙或从曾孙，尚未考定），中年因为"耕植不足以自给"，曾勉强做过几年小官［江州祭酒（29岁）、镇军参军（35岁）、建威参军（41岁）、彭泽令（41岁）］，41岁以后，终于因憎恶当时政治的腐朽恶浊，便毅然辞去官职，回到田园，参加了实际劳动。这以后他常常困于饥寒，深切体会到劳动人

107

民的痛苦,因此他的作品亦在一定程度上反映了劳动人民的思想感情,富有现实主义精神。(因受阶级局限,当然他的现实主义是不彻底的。)

陶渊明生当东晋混乱时代,士族的势力衰弱下去,军阀的力量代之而起,东晋正是削弱在内战之中。他眼见当时政治腐败,官僚无耻,名士放诞,兵将骄悍,人民困苦,非常痛恨。自然桓玄、刘裕等的篡夺,也使他感到非常气愤。他歌颂荆轲,正寄寓着自己无限的愤慨。

朱子曰:"陶渊明诗,平淡出于自然。"

又曰:"陶却是有力,但诗健而意闲。隐者多是带性负气之人为之,陶欲有为而不能者也……"

杨龟山曰:"渊明诗所不可及者,冲淡深粹,出于自然。"

苏东坡曰:"(陶渊明诗)质而实绮,癯而实腴。"

钟嵘《诗品》:"宋征士陶潜,其源出于应璩,又协左思风力。文体省净,殆无长语。笃意真古,辞兴婉惬。每观其文,想其人德,世叹其质直。至如'欢言酌春酒''日暮天无云',风华清靡,岂直为田家语邪?古今隐逸诗人之宗也。"

二、解题

这是一首歌颂古代刺客烈士荆轲的诗篇,通过这篇作品,一方面可以体会到荆轲的英雄气概和燕国君臣上下对受到秦王侵略压迫的愤恨,另一方面也可以体会到作者对古代烈士无限崇敬的心情。

【眉批】描写荆轲入秦行刺的悲壮情景和慷慨牺牲的义侠精神,表现诗人不忘实现反抗强暴的思想。

三、内容和结构

首四句先从燕太子养士说起,最后才说到荆轲,主要是"志在报强嬴"一句。"君子"二句写荆轲慷慨去燕赴秦，"死知己"三字将烈士的心肠完全道出。自"素骥鸣广陌"至"羽奏壮士惊"十二句写当时送别的情况，凡骥鸣广陌、士发指冠以至击筑高歌、波生风起，面面都写到。"心知"以下四句写荆轲别友入秦，"心知"句又写出荆轲入秦时的心境，与前面"君子死知己"句同样是写壮士的肝胆，不是写壮士的面貌。"凌厉"以下四句补充说明，"凌厉"二句说明飞盖入秦，"图穷"二句说明秦庭事态。"惜哉"至末四句写荆轲刺秦王失败而致以深切的痛惜和无限的同情，表明作者对荆轲的歌颂。

【眉批】《史记·刺客列传》："燕太子丹者，故尝质于赵，而秦王政生于赵，其少时，与丹欢。及政立为秦王，而丹质于秦，秦王之遇燕太子丹不善，故丹怨而亡归。归而求为报秦王者，国小，力不能。其后，秦日出兵山东以伐齐、楚、三晋，稍蚕食诸侯，且至于燕，燕君臣皆恐祸之至。"

荆轲刺秦王这一历史事实似应该从多方面去分别理解和评价。从燕太子丹以至其平日所养宾客这一方面看，因为燕、秦不两立，燕受秦的侵略，燕太子丹之志欲报秦，完全是正义的，是爱国主义精神的表现。从荆轲个人这一方面看，荆轲本来是卫人，他祖先也是齐人，他本人又四处游行，到过榆次，到过邯郸，最后才到燕市，燕国和他的关系本不深，秦王和他更无深仇重恨，自然谈不到势不两立非刺死他（秦王）不可。所以荆轲之刺秦王，似不能说是从国家的仇恨出发，说是爱国主义精神的表现。荆轲之刺秦王，只可说是受到燕太子丹的知遇，因而不惜牺牲性命以报答燕丹。陶渊明指出"君子死知己"和"心知去不归，且有后世名"完全是符合荆轲的身份和立场的。荆轲本人尽管不能说是一个爱国主义者，但他能够忠贞于朋友，将朋友所委托的任务,全力担当起来,将朋友正义的仇恨,完全同情化为自己的仇恨,这样对朋友的忠贞,便是极其崇高的品质。《史记·刺客列传》诸人之所以值得歌颂和他们的行事之所以能够感动当时和后代的人,也完全在他们对朋友的义气这一点上。崇高的品质原是彼此相通的,古人说"求忠臣必于孝子之门",如果"忠臣""孝子"不是拿封建的道统意识作标准,我以为这话还是说得通的。这样说,荆轲本人虽然不是从爱国主义出发,但燕丹是个爱国主义者,荆轲正义地执行了燕丹交给他的任务,也便是一个爱国主义者了。

陶渊明为什么歌颂荆轲?当他作这诗时的思想感情究竟怎样?这是一个非常难于解答的问题。前人大抵以为渊明当晋宋易代之际,愤宋武弑夺之变,欲为晋求得如荆轲者以报晋仇,故托咏荆轲以见志。这种见解,和说渊明到刘宋后改名为潜,所作诗文不再书年号,但书甲子,皆表示不事二姓之意,前后一贯。这完全是为封建统治者宣传忠君思想的说法,我们不能同意。陶渊明的思想意识不能不受到时代和阶级的局限,这是肯定的。但是,陶渊明在晋代只是做过几次小官,[且]都是为了暂时解决生活问题,在职既没有大展其才,去职也没有留恋之意。他对于晋室并没有存亡与共之义,自然也不必独怀报仇雪耻之心。所以我以为陶渊明之咏荆轲,是和思为晋报仇不相干的。在陶渊明看来,荆轲之值得歌颂,完全[因为他]是有义气、能够"死知己"的"君子",能够舍生以取后世之名。

又如他对"节义为士雄"的田子泰,也说:"斯人久已死,乡里习其风。生有高世名,既没传无穷。不学狂驰子,直在百年中。"对古代知交特厚的伯牙和庄周,也说:"不见相知人,但见古时邱。路边两高坟,伯牙与庄周。此士难再得,吾行欲何求!"这都是陶渊明对忠贞于朋友的义士的歌颂和表扬。反之，对"相知不忠厚"者，便说："意气倾人命，离隔复何有!"这和阮籍《咏怀》的"如何金石交，一旦更离伤!"实有同感。魏晋以后，最高统治者所演禅让的丑剧，稍有良心者实在看不惯。在现在看来，自然有它的社会根源、物质基础;但在旧的看法，何尝不是"相知不忠厚"，尔虞我诈的结果？所以陶渊明《桃花源诗》有"怡然有余乐，于何劳智慧?"，《五柳先生传》有"无怀氏之民欤，葛天氏之民欤"的乌托邦的幻想。因此，我们可以说陶渊明之"咏荆轲""归田园"，写《桃花源诗》《五柳先生传》，他的思想感情是一贯的。如果斤斤于易代之际，耻事二姓的说法，便将陶渊明紧围在一个小圈子内，那是对陶渊明极大的歪曲，我们是不能同意的。

四、艺术特点

1. 表现手法:简单扼要地概括了《史记》中的"荆轲传"，但不是完全客观的叙述，而是带有非常鲜明倾向性的歌颂，这是属于咏史诗这一类型的诗歌。

2. 词句形式:参用对句。(雄发指危冠，猛气冲长缨。渐离击悲筑，宋意唱高声。萧萧哀风逝，淡淡寒波生。凌厉越万里，逶迤过千城。)

五、作品比较

1. 与左思《咏史》诗比较

左思《咏史》诗第六首:"荆轲饮燕市，酒酣气益振。哀歌和渐离，谓若旁无人。虽无壮士节，与世亦殊伦。高眄邈四海，豪右何足陈! 贵者虽自贵，视之若埃尘。贱者虽自贱，重之若千钧。"

这诗对荆轲不作全面的叙述，只作重点的评论，主要便是"虽无壮士节，与世亦殊伦"。殊伦表现在哪里？便是酒酣气振、旁若无人。似这样"高眄邈四海"的人,自然豪右富贵之家,不在眼下。豪右富贵之家自然看不起荆轲这样[的]酒客,但荆轲之徒又何尝看得起富贵之人?作者极力表扬荆轲而蔑视豪右,正是对当时士族与寒门太不平等的愤慨。

## 陶潜《庚戌岁九月中于西田获早稻》

一、解题

这是一首讨论和叙述农村实际生活的诗歌,通过这篇作品,可以深切地体会到作者对劳动生活的热爱和安于农耕的坚定的意志。

二、内容和结构

首四句言经营衣食乃人生的首务,从理论上建立了自己正确的人生观,作为自己一切行为的标准。这是关系陶渊明一生出处行动的,必须彻底理解,方能对于陶渊明有比较深入的认识。人生原有高尚的志趣、道义的行为,所以异于其他动物。但这种志趣、行为必须建筑在人可以维持其生命的基础之上才能逐步发展,否则便如无根之木、无源之水,必落空谈,不切实际。所以穿衣食饭,实人生的始基,断断乎不能舍此不求而高谈养心定性。管子说:"衣食足然后知荣辱。"孟子说:"有恒产者有恒心。"这四句即是此意。这是陶渊明唯物观点的特出处,和魏晋的玄谈及后来宋明的心学都绝无相似之处。衣食的根源自然是农业,所以"开春理常业"以下六句便叙述自己实际参加农业劳动的情况。从开春而至岁功,是一年之事;从晨出至日入,是一日之事;至于山月霜下,风气先寒,则是当前之事;逐步叙入,层次显然。人生在实际生活中到处都有矛盾的。在矛盾的斗争中,如何统一? 如何处理? 便表现了个人的人生观和世界观,也就决定这个人的贤愚优劣。"田家"以下四句是陶渊明表示自己对参加农业劳动这一工作曾经做过详细的比较考虑,并非乘兴而为,兴尽而罢,故能坚持始终如一。"盥濯"二句又正面叙述田家生活,充满了无限喜乐[的]心情。"遥遥"二句见古人亦有与我同心者。因而最末两句表明意志的坚决,正是上面理论与实践相结合所体会得到的结论,这是陶渊明对于人生的了解,对于农耕的了解。这是能够深入生活又能够体会生活的极优秀的作品,陶渊明像这类的作品还不少,真值得我们研读。

三、艺术特点

1. 表现手法:说理和叙事相结合,说理而不陷于教条,不流于议论;转折深入。

2. 词句形式:多用虚字句。

# 鲍照《拟行路难》

## ("泻水置平地")

一、解题

这是一首对人生有命怀着非常愤慨的诗歌,通过这篇作品,可以深切地体会到作者对当时社会现实的不满。

二、内容和结构

首四句用"泻水置平地"来比拟人生有命,以见一切不由自己安排,虽行叹坐愁,亦复何益? 如果是一个一切屈服于命运的人,自然只有俯首帖耳,听天由命。如果是一个有志之士,自然不甘心做命运的奴隶,而尽力挣扎以图反抗。有益无益是事情的结果,行叹坐愁是事情的表现。明知于事无益而不能不愁叹,这是心境的矛盾,也是心境的苦闷。无可奈何,只有借酒浇愁之一法,所以接以"酌酒高歌"二句。但是酌酒原来希望自宽、消愁,究竟人非木石,谁能无情?所谓消愁自宽者,不过自我安慰的话,实则吞声不敢言而已,非真能心平气和,无愁可解,无苦可言也。从愁叹、自宽、岂无感、不敢言等词语中可以深切地体会到作者心情的无限愤慨。

三、艺术特点

  1. 表现手法:比喻作起;曲折深入。

  2. 词句形式:五七言错杂运用。

  3. 押韵:转韵。

# 鲍照《拟行路难》

## ("对案不能食")

一、解题

  这是一首写弃置罢官的不平情绪的诗歌,通过这篇作品,可以深切地体会到作者对当时社会现实的不满的愤慨心情。

二、内容和结构

  首两句突然而起,三四两句加以说明。"弃置罢官去"以下六句叙述罢官还家之事。末二句就此事发出无限的愤慨。"孤"是言作者的家世,"直"是言作者的性格。孤直不能见容,正是当时社会的黑暗现象。

三、艺术特点

  1. 表现手法:前后慨叹,中间叙述。

  2. 词句形式:五七言参错运用,参用对句。

四、魏晋南北朝诸名家所受乐府或古诗的影响

曹操——乐府

曹丕——乐府、古诗

曹植——乐府、古诗

王粲——乐府、古诗

陈琳——乐府、古诗

徐干——古诗

刘祯——古诗

阮瑀——乐府、古诗

繁钦——古诗

应玚——古诗

应璩——古诗

左延年——乐府

嵇康——乐府(秋胡行)、古诗(四言、五言、六言)

阮籍——古诗

张华——乐府、古诗

傅玄——乐府、古诗

陆机——乐府、古诗、拟古

潘岳——古诗

左思——古诗

张载——古诗、拟四言诗

张协——古诗

石崇——乐府、古诗

刘琨——乐府、古诗(四言、五言)

郭璞——古诗(四言、五言)

陶潜——古诗(四言、五言)、拟古

115

颜延之——古诗（四言、五言）、乐府

谢灵运——乐府、古诗、拟古

谢惠连——乐府、古诗

鲍照——乐府、古诗、拟古

# 南方民歌选读

## 子夜歌

解题

《子夜歌》共 42 首,可说都是六朝时候南方的民歌,内容都
是恋爱,形式都是五言四句,表现方法多数是用双关语。

## 读曲歌

一、解题

《读曲歌》共 89 首,也是六朝时候南方的民歌。内容和《子
夜歌》相似,都是谈情说爱。形式却不尽相同,除五言四句外,
有三言或七言的句子,有三句或五句的篇章。表现方法也多用
双关语。

二、流变和比较

双关语很早便在民歌中盛行,后来文人受它的影响,也在竹
枝词、杨柳枝词之类的短诗中仿效之,如刘禹锡的《竹枝词》"杨
柳青青江水平,闻郎岸上踏歌声。东边日出西边雨,道是无晴却
有晴"和温庭筠的《新添声杨柳枝辞》"一尺深红蒙曲尘,天生旧
物不如新。合欢桃核终堪恨,里许元来别有人(仁)。井底点灯
深烛(嘱)伊,共郎长行(双陆,即十二棋)莫围棋(违期)。玲珑骰子
安红豆,入骨相思知不知?"便是显著的例子。明清以来的山
歌,主要是恋歌,每首是七言四句,或首句改用三言,它的内容和
形式,基本上还是《子夜歌》《读曲歌》的继承者。现在举几首粤

歌为例：

【眉批】新添声　灯草作桥牛踏断,使我一心挂两头。牙齿嗽长须嗽白,个写唔种就该灰。

## 相思曲

妹相思,不作风流到几时? 只看(见)风吹花落地,不见风吹花上枝。

## 高山种田

谁说高山不种田? 谁说路远不偷莲? 高山种田食白米,路远偷莲花正鲜。

118

## 妹同庚

妹同庚,同弟一年一月生,同弟一年一个月,大门同出路同行。

妹金银,见娘娘正动兄心;眼似芙蓉眉似月,胜过南海佛观音。

妹鸳鸯,小弟一心专想娘;红豆将来吞过肚,相思暗断我心肠。

妹娇娥,怜兄一个莫怜多;已娘莫学鲤鱼子,那河不过别条河。

## 塘上

嫩鸭行游塘栅上,娇娥尚细不曾知。天旱蜘蛛结夜网,有晴只有暗中丝。(嫩鸭暗射娇鹅,鹅娥同音双关。栅暗射层,层曾同音双关。夜网暗射暗中丝,丝思同音双关。)

## 妹相思

妹相思，妹有真心弟也知。蜘蛛结网三江口，水推不断是真丝。

妹真情，莫作生心不念兄；楼上打钟声远去，怜娘不久枉占名。（上承钟声，本应说"枉占鸣"，鸣名同音双关。）

妹去跟人作木匠，问娘工夫成不成？妹有真心妹就说，莫作鳒鱼不出声。

## 杂歌

壁上插针妹藏口，深房织布妹藏机；灯草小姑把纸卷，问妹留心到几时？

怅无唱，蜘蛛结网怅无丝。花不年年在树上，妹不年年作女儿。

## 离一身

远处唱歌没有离，近处唱歌离一身；愿兄为水妹为土，和来捏作一个人。

## 粤歌（见《两般秋雨庵随笔》）

岁晚天寒郎未回，厨中烟冷雪成堆。竹篱烧火长长炭，炭到天明半作灰。（炭与叹同音双关）

素馨棚下梳横髻，只为贪花不上头。十月大禾未入米，问娘花浪几时收。（十月熟者名大禾）

一更鸡啼鸡拍翼，二更鸡啼鸡拍胸，三更鸡啼郎去广，鸡冠沾得泪花红。

119

与娘同行江边路,却滴江水上娘身。滴水一身娘未怪,要凭江水作媒人。

【眉批】天旱蜘蛛结夜网,有晴只在暗中丝。

行路思娘留半路,睡也思娘留半林。

中间日出四边雨,记得有晴人在心。

# 北方民歌选读

一、解题

北方民众因为地理环境、生活习惯和南方都有所不同，故民歌所表现的内容和风格，也和南方殊异。大约北方比较刚强爽直，南方比较温柔婉转；北方过的多是草原生活，骑射刀剑，在所必需；南方过的多是水国生活，舟楫莲塘，旦暮在眼。北方偏重生活，内容比较多样；南方偏重恋情，内容比较单纯。北歌时用比拟，南歌喜用双关。这是主要的区别。

二、内容和结构

1.《企喻歌》和《隔谷歌》都反映了战争的社会现实。《企喻歌》说"白骨无人收"和《战城南》说"野死谅不葬"相似。《隔谷歌》写兄弟呼救极为迫切之情：第一首为兄被困城中，矢尽粮绝；第二首则呼弟来赎，情况发展，已有不同。再弓无弦，箭无栝，食粮乏尽，是偏重一面的写法；兄为俘虏，弟为官吏，兄食不足，弟马食粟，是双方对比的写法。

2.《琅琊王歌》"新买五尺刀"一首，反映北方民族对武器的热爱，和英雄难过美人关、不爱江山爱美人、爱情高于一切等观念可以作极鲜明的对照。"客行依主人"一首反映了所谓江湖好汉，到处为家的流浪生活，和老死家乡、向来不知主客关系的淳朴农民的思想感情，完全不同。

3.《捉搦歌》是北方的恋歌，但说得直率坦白，和南方恋歌显然不同，如"天生男女共一处，愿得两个成翁姬"和"小时怜母大怜婿，何不早嫁论家计"便是最好的例子。

121

4.《折杨柳歌》几乎每首说到马,这是南船北马生活方式不同的反映。"我是虏家儿,不解汉儿歌。"这是当时中外民族杂居的反映。快马健儿也是北方风尚的反映。

5.《陇头歌》有飘零异乡之感,"寒不能语,舌卷入喉"和"鸣声幽咽""心肝断绝"都写得惊心动魄,又朴素,又精练。

6.《李波小妹歌》用比较推进的写法,"褰裳逐马"二句极言李雍容骑射的矫捷精巧,可和《白马篇》"宿昔秉良弓"以下八句比看,彼以敷张胜,此以简约胜。末用"妇女尚如此,男子安可逢?"作一比较,男子的勇捷矫健不须说了。

7.《敕勒歌》首二句只指明地区,犹是普通的叙述。三四两句便确是北方草原地带的景象,和南方山林或池沼的景物完全不同。"天似穹庐"这一比拟,不特切当无比,而且是本地风光,朴素可爱。"天苍苍"两句分承天、野二字,极言北方草原空阔的景象,妙在最后一句将草原牧民的生活情况又简练又精切地描绘出来,活似一幅草原牧民图画。这虽说是一篇翻译作品,[但]没有丝毫翻译的痕迹,可算是一首文艺性非常高的民歌。

8.《陇上歌》是歌颂和追悼陇上壮士陈安这位英雄人物的诗歌。首句直捷了当,用开门见山法介绍出这个要歌颂和追悼的主人公。陇上说明地区所在,壮士确定人物评价,陈安点出本人姓名。二三两句歌颂陈安于将士的热爱。"躯干小"和"腹中宽",用鲜明的对照作突出的刻画。"爱养将士同心肝"正是"腹中宽"的说明,"同心肝"三字尤其能够将[其]爱养将士的心情表达出来,这便是这位英雄人物值得人歌颂和追悼的主要基础。这是写陈安的心情。"骢骢父马"四句写陈安鞍马武器的装备和战斗技术的高强,活画出一个英勇战士的形象。这是写陈安的形貌。"战始三交"三句写陈安的失败。第一句写失去了武器,第二句写失了良马因而陷于绝境,第三句写最后的牺牲。这里作者用陈安的口气自称为"我",便含有无限同情和痛惜之意。末二句正面写对壮士的追悼。主要原是在"一去不还奈子何"这一句,前面却用"西流之水东流河"作比,似见壮士之一去不还,正如流水一去无归,语虽短而意特长,最耐人感咏寻味。这是这篇作品文学艺术的特殊成就。

# 木兰辞

## 一、解题

这是写一个女子女扮男装替父从军,经过十多年战役之后,立了大功,回到家乡,和父母姊弟团聚的叙事诗。这篇作品,一方面反映了北方女子的健康和尚武精神,另一方面也歌颂了这位女郎的沉着、勇敢,既能够替父从军、保卫祖国,又能够轻视富贵、孝养父母的崇高品质。

## 二、内容和结构

这诗可分为五节:

起首至"从此替爷征"为第一节,叙木兰准备替父从军。在这一节中,从"木兰当户织"可以看出木兰是一个平时参加劳动生产的女子;从"问女子何所思,[问女]何所忆"及"女亦无所思,[女亦]无所忆"可以看出木兰是一个性情沉着而非夸夸其谈的女子;从经过一番考虑之后,断然作出"愿为市鞍马,从此替爷征"的决定,可以看出木兰的勇敢果断。这些纯良优秀的性格都为[她]后来能够立功辞爵打下基础。

自"东市买骏马"至"但闻燕山胡骑声啾啾"为第二节,叙木兰出征到战地。在这一节中,首四句分东、西、南、北市购买鞍、

123

马、鞭、辔，是敷张的叙述法。"朝辞"以下八句分作两排，是排偶的形式；这两排中分别用黄河水声和燕山马声与爷娘唤女声相比照，将少女乍然离家念亲的心情和从军经历的境遇，彼此结合，所以最能动人。这是写作技巧的一种特别成功处，值得我们研习。

自"万里赴戎机"至"壮士十年归"六句为第三节，用极精简概括的方法叙述木兰经历长期战士生活然后胜利归来，这和前面"东市买骏马"四句的繁复写法，恰恰是一种对比。前者四句，辞句朴素，完全保留民歌的本色；后者六句，平仄调协，对仗精工，必然经过文人的加工。

自"归来见天子"至"送儿还故乡"为第四节，叙木兰入朝受赏；从木兰不愿意居高官而愿还故乡，可以看出她高尚的品质。

自"爷娘闻女来"至末为第五节，叙述木兰到家的情况；爷娘姊弟分作三面六句写，都是家人方面；开门、坐床、脱袍、着裳，分作四句写，都是木兰方面。这种敷张的叙述，和前面"东市买鞍马"四句同一手法，前后互相映照。当窗理鬓，对镜贴花，这是少女的本色；伙伴惊惶，这是事情的结果。末了四句是一种比拟，用来比喻不知木兰是女郎的原因，自然更觉意味深长，耐人寻索。一般比喻，多用在开头，或者用在中间，这里独用在末了，是一特点。(《琅琊王歌》辞："客行依主人，愿得主人强；猛虎依深山，愿得松柏长。"也是比拟在末，不过彼是五言四句的短诗，此是杂言长篇，又不宜相提并论。)

三、艺术特点

1. 表现手法：繁复的叙述和简要的叙述参差使用；比拟不用在开头或中间而用在篇末；用对比的写法(如不闻、但闻)；用排比的写法(如东西南北市、爷娘姊弟、开坐脱着)。

2. 词句形式：散句、对句、排句、律句；五字、七字、九字句。

3. 押韵：换韵，少者两韵四句，多者十二韵二十四句。

四、一些问题

1. 时代

较宽泛的：五胡乱华以后，陈代以前[智匠（或作丘）编的《古今乐录》已提到这诗的题目]；余冠英的《乐府诗选》或疑是唐人所作，必不可信，当是梁陈间北朝人所作。

较狭窄的：西魏公元 535—556 年的二十余年之间（罗根泽《〈木兰诗〉产生的时代和地点》）。

2. 地点

较宽泛的：北方黄河流域，黑水燕山泛指北方山水。（高中语文课本）

较狭窄的：陕甘内蒙。（罗根泽）黑山即杀虎山，蒙古语为阿巴汉喀喇山，在今归绥东南百里；燕山指燕然山，即今蒙古境内之杭爱山。（余冠英）

3. "唧唧"的解释：①织布声；②叹息声；③虫声。应以①说为准。

4. 军帖和军书：军帖是布告或文书，军书是征兵名册。

5. 府兵制应征者须自备鞍马弓箭，与后来募兵制只单人应募者不同。府兵之制，起自西魏、后周，而备于隋，唐兴因之。

6. 可汗和天子：是指一人不是二人。

7. 明堂：北魏、西魏、北周都曾设立明堂。

8. 策勋十二转：唐武德七年定武骑尉到上柱国十二等为勋官，用来酬赏功臣。这里可能是唐人用当时制度窜改原文。（余冠英《乐府诗选》）

9. 愿借明驼千里足：段成式《酉阳杂俎》说："驼卧，腹不贴地,屈足漏明,故曰明驼。"其说可通。仍以作"愿驰千里足"为优,因骆驼虽能任重致远,但不善快跑,与前面市马不相称,疑驰字或书作驼,因而致误。

10. 扑朔、迷离,已见注解。

## 蔡琰《悲愤诗》

一、解题

这是一首记述作者个人半生极其悲惨的遭遇的叙事诗,通过这篇作品,反映出军阀混战的罪恶,人民遭受民族压迫的痛苦,以及念恋祖国和儿子两种情感的冲突。经过作者深刻真挚的描写,不特感动我们读者对遭难人的无限同情,而且也加强了对和平的热爱和对战争的憎恨。

二、内容和结构

全诗主要分三大段:自首至"乃遭此厄祸"为第一段,叙述遭受战乱的惨况;自"边荒与华异"至"胸臆为摧败"为第二段,叙述沦陷胡中及南归时母子离别的惨况;自"既至家人尽"至末为第三段,叙述归家后所见乱后荒凉的惨况。

三、艺术特点

1. 情感内心的描写:有客从外来,闻之常欢喜。迎问其消息,辄复非乡里。己得自解免,当复弃儿子。存亡永乖隔,不忍与之辞。见此崩五内,恍惚生狂痴。号泣手抚摩,当发复回疑。念我出腹子,胸臆为摧败。为复强视息,虽生何聊赖。托命于新人,竭心自勖厉。流离成鄙贱,常恐复捐弃。

2. 事物外境的描写:斩截无孑遗,尸骸相撑拒。马边悬男头,马后载妇女。或有骨肉俱,欲言不敢语。边荒与华异,人俗少义理。处所多霜雪，胡风春夏起。翩翩吹我衣，肃肃入我耳。兼有同时辈，相送告离别。慕我独得归，哀叫声摧裂。马为立踟蹰，车为不转辙。观者皆歔欷，行路亦呜咽。既至家人尽，又复无中外。城廓为山林，庭宇生荆艾。白骨不知谁，纵横莫覆盖。出门无人声，豺狼号且吠。

3. 真实语言的记录：失意机微间，辄言毙降虏。要当以亭刃，我曹不活汝。儿前抱我颈，问母欲何之。人言母当去，岂复有还时？阿母常仁恻，今何更不慈？我尚未成人，奈何不顾思？

4. 全用赋体，直叙故事，现实主义的手法，最为典型，杜少陵诗受其影响最大。

## 曹植《赠白马王彪》

127

一、解题

这是一篇分为七章合为一首赠别兄弟的诗歌。序云"意毒恨之"，又云"愤而成篇"。诗中充分地表现了作者愤恨不平的情绪，同时也反映了当时统治阶级内部强烈的矛盾，政治的黑暗以及作者真挚友爱的感情。

二、内容和结构

全诗虽分七章，实不可分割的一篇完整的诗歌。第一章叙离京归藩；第二章叙道途艰苦；第三章叙途中被迫与白马王分离并致怨于谗巧；第四章叙当时景物感人；第五章叙悼念任城王；第六、第七两章赠别白马王。此诗从第二章起，每章末句与下章首句都用相同的字句互相联系。如第二章末句为"我马玄以黄"，第三章起句则为"玄黄犹能进"；第三章末句为"揽辔止踟蹰"，第四章起句则为"踟蹰亦何留"；余类推。这种格式，完全仿照《诗·大雅》之《文王》和《既醉》两篇。如《文王》篇第二章末句为"不显亦世",第三章起句则为"世之不显";第三章末句为"文王以宁",第四章首句则为"穆穆文王";第四章末句为"侯于周服",第五章首句则为"侯服于周";第五章末句为"无念尔祖",第六章首句亦为"无念尔祖";第六章末句为"骏命不易",第七章首句则为"命之不易"。又如《既醉》篇第二章末句为"介尔昭明",第三章起句则为"昭明有融";第三章末句为"公尸嘉告",第四章起句则为"其告维何";第四章末句为"摄以威仪",第五章起句则为"威仪孔时";第五章末句为"永锡尔类",第六章起句则为"其类维何";第六章末句为"永锡祚胤",第七章起句则为"其胤维何";第七章末句为"景命有仆",第八章起句则为"其仆维何"。

三、思想性

爱憎分明,愤恨谗巧,热爱兄弟,敢怒敢言,大胆暴露。

四、艺术性

1. 动荡与整齐相结合:整齐方面,各章相承,层次明显;动荡方面,相承各章多逐步推进(如"玄黄犹能进""心想动我神"),且多用提问语以呼起(如:"太谷何寥廓?""太息将何为?""苦辛何虑思?")。

2. 抒情与写景相结合:前四章多写景,后三章多抒情;写景多阴郁,抒情多愤慨。

3. 互文见义:存者忽复过,亡没身自衰。举例:孤臣危涕,孽子坠心。孤人之妻,寡人之子。红豆啄残鹦鹉粒,碧梧栖老凤凰枝。

# 郭璞《游仙诗》

## 一、解题

借游仙以咏怀，与左思借咏史以咏怀相似。郭璞《游仙诗》共十四首，《昭明文选》选七首，沈德潜《古诗源》同，王世祯《古诗选》选八首，除七首同《文选》外，增选"旸谷吐灵曜"一首。此外只"采药游名山"及"璇台冠昆岭"二首，每首长达十四句，其余四首，两首各四句，两首各六句，俱属短章。这里选讲第一首。

## 二、内容和结构

全诗共十四句，首四句以京华朱门与山林蓬莱对比，指出游仙胜于一切。"临源"四句承接前意写山林求仙远胜朱门求贵。"漆园"以下六句写隐遁可以免祸，仕进易遭灾害，庄周、老莱、伯夷、叔齐，都可以效法，借古人以自况，实即左太冲咏史之意。题目虽标游仙，篇中虽说蓬莱丹黄，但所举漆园、莱氏、夷、齐，都非仙人，最多只可勉强说作隐士，实际只是轻视富贵之人，故山林隐遁与蓬莱求仙，作者实视为同途一致。第七首末二句云"长揖当途人，去来山林客"，亦是隐遁之意。其所以急求隐遁者，并非真能外富贵而甘淡泊，实欲逃遁世祸而使然。第五首云"珪璋虽特达，明月难暗投"，第八首云"啸傲遗世罗，纵情在独往"，是其明证。

129

# 宋的社会背景及宋词

## 一、社会背景

1..自唐王朝灭亡(唐昭宣帝李枨天祐四年,公元 907),经过后梁(朱全忠,907—923)、后唐(李存勖,923—936)、后晋(石敬瑭,936—946)、后汉(刘知远,947—950)、后周(郭威,951—960)五代和十国将近五十年的分裂,至宋太祖赵匡胤篡周(960),建立宋王朝,中国始复统一。

自 960 年至 1127 年,都开封,史称北宋。

自 1127 年宋高宗赵构即位南京(应天府,今河南商丘),其后奠都临安(今杭州),至 1279 年宋王朝灭亡,史称南宋。

2.宋太祖采取"先南后北"政策,首先用主要力量征服南方诸小国,谋取国内的统一,以巩固新王朝的统治;而对契丹族(辽)的威胁则采取守势,故燕云十六州失地始终没有恢复。成为中国历史上统一朝代中最弱的朝代。

3.宋太祖赵匡胤、太宗赵光义鉴于唐的衰亡完全由中央政权的旁落,因此将军事、政治、财政各种大权,都集于中央。

北宋一系列的中央集权措施,巩固了宋王朝的统一,改变了中唐以来藩镇割据的局面,对安定社会、抵御外侮曾起了一定的作用。但另一方面,军权的集中带来了军力的削弱;政权的集中带来了官僚机构的庞大与瘫痪;财权的集中带来了统治阶级的腐化,从而加速了北宋阶级矛盾的尖锐和加深了国防的危机。

4.自太祖太宗以后,继以真宗(赵恒)、仁宗(赵祯)的休养生息,树立了稳固的基础,直至"靖康之变"(1127)徽宗(赵佶)、钦宗(赵桓)被掳以前,北宋一百余年,中原未受兵戈之乱,人民安居乐业,因农工商业的大量发达,促成社会经济的高度繁荣。从而都市发达,君主贵族以及市民追求享乐,倡楼妓院,箫鼓喧天,所谓诗人词客之流,狎妓醋歌,过着浅斟低唱的淫佚生活。于是艳词绮语与音乐相结合,适于歌唱的词便兴盛起来,这是自然的趋势。那些作品,主要是沉醉声色,歌颂升平,恰好成为当日都会生活的反映和统治阶级浪漫生活的写实。

5.自金兵南下,徽钦被掳,北宋繁华尽成灰烬,统治阶级和劳动人民都过着兵荒马乱的生活。民族的精神与壮烈的勇气反映到文学作品上,便是张元幹、张孝祥、岳飞、辛弃疾、陆游诸人的诗词。这些具有高度爱国主义精神的文学作品,是祖国极珍贵的文学遗产,我们现在要讲的宋代文学,主要便在这里。

唐诗的人民性主要是在反映现实,揭露统治阶级与劳动人民的矛盾,替人民发出不平的呼声,故唐诗的主要作品是像杜甫、白居易等有高度现实主义精神的社会诗。宋代因饱受异族侵略,民族矛盾比国内阶级矛盾更深更大,故宋词的人民性主要是表现高度的爱国主义精神,岳飞、张元幹、张孝祥、辛弃疾、陆游、文天祥、汪元量诸人的诗词,所以受人崇敬,便是在此。

6.南宋偏安得到将近百年的小康时期。江南一带,本是富庶之区,加以广州、泉州几个大的国际贸易港,每年获得大量的关税,故当日财政,并不窘迫。南渡君臣和富商巨贾,又恢复了往日汴京醋歌醉舞的生活。影响到文学上,又有那些坐在象牙塔里,闭着眼睛,雕章刻句,比声协律,大作其古典华丽的词,如姜夔、史达祖、吴文英之流。所谓民族精神的表现,壮烈豪放的气概,在他们的作品中,是完全消失了。

7.及元兵攻陷临安,恭帝(赵㬎)被掳北去,虽后来端宗(赵昺)即位福州,帝昺立于厓山,都不过昙花一现,南宋便这么亡了。当时因受外族的侵凌压迫,人民备尝国破家亡的苦痛,反抗与仇恨的心情,自然又反映到民族英雄和爱国诗人如文天祥、汪元量诸人的作品上。但宋室既亡,这种作风,亦是最后的撑持而已。

## 二、词

词有定格、字有定数、韵有定声,三仄必须分上去、二平,还要论阴阳。

1.诗有入乐和不入乐之分,故有古诗和乐府之别。词原来是完全可以入乐的,故词其实即后代的乐府。苏轼的词称"东坡乐府",贺铸的词称"东山乐府"。词又叫曲子词,又叫倚声,这都是就性质言的。词是诗的演变,故词亦称诗余,如韩元吉的词称"南涧诗余",黄机的词称"竹斋诗余",这是就文体演变言的。词因为原来都要入乐,伴奏歌唱,故其词句必须长短不齐,才能相配。故就形式言,词又称为长短句,如辛弃疾的词称"稼轩长短句",魏了翁的词称"鹤山长短句",便是其例。

2.就时代说,词起源于中晚唐,成长于五代,光大于南北宋。

就形式说,晚唐、五代、宋初盛行小令,宋初词人如晏殊、宋祁、范仲淹、欧阳修、晏几道诸家作品都多是小令,及张先、柳永始大量使用长调。这是宋代词风的一大转变。

就作风说,小令多是清丽温和,长调始能纵横开阖。

就内容说,小令多是抒写简单男女恋情,长调始能敷叙景物,发泄感情,说理记事,无施不可。至苏轼、辛弃疾遂成词论,可谓极词之解放的能事。

### 三、宋词的分类

词至北宋而大，南宋而深。总而言之，宋词可分为：

1. 正宗派（南派，柳、周为宗），或婉约派，重视声律，缓歌低唱，内容以艳情为主，宋初大小二晏、欧阳修及柳永、秦观、贺铸、周邦彦、李清照与南宋姜夔、史达祖、吴文英、张炎等俱属这派。（词调蕴藉，沿花间遗风，"忍把浮名，换了浅斟低唱""小红低唱我吹箫"。）

2. 别派（北派，苏、辛为主），或豪放派，不重视声律，以诗为词，内容广泛复杂，多彩多样。北宋以苏轼，南宋以辛弃疾为主，其他所有爱国词人如岳飞、陆游、陈亮、刘过、刘克庄、文天祥都属此派。（气象恢宏，脱去音律的束缚。）

### 四、宋词的演变及著名词家

北宋一百多年中，社会安定，都市繁荣。特别是在汴京等大都市，贵族官僚、富商大贾，都过着醋歌醉舞的生活。因此一般文人都浸沉于雕章琢句、比声协律的填词工作中，内容也多半是适合于声伎歌唱的抒写闺情别恨的东西，或纤小的写景咏物的方面。

1. 宋初词人如晏殊、宋祁、欧阳修、晏几道、寇准、范仲淹等，作风仍是承继《花间集》和南唐来的，形式多为小令，内容多是抒写恨离伤别的纤细感情。只范仲淹《渔家傲》反映边塞之苦，可称别调。有人认为他是"苏辛派"的先导，这是正确的。

2. 词到柳永、张先，作风上起了变化，即小令变为长调（慢词）。词内容多写都市的繁华景象和生活在这种环境中的男女间的穷愁离恨，较前期作品，复杂得多。语句比较通俗，情意比较显露，就表现形式言，颇似诗中之白居易。柳永通晓音律，能自制曲谱。他的词流传很广，当时便有"凡有井水处都能歌柳词"的传说。

3.词到苏轼,在内容上才有所开拓,表现力才开始扩大,可谓异军突起,被称为"词家别派"。他的作品有了明显的个性,不似以前的词多作妇女的口吻,风格豪放,题材广泛,气魄雄伟。他又能打破绮罗香泽的传统风格的限制,不专为歌唱而填词,开始为文学创作而写词。他的词有摆脱乐律限制的倾向,故前人称他为"曲子缚不住的",又称他的词似诗。

4.和苏轼同时的秦观及稍后的周邦彦,因为他们注重音律,字句精炼,内容多写艳情,风格婉约清丽,向来被尊为正宗的词派。尤其是周邦彦有"集词之大成"之称,又有人推他为"词中杜甫",其实内容却很空虚,除艳情外,多是一些写景咏物的题材;尽管言情体物,穷极工巧,不过唯美派的作家而已。也正是由此使词趋于形式主义的发展的。

5.北宋末年的女词人李清照也是属于正宗派。她音律精严,才情丰富,但因遭遇到国家的变乱,个人后半生的境遇也很坎坷,因此作品中缠绵婉转、凄楚哀切的感情,感染力极强。

6.北宋末年,汴京沦陷,徽钦被掳,国破家亡,流离痛苦,南渡后便出现了伟大的爱国词人辛弃疾。他一生所作的词很多,现存《稼轩词》中共有六百二十余首,是两宋词人中作品数量最多的一人。他生活经验丰富,学识广博,所作的词,内容和风格都是多彩多样的。他把苏轼所开拓的词的境界,再加以解放和扩大。他的爱国情绪,特别强烈,又常常用词来寄感慨和发议论,因此前人说他的词是词论。同时陆游、刘过、陈亮、刘克庄都是爱国词人。刘过和陈亮的词受辛的影响,尤其明显。

7.南宋也有继承周邦彦以来趋向形式主义,专求音律调协和字句工丽的[词]人,他们不问国家社会的处境而大家结集词社,分题限韵,作出许多华丽的作品。其中最主要的作者是姜夔、史达祖、吴文英等人。他们自制曲谱,讲求音律和技巧,多用典故,意义深晦,内容却异常空虚,词因此也就僵化了。元明清的词人多崇尚婉约的风格,以姜夔为典范,以周邦彦为指归,词这一体,便算已无余地,跳不出宋人的圈子了。

# 元的社会背景及元曲

## 一、社会背景

### 1. 异族入主

中国在元朝以前,东晋、南北朝、南宋各个朝代都受外族的残酷侵略,但统治者的朝廷仍旧寄居一隅,保持偏安的局面。到了元朝,蒙古人灭亡了南宋,便统治了整个中国,经过八十九年的时间,直到明朝(1279—1367)才再恢复。

### 2. 统治反动,社会倒退

蒙古人原是落后的游牧民族,自凭仗它的武力征服中国后,便实施其奴隶制半奴隶制的统治,给中国社会的生产与文化以空前严重的摧残、破坏,不止滞迟了中国社会的前进,而且起了很大部分的倒退作用(大量农田被荒废为牧场)。它用巨大的暴力,在中国封建制的地盘上,建立其奴隶制的点线生产,进行奴隶制半奴隶制的压迫和榨取。

### 3. 武力西征,交通欧亚

蒙古人在其杰出的领袖成吉思汗和他的后继者的领导下,数十年间征服了整个中亚细亚、俄罗斯和中国,并一度蹂躏东欧(波兰、法国、匈牙利、奥地利),建立了横跨亚欧两洲的大帝国(四大汗国)。为了加强帝国的统治与[对]人民的剥削,以及对其他国家的掠夺和征服,开辟了许多交通路线(陆路有驿站,海道有广州、泉州、杭州各港),这对于经济、文化的交流起了一定的作用。

【眉批】欧洲人称为"黄祸"。

4. 种族压迫，阶级歧视

蒙古统治者把各族人分为四大类：蒙古人最贵，色目人（包括西域各族人和西夏人）次之，汉人（包括北中国的汉人、契丹人、女真人、高丽人等）又次之，南人（南中国的汉人）最贱。政治法律，都不平等。

5. 农村破坏，都市繁荣

蒙古民族侵入中国，既劫掠大批人口作为奴隶，又强圈大量民田作为牧场，加以残酷的压榨剥削，农村生产受到严重的破坏。但蒙古贵族有了大量的奴隶和金钱，为了提高自己的享受，大小手工业和国内外商业便有了相应的发展，都市因而相应地繁荣起来，人口也渐向都市集中，这样，适应都市娱乐的文艺作品如散曲和杂剧之类，便应运发展。

137

6. 元曲（包括散曲和杂剧）发达的原因

前人曾举列三点：①在宋金已有的基础上更加发展；②元人早期停止科举，文人学士无所施其才略，为卖文求活，遂捉住新兴的文体去创作；③汉人受外族压迫，文人更受贱辱，有一官、二吏、三僧、四道、五医、六工、七匠、八娼、九儒、十丐之分，悲愤抑郁只有发泄于散曲和杂剧之中。


## 二、元曲

元曲包括两个部分：散曲、杂剧。

### （一）散曲

散曲是词的替身，无论从音乐的基础上或是从形式的构造上，都是从词演化而来，因为主要的都是为了合乐歌唱，所以词称乐府，散曲也称乐府（如马致远的散曲称"东篱乐府"）。

散曲大致可分为小令和套数（亦称散套）两种。

1. 小令

小令就是小调,每首一个曲牌,一韵到底,像诗中的绝句和词中的小令一样,是一种短小的抒情诗。

由小令变而为合调(亦称双调),又名带过曲,即作者填一调毕,意有未尽,再填一调以续成之。(如无名氏《沽美酒带太平令》)

有时两调不足,也有连用三调的,但最多只能以三调为限(如曾瑞《闺中闻杜鹃》《骂玉郎带感皇恩采茶歌》),仍以两调为通行。

也有用若干个同一曲调写成一篇的,叫作重头。(如张可久的四首《卖花声》小令分咏春夏秋冬四景)

2. 套数

由小令合调再进一步加以扩充组织便成套数。(亦称套曲,又称大令)

套数的组织情形,最重要的有三点:由同一宫调中之曲调多首连合而成一整体;全套曲词必须用韵;每套最后必有尾声,以表示一套首尾的完整,同时又表全套的音乐已告完结。

套数短的只三四调,长的有三十四调之多(如刘致《上高监司·正宫·端正好》一套)。

(二)杂剧

杂剧(又名剧曲)是演唱故事,首尾备具有科(科为举止,谓以动作表情者)、有白(白为言谈,谓以言语表情者)的戏剧,对无科白的散曲言则谓之剧曲。

元代的戏曲可分为两个部门:一是北方的杂剧,一是南方的南戏,故前人有"南曲""北曲"之称。元代剧坛以杂剧为主体,南戏虽亦盛行于民间,到明代以后,才进入黄金时代,故现在只谈杂剧。

杂剧为表演于舞台上的综合艺术,有五个重要条件:一要有套曲(唱词)；二要有宾白(言语,宾为两人对谈,白为一人自语)；三要有科介(动作)；四要有多种脚色(生末旦净；苍鹘,男；花枪,女；参军,花面)；五要有代表剧中人言语的代言。

杂剧中的歌曲部分,以散曲中的套曲组成之。每一套曲称为一折,相当[于]现代剧中的一幕。每一杂剧以四折为通例,五折的则为变例,如纪君祥的《赵氏孤儿》是。

四折之外多有用楔子补充的。楔子有在剧前的,也有在各折之间的。

每折的歌曲,俱由一人独唱。其他演员,只有对白。但在楔子中亦偶有他员歌唱的。还有许多剧本,由一人独唱到底。负歌唱责任者大都为剧中的要角"末"或"旦",故有"末本""旦本"之称。

139

### 三、散曲和词的比较

1. 形式方面

曲有衬字,词无衬字；曲非一字对一音,词为一字对一音；曲造句可以长到二三十字,词则没有；曲造句也可短到一二字,而且很普遍,词则很少这种现象。

【眉批】词：调有定格,字有定数,韵有定声。

2. 音律方面

曲于平仄四声外还论阴阳,词则只论平仄或四声；曲无入声,词有入声；曲用韵平仄通押者多,词则平与平押,入与入押,上去通押,而平与上去通押者极少；曲不换韵,词有换韵的。

【眉批】三仄应须分上去,两平还要辨阴阳。

3. 表现手法方面

曲须直捷明白,词贵含蓄不尽。

## 四、著名作家

### 1. 散曲

前期关汉卿、王实甫、白朴、马致远——朴素生动,豪爽通俗。

后期贯云石、张可久、乔吉、刘致——典雅婉丽。其中贯云石亦有豪放之作。刘致更有突出的地方,他有《上高监司》套曲共十五曲,描写南昌大旱灾时人民所受的惨痛;又有《端正好》套曲共三十四曲,描写库藏的积弊和吏役狼狈为奸的情形,可说是"曲中的白居易"。

### 2. 杂剧

关汉卿:《救风尘》《窦娥冤》;现实、通俗。

王实甫:《西厢记》《丽春堂》;浪漫、文雅。

白朴:《梧桐雨》;王派。

马致远:《汉宫秋》《青衫泪》;王派。

纪君祥:《赵氏孤儿》;关派。

郑光祖:《倩女离魂》《王粲登楼》;王派

# 明代文学

## 一、传奇

### （一）传奇之名同实异

最初唐以小说为传奇；其次宋以诸宫调为传奇；再次元以杂剧为传奇；最后明以戏曲为传奇。此处所称传奇，指明代的戏曲。

### （二）明传奇发展于元代的南戏，南戏溯源于南宋的戏文

"南戏出自宣和以后，在南渡时，名为温州杂剧。"（明祝允明说）"俳优戏文始于《王魁》，永嘉之人作之。"（明叶子奇《草木子》语）

戏文起于温州民间，以后渐向北方发展，故后人名之为"南戏"。

元代戏曲可分为两个部门：一是起于北方的"杂剧"，一是发展于南方的"南戏"，故前人有"北曲""南曲"之称。在元代的剧坛上，是以"杂剧"为主体，因作家和名作甚多，足为这一时代的文学代表。"南戏"在元代虽亦盛行，但多为民间扮演之用，作品大都散佚不全。直至元末明初始有《拜月》《琵琶》诸代表作出现，成为明朝南戏全盛时代的先声。

### （三）杂剧和传奇的比较

| | 杂剧 | 传奇 |
|---|---|---|
| 形式方面 | 以一本四折为原则（亦有例外） | 一本不限一齣（即杂剧的折）剧，有多至四五十齣者 |
| | 有时加楔子，在开首或折中，也有两个楔子的 | 无楔子 |
| | 一折限用一宫调，限用一韵 | 每齣不限一宫调，也不限韵 |

|  | 杂剧 | 传奇 |
|---|---|---|
| 形式方面 | 每折中只限一人唱,或正末或正旦,其余角色有白无唱 | 每个登场人物皆可唱,不限定主角 |
| | 每本末尾有题目和正名(在扮演人下场后由别人代念) | 无正名题目,但有下场诗,由扮演人自念 |
| | 以正末、正旦为主角 | 大概以生旦为主,亦有例外 |
| 音律方面 | 全用北曲 | 多用南曲,即偶杂北曲,也较婉转而少粗豪 |
| | 无入声,平声分阴阳 | 有入声,平声不分阴阳 |
| | 曲调挺动 | 曲调和平 |
| | 衬字可以稍多,板可视文情而增加 | 板有定字定所,某板在某字不可移动,故衬字不可多,只可借眼,不可借板 |
| | 音调以琵琶为主,歌者依韵而歌 | 以歌者为主,以箫管笙和之 |

142

(四)明代著名的传奇和作者

南戏到了明代以后才入于黄金时代。元末明初最著名的有《琵琶记》和《荆钗记》《白兔记》《拜月亭》《杀狗记》五大传奇。

1.《琵琶记》

元末明初高明(字则诚,瑞安人)作,全本四十二齣,写蔡邕上京,赵五娘寻夫的故事。

2.《荆钗记》

明朱权(明太祖第十七子,封宁王,丹邱先生)作,全本四十八齣,写王十朋、孙汝权对钱玉莲婚姻问题的纠纷,后来经过种种波折,王、钱终于胜利团圆的故事。

3.《白兔记》

无名氏作,全本三十二齣,写刘知远穷困从事,其妻李三娘在娘家受迫,磨房产子,后经种种磨折,得以团圆的故事。

4.《拜月亭》

一名《幽闺记》,传说是元代施惠(字君美,杭人)作,全本四十齣,写蒋世隆、瑞莲兄妹及少女王瑞兰、少年兴福经种种悲欢离合的波折而终成两对夫妇的故事。

5.《杀狗记》

元末明初徐畛(字仲由,淳安人,畛即畛字)作,全本三十齣,写孙华夫妇与其弟孙荣失和与团圆的故事,大约是从元杂剧中萧德祥的《杨氏女杀狗劝夫》敷演而成。

## 二、小说

明代文学,以小说与传奇为代表,在文学史上,尤以小说有着重要的意义,可分章回小说(长篇)、平话小说(短篇)两种。

(一)明代著名的章回小说

【眉批】"明季以来,世目《三国》《水浒》《西游》《金瓶梅》为'四大奇书'。"(鲁迅《中国小说史略》)

1.《水浒传》

元末明初施耐庵作。(书中不但有罗贯中或施耐庵的成分,并且有汪道昆或杨定见的成分,故不能指定谁是《水浒传》的作者。)

《宣和遗事》所记已有三十六人,起于杨志等押运花石纲,终于征方腊。元杂剧中也多用水浒故事。施耐庵根据那些材料,加以扩大,体裁全用白话,是一部谈农民革命的小说。

2.《三国志演义》

元末明初罗贯中作。(或说今本是经过李贽及毛宗岗等改修的,此外也许还有别人的手笔,故与《水浒传》同样,不能指定谁是作者。)

据元朝《三国志平话》改编,用显浅的文言,也有直用白话的。事实多采陈寿《三国志》和裴松之《三国志注》,间采稗史,加以臆造,大抵七实三虚。对农众影响很大,农民革命领袖常用它作兵书。

3.《西游记》

明嘉靖时,吴承恩(字汝忠,淮安人)作。(明初有所谓"四游记"者,即吴元泰的《东游记》、余象斗的《南游记》与《北游记》,及杨志和的《西游记》。这些故事汇合到吴承恩手里,加上作者自己的创造,遂成今本《西游记》。)

宋朝已有《大唐三藏取经诗话》,元朝已有《唐僧西天取经》杂剧,并有《西游记》,吴氏根据它们加以扩充,成为一部浪漫的神魔小说。(虽是想象,也有现实生活作基础的。)

4.《金瓶梅》

明无名氏作,署名兰陵笑笑生,一说王世贞作。

《水浒传》中有西门庆和潘金莲通奸,武松杀嫂一段故事,作者取来,大加扩充,成为一百回的小说。书中描写一个大恶霸西门庆的生活,把当时腐败黑暗的社会情形暴露得不留余地,也是一部写实的小说。但内容写淫荡处太多,又太露,读者须用严肃的态度去研究,否则难免受到坏影响。

(二)明代著名的平话小说

小说话本,始于宋代(如《京本通俗小说》所载,已有佳篇),但明初对此不甚注意,拟作者亦少。嘉靖年间,因长篇小说风行社会,宋元短篇平话,亦渐渐为人收集刊行(如洪楩《清平山堂话本》)。万历天启年间,平话集更盛行于世,文人拟作者日多,明代末年造成了短篇小说极盛的时代。总集则有冯梦龙的"三言"(《喻世明言》《警世通言》《醒世恒言》),专集则有凌濛初的"二拍"(《拍案惊奇》《拍案惊奇二刻》),选集则有抱瓮老人的《今古奇观》。

1. "三言"

乃《喻世明言》(初题《古今小说》)、《警世通言》、《醒世恒言》的简称,明天启崇祯间冯梦龙(字犹龙,一字子犹,长洲人)汇辑刊行的短篇小说总集,每言所收话本四十篇,三言共一百二十篇,宋元明三代作品兼而有之。据署名可一居士所作的《醒世恒言序》有云:"明者取其可以导愚也,通者取其可以通俗也,恒则习之而不厌,传之而可久,三刻殊名,其义一耳。"则这"三言"的功用及其性质可以了然了。

2. "二拍"

或称"两拍",乃明天启崇祯间凌濛初(字玄房,号即空观道人,乌程人)一人所著的话本《拍案惊奇初刻》《二刻》的简称。《初刻》三十六篇,《二刻》小说三十九篇,末附《宋公明闹元宵》杂剧共四十回。二书体制虽同,题材已异,《初刻》多述人事,《二刻》多言鬼神。

3. 《今古奇观》

"三言""二拍"收集短篇平话近二百篇,卷帙浩繁,购买不易,观览难周,抱瓮老人乃选刻四十篇,名为《今古奇观》,约刊于崇祯末年,可说是晚明平话丛书的选本。"三言""二拍"久经湮没,《今古奇观》却一直流行。


### 三、明代的诗和散文(附)

明代正统文学,无论诗文,都是摹拟,都是复古。优孟衣冠,原无生气。"文必秦汉,诗必盛唐"(劝人不读秦汉以后文,不读天宝以后诗），便是拟古的准的。著名作家以前后七子为代表。

前七子（弘治）为李梦阳（字献吉）、何景明（字仲默）、徐祯卿、边贡、王廷相、康海、王九思，而李、何为领袖。

后七子（嘉靖）为李攀龙（字于鳞，历城人）、王世贞（字元美，太仓人）、谢榛、宗臣、梁有誉、徐中行、吴国伦，而李、王为领袖。后来张溥倡复社，夏允彝、陈子龙倡几社，以继承李、王复古的余绪。（张溥又编辑《汉魏六朝百三家集》以救复古派末流空疏之弊。）

对前后七子表示反抗的，前有王慎中、唐顺之，后有茅坤、归有光，倡为宋代欧、曾通顺的文体，反对死摹秦汉，以矫李、何之弊。后来艾南英倡豫章社以宗归有光。

# 清代文学

清代文学可说都是因袭而无独创。在因袭中而成绩独著的，可数三类：一、散文；二、传奇；三、小说。分别述之如下。

## 一、散文

清代散文虽一般都反对明朝前后七子摹拟秦汉的作风，但对于唐宋古文八大家及明朝归有光的作品，仍奉为圭臬，故可称为复古主义。主要的为桐城派，其支流则为阳湖派。

1.桐城派

以方苞（望溪，1668—1749）、刘大櫆（海峰，1698—1779）、姚鼐（姬传，1731—1815）三人为主，而方、姚造诣更深，姚尤卓之。三人皆安徽桐城人，故称桐城派。为文主张笃守古文义法，简净雅洁，是其所长；局隘浅陋，是其所短。姚选《古文辞类纂》一书，成为二百年来青年学古文的圣经，其影响很大。

147

2.阳湖派

以恽敬（子居）、张惠言（皋文）为主。二人皆江苏阳湖（武进）人，故称阳湖派。他们学作古文都是从桐城传授而来，但除取法六经八家外，同时兼取子史杂家，文章气势较为放纵，词意较为深厚，但不及方、姚的雅正，可算是桐城派的支流。

## 二、传奇

清代传奇作者虽众，大都摹拟前人，甚少新意。举其代表有李渔、洪昇、孔尚任、蒋士铨四家，略述如下：

1.李渔,字笠翁(1611—1680),浙江兰溪人。作曲十六种,以《奈何天》《比目鱼》《蜃中楼》《风筝误》等十种为最著。他的戏曲实为明末古典戏之一大解放。他用显浅通俗的曲调,参以富于风趣的宾白,最宜于扮演,又适合群众的心理。他的《闲情偶寄》里还有许多论剧的好见解,在中国旧戏上他是一个好批评家。

2.洪昇,字昉思(1645—1704),浙江钱塘人。所作传奇以《长生殿》五十齣最负盛名,可称为他的代表作。此本取材于《长恨歌》《长恨传》《太真外传》诸篇,铺叙唐明皇、杨贵妃的爱情故事,与孔尚任的《桃花扇》[并]称为清代悲剧的两大杰作。

3.孔尚任,字季重,号东塘(1648—1718),山东曲阜人,孔子六十四代孙。所作传奇以《桃花扇》四十二齣最负盛名。与洪昇并称,有"南洪北孔"之目。《桃花扇》与《长生殿》虽同是写生死爱情的历史悲剧,但《长生殿》写的是"古今情场,问谁个真心到底。但果有精诚不散,终成连理"的浪漫情绪;《桃花扇》则富于现实性,在男女的恋爱中反映出国破家亡的惨影,无耻的士大夫们的脸谱,以及风尘中热血女子的正义感。在这种同样是恋爱的故事里,杨贵妃、李香君变成了两个完全不同的典型,在充分地暴露了明末政治的腐败,奸臣的阴谋误国的文字中,使读者更感到无限愤慨。

4.蒋士铨,字心馀、苕生(1725—1785),江西铅山人,有《忠雅堂集》。他的诗词俱有名,成就仍在戏曲,著名的有《藏园九种曲》(《一片石》《第二碑》《四弦秋》三杂剧及《空谷香》《桂林霜》《香祖楼》《临川梦》《雪中人》《冬青树》六传奇)。杂剧《四弦秋》及传奇《临川梦》二种可称为代表作,蒋氏的词曲,本以豪放见称,《四弦秋》一剧犹能发挥这一种特色。

## 三、小说

### (一)清代小说兴盛的原因

清代小说兴盛的原因,可有下列数点:

1. 汉族受异族压迫,借小说以抒写胸中痛苦;

2. 文字狱的威胁,文人写忧国之忧于小说;

3. 知识分子受西洋文化的影响,认识[到]小说的重要性;

4. 印刷事业新兴,新闻事业的发达;

5. 满清统治屡挫于外敌,政治窳败,知识分子假小说以事抨击并发挥爱国思想。

### (二)清代小说代表作家及作品

清代小说不特能够继承元明,而且还能够发辉光大,造就优良的成绩。前期以蒲松龄的《聊斋志异》、吴敬梓的《儒林外史》、曹雪芹的《红楼梦》三书为代表作品,后期以李宝嘉的《官场现形记》、吴趼人的《二十年目睹之怪现状》及曾朴的《孽海花》三书为代表作品,分别略述如下:

1.蒲松龄,字留仙,号柳泉(1640—1715),山东淄川人。聪明博学,而科场不利,七十二岁才补岁贡生。一生以教书为业,著作甚富,以短篇文言小说[集]《聊斋志异》最有名。全书凡四百三十一篇,大都是描写妖狐神鬼的奇形怪事。但作者文笔简练,条理井然,所述虽都是神鬼妖魔,却都懂得人情世故,和蔼可亲。在这一神鬼世界里,一样有伦常道德,一样讲富贵功名,一样有忠孝,一样讲因果。这是一部人情化的神鬼小说,是用唐人传奇的笔墨写人世阴阳的怪异,使读者置身魔鬼之间,不觉可怕,反觉可亲。三百年来,读中国旧小说的,言神鬼者无不知有《聊斋》,言爱情者无不知有《红楼梦》,其传播之广,于此可见。

2.吴敬梓,字敏轩,一字文木(1701—1754),安徽全椒人。他出身于官僚地主家庭,曾祖和叔伯祖都是科甲中人,可说是家门鼎盛。但他对于科举制度、八股文章以及虚伪的礼教,深恶痛绝,因而在他的杰作《儒林外史》中,一面严厉地控诉旧礼教,一面又无情地揭发统治阶级维持寿命的另一工具——科举制度。《儒林外史》共五十五回,很像是许多短篇连接而成,结构不够紧凑。但它是一部思想性与艺术性相结合的中国古典文学的现实主义作品,也是一部杰出的讽刺小说。书中无淫秽之言,无鬼神之论,品质极高。所用文字,全是普通官话,不杂各地的野语方言,修辞造句,简洁有力。前人称《水浒》是方言的文学,《儒林外史》是国语的文学,这是不错的。但是,《儒林外史》没有浪漫,没有神怪,没有侠义,没有恋爱,只有对社会黑暗的暴露、知识阶级的刻画,因此不为一般青年们所爱好。《儒林外史》可说是一本不愉快的书,是一本中年人的书。

3.曹霑,号雪芹(1715—1763),汉军正白旗人。他是八旗世家子弟,祖先几代,都在江南做内府的织造官。他的祖父曹寅最有名,是一个风雅的贵族名士。康熙六次南巡,五次驻跸在织造官署,曹寅就接了四次驾,就当时说,可算是旷古的盛典。曹雪芹就生在这样一个富贵家庭里,可是当他少年的时候,他家起了突变,不知犯了什么大罪,而至抄家没产,后来他几乎无以为生,终而贫穷至死。但他却写了一部古典文学现实主义的杰作《红楼梦》。全书共一百二十回,据说前八十回是他写的,后四十回便是高鹗所续,全书精神尚称一贯。这部作品,主要是以一个贵族官僚地主家庭为题材,通过各种人物的活动,极深刻而真实地反映了封建社会的现实生活,大胆地揭露了统治阶级的荒淫无耻,并暗示出封建贵族的必然灭亡,进而涉及到封建制度的几乎全部问题,可算是清代第一部长篇小说。

4.李宝嘉,字伯元(1867—1906),别署南亭亭长,江苏上元人。因科举不利,一生从事新闻事业,并创作多种小说,可以《官场现形记》为其代表作品。全书六十回,连缀许多官场中的笑话趣闻及其种种贪污丑恶的故事而成。在这本书里,我们可以看出清末的政治社会腐败到了什么程度,大官小吏卑鄙龌龊、昏聩糊涂到了什么程度,在他笔下刻画出来的这一套脸谱,真是牛鬼蛇神,无奇不有,可算是一部成功的谴责小说。

5.吴沃尧,字趼人(1866—1910),别署我佛山人,广东南海(佛山)人,二十余岁至上海卖文为生,以杂志与报纸相终始。所作小说甚多,以《二十年目睹之怪现状》最有名。全书共一百零八回,以九死一生者为主角,描写这些人二十年来在社会上所闻所见的奇形怪事,范围极为广泛。对政治社会的暴露与谴责,与李伯元的《官场现形记》态度相同。

6.曾朴,字孟朴(1872—1935),别署东亚病夫,江苏常熟人。清末创办小说林书社,编辑新学书籍,创译小说甚丰,以《孽海花》最著名。全书原写六十回,写至二十四回而止,民国十六年加以改作,成为三十回本。此书以名妓傅彩云、状元洪钧的风流韵事为主干,普遍地描写清末三十年间的政治外交及社会各种情态。可惜全书没有写完,后半最精彩的也是最紧张的几幕,都没有写到,实在是美中不足。

# 略谈一些旧体诗词中的艺术性

今天的讲题是"略谈一些旧体诗词中的艺术性"。这里首先有几点说明：

一、一切文学作品都有它的思想性和艺术性。艺术形式是为思想内容服务的，就评价一篇文学作品而论，当然应以政治思想标准为第一，艺术标准为第二。但在不能兼容并包，面面俱到，有所谈必有所略的时候，所谈的固然不免有所强调，所略的倒并不意味着贬低轻视。譬如我们现在讲古代文学，势必不能同时兼说现代文学，提倡重视对古代文学的学习，并不意味着取消或轻视现代文学；又如我们学文科的尽管十分强调文科的重要，也丝毫没有反对或轻视理科的倾向。这是需要分割开来但又不能对立起来的。至于一篇文学作品的思想性和艺术性虽然有所区别，但整体完全统一，更不能割裂对立起来，这是显而易见的。现在为着便于讲授起见，重点突出，只谈一些有关艺术手法方面的问题，对于思想内容，一般不作深入的分析批判，并非认为轻重可以倒置，喧宾可以夺主，更绝对没有"艺术至上""艺术第一"的意思，千万不要误会。

二、关于艺术技巧、表现手法等等，很多是可以为各种各样的思想内容服务的。它们的作用也和语法有些相似。就艺术技巧本身来说，它是没有阶级性的，但就它的具体表现来说，在阶级社会里的文学作品就无不盖上阶级的烙印。如果善于运用，消极因素也可化为积极因素，毒草也可作为肥料，坏人也可作为反面教材。在举例中，只就艺术论艺术，取其一节，不及其余，并非思想内容都属健康。择善而从,是在读者。

三、艺术范围极广,旧体诗词内容又极丰富,真如一部廿四史,不知从何说起。这里随便举些例子,加以说明,既不全面,也无系统,只是诗话偶谈性质。为了使同学们易于接受,所举的例子,尽量以中国文学史及历代文学作品选所会涉及的为主,偶有例外,只以足资启发,故并连类及之。

四、毛主席诗词,是我国社会主义文学革命现实主义和革命浪漫主义巧妙结合的典范作品,这里虽非专讲,亦略及一二,以端方向,限于水平,豹窥蠡酌,一斑一滴而已。

153

五、文学作品中所使用的词汇、语调等等,各种文体是有不同的:在散文中所使用的不一定适用于韵文,在古体诗中所使用的不一定适用于近体。至于文学表现的手法,如对比、比拟、夸张以至现实主义、浪漫主义等等,是可以共同灵活运用的,原不限于某一种文体;甚至古今中外,都可以触类旁通,一脉相贯。这里所谈的,因所举的例子基本是属于旧体诗词,所以以旧体诗词的艺术性为题。如果从艺术性的角度看,就不一定局限于旧体诗词中了。

一

李白是屈原以后著名的浪漫主义作家,他的诗是特别富有浪漫主义色彩的。如《陪侍郎叔游洞庭醉后》云:"刬却君山好,平铺湘水流。巴陵无限酒,醉杀洞庭秋。"刬却君山、平铺湘水,这种丰富的想象,便是浪漫主义色彩的表现。

杜甫虽然是现实主义诗人,但也不是完全没有浪漫主义成分,不过比较起来,浪漫主义成分没有现实主义成分那么多;把他和李白比较,也不像李白那样浪漫主义成分远远超过现实主义成分罢了。如杜甫《一百五日夜对月》诗云:"斫却月中桂,清光应更多。"它所表现的丰富的想象力,不是和李白的划却君山、平铺湘水十分相似吗?如果我们拿毛主席的词对比看看,如《念奴娇·昆仑》下阕云:"而今我谓昆仑:不要这高,不要这多雪。安得倚天抽宝剑,把汝裁为三截。一截遗欧,一截赠美,一截还东国。太平世界,环球同此凉热。"就觉得毛主席的词要比李白、杜甫的诗更伟大奇肆得多。这就因为艺术归根到底是为思想内容服务的。李白所关怀的不过希望痛快一醉以消除胸中垒块不平之气,故接着便说,"巴陵无限酒,醉杀洞庭秋"。这和他"且就洞庭赊月色,将船买酒白云边"(《陪族叔刑部侍郎晔及中书贾舍人至游洞庭》)还是一个意思。杜甫这诗的前二句是:"无家对寒食,有泪如金波。"后四句是:"斫离放红蕊,想像颦青蛾。牛女漫愁思,秋期犹渡河。"就全诗看来,都跳不出怀念家庭妻子这个小圈子;和毛主席所关怀的是环球世界人民万物的凉热,其巨细之分,高下之别,真是无从比较。

这一节略谈浪漫主义丰富的想象。

## 二

李白《远别离》结句云"苍梧山崩湘水绝,竹上之泪乃可灭",这和汉乐府《上邪》"山无陵,江水为竭,冬雷震震,夏雨雪,天地合,乃敢与君绝",手法极为相似,其意犹言海枯石烂,俱谓这是必不可能之事罢了。

唐敦煌卷子无名氏《菩萨蛮》词云:"枕前发尽千般愿,要休且待青山烂,水面上秤锤浮,直待黄河彻底枯。白日参辰现,北斗回南面。休即未能休,且待三更见日头。"这和《上邪》也是同样的手法。

唐王建《望夫石》诗云:"望夫处,江悠悠,化为石,不回头。山头日日风复雨,行人归来石应语。"望夫化石,本身就是一种神话传说,就是丰富的浪漫想象。从妇人望夫不见而化为石永不回头,因而设想假如万一行人归来,石也必定复化为人,欢欣笑语如平日,那是绝无怀疑的,也是极合逻辑的。

凡言"应"的都是设想假定之词,料想其应当如此而现在并不如此的。毛主席《水调歌头·游泳》下阕云:"风樯动,龟蛇静,起宏图。一桥飞架南北,天堑变通途。更立西江石壁,截断巫山云雨,高峡出平湖。神女应无恙,当惊世界殊。"这里所说的宏图,像"一桥飞架南北,天堑变通途"的长江大桥,现在早已实现,就是"更立西江石壁,截断巫山云雨,高峡出平湖"的三峡水库,在不久的将来也必定能够实现,绝不是纯粹虚构的想象,所以应该是属于革命现实主义范畴而不是属于浪漫主义范畴。但神女无恙,而且惊怪世界大大改观,那只是想当然之事,自然是属于浪漫主义范畴了。这是革命现实主义和革命浪漫主义巧妙结合的典型范例,大家都已熟悉,就不多说了。

155

李商隐《嫦娥》云:"云母屏风烛影深,长河渐落晓星沉。嫦娥应悔偷灵药,碧海青天夜夜心。"又《无题》句云:"晓镜但愁云鬓改,夜吟应觉月光寒。"也都是用"应"字的例子。这类例子极多,不再多举。

这一节续谈浪漫主义丰富的想象。

三

李白《劳劳亭》诗云:"天下伤心处,劳劳送客亭。春风知别苦,不遣柳条青。"王之涣《凉州词》云:"黄河远上白云间,一片孤城万仞山。羌笛何须怨杨柳,春风不度玉门关。"杨柳、春风是有密切关系的,这两首诗都把它们联合在一起而生出特殊的想象。李白是从送客伤心,因而想到春风也应是知道人们别离的辛苦,所以柳条本应该萌芽吐青的却不让它萌芽吐青,这样就把春风完全人格化了。至于作诗送别的时间是在春初而不是夏秋冬,眼前的景物是柳芽未吐,那就连带说明了。

王之涣却是在客观环境上把凉州说得非常荒寒凄苦,尽管首二句所写的天然形势是奇伟动人的,但边塞尘沙,春风不到,杨柳当然无从生长,羌笛中所吹的"折杨柳"曲子,实际只是有名无实,正如李白《塞下曲》所说的:"五月天山雪,无花只有寒。笛中闻折柳,春色未曾看。"就艺术技巧来说,都有相当高度的成就;就思想内容来说,在过去亦没有什么不健康的影响;但如果用现代的社会主义乐观主义精神律之,不特显然深感不足,而且还会发生消极的悲观思想,这也是须加以注意的。

因为闻笛与杨柳有关,这里连带举一两个普通的例子,加以说明。如李白《春夜洛阳闻笛》云:"谁家玉笛暗飞声,散入春风满洛城。此夜曲中闻折柳,何人不起故园情?"又如杜甫《吹笛》云:"吹笛秋山风月清,谁家巧作断肠声?……故园杨柳今摇落,何得愁中却尽生!"这又都因笛中闻折柳,触起故园之思,也是旧社会生活中极自然之事。社会制度变了,这种思想感情自然也随之而变,我们读古人的作品,不再做古人思想的俘虏,就可化腐臭为神奇,活学活用,无施不可了。如春风杨柳本是极其普通的联用词语,前面的例子,在今日也可能发生乡土观念的不良影响。但毛主席《送瘟神》却说:"春风杨柳万千条,六亿神州尽舜尧。红雨随心翻作浪,青山着意化为桥。天连五岭银锄落,地动三河铁臂摇。借问瘟君欲何往,纸船明烛照天烧。"我们读起来,只觉得充满乐观主义革命精神,斗志昂扬,意气风发,哪里有些儿消极因素?所以归根结底,仍是政治思想第一,一切艺术技巧、辞藻修辞,都是为思想内容服务的。

王安石《壬辰寒食》诗云:"客思似杨柳,春风千万条。更倾寒食泪,欲涨冶城潮。巾发雪争出,镜颜朱早凋。未知轩冕乐,但欲老渔樵。"如果只从文字表现现象来看,毛主席的"春风杨柳万千条",可说全从王诗化来。但我们一看思想内容,毛主席接着说的是"六亿神州尽舜尧",所关心的是整个中华民族复兴的伟大事业,而王安石所伤心忧虑的不过是寒食思亲之感,白发退休之事。所以在旧社会里,进步的人物,优秀的诗篇,拿到新社会来,就处处相形见绌。我国文学遗产只能批判接受而不能全盘硬搬过来,更不能让其潜移默化,腐蚀青年的一代,就是这个缘故。再若就"客思似杨柳"这句来说,又可说是从王维的"唯有相思似春色,江南江北送君归"化来。

这一节略谈春风人格化及春风杨柳和杨柳故园的联系。

## 四

李白《望庐山瀑布水》诗云:"日照香炉生紫烟,遥看瀑布挂前川。飞流直下三千尺,疑是银河落九天。""三千尺"是夸张的手法,"银河落九天"是比拟的手法,都是文学艺术所常用的,用得恰当生动,当然很好,但不能专靠这种手法为生命。如李白瀑布诗另有句云:"海风吹不断,江月照还空。"不用夸张比拟,也写得非常出色。张九龄《湖口望庐山瀑布水》句云:"日照虹霓似,天清风雨闻。"又用比拟,也写得非常出色,尤其是"天清风雨闻"，更写得奇丽。白居易有句云："风吹古木晴天雨，月照平沙夏夜霜。"意境亦颇相似，可以比看。

李白又有《秋浦歌》云："白发三千丈，缘愁似个长。不知明镜里，何处得秋霜?"显然这里所说的"白发三千丈"，是夸张的手法。杜甫《古柏行》云："孔明庙前有老柏，柯如青铜根如石。霜皮溜雨四十围，黛色参天二千尺。"李白的《蜀道难》有句云："蚕丛及鱼凫，开国何茫然! 尔来四万八千岁，不与秦塞通人烟。"又《梦游天姥吟留别》有句云："天姥连天向天横，势拔五岳掩赤城，天台四万八千丈，对此欲倒东南倾。"这里所说的"四十围""二千尺""四万八千岁""四万八千丈"，同样是夸张的手法。

这一节略谈夸张的手法。

## 五

李白《赠汪伦》诗云："李白乘舟将欲行，忽闻岸上踏歌声。桃花潭水深千尺，不及汪伦送我情。"这里是要写汪伦相送的深情，如何表达呢? 就拿现前景物桃花潭水的深度相比较，觉得潭水深千尺还不及汪伦相送之情之深，这样就写得又生动又具体了。

李白又有《金陵酒肆留别》诗云："风吹柳花满店香，吴姬压酒唤客尝。金陵子弟来相送，欲行不行各尽觞。请君试问东流水，别意与之谁短长?"这里写的是酒肆留别，无论送者、被送者都有依依难舍之情。这种彼此深长的别意如何表达呢? 也就拿眼前景物东流水的长度作比较，水是东流到海的，它的长度是人所公认的。我们的离情别意和它比较，不论长短结果如何，能够敢于和它比较，那就肯定深长可观了。而且不是自作结论，还要请君试问东流水，就显然有胜利的把握，最少也足以较量较量。这就意味深长了。

刘禹锡《竹枝词》云："山桃红花满上头，蜀江春水拍山流。花红易衰似郎意，水流无限似侬愁。"这诗也是使用比拟的手法，不过双起双比，这是民歌的特色。至于李后主(煜)的词云："问君能有几多愁？恰似一江春水向东流。"有问有答，可说是从李白、刘禹锡两诗融合而来。可见艺术技巧，灵活运用，可以无穷无尽，只要读者善于领会罢了。

这一节略谈比较比拟的手法。

# 六

159

柳宗元《与浩初上人同看山寄京华亲故》诗云："海畔尖山似剑铓，秋来处处割愁肠。若为化得身千亿，散上峰头望故乡。"这诗有两个特点，一是比拟，二是幻想。比拟得相当形象，幻想也很符合旧社会里封建文人异乡怀土之感，所以向来作为一首好诗传诵，这是不足为怪的。但如果用今天的社会主义文艺观点律之，便觉它的思想感情有格格不入之处。山似剑铓，自然古今如一，但在充满革命乐观主义精神的人看来，有何愁肠可割？至于化身千亿的想象，就是到共产主义社会，也仍然可以存在。但化身千亿做什么呢？如果更多地为人民群众服务，为社会人类创造更多的幸福财富，当然是极好的。但柳宗元所幻想的化身千亿，不过是散上峰头望故乡，完全是逐客怀乡之感，和今天的社会主义思想感情毫无共同之处。我们试看毛主席的《十六字令》云："山！刺破青天锷未残。天欲堕，赖以拄其间。"

这种顶天立地的英雄气概,哪里有丝毫个人得失利害之念参杂于其间呢?

韩愈有两句与桂林山水有关的名句:"水作青罗带,山如碧玉篸。"这个比拟极为形象而又美丽,如果单从艺术角度看,是有极高的成就,值得我们学习的,所以连类及之。至于"系牕岂无罗带水,割愁还有剑铓山",纯从对仗工巧致力,颇有似于文章游戏,尽管出自苏轼之手,也就没有什么价值了。

这一节略谈比拟和幻想。

## 七

王勃《送杜少府之任蜀川》诗有句云:"与君离别意,同是宦游人。"这是说作者和杜少府惜别之意,特别深厚,是因为同是游宦之人,阶级感情非常接近的缘故。

白居易《琵琶行》有句云:"同是天涯沦落人,相逢何必曾相识?"这里弹琵琶的商人妇,如果从阶级出身来说,当然和白居易绝不相同,应该没有什么共同的感情;但就"同是天涯沦落人"这一点来说,那就十分相似,因此就发生内心的共鸣,这也是极其自然的。清汪中《吊马守真文》有云:"一从操翰,数更府主。俯仰异趣,哀乐由人。如黄祖之腹中,在本初之弦上。静言身世,与斯人其何异?"一个帮闲的封建文人,仰人鼻息,绝无个人意志的自由,比之于卖笑歌姬,实无什么不同之处。汪中就这一点发生无限的感慨,虽是封建文人没落的悲哀,从其表现手法说来,也是一脉相通的。

这一节略谈突出同点的手法。

# 八

陈子昂《登幽州台歌》云：“前不见古人，后不见来者。念天地之悠悠，独怆然而泪下。”天地悠悠，无穷无尽，人生其间，真如白驹过隙。在此极其短暂的时间，如果能够应运逢时，建功立业，烜赫当世，也不枉一生；无如前不见古人，后不见来者，妙手空空而来，又妙手空空而去。这在怀着旧社会的人生观的人，自然感到有莫大的悲哀，因而独怆然而泪下，也是极其自然的。但胸怀旷朗，立业建功，有英雄气概的人，就会有相反的感触。如辛弃疾《贺新郎》词云：“不恨古人吾不见，恨古人不见吾狂耳。”这但就词句上更推进一层，已经获得新的境界。我们再看毛主席《采桑子》词云：“人生易老天难老，岁岁重阳。今又重阳，战地黄花分外香。一年一度秋风劲，不似春光。胜似春光，寥廓江天万里霜。”就“人生易老天难老”来说，也和“念天地之悠悠”没有什么差别。但陈子昂在这种思想感情支配之下，只有怆然泪下的悲观失望。毛主席则从“人生易老天难老”的自然演变，知道这是客观的规律，必定是“岁岁重阳”，就是“今又重阳”，也用不着什么大惊小怪；可是重阳虽然仍是重阳，黄花也依旧是黄花，但这是战地，不是像陶渊明“采菊东篱下，悠然见南山”那么恬静的环境。逃避现实的文人也许认为这种环境不适宜于赏菊，而不知从满怀革命斗志的战士看来，这战地的黄花倒是分外香的。逃避现实、逃避斗争的自命清高之士又哪里晓得呢？再就“一年一度秋风劲”来说，这也是自然的演变，没有什么奇异的状态。但一般草木，生长于春天，零落于秋天，因此失志文人，每每悲秋，常人也有秋不如春之感。所以就常情言之，秋光不似

161

春光好。但春光虽然明媚,风和日丽,也确实可爱,究竟阴云太多,有时春雨连绵,就更令人气闷;不如秋高气爽,极目江天,一碧无际,使人胸怀开旷,神情焕发。所以不要以为秋风劲健,不似春光之明媚,其实胜过春光,为的是万里江天,霜华肃爽。这完全是两种思想感情、两种人生观的对照,我们何去何从,就不难抉择了。

毛主席《人民解放军占领南京》七律有句云:"天若有情天亦老,人间正道是沧桑。""天若有情天亦老"原是唐代诗人李贺《金铜仙人辞汉歌》的成句,但李贺的意思是对世事变迁、盛衰无常的伤感,所以说幸亏天是无情的,所以能够长久不老,万古如斯;如果天也如人们多情善感,那么对世事的盛衰变化,岂能漠然无动于衷?也必然如人之易老了。毛主席则反其意而用之,因为世事沧桑,变化不息,乃是客观的规律,不以人们的主观愿望而转移的。这正是人间正道。明乎此,我们就不必"念天地之悠悠,独怆然而泪下"了,所以"虎踞龙盘今胜昔,天翻地覆慨而慷"。这也是人生观不同反映在文学作品中鲜明的对照。

这一节略谈不同的人生观反映在文学作品中的对照。

# 九

在封建社会里,重男轻女的习惯势力是非常浓厚顽强的。但也看是什么样的具体情况,有时竟有完全相反的心理产生,这不是无缘无故的。魏陈琳《饮马长城窟行》有云:"生男慎莫举,生女哺用脯。君不见,长城下,死人骸骨相撑拄。"这是因为战争频烦,男子有被抓去当兵的危险,所以做父母的有这种反常的心理。(战争是否应该反对,首先须分别它是正义的战争或非正义的战争，这里不作细述。）杜甫的《兵车行》云："信知生男恶，反是生女好；生女犹得嫁比邻，生男埋没随百草。"也是同样的环境，同样的心理，都是为了生男没有什么好处，反而生出祸害来。亦有生男未必有祸，但却不如生女有极大的幸福，也足以产生同样的心理。如白居易《长恨歌》云："姊妹兄弟皆列土，可怜光彩生门户，遂令天下父母心，不重生男重生女。"这种反常的心理的产生，都有它客观的原因。对这种原因的揭露，正是现实主义文学的任务。又如白居易《卖炭翁》有句云："可怜身上衣正单，心忧炭贱愿天寒。"本来身上衣正单的人，理应但愿天暖而不愿天寒，才是正常的心理状态。但就卖炭翁来说，却有一种极其矛盾的心理，那就是如果天暖炭便会卖不出去，即使卖得出去，也会减低价格，两害相权取其轻，那就宁愿忍受寒冻而不愿炭贱了。

163

韩愈《郑群赠簟》亦有句云："呼奴扫地铺未了，光彩照耀惊童儿。青蝇侧翅蚤虱避，肃肃疑有清飙吹。倒身甘寝百病愈，却愿天日恒炎曦。"竹席是夏天需用的，尤其是肥胖多汗的人更觉迫切需要。但用竹席以减轻暑气的威胁，终究不如夏令不来，凉爽舒适，才是正常心理。这里因为要特别强调竹席的效用，所以产生"却愿天日恒炎曦"这种不正常的心理。这都是透进一层，加倍强调的手法。

这一节略谈通过反常的心理作突出的写法。

十

李白《渡荆门送别》诗句云："山随平野尽，江入大荒流。"向来读者多拿它和杜甫的《旅夜书怀》诗中的两句"星垂平野阔，月涌大江流"，对比并论。从字面看，上句都有"平野"二字，下句都有"大江流(大荒流)"三字;从地理形势说,都是写从四川到湖北,由山区到平原的景象;气势又都壮大豪放,的确有些相似。但仔细分析,又有不同。李白写的简单说来,只是"山尽""江流"四字,至于"随平野"及"入大荒"则是用来分别形容"山尽""江流"的。杜甫写的简单说来,也是"野阔""江流"之景,但因为要突出写明是夜景而非日景,故用"星""月"衬托;尤妙在因星垂然后知平野之阔,因月涌然后知大江之流,不特确是夜景,而且在认识过程中也有因果先后之分,内容就复杂曲折得多了。王维《观猎》诗有句云:"草枯鹰眼疾,雪尽马蹄轻。"因草枯而鹰眼更疾,因雪尽而马蹄更轻,亦是因果关系,句法结构,完全相似。李白《送友人入蜀》也有句云:"山从人面起,云傍马头生。"句法又和"山随平野尽,江入大荒流"二句相似。这都是显而易见的。

这一节略谈同中有异的句法。

# 十一

不论五言、七言绝句,全诗都只四句,只有二十字或二十八字。俗话说,麻雀虽小,肝肾俱全。尽管是短诗,要自成体系,篇章结构、起承转合,一般说来,都是需要的。但竟有四句各自孤立,不相联系,真如拔地孤峰,分离独立,全无脉络可寻的。如杜甫《绝句》云:"两个黄鹂鸣翠柳;一行白鹭上青天;窗含西岭千秋雪;门泊东吴万里船。"每句各说一事,无头无尾,突然而起,突然而收,全无组织痕迹。这类诗古代也有,如相传的陶渊明《四时》诗便是。诗云:"春水满四泽;夏云多奇峰;秋月扬明辉;冬岭秀孤松。"(一说这是顾恺之诗)每句各说一季,合起来便成四時。这类诗在组织结构上显不出特异的手法,只好在造句方面出奇制胜,如能刻画传神,亦成佳作。如唐畅当《登鹳雀楼》诗云:"迥临飞鸟上;高出世尘间;天势围平野;河流入断山。"他描述鹳雀楼的宏阔气势,又何减王之涣的"白日依山尽,黄河入海流。欲穷千里目,更上一层楼"呢?唐卢纶《赠李果毅》诗云:"向日磨金镞;当风著锦衣;上城邀贼语;走马截雕飞。"四句之中,一句一事,把勇武能干的将军刻画得活现,这便是艺术的高手。再畅当、卢纶两诗,虽然一句一事,句法各各独立,但四句意思,彼此贯串,脉络相承,可说是山断云连,修辞技巧,远在陶、杜二诗之上。

这类绝句,不论五言、七言,凡是一句一事的都是对起对结,也就是第一句和第二句相对,第三句又和第四句相对。如前面所举杜甫、陶渊明、畅当、卢纶四首都是。但对起对结的不一定都是一句一事,各各孤立,不相联系。如王之涣《登鹳雀楼》诗,也是对起对结,但第一二两句可说是独立句子,各说一事,第三四两句就只能作一句读,不能分为两句。所以从对起对结说,它和其他四首是相同的;但从对句的形式说,它和其他四首是不同的。李白《宣城见杜鹃花》诗云"蜀国曾闻子规鸟,宣城还见杜鹃花;一叫一回肠一断,三春三月忆三巴",唐司空曙《送卢秦卿》诗云"知有前期在,难分此夜中。无将故人酒,不及石尤风",都是对起对结,但并非四句各各独立的。

这一节略谈对起对结两种不同形式和内容的绝句。

# 十二

诗词中有尽量少用虚字(动词、副词等)多用实字(名词、代词、形容词等)的。最典型的例子,如元散曲马致远的《天净沙》云:"枯藤老树昏鸦,小桥流水人家,古道西风瘦马。夕阳西下,断肠人在天涯。"全诗二十八字,除"夕阳西下"的"下"字和"人在天涯"的"在"字共两个字是虚字外,其余二十六字全是实字。它的目的是要借秋天萧瑟凄凉的晚景,烘托出"断肠人在天涯"的真情实感。就思想感情说,不免有些低沉,读起来易起消极的作用;但就艺术手法说,不能不承认它有高度的成就。如果我们往前推去,如宋代词人秦观的《满庭芳》句云:"斜阳下,寒鸦数点,流水绕孤村。"可说是马曲的滥觞。再往前追溯,如唐代诗人温庭筠的《商山早行》句云"鸡声茅店月,人迹板桥霜",司空图句云"棋声花院静,幡影石坛高",以至杜甫《登高》的"风急天高猿啸哀,渚青沙白鸟飞回",都可一例看待。

166

又有和这种表现手法恰恰相反的,就是尽量多用虚字少用实字。如杜甫《又呈吴郎》中四句云:"不为困穷宁有此? 只缘恐惧转须亲。即防远客虽多事,便插疏篱却任真。"又《和裴迪登蜀州东亭送客逢早梅相忆见寄》中四句云:"此时对雪遥相忆,送客逢春可自由? 幸不折来伤岁暮,若为看去乱乡愁。"又《野人送朱樱》句云:"数回细写愁仍破,万颗匀圆讶许同。"又《诸将》句云:"岂谓尽烦回纥马,翻然远救朔方兵。"又李商隐《即日》句云:"重吟细把真无奈,已落犹开未放愁。"又温庭筠《春日偶作》句云:"自欲放怀犹未得,不知经世竟如何?"都是显著的例子。

多用实字,优点是造句比较劲炼,缺点是易于板滞;多用虚字,优点是比较灵活生动,缺点是易流空洞。各有优缺,是在慎用。神而明之,才称善学。

这一节略谈多用实字或虚字的句法。

## 十三

杜甫的《登高》："风急天高猿啸哀，渚青沙白鸟飞回。无边落木萧萧下，不尽长江滚滚来。万里悲秋常作客，百年多病独登台。艰难苦恨繁霜鬓，潦倒新停浊酒杯。"是一首古今传诵的名作。前人说过，第一二两句和第五六两句都是一句三层，固然不错。其实详细分析，在第一二两句"风急天高猿啸哀，渚青沙白鸟飞回"中，风、天、猿和渚、沙、鸟都各有三层，再加急、高、啸和清、白、飞又各有三层，再加哀和回又各一层，实际每句一字一层，各有七层。真是字字落实，绝无丝毫空泛，可谓凝练之至。在第五六两句"万里悲秋常作客，百年多病独登台"中，万里和百年各一层，悲秋和多病又各一层，作客和登台又各一层，常和独又各一层，实际每句亦各包含四层，都不只一句三层而已。（杨万里《诚斋诗话》："东坡《煎茶》诗云：'活水还将活火烹，自临钓石汲深清。'第二句七字而具五意：水清，一也；深处汲清者，二也；石下之水，非有泥土，三也；石乃钓石，非寻常之石，四也；东坡自汲，非遣卒奴，五也。"可资参看。）

这是一首八句俱对的七言律诗，而且第一句也押韵，但读起来很自然，没有一丝对起对结的感觉，这是修辞技巧特别成功的表现。如果我们把每句的头一二两字除去，就变成一首五言律诗，依旧可以读得通，技术也还过得去。但增加两字和减少两字真有点铁成金和点金成铁之别。修辞技巧之妙就在于此。王维《积雨辋川庄作》句云："漠漠水田飞白鹭，阴阴夏木啭黄鹂。"从前曾有过这样的传说，谓"水田飞白鹭，夏木啭黄鹂"乃李嘉祐成句，王维袭取用之。不知在漠漠一片水田之上而见白鹭之飞，在阴阴茂密夏木之中而闻黄鹂之啭，神情乃活现眼前，如果除去漠漠、阴阴四字,活句都变成死句,有何艺术性之可言?至于王维在李嘉祐前,就时代论,王不能袭用李句,更不用说了。

　　叠字在修辞技巧中占着一个重要地位,在《诗经》和《楚辞》中随处可遇到使用叠字的句子。至于《古诗十九首》中的《青青河畔草》一首和宋代女词人李清照的"寻寻觅觅,冷冷清清"一词,更是历来传诵使用叠字的名作。这里不多举例,单就七字诗句而论,有叠字用在句首的,如王维的"漠漠水田飞白鹭,阴阴夏木啭黄鹂"二句是;有叠字用在三四字的,如杜甫的"江天漠漠鸟双去,风雨时时龙一吟"二句是;有叠字用在五六字的,如杜甫的"无边落木萧萧下,不尽长江滚滚来"二句是;有叠字用在六七字的,如杜甫的"客子入门月皎皎,谁家捣练风凄凄"二句是。叠字用在二三字的比较少,但也不是没有,如陆游的"老冉冉来谁独免,冢累累处会同归"二句是。

　　这一节略谈一句中包含数层意思和使用叠字的句例。

# 十四

　　唐宋之问《渡汉江》云:"岭外音书断,经冬复历春。近乡情更怯,不敢问来人。"按照一般常情,久客还乡,愈近家乡,应该愈感高兴,如果遇到从家乡出来的人,必定抢先询问家中情况。但是在"岭外音书断,经冬复历春",长久不得家乡消息的情况下,却只能疑虑重重,不知家中发生了什么事故,就是遇到从家乡出来的人,也不敢询问消息,生怕有什么意外事故似的。这确也表达了在这种特殊情况下的真实情感。杜甫《述怀》有句云:"自寄一封书,今已十月后,反畏消息来,寸心亦何有!"在"寄书问三川,不知家在否"的情况下,当然希望急得消息的回报;但在"比闻同罹祸,杀戮到鸡狗。山中漏茅屋,谁复依户牖? ……几人全性命? 尽室岂相偶?"的反复忧虑下,又经过十个月的长久时间,仍然消息杳然,这样自然是凶多吉少,所以"反畏消息来"了。这种畏怯的心情,因为处境相同,所以感受也自然相同了。

杜甫《羌村》第一首云:"峥嵘赤云西,日脚下平地。柴门鸟雀噪,归客千里至。妻孥怪我在,惊定还拭泪。世乱遭飘荡,生还偶然遂。邻人满墙头,感叹亦歔欷。夜阑更秉烛,相对如梦寐。"又《闻官军收河南河北》云:"剑外忽传收蓟北,初闻涕泪满衣裳。却看妻子愁何在,漫卷诗书喜欲狂。白日放歌须纵酒,青春作伴好还乡。即从巴峡穿巫峡,便下襄阳向洛阳。"这两首诗所表达的感情都是异乎寻常而又非常逼真的。尤其是"惊定还拭泪"和"初闻涕泪满衣裳",写喜极泪流的情景真是活现眼前,又生动,又确切。宋代诗人陈师道的《示三子》诗云:"去远即相忘,归近不可忍(儿女快回来了,高兴得忍不住)。儿女已在眼,眉目略不省(儿女长大,面貌已变,见面认不得)。喜极不得语,泪尽方一哂(快活得有话说不出来,先流了泪才转而成笑)。了知不是梦,忽忽心未稳(也明明知道现在不是做梦,但心里总是恍恍惚惚安定不下来)。""喜极不得语,泪尽方一哂"和"惊定还拭泪""初闻涕泪满衣裳",所表达的思想感情的激动真切是非常相似的。"了知不是梦,忽忽心未稳",又从"相对如梦寐"深入一层,转出新意。如果专就写作技巧而论,这种夺胎换骨,可说是进乎技矣。

这一节略谈一种表达特殊情感、异乎寻常的激动情态的句例。

## 十五

王维《观猎》诗首二句云"风劲角弓鸣,将军猎渭城",其意原是说当将军打猎渭城之地,正是寒风劲急而角弓发出鸣声之时。所以接着说"草枯鹰眼疾,雪尽马蹄轻。忽过新丰市,还归细柳营。回看射雕处,千里暮云平",写的全是射猎之事。沈德潜云:"起二句若倒转,便是凡笔,胜人处全在突兀也。"杜甫《登楼》诗起二句云:"花近高楼伤客心,万方多难此登临。"其意原是说当万方多难,遍地兵戈的时候,在此登楼,尽管花近高楼,风光美丽,亦只足以伤作客者之心而已。就其思想感情说,这和"感时花溅泪,恨别鸟惊心"同一理路;就其组织结果、表现手法说,则和《观猎》首二句同是倒装。王勃的《山中》诗云:"长江悲已滞,万里念将归。况属高风晚,山山黄叶飞。"首二句亦是倒装。因为文章最忌平衍,平铺直叙而起是最乏味的。为了改变这种局面,将第一句要说的话暂时按下不说,而将第二句要说的话提前先说,以引起听者的注意。这便是说话的艺术,这便是组织结构的技巧。但并不是所有一切谈话,都可以先后倒置的。如果不审度宜称,生搬硬套,任意使用倒装句法,必至造成违背逻辑、语法不通的句语,这是必须特别注意的。

特别注意在起处,力避平衍,古人所谓"工于发端"。兹就比较习见的诗举例如下:五言古诗起调高的,如曹植的"惊风飘白日,忽然归西山""高台多悲风,朝日照北林",如谢朓的"大江流日夜,客心悲未央",等句皆是。七言古诗起调高的,如鲍照的"泻水置平地,各自东西南北流""对案不能食,拔剑击柱长叹息",如杜甫的"巢父掉头不肯住,东将入海随烟雾""堂上不合生枫树,怪底江山起烟雾",等句皆是。五言律诗起调高的,如王维的"万壑树参天,千山响杜鹃",如岑参的"送客飞鸟外,城头楼最高",如杜甫的"带甲满天地,胡为君远行""莽莽万重山,孤城山谷间",等句皆是。七言律诗起调高的,如杜甫的"群山万壑赴荆门,生长明妃尚有村",如柳宗元的"城上高楼接大荒,海天愁思正茫茫",如刘禹锡的"王濬楼船下益州,金陵王气黯然收",如贾岛的"此心曾与木兰舟,直到天南潮水头",如李商隐的"飒飒东风细雨来,芙蓉塘外有轻雷""相见时难别亦难,东风无力百花残",等句皆是。总而言之,要起调不平凡,必须站得高,看得远,从阔大奇特处着眼,要突如其来,出人意想之外。但一切文学形式、艺术技巧,都是为思想内容服务的,如果思想志趣狭隘平庸,斤斤在艺术技巧方面下工夫,所谓舍本逐末,无论如何是不会成功的,终究是"可怜无补费精神"而已。

这一节略谈倒装起法和工于发端。

## 十六

凡写作诗文,尽管最初属稿,可以一挥而就,如果反复阅读,必须不断修改,才能渐臻完善。不论古今中外作家,都是如此。所修改的,有属于思想内容的,有属于组织结构的,有属于修辞技巧的。诗词中的炼字炼句,就是属于修辞技巧之事。所谓炼字炼句,就是在一句中把一个重要的字,经过千锤百炼,才安顿下去。这一个字用得又准确,又生动,又新奇,使人读了增加无限快感,这便是炼字的成功。一般说来,在一句中,只炼其一字二字,便全句警策,不须字字俱炼,所以古人有"炼句不如炼字"之说,就是这个意思。因此前人又把在一句中所特别锤炼而出的字叫作诗眼、句眼,意谓传神全在于此。其说亦非无理。但画龙固须点睛,一龙只有两眼,若全身都是眼,又成什么龙?对于安顿锤炼一个字,有时的确煞费工夫。古人所谓"富于万篇,贫于一字"(《文心雕龙·练字》),"吟安一个字,捻断数茎须"(卢延让《苦吟》)者,确能道出此中甘苦。如"僧敲月下门"之与"僧推月下门"(贾岛),"昨夜一枝开"之与"昨夜数枝开"(释齐己),"春风又绿江南岸"之与"春风又到江南岸"(王安石)等,俱是一字之改,优劣顿殊。至于一联之中,每句突出炼其一字的,更是名家所时有。如王维的"泉声咽危石,日色冷青松"(《过香积寺》)中之"咽"字和"冷"字,"大漠孤烟直,长河落日圆"(《使之塞上》)中之"直"字和"圆"字;孟浩然的"气蒸云梦泽,波撼岳阳城"(《临洞庭湖上张丞相》)中之"蒸"字和"撼"字;岑参的"涧花然暮雨,潭树暖春云"(《高冠谷口招郑鄂》)中之"然"字和"暖"字,"近钟清野寺,远火点江村"(《巴南舟中夜书事》)中之"清"字和"点"字;杜甫的"吴楚东南坼,乾坤日夜浮"(《登岳阳楼》)中之"坼"字和"浮"字;严维的"柳塘春水漫,花坞夕阳迟"(《酬刘员外见寄》)中之"漫"字和"迟"字,等等,都是显例。最突出的,如宋祁《玉楼春》"红杏枝头春意闹"之着一"闹"字,张先《天仙子》"云破月来花弄影"之着一"弄"字,有人认为经过这样提炼,诗词的境界才全部浮现出来。我以为这对于炼字修辞,只说中了一面,还缺少了另一面。大抵炼字修辞,譬如雕琢刻镂。我们雕刻象牙美玉,简单说来,不外方圆两种。方则求其圭角分明,廉利呈露;圆则求其如玉盘走珠,圆转无碍。上边所举各例,只是刻方之法,故句眼鲜明,入目即显;至于刻圆之法,正须琢磨光滑。观古今胜语,如《诗经》之"昔我往矣,杨柳依依;今我来思,雨雪霏霏",如《楚辞》之"袅袅兮秋风,洞庭波兮木叶下",如曹植之"明月照高楼"，如陶渊明之"日暮天无云"，如谢灵运之"池塘生春草"，如薛道衡之"空梁落燕泥"，如韦应物之"寒雨暗深更，流萤度高阁"，如孟浩然之"微云淡河汉，疏雨滴梧桐"，皆"清水出芙蓉，天然去雕饰"，何处寻其句眼？故看得见的雕琢，固然是雕琢，看不见的雕琢，也未尝不是雕琢。而且看不见的雕琢，比之看得见的雕琢，往往更美，更能感人。总之，修辞炼句，其法万端，不可执着而求。举一反三，贵乎善学。

这一节略谈炼字炼句。

## 十七

唐严维《酬刘员外见寄》句云："柳塘春水漫，花坞夕阳迟。""春水漫"即春水方生，弥漫堤岸之意，"夕阳迟"即春日迟迟，舒徐不迫之意。用"漫""迟"两字形容春水、夕阳，既准确，又生动，虽经锤炼，而妙造自然，可说是深得炼句、炼字之法。时本有将"漫"字写作"慢"的，这便大错特错。不特池塘之水本非溪流可比，即有源头活水，也是细水长流，不见急驶之迹，着一"慢"字以形容之，明是多余之事，而且"慢"与"迟"犯合掌，更是对偶之忌，如果原真作"慢"，便成语病，有何奇警可言？唐郎士元《送别钱起》起联云："暮蝉不可听，落叶岂堪闻？""不可听"与"岂堪闻"，岂非相同？十字之中，而六字意复，诗文如此，确是瑕颣。但智者千虑，难免一失，古代名家，亦偶犯此病。我辈只应作为警戒，不可引为借口。如杜甫《舍弟观赴蓝田取妻子到江陵喜寄》句云："欢剧提携如意舞，喜多行坐白头吟。"又云："短墙若在从残草，乔木如存可假花。卜筑应同蒋诩径，为园须似邵平瓜。""欢剧"和"喜多"，"若在"和"如存"，"应同"和"须

173

似",都不免意复。又如孔稚珪《北山移文》有云:"于是南岳献嘲,北陇腾笑,列壑争讥,攒峰竦诮。"试问"献嘲、腾笑、争讥、竦诮",意义有何不同?"南岳、北陇、列壑、攒峰",亦只字面变换。这样叠床架屋,殊觉有乖修辞律令。但又有与此相似而实不同的,却要分别观之,不能混为一谈。如贾谊《过秦论》"秦孝公据崤函之固,拥雍州之地,君臣固守以窥周室,有席卷天下,包举宇内,囊括四海之意,并吞八荒之心",如《木兰诗》"问女何所思?问女何所忆?女亦无所思,女亦无所忆",如刘采春《啰唝曲》"不喜秦淮水,生憎江上船。载儿夫婿去,经岁又经年"。其中"席卷天下"和"包举宇内","囊括四海之意"和"并吞八荒之心","何所思"和"何所忆","无所思"和"无所忆","不喜"和"生憎","经岁"和"经年",看起来意思也都重复,但在修辞上或厚于取势,或善于绘情,皆足以增加文学上的美感,又不以词意复重为病。

《诗经》"觏闵既多,受侮不少"(《邶风·柏舟》),阮籍诗云"多言焉所告? 繁辞将诉谁?"(《咏怀》),我们读之,不觉有碍。刘琨诗云"宣尼悲获麟,西狩涕孔丘"(《重赠卢谌》),谢惠连诗云"虽好相如达,不同长卿慢。颇悦郑生偃,无取白衣宦"(《秋怀》)。句中"宣尼"和"孔丘","获麟"和"西狩","悲"和"涕","相如"和"长卿","郑生"(郑均)和"白衣"(白衣尚书),异名同实,积累为辞,殊觉欠妥。但谢诗中"虽好"和"不同","颇悦"和"无取","达"和"慢","偃"和"宦",或意存抑扬,或又取对立,综合而观,都非合掌,较之刘作,差胜一筹。或是或非,宜取宜舍,此中消息,不易言传;涵泳体会,是在读者。

这一节略谈修辞和合掌之病。

## 十八

诗中用颜色字，取彼此相衬，格外鲜明。如杜甫诗云"两个黄鹂鸣翠柳，一行白鹭上青天"，黄和翠相衬，白和青相衬，自然对照分明。又如"江碧鸟逾白，山青花欲燃"（《绝句》），"霜黄碧梧白鹤栖，城上击柝复乌啼"（《暮归》），至于苏舜钦的"春阴垂野草青青，时有幽花一树明"，王安石的"浓绿万枝红一点，动人春色不须多"，俱是同样的手法。举一反三，不待博引。

杜甫《冬到金华山观因得故拾遗陈公学堂遗迹》句云："雪岭日色死，霜鸿有余哀。"日色本应明丽，今竟言死，何以故？因在雪岭之故。王维《过香积寺》句云："泉声咽危石，日色冷青松。"日色本和暖，何以言冷？因青松积阴而变冷，所谓"落落长松夏寒"（王维《田园乐》句），就是这个缘故。李白《秋登宣城谢朓北楼》句云"人烟寒橘柚，秋色老梧桐"，刘长卿《穆陵关北逢人归渔阳》句云"楚国苍山古，幽州白日寒"，人烟不应言寒，因橘柚多而寒；白日不应言寒，因地处幽州而寒，表现手法和心理感受完全一致。参互并观，可资启发。

这一节略谈用颜色字相衬和日色亦可言冷言寒之例。

175

# 宋词选讲

## 渔家傲·秋思

范仲淹

塞下秋来风景异,衡阳雁去无留意。四面边声连角起。千嶂里,长烟落日孤城闭。

浊酒一杯家万里,燕然未勒归无计。羌管悠悠霜满地。人不寐,将军白发征夫泪。

176

这是北宋前期政治家兼文学家范仲淹在他任陕西经略副使兼知延州,防守中国当时西北边疆的时候所写的一首诗。它反映了边地生活的艰苦和作者保卫祖国及怀念家乡的矛盾心情。一开头便说边塞的地方到了秋天,景色便和中原大为不同,就暖避寒的候鸟鸿雁向着湖南的衡阳(地在衡山之南,有个回雁峰,相传雁到这里不再南飞)不断飞去,全无半点留恋的意思。这个时候,从四面八方送来的边声(如胡笳互动、牧马悲鸣之类)和军中的角号,连成一片,千山万嶂中的孤城,已在这长烟落日、渐渐黄昏的时候,关闭起来。这词前阕中所描绘出来的塞下秋来风景就是这样的一幅凄寒阴森景象。在这里从军的人,当主帅的虽然还可以有浊酒一杯,借以消除郁闷,但想起家乡万里,迢迢远隔,兼之敌人未灭,功名未成,殊不能遂作归来之计。就在这时候,耳边所听到的是羌笛中那样悠悠然的调子,眼中所看到的是霜花满地。处在这样环境下的从军之人总是睡不着觉的,负统帅责任的将军因深谋卫国昼夜不息而未老先衰,白发如丝;从军战士则因久服兵役,妻子隔绝而经常流泪。这就是上至统帅下至士兵都睡不成觉的原因。唐李益《夜上受降城闻笛》诗云:"回乐烽前沙似雪,受降城外月如霜。不知何处吹芦管,一夜征人尽望乡。"所描写的情景和这词最后几句基本上是一致的。

范仲淹是北宋前期的开明政治家,对于防卫边疆,抵御西夏,尤有显著功绩。当时敌人竟至互相警戒曰:"小范老子腹中有数万甲兵,不比大范老子(指范庸,他为治主宽恕)可欺也。"边上又有谣曰:"军中有一范,西贼闻之惊破胆。"可见在保卫祖国、抗拒敌人侵略上,他是一个坚强的爱国主义者。他在所作的《岳阳楼记》中曾有"先天下之忧而忧,后天下之乐而乐"这样的名语。当然他所谓天下,尽管他说忧君忧民在内,归根到底,仍然是为统治阶级服务的,不可能完全站在劳动人民这一边,我们不能作过高的评价。但是他的政治视野能够看到大者远者,而不局限在小者近者,如果我们用历史主义观点来衡量,还是应该肯定的。

177

在这首词中,无论前阕的"千嶂里,长烟落日孤城闭",后阕的"人不寐,将军白发征夫泪",俱不免声调低沉,意志凄婉,所以当时欧阳修对此已有"穷塞主词"之讥;如以现代革命乐观主义精神律之,就更相去万里。

毛主席诗词与战争有关的不少,俱是社会主义与革命乐观主义的典范作品,这里不能备举,只将调寄"渔家傲"这一词牌的两者,选录于下,以资对照。

毛主席《渔家傲·反第一次大"围剿"》(一九三一年春):

万木霜天红烂漫,天兵怒气冲霄汉。雾满龙冈千嶂暗,齐声唤,前头捉了张辉瓒。

二十万军重入赣,风烟滚滚来天半。唤起工农千百万,同心干,不周山下红旗乱。(小注文长不录,可查原书)

又《渔家傲·反第二次大"围剿"》(一九三一年夏):

白云山头云欲立,白云山下呼声急,枯木朽株齐努力。枪林逼,飞将军自重霄入。

七百里驱十五日,赣水苍茫闽山碧,横扫千军如卷席。有人泣,为营步步嗟何及!

178

"渔家傲"是一种词牌的名称,它和其他词牌的名称,如什么"沁园春""菩萨蛮""西江月""清平乐""采桑子""如梦令""蝶恋花""忆秦娥"等,作用是一样的。填词和作诗不同。作诗,古体诗只须押韵,不问句中各字平仄是否协调,近体诗虽平仄协调,但句有定字,长短相同,且所谓"一三五不论,二四六分明"的平仄规律,基本上是适用的。所以近体诗的格式规律是易于掌握遵守的。至于词,每个词牌(有些词牌还分数体)字数多少、句语长短、押韵疏密、平仄间续等,都各不相同,必须按谱填写,不能自由增减改换。所以写诗可以叫作诗,写词就得叫填词,因为词是不可以无谱乱写的(精通音律的词家自制曲谱是可以的)。就这首"渔家傲"而论,分为前后两阕(词有只一阕的,如"如梦令""十六字令"等小令;亦有分为三阕的,如"莺啼序""浪淘沙慢""兰陵王"等是,一般中调多分两阕),而且前后两阕,字句押韵、形式格律,完全相同,只是一阕的重叠(两阕的词,有句调全同,乃一调之重叠的,如此词及"采桑子"等是;有句调各不相同的,如"沁园春""菩萨蛮""清平乐"等是）。如此词前阕共五句，句句押韵，又俱押仄韵，除第四句三字外，其余四句都是七字句，而这四句首二字的平仄又都是仄仄、平平、仄仄、平平，相对相间。后阕和前阕完全相同，自成叠调。这是词体的简单格式。具体情况，各个词牌有所不同，以后讲及时，再适当论述。

词是这种文体的通称，也有称它为诗余的（如宋王炎的《双溪诗余》，宋许棐的《梅屋诗余》等是），以为词乃诗的发展，义取赢余；也有称它为乐府的（如宋苏轼的《东坡乐府》、宋李弥逊的《筠溪乐府》等是），以为词乃是合乐伴奏之诗，与徒歌之诗迥乎不同，沿用乐府之名，为得其实；也有称它长短句的（如宋秦观的《淮海居士长短句》，宋辛弃疾的《稼轩长短句》等是），以为词的形式，虽偶有与五七律绝相同的，要以长短句错杂者占绝大多数，举要以概余，故称长短句。总之，就其文体的发展形成而言则谓之诗余，就其作用性质而言则谓之乐府，就其语句形式而言则谓之长短句，各主一偏，未能全面概括。俗成约定，通行无阻，仍以"词"这一名最为适宜。

179

## 水调歌头·明月几时有

苏轼

丙辰中秋，欢饮达旦，大醉，作此篇，兼怀子由。

明月几时有？把酒问青天。不知天上宫阙，今夕是何年。我欲乘风归去，又恐琼楼玉宇，高处不胜寒。起舞弄清影，何似在人间。

转朱阁，低绮户，照无眠。不应有恨，何事长向别时圆？人有悲欢离合，月有阴晴圆缺，此事古难全。但愿人长久，千里共婵娟。

这是北宋前期诗词散文书画全能的作家苏轼的一首名作。词中用奇逸的笔调,写清空超脱的思想,是浪漫主义和现实主义巧妙结合的典范作品。虽然受到时代和阶级的局限,它的思想内容和社会主义革命文学还有一定的距离,在表达手法和艺术技巧方面,是值得我们学习的。

前阕主词是"我",但隐藏着不说出。开头两句是倒装句法,意思是说,我要把酒问问青天,明月究竟从什么时候开始就已经有了?我又不知道天上宫阙,今夕是何年何月?我很想乘风御气归去天上看看,但又恐怕广寒宫殿,一片琼楼玉宇,高高在上,不胜寒冷。因此我经过一番考虑,觉得还是对月起舞,自弄清影,留在人间,较为得计。这是作者一面厌恶浊世而又无法脱离浊世的矛盾心情的具体表现。后阕换头,转到"月"作主词,仍然隐藏不露,意思是说月光周转于朱阁之间,低回于绮户之际,炯炯地照着无眠之人——实际就是作者自己。因此,我不禁怀疑,月亮是否也有缺陷怅恨的心情,为什么常常和人作对,偏在离别的时候,团圆满照——似我今夜和子由远隔那样?我想人有悲欢离合,月有阴晴缺圆,这种矛盾的对立,自古是无法消除的。所希望的,只是彼此长寿健康,虽然相隔万里,还能共同欣赏这样的清光月色而已。这是作者在失意之中,转出喜望,既用自然演变的客观规律以解释自慰,同时也寄寓无穷的祝愿。这就不至于消极颓废,悲观失望了。

和苏轼同时的诗词字画专家黄庭坚也有一首《水调歌头》,风格也潇洒飘逸,也是有名的作品,现在附录于此,可以和苏词参看比观;它的思想内容,就不再作分析了。原词如下:

瑶草一何碧,春入武陵溪。溪上桃花无数,花上有黄鹂。我欲穿花寻路，直入白云深处，浩气展虹霓。只恐花深里，红露湿人衣。

坐玉石，欹玉枕，拂金徽。谪仙何处？无人伴我白螺杯。我为灵芝仙草，不为朱唇丹脸，长啸亦何为？醉舞下山去，明月逐人归。

前阕用"我欲""只恐"前后呼应，仍是有意仿效苏词，至于"溪""花"等字，联珠贯串使用，又别具一格，在修辞技巧上，也是一种方式方法。

"水调歌头"这一词牌也分成前后两阕。但这两阕的句调长短、押韵疏密，完全不同。前阕主要是五字句，间用六字句。后阕有三字句、四字句、五字句、六字句和七字句，或错综交互，或数句连缀，必须按谱填写，才能合调。

毛主席一九五六年六月所写的中外著名的游泳词，也是调寄"水调歌头"这个词牌的，我们现在照录于此，虽然只是形式上的一点相同，拿来并读，也是有助启发的。至于主席这首词的思想内容，社会主义现实主义和革命的浪漫主义高度结合的艺术手法，就更远远在苏词、黄词之上了。原词如下：

才饮长沙水，又食武昌鱼。万里长江横渡，极目楚天舒。不管风吹浪打，胜似闲庭信步，今日得宽余。子在川上曰：逝者如斯夫！

风樯动，龟蛇静，起宏图。一桥飞架南北，天堑变通途。更立西江石壁，截断巫山云雨，高峡出平湖。神女应无恙，当惊世界殊。

# 念奴娇·赤壁怀古

## 苏轼

大江东去,浪淘尽,千古风流人物。故垒西边,人道是,三国周郎赤壁。乱石穿空,惊涛拍岸,卷起千堆雪。江山如画,一时多少豪杰。

遥想公瑾当年,小乔初嫁了,雄姿英发。羽扇纶巾,谈笑间,樯橹灰飞烟灭。故国神游,多情应笑我,早生华发。人生如梦,一尊还酹江月。

这是一首古今传诵的苏东坡名词,它借周瑜的年少立功,反衬自己的事业未就,发出无限的感慨。一开头就说,长江滚滚东流,滔滔不绝,后浪推前浪,千古以来不知淘洗尽多少风流杰出的英雄人物。站得高,看得远,具有笼盖一切的壮大气势,较之谢朓的"大江流日夜,客心悲未央。徒念关山近,终知返路长",不知要高出多少倍。接着又说这旧垒西边,人间流传就是三国时代周瑜打败曹操八十三万人马的赤壁遗址。看起来,乱石穿插天空,惊涛打拍崖岸,白浪如山,活像卷起千万堆飞雪一般。江山如此壮丽如画,想当时参与战争、运筹决胜的定然还有许多英杰,这真值得我们今日凭吊怀念。第二阕接着又就这一战役中的最主要人物周郎加以追想。想得周郎当年才二十四岁,新婚未久,有美丽的妻子,双璧交辉,雄姿秀发;挥羽扇,挂纶巾,儒将风流,谈笑之间,便把气焰不可一世的坚强敌人彻底消灭于烟火之中,这是何等激动人心、令人神往的英雄故事!今日我在这里凭吊,精神怡悦,如遇旧游,想平生何尝不有豪情壮志,如公瑾当年那样？只可惜怀才不遇，年华易老，自笑多情，忽已早生白发。因又想到，人生世间，原如梦幻，功名富贵，醒后俱空，有何值得留恋？还是对江天明月，把杯一醉，最为现实不过了。

这词自开始至"樯橹灰飞烟灭"，都写得气势轩昂，才情磅礴，读之令人眉飞色舞。古人所谓"须关西大汉，执铁板，唱大江东去"，情况确实如此。只可惜自"故国神游"以下，意志不免低沉，"人生如梦"，思想更流空虚消极。如果不严加批判，懵懂读之，亦易受到不良的影响，此是应加注意之事。

毛主席也有一首调寄"念奴娇"的词，是一九三五年十月咏昆仑作的。它的思想内容和艺术技巧，都可说是冠绝古今，现在我们拿来对读，苏词的虚无消极作用，自然可以摧陷而廓清之。词云：

横空出世，莽昆仑，阅尽人间春色，飞起玉龙三百万（自注文长不录，可看原本），搅得周天寒彻。夏日消溶，江河横溢，人或为鱼鳖。千秋功罪，谁人曾与评说？

而今我谓昆仑：不要这高，不要这多雪。安得倚天抽宝剑，把汝裁为三截：一截遗欧，一截赠美，一截还东国。太平世界，环球同此凉热。

"念奴娇"这个词牌也是前后两阕，虽然同押一个仄韵，但句语长短，组织结构，都不相同。这类词牌，规律不易掌握，只好按谱填写。

填词因须严格遵守平仄按谱的规律，所以有些词语，必须先后倒装，才能合拍，如这首苏词中的"故国神游"，实际是应说"神游故国"，"多情应笑我，早生华发"，实际是说"应笑我多情，早生华发"。又如范仲淹《苏幕遮》句云"夜夜除非,好梦留人睡",实际是说"除非夜夜,好梦留人睡"。又如《渔家傲》中的"衡阳雁去无留意",实际是应说"雁去衡阳无留意"。又如苏轼《江城子》中的"为报倾城随太守,亲射虎,看孙郎",实际是应说"为报倾城随太守,看孙郎,亲射虎";又"持节云中,何日遣冯唐?",实际是应说"何日遣冯唐持节云中?",都因为平仄关系,把它们的次序调转过来了。这种句法的变换,近体诗中也偶有,不过没有词中这样常见罢了。

东坡这词题为"赤壁怀古",和他《前后赤壁赋》所称的赤壁,实际上都不是三国时周瑜大破曹操军队的赤壁。这词还用"人道是三国周郎赤壁",以"人道是"三字作了交代;《赤壁赋》则竟坐定是"曹孟德之困于周郎"的赤壁,显然是不合历史事实的。但文艺作品和历史记载不同。文艺作品可以尽量运用神话故事、民间传说甚至适当想象虚构为之加工,不必一一符合于历史社会的真实,读者也不会拿文艺加工作历史材料来读,这是应该分别观之的。我们对此不必作过分的要求而加以责备。

## 江城子·密州出猎

### 苏轼

老夫聊发少年狂,左牵黄,右擎苍,锦帽貂裘,千骑卷平冈。为报倾城随太守,亲射虎,看孙郎。

酒酣胸胆尚开张。鬓微霜,又何妨!持节云中,何日遣冯唐?会挽雕弓如满月,西北望,射天狼。

这是苏轼在密州（今山东诸城县）做官时，和同官习射放鹰所作的一首词。词中所描写的，前阕是作者打猎的情况，后阕是作者思想的感慨和愿望。苏轼虽然是文人，也好谈兵，在政治上虽然反对王安石的新法，也颇思奋发图强。这词所表达的就是他的这一种思想感情。

东坡作这词的时候，适四十岁，正是古人所称"强仕"之年，大可奋发有为之日，所以句首虽沿用文人结习自称老夫，实际心情仍不服老，急转便说聊发少年狂态。狂态如何呢？就是参加射猎，左牵黄犬，右擎苍鹰，戴锦帽，披貂裘，千军万马齐发，直卷平原冈埠，作一番习武的试验。这时自己意气风发，相当自负，不禁发出豪言壮语，向部属宣告曰，为报全城人士都可随我出来，看看我亲射老虎，似不似三国时代的孙权那样？这是何等气概！后阕接着就说，当我饮酒半酣，胸怀胆量更加开展的时候，虽然鬓发微白，壮志未消，这又何害于建功立业？所可惜者，怀才不遇，不被主知，不知何日才能似汉朝的魏尚那样，遇着冯唐一言悟主，并立被文帝派遣持节云中，赦免魏尚？我现正是怀着一片爱国忠心，能够挽起雕弓，张如满月，向西北张望，准备射杀敢来犯我的敌人——天狼恶星啊！这又是何等感慨！

词中"左牵黄，右擎苍"二句，实际是说"左牵黄犬，右擎苍鹰"。这种把最后一个字除去[的手法]，习惯上叫它作歇后体。如唐唐彦谦《题汉高庙》句云"耳听明主提三尺，眼见愚民盗一抔"，即是其例，其意原谓提三尺剑，盗一抔土，把末后一个"剑"字和"土"字除去，遂成"三尺"和"一抔"罢了。

"倾城"二字在诗词中有两种不同的涵义：一谓倾覆邦家，如《诗经》"哲夫成城，哲妇倾城"（《大雅·瞻卬》），及汉李延年歌"一顾倾人城，再顾倾人国"，皆是；一谓尽城，如杜甫诗"长安健

185

儿不敢骑,走过掣电倾城知(《高都护骢马行》),及此词"为报倾城随太守",皆是。

这个词牌"江城子"也是前后两阕,但两阕的句调格式完全相同,实是一阕的重叠。每阕长短共八句,第一句七字句,第二、三两句三字句,第四句四字句,第五句五字句,第六句七字句,第七、八两句三字句。第一、二、三、五、八各句押平声韵,前后两阕同韵。主要格式就是如此。

## 贺新郎·送胡邦衡待制赴新州

### 张元幹

梦绕神州路。怅秋风、连营画角,故宫离黍。底事昆仑倾砥柱。九地黄流乱注。聚万落、千村狐兔。天意从来高难问,况人情老易悲难诉。更南浦,送君去。

凉生岸柳催残暑。耿斜河、疏星淡月,断云微度。万里江山知何处?回首对床夜语。雁不到、书成谁与?目尽青天怀今古,肯儿曹、恩怨相尔汝?举大白,听金缕。

这是南北宋间词人张元幹所作——送当时爱国正义的政治家胡铨(字邦衡),因上书请斩王伦、秦桧、孙近三人之头,断绝对金和好之议,而被贬斥到广东新州(新兴县)编管(由地方官吏加以管束)——的一首敢于仗义直言因而获罪的名作。张元幹作这词时已经七十六岁,依然意气风发,感慨悲凉,正谏直言,敢于和卖国投降势力作坚强不屈的斗争,直至受罪而不悔。这种英勇精神和高尚品质,一直是受到爱国人民无比敬仰的。

词的前阕是这样说的:因为南宋这时已是偏安江南,北部地区，古代所称为"赤县神州"的大半已沦陷敌手，爱国志存匡复之士，只有梦魂萦绕，念念不忘。正当秋风萧瑟，营垒相连，画角悲鸣，怅望故宫，已成禾黍离离，一片荒凉景象。这是多么触目伤心之事！本来天柱地维是支拄乾坤使之安定的，为什么昆仑山的基础竟然崩坍，使得九州之地，洪水横流，泛滥不已，以致万落千村，徒然丛聚狐兔？——真是一班小丑跳梁，牛鬼蛇神到处出现。从前都说有上天主宰，分别是非皂白，加以赏善惩恶，今国家人民竟遭难如此，真是天高难问（意暗指宋高宗容纵奸臣，赞成和议）。又况人情衰老，志气消沉，更易伤怀，向谁倾诉（暗指偏安已久，人怀苟安，渐少抗敌复国之志）？就在这时，再从南浦送别之地，送君远去。这是多么令人难堪之事！后阕接着又说，现在正是岸柳生凉，催送残暑，银河耿耿，疏星淡月，断云微度，一片秋高气爽景象。万里江山，茫茫大地，你究竟向何处去？徒回忆往时对床夜语，已成陈迹。你远在雁飞不到的南方，纵相念书成，凭谁寄与？我如今放眼青天，关怀今古，完全激于义愤，岂敢效儿女私情，彼此恩怨相尔汝！只有为君举酒一杯，听高歌《金缕》之曲罢了。

词中有想象语，如"梦绕神州路""怅秋风、连营画角""故宫离黍"等句是；有寄托暗喻语，如"底事昆仑倾砥柱""九地黄流乱注""聚万落、千村狐兔""天意从来高难问，况人情老易悲难诉"等句是；有纪实语，如"更南浦，送君去"和"举大白，听金缕"等句是；有写景语，如"凉生岸柳催残暑""耿斜河，疏星淡月，断云微度"等句是；有抒情语，如"万里江山知何处？回首对床夜语""雁不到、书成谁与？""目尽青天怀今古，肯儿曹、恩怨相尔汝？"等句是。总之，感慨万端，激昂磊落，抑塞不平之气，忠愤填膺之怀，我们今日读之，还受到极大的感动，这是应该肯定的。

　　作者在早一些时,曾写过一首寄李伯纪丞相的词,也是调寄"贺新郎"这个词谱的。李伯纪就是南宋坚持抗金的名臣李纲,也是因为反对秦桧等向金和议的阴谋而受到罢职处分的。因此这两首词的思想内容和表达形式基本相似,向来人们是拿来并读的。课本中已选有,最好各自参考对比,这里就不抄录并作串讲分析了。

　　诗词中(各种文体都是)因运用经济而又含蓄的表现手法,往往使用典故成语,如本词中的"故宫离黍""南浦送君"等都是,如果字字追寻,也可说无一字无来历。但用事用字,既有稳定性,也有灵活性,不可死于句下,胶柱鼓瑟。如本调中"底事昆仑倾砥柱",这句当然是用《列子·汤问》"共工与颛顼争为帝,怒而触不周之山,折天柱,绝地维"这个故事;但"砥柱"二字就不是用砥柱山在黄河中流这个意义,而只是作为昆仑山的柱础来解释,才通达无碍。又如作者"寄李伯纪丞相"那首《贺新郎》词云"十年一梦扬州路",这和晚唐诗人杜牧的"十年一觉扬州梦,赢得青楼薄幸名",虽字面有相同之处,但意义完全无涉,一样不能张冠李戴,硬为牵合。这是读古人作品应当注意的。

## 渔家傲·天接云涛连晓雾

### 李清照

　　天接云涛连晓雾,星河欲转千帆舞。仿佛梦魂归帝所。闻天语,殷勤问我归何处。

　　我报路长嗟日暮,学诗谩有惊人句。九万里风鹏正举。风休住,蓬舟吹取三山去。

这是南北宋间鼎鼎大名的女词人李清照所作记述梦境的一首词。因为题材是记述梦境,所以这词是富有浪漫主义色彩的。词的风格也和她的其他作品很不相同,可算是别具一格的。

词一开头便说,当着月色将阑,天空和云样的波涛上下相接,也和侵晓的烟雾连成一片;天上的星河逐渐转移,海上的千帆也乘风飞舞,这时我的梦魂恍恍惚惚,似到了天帝的住所,并且听到天帝在说话,殷勤关切地问我要到哪里去。我怎样回答呢?我说我要走的路程是很长的,可惜时间已经晚暮,尽管平生学诗,自负不凡,枉有惊人之句,这又何补于事?我的路程长远又究竟为何呢?正似九万里风之上,大鹏乘着高飞,路程虽远,未尝不可到达。所希望的,这不断的长风且休止息,把我这轻舟直吹到海上三神山的仙境去吧!

李清照出身官僚世家,夫妇都爱好文艺,有共同的嗜好,前半生的生活是过得相当美满幸福的。后来遭遇金人入侵,展转播迁,半生辛勤收集的书画图籍,次第散落,丈夫亦在逃难中死去。她前后境遇,截然不同,反映到她的词作中的也有欢愉和悲郁两种境界。一般说来还是反映现实生活为主,只有这词,充满了浪漫主义的丰富想象。这词在黄昇的《花庵词选》中题作《记梦》,这当然是有托而言的。但就词中所言,日暮路长,徒有惊人诗句,亦何济于用?因思乘九万里风,似大鹏一样,直到海中神山而去。这完全是受到挫折困难,无可奈何,因而想出逃避现实的虚无幻想。所以表面上也有豪情壮语,骨子里还是含着无限的悲哀。这就是没落阶级文人思想感情必然的局限,无论如何,也是转变不了隐瞒不住的。

毛主席在一九五七年五月十一日写了一首《答李淑一》的词,是调寄"蝶恋花"的。词调形式和李清照这词当然完全不

189

同,但从运用浪漫主义的浓厚想象方面来说,是有它们相同之处的。但毛主席的词充满了革命的社会主义精神,和李词始终围绕着个人的升沉得失这个小圈子而无法逃出,是有天渊之别的。现在把毛主席这词录在下面,我们比观并读,将会得到更进一步的提高。词云:

我失骄杨君失柳,杨柳轻飏直上重霄九。问讯吴刚何所有,吴刚捧出桂花酒。

寂寞嫦娥舒广袖,万里长空且为忠魂舞。忽报人间曾伏虎,泪飞顿作倾盆雨。

## 六州歌头·长淮望断

### 张孝祥

长淮望断,关塞莽然平。征尘暗,霜风劲,悄边声,黯销凝!追想当年事,殆天数,非人力。洙泗上,弦歌地,亦膻腥。隔水氈乡,落日牛羊下,区脱纵横。看名王宵猎,骑火一川明。笳鼓悲鸣,遣人惊。

念腰间箭,匣中剑,空埃蠹,竟何成!时易失,心徒壮,岁将零,渺神京。干羽方怀远,静烽燧,且休兵。冠盖使,纷驰骛,若为情。闻道中原遗老,常南望、羽葆霓旌。使行人到此,忠愤气填膺,有泪如倾。

张孝祥是南宋初期历任地方长官而且曾经到过桂林任官的一位词人。这词是他在建康(今南京市)留守席上作的,相传张魏公(张浚)读了,为之罢席。其激昂慷慨之气,足以感奋人心,可以想见。现将这词串讲如下：

作为宋金两国南北界线的淮河已经望断不见，所见的只是一片莽然平坦的关塞原野。在这里征尘昏暗，霜风凄劲，悲笳牧马一类的边声倒悄然无闻，仿佛过着太平无事的日子。果真天下太平无事吗？远见之士，只有黯然魂销神凝，伤怀感叹而已。追想昔年胡虏南侵，长驱直入，两京沦陷，徽钦蒙尘，只可归之天数，殆非人力所能为。所以邹鲁洙泗之地，弦歌讲诵之乡，已成膻腥之俗。现今淮河那边，只隔一水，便成毡乡异域，当落日西沉，牛羊下来之际，区脱守望之敌，更是来往纵横。更看那敌酋们夜间打猎，骑兵火把，照得一川明如白昼，兼之笳鼓悲鸣，怎不使人震惊！前片所写作者悲愤的心情就是如此。接着又说：念到我腰间带着的箭，匣中藏着的剑，徒然弃置不用，尘满蠹生，救国功业，何由成就？时机易过，心情徒壮，岁月将零。回望神京，依然渺漠。收复国土，知待何时？如今朝廷大计，正拟化干戈为玉帛，以为执干羽举于两阶，遂能怀柔远方，烽火不兴，兵戈平息。两国使节，冠盖相望，来往频烦，误国如此，不知何以为情？听说沦陷地区的中原父老，经常向南长望，何时重见大宋皇帝的仪仗旌旗？这就使我们到此，万分感愤，忠义之气，填满胸膺，不禁泪下如泻了。后片所写作者悲愤的心情就是如此。

这词悲愤之气、忧国之情，写得淋漓尽致，是值得肯定，也值得我们学习的。但前片曾说"追想当年事，殆天数，非人力"，竟把金人入寇、徽钦被掳这样的国家大事，完全委之于天命，谓非人力所能为。既为统治阶级开脱罪过，又向人民宣扬听天由命思想，使抗敌的力量受到一定的影响，其毒害是不小的。我们今日读它，更应给予严肃的批判。

孝祥任官，曾知静江府（今桂林），广南西路安抚使（今广西）。

他有一首调寄"水调歌头"的词,题作"桂林中秋",附录于后,虽不能和苏东坡的"明月几时有"并驾齐驱,其才气横溢,俊逸飘宕,亦不愧名作。词云:

今夕复何夕,此地过中秋。赏心亭上唤客,追忆去年游。千里江山如画,万井笙歌不夜,挟(或作扶)路看鳌头。玉界涌(或作拥)银阙,珠箔卷琼钩。

驭风去,忽吹到,岭南州。去年明月依旧,还照我登楼。楼下水明沙净,楼外参横斗转,搔首思悠悠。老子兴不浅,聊复少(或作此)淹留。

他又有《过严关》(在兴安)一首,是调寄"南歌子"的。词云:

路尽湘江水,人行瘴雾间。昏昏西北度严关,天外一簪初见、岭南山。

北雁连书断,秋霜点鬓斑。此行休问几时还,唯拟桂林佳处、过春残。

(此词或传是向滈作)

这词也写得不错,因为与桂林附近名胜有关,也附录于此,以资参考。

"六州歌头"这个词牌亦前后两阕,虽非叠调,但俱多用三字或四字句;有连句押韵,有隔一句或两句三句押韵,甚至有隔五句押韵的,极参差错落之致。悲歌促节,与一般平仄协调的近体诗句距离甚远。这种词调,别具一种风格,只能按谱填写,不易记忆。

# 诉衷情·当年万里觅封侯

## 陆游

当年万里觅封侯，匹马戍梁州。关河梦断何处，尘暗旧貂裘。胡未灭，鬓先秋，泪空流。此生谁料，心在天山，身老沧洲。

这词为南宋著名的爱国诗人陆游晚年的作品。他年轻的时候，曾到过中国西北部川、陕一带，参加戎幕，抱有经略中原、收复失地的壮心。但在统治阶级苟且偷安、投降和好的形势下，他的志愿是无法实现的。后来他归老故乡，还写了不少感怀国事的诗篇，表达他平生未遂之志。这词的思想内容，基本也是这样。它说：

我回想壮年的时候，也似汉朝的班超一样，怀着立功异域、万里封侯的大志，所以不辞艰苦，匹马远戍，直到当时西北边疆古代梁州之地。真是旧游如梦，一觉醒来，昔日关塞河山，更无觅处，只是风尘仆仆，似苏秦那样暗敝了黑貂之裘罢了。如今胡虏未灭，鬓发先霜，壮怀虚负，泪亦空流。谁又料到我这一生，心在天山之外——片刻不忘祖国前方，而身却徒老沧洲——作为一个逃名避世的隐者以没世。这是多么可慨之事啊！

放翁的爱国诗篇很多，有七律《书愤》一首，思想内容和组织结构，与这词都有近似之处，附录如后，以资对照，课本中已有注释，这里不再串讲了。诗云：

早岁那知世事艰，中原北望气如山。

楼船夜雪瓜洲渡，铁马秋风大散关。

塞上长城空自许，镜中衰鬓已先斑。

出师一表真名世，千载谁堪伯仲间！

## 卜算子·咏梅

### 陆游

驿外断桥边，寂寞开无主。已是黄昏独自愁，更著风和雨。

无意苦争春，一任群芳妒。零落成泥碾作尘，只有香如故。

这是陆游的一首咏梅词。凡是咏物之作，不论诗词歌赋，都必须有所寄托，否则便成猜谜式的谜语，不管如何巧切，都没有文学价值。所咏的物，有用来比拟自己的，也有用来比拟他人的；有加以赞扬歌颂的，也有加以诅咒斥骂的，主要是看所咏之物的品格性质而别。如梅、竹、兰、菊，大家都承认它的风格是清高的，当然加以赞叹；浮花浪蕊、腐草流萤，大家都认为轻浮卑贱，自然也加以蔑视。这词题为"咏梅"，实际是作者借梅来象征自己孤芳独立、坚贞不变的高贵性格，"群芳"也是借来影射庸俗腐朽、同流合污的一群奸人。词的大意是说：

在驿亭之外，断桥的旁边，有一株梅花寂寂寞寞地开着，无人管领欣赏。到了黄昏时候，已经够孤独愁闷了，又碰到风吹雨打。我是无意和他们拼命争春的，任凭他们（群芳）妒忌吧。我这花纵然零落成泥又被碾成尘埃，形体是消灭了，但我本质的幽香还是保持如旧的。

这词我们随便读下去，它的寄托之意是很容易看到的，作者坚贞不屈的精神，固然值得我们敬佩；但这种孤芳独赏、脱离群众的性格，毕竟是封建文人自我陶醉、孤高生活的表现，如果用社会主义革命文学的角度来衡量,便显然距离得很远。毛主席也有《卜算子·咏梅》这首词,注明是"读陆游咏梅词,反其意而用之"的。词云:

> 风雨送春归,飞雪迎春到。已是悬崖百丈冰,犹有花枝俏。
> 俏也不争春,只把春来报。待到山花烂漫时,她在丛中笑。

你看风和日丽的春天,不是平白地舒舒服服地就来到的,是经过严冬的风雨飞雪才来到人间的。梅花之所以美好可爱,就因为她是在冰天雪地当中,与众不同地开着。这哪里有什么黄昏独自愁的心情?更怨恨什么风和雨?尽管梅花开得极其美好可爱,她原来就不是为着争取享受明媚的春光而来的,只是将快有春色要来到人间的消息先来报道。待到真的大地春回,万紫千红,烂漫怒放的时候,她只在丛中欢笑,与众同乐罢了。我们看,主席这词的思想内容,要比陆词提高了多少倍。这就是封建文人文学和社会主义革命文学的鲜明对照。我们知道,文学是社会现实通过个人思想感情的反映,如果个人的世界观不曾改造得好,念念不忘的还是局限在个人主义那个小圈子里,就是生长在社会主义时代,也写不出社会主义的革命文学作品。所以归根到底,千条万条,还是改造思想,树立无产阶级革命的人生观为第一条。我们读毛主席的诗词,和读毛主席的其他著作一样,必须活学活用,在"用"字上痛下工夫。如果只在文词艺术上作一番欣赏,就真如古人所谓"玩物丧志""买椟还珠"了。

195

　　"卜算子"这个词牌,前后两阕是完全相同的,只是一调的重叠。每阕四句,除第三句是七字句外,其余三句都是五字句。四句都是仄仄开头,只二、四两句押韵,且押仄声韵。它的规律还是容易记忆的。

# 菩萨蛮·书江西造口壁

## 辛弃疾

郁孤台下清江水,中间多少行人泪。西北望长安,可怜无数山。

青山遮不住,毕竟东流去。江晚正愁予,山深闻鹧鸪。

这是南宋爱国词人辛弃疾任江西提点刑狱,驻节赣州时,在造口作的一首怀古感今、悲慨淋漓的短词。词中连环运用"山""水"两字,前人说它是指水骂山,大致是对的。词中用"山"和"水"两字分别象征两派政治斗争势力,"水"是代表主张抗战的爱国力量,"山"是代表主张和议投降的顽固力量。词中说:

从郁孤台下流过的清江水,其中不知包含多少逃敌避乱、流离失所的人民的眼泪。人民虽然困苦万分,热爱祖国的心情,却是无时或息的。所以时时向着西北,遥远地瞭望已经沦陷了的旧国都城,可惜无数峰峦把它遮蔽住了。尽管青山叠叠,要想把万折必东的江水遮挡住是办不到的。现在正当江上日暮黄昏之时,特别使我感到愁苦的,是万山深处听到鹧鸪鸟在啼叫着"行不得也哥哥"的声音啊!

再说一遍,就是流过郁孤台下清江的水,象征着人民抗敌复仇的力量,因为这水中间,不知包含着多少人民家破人亡、妻离子散的深仇血泪。人民对于沦陷的西北锦绣河山是永远忘不了的,时时怀念着、企望着。可惜苟且偷安的卖国投降分子,坚持向敌求和,竟像无数山峰攒簇一起,掩蔽前途,阻挡着人民的视线,削减了救国抗敌的力量。但人民坚决抗敌卫国的雄心壮志,真如万折必东的江水一样，是遮挡不住的，终究要向东流去。现在最使得我忧愁苦闷的就是在江水之上人民抗敌复仇的气氛之中，竟笼罩着一片投降求和、日薄西山、暮气沉沉的景色，而在这浓厚求和的深山幽谷之中又听到鹧鸪鸟的叫声——"行不得也哥哥"，硬说恢复失地、奋发图强之计是走不通的。

这词既慷慨激昂，又沉郁顿挫，爱国热情洋溢纸上，令人读之，生发无限的感慨。但受到时代环境的局限，如果绳以革命乐观主义精神，就深深感到不足。这虽不能苛责古人，但我们都不可以此自限。

毛主席的词用"菩萨蛮"这个词牌的共有两首，一是一九二七年春写的《黄鹤楼》，一是一九三三年夏写的《大柏地》，现在一并抄在后面，供大家研读比较，相信是有益的。

《黄鹤楼》词云：

茫茫九派流中国，沉沉一线穿南北。烟雨莽苍苍，龟蛇锁大江。

黄鹤知何去？剩有游人处。把酒酹滔滔，心潮逐浪高。

《大柏地》词云：

赤橙黄绿青蓝紫，谁持彩练当空舞？雨后复斜阳，关山阵阵苍。

当年鏖战急，弹洞前村壁。装点此关山，今朝更好看。

"菩萨蛮"这个词牌，是前后两阕，每阕四句，每两句一韵；每阕两韵，全词四韵；仄韵平韵，依次相间。但前后两阕不是叠调。前阕一、二两句是七字句,三、四两句是五字句,后阕全是五字句。词中各句黏对形式,基本上和近体诗相似,是比较整齐、易于记忆的。

## 破阵子·为陈同甫赋壮词以寄之

### 辛弃疾

醉里挑灯看剑,梦回吹角连营。八百里分麾下炙,五十弦翻塞外声。沙场秋点兵。

马作的卢飞快,弓如霹雳弦惊。了却君王天下事,赢得生前身后名。可怜白发生!

198

陈同甫就是陈亮。他是南宋以政论著名的作家,和辛弃疾有深厚的友谊。《古今词话》谓此词为"陈亮过稼轩,纵谈天下事"别后所作。词中作者对少年时代豪情壮志的追忆,备极痛快淋漓。但豪情壮志终何所用? 到头只是白发渐出,日趋衰老,不胜感慨系之! 词意是这样的:

我醉着的时候,豪怀激动,把灯光挑亮,抚摩宝剑,想及时一击,略显身手;及酒醒梦回,但闻四面八方,吹角连营。我热爱士卒,同甘共苦,虽八百里名牛,炙成烤肉,便普分麾下将士;五十弦的锦瑟,军中演奏,成为悲音,便如塞外边声。这就是在沙场上秋天点兵时的情况。我骑的马有如刘备的的卢跑得那么快,可称"所向无空阔";我使用的弓,引弦一发,声如霹雳惊人。我深愿完成主君交给我的任务,同时也立功当代,留芳万年。这就是我平生的豪怀壮志,谁知一切都成幻想,只有白发种种来无情,这是多么可痛惜的事啊!

陈亮有一首"水调歌头"，是送章德茂大卿使虏的。词中也表现了强烈的爱国思想，可与稼轩的爱国词作并读，特附于后，以备参阅。词云：

不见南师久，谩说北群空。当场只手，毕竟还我万夫雄。自笑堂堂汉使，得似洋洋河水，依旧只流东。且复穹庐拜，会向藁街逢。

尧之都，舜之壤，禹之封。于中应有，一个半个耻臣戎。万里腥膻如许，千古英灵安在，磅礴几时通？胡运何须问，赫日自当中。

199

这词教本中已有注释，这里不再串讲分析；但《注释》中有欠明确的，特补释如下：①"自笑堂堂汉使"，自笑不是自喜之意，自笑犹说自己嘲笑自己。②"得似"二句：得似犹说哪得似。"河水洋洋，北流活活"（活音括），是《诗经·卫风·硕人》原文。这里虽只引用一句，实兼用两句之意，等于歇后语。全句意思是说，我自己嘲笑自己，这样一个堂堂大汉使者，哪得似《诗经》所说的河水洋洋那样，只是活活地向北流去，应该依旧只向东流，朝宗于海而已（暗喻不向强敌屈节，坚持斗争卫国原则）。所以接着就说："且复穹庐拜，会向藁街逢。"这样解释，词意就非常通达了。

"破阵子"这个词牌，也是前后两阕，但字句长短和押韵方式完全相同，是一调的重叠。每阕共五句：第一、二两句是六字句的对句，第三、四两句是七字句的对句，俱双句押韵；第五句是五字单句，也押韵，但是平声韵；两阕一韵到底，不变韵。五句前两字平仄的排列是：仄仄、平平、仄仄、仄仄、平平，每句平仄协调，和近体诗没有什么差别。

# 鹧鸪天·壮岁旌旗拥万夫

## 辛弃疾

有客慨然谈功名,因追念少年时事,戏作。

壮岁旌旗拥万夫,锦襜突骑渡江初。燕兵夜娖银胡䩮,汉箭朝飞金仆姑。

追往事,叹今吾,春风不染白髭须。都(或作却)将万字平戎策,换得东家种树书。

这是作者"追念少年时事","追往事,叹今吾",不胜今昔之感的一首词。词意是说:我壮年的时候(实际年龄是二十三岁),统率着成千上万的北方忠义军,披着锦衣,骑着快马,渡江南归宋室王朝。那时武器配备十分充实,朝廷所使用的,有生产于北方(燕)的银色箭袋,有汉人习用的金属美矢(或作那时和敌人斗争十分激烈,金兵则夜娖银色的箭袋,我军则朝飞金属的美矢,亦通)。现今则事过境迁,所追忆的已成往事,所慨叹的只有今吾(今日的我),春风虽然年年来到人间,但少壮一去,不可复回,白了髭须,岂能重绿?尽管平生胸怀壮志,曾献万字平戎之策,到头不被采纳,所换得的只有退隐家居,学邻人种树,长为农夫以终老而已!

词中前阕所述的全是壮年往事,后阕所慨的全是眼前境况。今昔对照,无限伤怀。

诗词中用今昔对照这种表现手法的,极为普遍,略举词中的例子数则,以资参考。如欧阳修的《生查子·元夕》云:

去年元夜时,花市灯如昼。月上柳梢头,人约黄昏后。

今年元夜时,月与灯依旧。不见去年人,泪湿春衫袖。

（此词或传为朱淑贞作）

如晏几道的《鹧鸪天》云：

彩袖殷勤捧玉钟，当年拚却醉颜红。舞低杨柳楼心月，歌尽桃花扇底风。

从别后，忆相逢，几回魂梦与君同。今宵剩把银釭照，犹恐相逢是梦中。

如陈与义的《临江仙·夜登小阁忆洛中旧游》云：

忆昔午桥桥上饮，坐中多是豪英。长沟流月去无声。杏花疏影里，吹笛到天明。

二十余年如一梦，此身虽在堪惊。闲登小阁看新晴。古今多少事，渔唱起三更。

这三首词的思想内容是不同的，尤其是陈与义这首和其他两首更全然不同，但它们所运用的表现手法，都是今昔对比、感今忆昔的。俗话说："戏法人人会变，各有巧妙不同。"从表现手法的形迹看，是有许多彼此相似之点的，但表现得巧妙不巧妙，从具体作品看来，便有不少差别。加以思想内容的不同，那就真千变万化，虽有巧历也不能穷尽计算了。

"鹧鸪天"这个词牌，也是前后两阕，但不是叠调。前阕和仄仄起句，第一句押韵，第三、四句对结的七言绝句完全相同。后阕也和一首仄仄起句，第一句押韵的七绝相似，只是第一句减少一字，变成两句三字句而在第二句尾押韵；表面看来，又是全阕五句,第一、二两句是三字句,其他三句是七字句,而在第二、三、五这三句句尾押韵。如果我们把它简化起来,将它作为两首仄仄起句的七绝,将第一首三、四句作成对结,将第二首第一句减少一字,拆为两句三字句,其他平仄黏对,都和近体七言绝句相同。这样对于这个词谱就极易记忆了。

## 贺新郎·别茂嘉十二弟

### 辛弃疾

鹈鴂、杜鹃实为两种,见《离骚补注》。

绿树听鹈鴂。更那堪、鹧鸪声住,杜鹃声切。啼到春归无寻处,苦恨芳菲都歇。算未抵、人间离别。马上琵琶关塞黑。更长门、翠辇辞金阙。看燕燕,送归妾。

将军百战身名裂。向河梁、回头万里,故人长绝。易水萧萧西风冷,满座衣冠似雪。正壮士、悲歌未彻。啼鸟还知如许恨,料不啼清泪长啼血。谁共我,醉明月。

这词是作者远法江文通(淹)《恨赋》《别赋》,近取李义山(商隐)《泪》诗这类表现手法,结构特殊、才气横溢的一首词。首先列举三类啼鸟引起,中间参差错落地罗列了五种古代英雄美人辞家去国的恨事,前后两相比较,主要是说明鸟声虽苦,算起来仍比不上人间离别之苦,所以啼鸟如果也知道人间离别之苦,那就会不啼清泪而长啼血了。长江大河之势,一气运行,完全冲破了前后阕的界限,真是极以文为词的能事,比之东坡以诗为词,又推进了一步,对于词的解放,可谓别开生面,境界一新。这是前人所没有的。这词的意思是这样的:

　　我们在绿树中间已听到了鹈鴂悲鸣百草衰的叫声，哪里更捱得住鹧鸪鸟叫着"行不得也哥哥"的声音刚刚停止，又听到杜鹃鸟凄惨地叫着"不如归去，不如归去"。这些鸟啼到春色将阑、更无寻处的时候，令人最愁恨的便是一切芳菲都归消歇。但所有这些愁恨，总的算来还抵不上人间离别那样愁苦。举例来说吧：像王昭君远嫁匈奴，马上弹着琵琶，经过黑暗的关塞；像陈皇后失宠后，乘着翠羽装饰的宫车，辞了皇帝住的金殿而独居长门冷宫；像《诗经》所咏的"燕燕于飞"那首诗，就是卫庄姜送归妾之作。像身经百战的将军李陵，因矢尽道穷，救兵不至，投降匈奴而声名败裂，在河梁之上，回望乡邦万里，送故人苏武归国，永无相见之日；像荆轲辞燕太子丹赴秦刺秦皇，歌"风萧萧兮易水寒"之曲，正是秋风寒冷之时，满座宾客皆白衣冠相送，荆轲与高渐离相和而歌，悲怀未尽而长辞远去。所有这种种离恨，前面所称的悲鸣啼鸟如果也教知道，料定是不啼清泪而长啼血泪了。那么我们这次分离之后，又有谁伴我共醉明月呢？

203

　　江淹的《恨赋》《别赋》，文长不录。李商隐的《泪》诗，是一首七律，附录于此，以资对比，诗云：

> 永巷长年怨罗绮，离情终日思风波。
> 湘江竹上痕无限，岘首碑前洒几多。
> 人去紫台秋入塞，兵残楚帐夜闻歌。
> 朝来灞水桥边问，未抵青袍送玉珂。

这诗第一句是说宫怨之泪，第二句是说离别之泪，第三句是说湘妃思夫之泪，第四句是说贤吏去思之泪，第五句是明妃远嫁之泪，第六句是西楚霸王兵败之泪，末二句则说前六种泪固已可

伤,但不及青袍寒士而送玉珂贵客,尤其令人可悲也。因为受到
七律形式的限制,容易流于板滞,远不及辛词之纵横驰骋,全无
羁束。辛词比之李诗,可谓青出于蓝,后来居上。

"贺新郎"这个调牌也是前后两阕。但除第一句前阕是五
字句,后阕是七字句外,其余句调长短和押韵疏密,完全相同;如
果将后阕第一句减去二字作为五字句,便变成叠调了。

一切文学艺术形式都是为思想内容服务的。从来没有无内
容的形式,也没有无形式的内容,所以二者又紧密地结合在一起
而不能分割开来。但为了便于分析了解,有时偏重论其内容,有
时又偏重论其形式,绝不是只要其一面而可以不要其另一面的,
这是必须注意的。

204

# 永遇乐·京口北固亭怀古

## 辛弃疾

千古江山,英雄无觅,孙仲谋处。舞榭歌台,风流总被雨打
风吹去。斜阳草树,寻常巷陌,人道寄奴曾住。想当年,金戈铁
马,气吞万里如虎。

元嘉草草,封狼居胥,赢得仓皇北顾。四十三年,望中犹记,
烽火扬州路。可堪回首,佛狸祠下,一片神鸦社鼓。凭谁问,廉
颇老矣,尚能饭否?


这词是作者晚年任镇江知府时,在北固亭怀古所作。词中
对于古代与当地有关的重要人物,如孙仲谋(权)、刘寄奴(裕)、
梁文帝(刘义隆)以及佛狸(北魏太武帝拓跋焘)都联系提到,感今怀
旧,成败得失,不胜感慨系之! 最末以廉颇自比,大有"老骥伏

枥,志在千里;烈士暮年,壮心不已"之感,可称沉郁苍凉之作。
词意是这样的:

在这个千古名胜江山北固亭上,凭高纵目,像三国时代大破曹操,建成鼎足功业的孙权那样的英雄是寻不到了。就是当时的舞榭歌台、流风余韵,也通通被雨打风吹,烟消云灭去了。斜阳衰草之中,寻常里巷之内,故老流传,还有刘裕曾经的住处。因而遥想当年,他提师北伐,金戈铁马,气吞万里如虎,可谓意气极一时之盛。可惜后继非人,其子义隆,好大喜功,不务实际,元嘉年间,草草兴兵北进,徒抱封狼居胥山之愿,结果只博得惨败而归,反增仓皇北顾之忧。至我个人自己,自率队南来,忽已四十三年,眼中长望,仿佛犹是烽火扬州一带情景。哪堪回首当时,佛狸祠下,香火旺盛,一片神鸦争食,社鼓鼕鼕,那种景况!更有何人为问,廉颇将军虽老,尚能一饭斗米,披甲上马,为国效劳否?

"永遇乐"这个词牌,也是前后两阕;句调组织是彼此不同的,但都多用四字句,间用五字六字句;同押仄韵。一般词牌,按谱只分平仄和可平可仄,至于仄声之分上去入和平声之分阴平阳平,普遍是不讲究的。据说这词末句"尚能饭否"四字,不特平仄须分,上去也固定不变,否则不能合拍。要之,乐府诗词,原是音乐和文学的综合体,但这二者的发展并非永远平衡,擅长音乐的多在曲调上下工夫,擅长文学的又多在文词上趋解放。前人谓东坡所作乐府,多不协律,又谓是"曲子中缚不住的",就是文学性超过音乐性的特征。至于格律严密,句雕字琢,如周邦彦、姜夔、吴文英、张炎辈,格调虽高,意境则浅,又是音乐性突出的表现。

## 玉楼春·戏林推

### 刘克庄

年年跃马长安市,客舍似家家似寄。青钱换酒日无何,红烛呼卢宵不寐。

易挑锦妇机中字,难得玉人心下事。男儿西北有神州,莫滴水西桥畔泪。

刘克庄是南宋后期的爱国诗词作家,他继承了陆游、辛弃疾的爱国主义精神和他们的豪放风格。这词是他戏赠林节推(节度使的推官——僚属)作的。词的意思是说:

人们年年月月跃马遨游于京都繁华市上,虽然是客居寄寓,却完全和在家相似。日日饮酒作乐,无所事事,夜夜赌博,通宵不睡。家中的妻子挖空心肠,织成回文锦字,致以极真挚的怀思,却不大顾念;市上的歌姬,迎新送旧,却苦苦追欢,恋恋不舍。因此诗人猛喝一声,爱国男儿当胸怀天下,放眼祖国,思念西北神州,犹未收复,奋发图强,大有可为,岂可风云气短,向水西桥畔,徒洒儿女伤离惜别之泪!

这词对于醉死梦生,向小朝廷偷活的士大夫阶级加以无情的揭露和严肃的讽刺,表现了作者对沦陷地区的关怀,这是有一定的进步意义的。

刘克庄有一首《清平乐·五月十五日夜玩月》的词,是很富有浪漫主义色彩的,附录于后,以资参考。词云:

风高浪快,万里骑蟾背。曾识姮娥真体态,素面元无粉黛。

身游银阙珠宫，俯看积气濛濛。醉里偶摇桂树，人间唤作凉风。

"玉楼春"这个词牌，前后两阕是叠调的。每阕四句，都是七字句，第一、二、四句押韵。总的看来，很似一首平仄协调但又失黏的仄韵绝句。但在这首词里，则前阕是三、四两句对结，后阕是一、二两句对起，微有不同而已。

# 宋诗选讲

## 鲁山山行

### 梅尧臣

适与野情惬，千山高复低。

好峰随处改，幽径独行迷。

霜落熊升树，林空鹿饮溪。

人家在何许？云外一声鸡。

梅尧臣与苏舜钦齐名，时称"苏梅"，是宋诗的开山祖师。他们对于革除西昆浮靡之弊，起过很大的作用。但他们所倡导的文学革命，和唐代陈子昂、张九龄之于诗，韩愈、柳宗元之于文，是有相同之处的，就是俱以复古为革新。如梅氏此诗，置诸盛唐诗人集中，是可以乱其楮叶的。这虽不能概其作品的全貌，但管中窥豹，亦可见其一斑。诗意是这样的：

我在鲁山这座山里漫行，见到千山万岭，高的低的，种种不同。秀丽的峰峦随处改换，令人应接不暇，和我闲散野逸之情是非常相称的。所以独行幽径之中，忘其远近，直至路迷而不知返。因为秋深露落，所以时见熊升于树上；林空山旷，又见鹿饮于溪边。人家是看不见的，只听到白云之外偶一声鸡鸣而已。

这诗刻画山行的心情景物，是相当深入细致的。前四句原是说，因为好峰的不断改换，引人入胜，所以虽然幽径独行，也乐而忘返，直至路迷而后已。这其实都因这种景物是和我闲适野逸之情偶然契合的,所以不期然而然,如果刻意求之,便着形迹,失其自然之趣了。却把"适与野情惬"一句提前先说,才接下说去,就显得突兀不平。陶渊明诗云"采菊东篱下,悠然见南山",意境是和"适与野情惬"有其相通之处的。柳宗元《南涧中题》诗有句云"始至若有得,稍深遂忘疲",意境是和"好峰"一联有其相通之处的。至于"人家在何许?云外一声鸡",显然是从晋人帛道猷"茅茨隐不见,鸡鸣知有人"化来,而为后来"隔林仿佛闻机杼,知有人家在翠微"（宋僧道潜《东园》）所自出。霜落林空,妙在与熊升树、鹿饮溪相结合,遂觉清新雅健而不流于庸俗空泛,也足见其高手。就艺术技巧而论,是可以肯定的。至于思想内容,不免逃避斗争,美化隐逸,在封建士大夫阶级中,虽有其进步的一面,但对于历史阶段的局限,在社会主义的今天,给予适当的批判,也是必要的。

209

这诗是属于近体诗中的五言律诗,除首尾四句外,中间四句是须要对偶的(也有不对偶的,那是例外)。每句中的平仄协调,句与句间的平仄黏对,都是按近体诗的正常规格,这里就不细谈了。


## 淮中晚泊犊头

### 苏舜钦

春阴垂野草青青,时有幽花一树明。
晚泊孤舟古祠下,满川风雨看潮生。


这诗是情景交融,织成一片,将孤舟晚泊时所看见的景色和心中所感触的豪情壮志结合起来;表面看来,主要是写景,而抒情即寓于写景之中，契合无间，所以情景渗透，不容分割。诗意是说：当着春阴蒙蒙，笼盖四野，但见草色青青、无边无际的时候，却偶然有一树花开，显得特别光亮，真有"山青花欲燃（杜诗）"的景况。傍晚时分，我所乘坐的孤舟停泊在一个古老的祠庙之下，又是满川风雨，纵横交至，我却在这里怀着豪情壮志，偏偏要看奔腾澎湃的怒潮冲击增长起来。这是多么令人痛快之事啊！

全诗四句，除第三句记事外，其余三句都是写景。一、二两句没有提到作者自己，但自己是包含在内的。至于第四句着一"看"字，就突出了作者自己，而且这一"看"不是寻常普通的"看"，而是在"满川风雨"中"看"；"看"的又不是寻常普通景物，而是"潮生"的壮阔场面，这就表达了作者的豪情壮志，与众不同了。

苏舜钦的诗是超迈横肆的，梅尧臣的诗是闲淡深远的。这里虽然只是每人各选一首短诗，对照读之，亦可见其不同的风格。

## 戏答元珍

### 欧阳修

春风疑不到天涯，二月山城未见花。

残雪压枝犹有橘，冻雷惊笋欲抽芽。

夜闻归雁生乡思，病入新年感物华。

曾是洛阳花下客，野芳虽晚不须嗟。

作者是北宋文学革新运动的倡导者，古文诗词都有很大的成就。这诗是他被贬谪任夷陵（今湖北宜昌市）县令时戏答他的朋友丁元珍所作。开头二句是倒装句法，意思是说，季节已到了农历的二月，可是在这个偏僻的山城中，尚未见到花开，我很怀疑春风是吹不到这边远地区的。再看残余未消的雪压在尚有橘子的枝条之上，寒冷的春雷惊动了笋子，正待抽芽长出。夜间听到北归的雁声，触动了思乡的心情，抱病的身体遇到新年，又感到不及万物之欣欣向荣。这都是我怀疑春风不到的原因。但我过去曾经在西京洛阳盛赏名花，乐极一时，今日虽然贬居僻县，山花就晚些开放，也是得失乘除之道，应该乐天委运，又何必咨嗟伤感呢？

这诗前六句是写春到人间不似春的伤感，末二句提出自己宽慰、乐天知命的想法作结。这种遇到困难就作退一步想的处世哲学，是儒家和老庄思想杂糅的世界观，是封建社会士大夫阶级的自然趋向，如果律以社会主义的革命文学观点，是应给予批判的。

## 题西太一宫壁·其一

### 王安石

柳叶鸣蜩绿暗，荷花落日红酣。
三十六陂春水，白头想见江南。

作者王安石是北宋实行变法而受到顽固派强烈反对的政治家。但他的散文和诗词都有极精深的成就，就是他的反对派也不能不深为折服。这是一首六言绝句，诗的意思是说：

当看到柳条吐叶，蝉鸣在浓绿阴中，荷正放花，落日照在红

211

艳如醉的颜色上,三十六陂春水正荡漾轻盈,和这一模一样的江南美好风景,白发老人,怎能不格外念念难忘啊!

这诗是作者在汴京见到活似江南景色的三十六陂水泽,堤岸上则蝉鸣绿柳,池塘中则日映荷花,因而触起对江南美好风景的怀念,尤其是白头老人,更觉念之不置。全诗四句,三句写景,一句抒情。情从景生,情景结合,故能生动感人,妙达好处。诗中所写的蜩鸣柳暗与荷花红酣,俱是夏日景物,已经过了春时,"春水"二字虽比流水更美,但修辞不能违反真实,仍以一作"流水"为长。但陂圹之水,其实不流,即流也是暗中微流,一般是不易被人察觉的,所以"流水"二字,亦觉欠妥,与不得已,或用"烟水"或"云水"似觉较好。这只是我个人的浅见,提出和大家商量,倒不是敢于对古人妄肆讥呵。

首联柳叶是说柳条吐叶,荷花是说荷正开花,"叶"字、"花"字俱是名词作动词用,较之作柳的叶子、荷的花朵解,词意涵义、修辞技巧俱深进一层。这是值得注意的。

## 泊船瓜洲

### 王安石

京口瓜洲一水间,钟山只隔数重山。
春风又绿江南岸,明月何时照我还?

京口是今江苏镇江市,瓜洲是在镇江的斜对面长江北岸,亦称瓜步。两埠隔水相望,故说"京口瓜洲一水间"。作者罢相后,寓居金陵(今南京市)钟山(即紫金山)附近。镇江和南京相隔也不太远,故说"钟山只隔数重山"。现在正是"春风又绿江南岸"的时候，真所谓"暮春三月，江南草长，杂花生树，群莺乱飞"，一片美丽的景色，不能不令人有怀念家乡之感，不知明月何时才能照我归还故居呢？这就是这首诗的全意。

据前人记载，"春风又绿江南岸"这句中的"绿"字，是经过作者十数次的修改才最后决定的。但唐人丘为《题农父庐舍》诗，已有"春风何时至，已绿湖上山"之句，李白也有"东风已绿瀛洲草"之句，可见"绿"字也不是作者所自创，不过选古人用得最恰当的字用之罢了。古人所说"无一字无来历"，这实际就是一个好例。

### 饮湖上初晴后雨

苏轼

水光潋滟晴方好，山色空蒙雨亦奇。
欲把西湖比西子，淡妆浓抹总相宜。

213

这诗是苏轼在浙江杭州任通判时所作。作诗时他在西湖饮酒，正是雨后初晴天气，湖上水光山色别有一番景致，因此他想起这个西湖风景，不管晴天也好，雨天也好，都美丽非常，逗人疼爱，就联想起古代的越国美人西施来，无论淡妆素服，或者脂红黛绿，都十分宜称，显得格外光艳，所以就把她/它们拿来相比。这个比拟，虽然一个是自然风景，一个是人体装饰，把她/它们联合起来，却非常适当，特别生动，一丝不觉得牵强。这种比拟手法，是运用得非常成功的。作者平生最喜欢读《庄子》《战国策》这类文章，所作诗文，也最善于用比喻、比拟以引人入胜，这诗也就是一个例子。

# 题西林壁

## 苏轼

横看成岭侧成峰，远近高低各不同。

不识庐山真面目，只缘身在此山中。

西林是江西庐山一个寺名，这诗是作者游庐山时所作。一般题风景名胜的诗词，多是写景抒情(如王安石的《题西太一宫壁》)，如有历史故事，则怀古感今，寄以慨叹(如东坡《赤壁怀古》、辛弃疾《京口北固亭怀古》)。这诗首两句只是叙述说明，并非真正写景，所以和刻画景物、描绘山川、渲染色彩的诗显然不同。三、四两句，更突出议论，将哲理渗透诗中，别开生面，运用其以议论为诗的一种表现手法，此在古人虽亦不无先例，但东坡更为后人开无数方便法门，这在文学发展演变中，也是应该注意及之的。

"不识庐山真面目，只缘身在此山中"，论其意义，不过如俗话所说"旁观者清，当局者迷"。本来理论必须通过实践，才能真正深切体会，如果只在书本上兜圈子，从概念到概念，议论一大堆，是无法得到真正认识的；但一切停留在感性认识，不提高到理论阶段，只见树木，不见森林，也会堕到经验主义的泥坑的。所以理论和实践，感性和理性，必须辩证地统一，才能和真理相符合。只在庐山山中，局限于表面现象，固然不能认识庐山的真正面目；但如果脱离实际，一切不从调查研究入手，便夸夸其谈，以为"秀才不出门，尽知天下事"，也是十分错误的。东坡这诗，其实也只是说到一面，忘了其他的一面，这也是我们必须注意的。

# 惠崇春江晚景

## 苏轼

竹外桃花三两枝，春江水暖鸭先知。

蒌蒿满地芦芽短，正是河豚欲上时。

这是东坡所作的一首题画诗。这幅画是宋僧人惠崇所作，画的内容是春江晚景。前三句是就画中的景物加以刻画描绘。画中有竹，竹外有三两枝桃花正在开着，这就标志着确是春景而不是其他季节。画中还有一江春水，水面上浮着鸭子。因为是春江，当然水已转暖，鸭在水中，当然最先感觉到，这都不是在画中所能够描绘出来的，而只是通过画中的景物才理会想象得到的。这样写法，就是透过画所不能到处，所谓传神之笔。第三句仍接写春江景色，那就是蒌蒿满地丛生，芦芽正短短地吐出，因此想出第四句，像这般的景物节候，恰好是春水方生、河豚欲上的季节了。"河豚欲上"也不是画中所能描绘得出的，只有通过"蒌蒿满地芦芽短"这样的自然景物，才能把它衬托出来。所谓传神，就是说要在文学笔墨迹象之外，体会得出画所不到之处。文学艺术之妙，就在这等地方。

215

# 雨中登岳阳楼望君山

## 黄庭坚

### 其一

投荒万死鬓毛斑，生入瞿塘滟滪关。

未到江南先一笑，岳阳楼上对君山。

其二

满川风雨独凭栏，绾结湘娥十二鬟。

可惜不当湖水面，银山堆里看青山。

这两首七言绝句是宋朝江西诗派主将黄庭坚所写。作者曾被贬谪到四川当涪州(今涪陵县，涪音浮)别驾，所以自号涪翁。他在四川留六年，才得放还。这二诗是他离四川后，登岳阳楼望洞庭湖中的君山作的。第一首说，我冒着万死一生的危险，流窜到荒远的地方，头发已经半白了。今天总算能够生还，重入瞿塘、滟滪这些关口，是值得欣慰的。所以我虽然还没有回到我的江南故乡，但已经快活得笑了起来，这就是因为现在我登在岳阳楼上，看见君山浮动在洞庭湖中，胸襟为之一畅的缘故了。第二首说，现在当着满川风雨、烟水迷漫之际，我独自在岳阳楼上凭栏远望，看见湖中的君山，活像湘水的女神，绾结着十二个髻鬟，十分美丽。所可惜的，是我在楼上远望，不是身临其地，直到湖水上面，当着白波汹涌之中，如果那样，岂不倒似在银山堆里看着青山，更加壮丽吗？第一首表达了他意外生还，万分喜幸的心情。第二首表达了他在现有的美景之外，更设想到离开岳阳楼上而远到惊涛骇浪中间，一赏天下奇境。这就是作者的雄心壮志，虽在贬谪之余，受尽磨折，犹未消除，一有缺隙，便乘机发泄出来。在封建社会里的失意文人，其遭遇结果，就只能如此。

## 登快阁

黄庭坚

痴儿了却公家事，快阁东西倚晚晴。
落木千山天远大，澄江一道月分明。
朱弦已为佳人绝，青眼聊因美酒横。
万里归船弄长笛，此心吾与白鸥盟。

快阁在江西省太和县赣江上，江山广远，景物精华。这诗是作者知太和县时所作。它说：

像我这个傻瓜，把公事处理完毕，当着晚晴的时候，便来到这风景名胜快阁之上，东西徙倚。正是秋高气爽，木落千山，一望无阻，觉得天宇空旷，更加阔大。下视澄江一道，白绦横拖，水月交辉，亦觉十分明亮。这是足以开旷襟怀、消除尘虑的。但怀才不遇，无从发展，真如善于弹琴，而苦无知音，早已破琴绝弦，不复再鼓。今日目空余子，青眼无人，只有对酒高歌，聊复顾盼，一寄怀抱。正在伫望伤怀之际，忽见万里船归，长笛数曲，自顾平生志愿，怎能折腰耐辱，与鸡鹜争食？只应与白鸥结盟，终老江海而已。

这诗从旧社会眼光看，确有它鹤立鸡群、拔俗超尘的风格，所以向来被给予相当高的评价。现在看来，这种逃避斗争、脱离现实的空想，都是封建社会没落阶级思想感情的表现，和无产阶级的思想感情，是有很大距离的。

本来劳逸结合，当着工作余闲，登临风景名胜，欣赏自然景物，使得心情格外愉快，身体增进健康，对于工作更为有利，就是到了共产主义时代,也是十分需要的。但这诗所表现的,第一句就是聊且塞责,随例上班下班的态度,而不是当家作主,全心全意为人民服务的态度。第二、三、四句所写的基本是客观景物,它是随着登览者的主观情感而转移的。五、六两句,一写自己的恨无知音,悲观绝望,一写自己的目空一切,落落无俦,酒中啸傲,聊以自适。末二句则因望中所见归船长笛,寄以潇洒出尘之想,以表其心境超然,迥异流俗。这完全是封建士大夫阶级自命清高的思想,哪里有什么劳动人民、与众同忧同乐的心情?所以这类诗,在旧社会是受到称赏的,在新社会则应给予适当的批判。

作者是江西诗派的主帅,他们的创作特点,就是要从句法形式和艺术技巧方面苦下工夫。其所谓脱胎换骨、点铁成金等方法,都不外是在前人作品中钻空子,而很少注意取之不穷、用之不尽的真正文学泉源——社会生活。所以他们的修辞技巧,亦须善于借鉴,否则便成窠臼。即以此诗而论,如第一句,用词造句是有些新鲜意味的,接着第二句,原意是说当晚晴的时候,到快阁上来,东西徙倚,却倒转来说,"快阁东西倚晚晴",便更觉动人,与众不同了。三、四两句可说是从杜诗"星垂平野阔,月涌大江流"变化而来。杜诗是说因星垂而知平野之阔,因月涌而知大江之流。这诗是说因木落千山,一望无阻,而知天宇远大;因澄江一道,空水清鲜,而觉月更光明。木落千山是因,天远大是果;澄江一道是因,月分明是果。五、六两句,用事而有变化,故能推陈出新,不落凡近。意思是说,弹琴的朱弦已因无知音而断绝不鼓;青眼地待人,实无对象,只是借美酒自遣,聊且快意而已。最后两句,因望中所见,万里归船,更闻长笛,再推进一层,说我自己虽身羁吏职,不获常游此地,但心境洒落,久与白鸥为友,区区形迹,实不碍精神之解脱,以抬高身份。这虽不免封建文人、高级知识分子的习气,但全诗组织结构及修辞技巧,是相当成功的。

这是一首七律近体诗。全诗八句,除首尾四句外,中间四句是必须对仗的(偶有不对的那是例外)。各句间的平仄协调,黏对联系,和一般近体诗完全相同,这里就不再解释。

毛主席一九五九年七月一日《登庐山》诗也是七律近体,也是登临名胜,纵目山川。录以对读,足资启发提高。诗云:

一山飞峙大江边,跃上葱茏四百旋。
冷眼向洋看世界,热风吹雨洒江天。
云横九派浮黄鹤,浪下三吴起白烟。
陶令不知何处去,桃花源里可耕田?

219

陶渊明因为对现实不满,遂辞官不做,解职归田,并从空想出发,构成他的乌托邦"桃花源",这是时代阶级的局限,无可如何的。到了社会主义的今日,不特全中国处处都成为没有压迫、没有剥削的"桃花源",而且物质、精神不知要比桃花源高出多少倍,并且还在不断提高。现在全国人民都当家作主,共同建设美满幸福的社会主义大家庭,将来并要进而建成共产主义社会。如果还有像陶渊明那样自命清高的人,逃避现实,逃避斗争,逃避革命,到底想到什么地方归隐,难道他所幻想的乐园——桃花源真可以耕田终老吗? 这对于不切实际的所谓知识分子,不啻给予当头棒喝。我们读了之后,对黄山谷"此心吾与白鸥盟"的脱离现实思想,就可不攻自破了。

# 插秧歌

## 杨万里

田夫抛秧田妇接，小儿拔秧大儿插。

笠是兜鍪蓑是甲，雨从头上湿到胛。

唤渠朝餐歇半霎，低头折腰只不答。

秧根未牢莳未匝，照管鹅儿与雏鸭。

杨万里是南宋四大家(尤、杨、范、陆)之一，他当时是和尤袤、范成大、陆游齐名的。他是江西吉水人，最初也受江西诗派的影响，后来几经转变，最后脱去依傍，独立门户，自成其所谓"诚斋体"。他不寄古人篱下，不向古书堆中讨生活，运用极通俗的语言，刻画眼前人所共见的景物，但新鲜活泼，迥出寻常人所想象之外，使人读之，趣味横生，得到一种特殊感受。这首《插秧歌》就是所谓"诚斋体"的特殊风格。首二句是写田夫、田妇、小儿、大儿抛秧、接秧、拔秧和插秧的工作分工。三、四两句是写他们戴笠披蓑作为甲胄，抵抗天雨，却依旧被淋得从头到胛通通沾湿，以见农民的辛勤劳苦。五、六两句写田家送饭的人呼唤他们喫一顿朝餐，暂时歇息一下，他们为着急于完成任务，只是低着头，弯着腰，一声不响地忙工不停。末了两句写插秧告一段落后，彼此殷勤叮嘱，现在已经插下的秧根还未牢固，仍有部分田亩插秧尚未完毕，必须特别管束鹅儿和鸭仔，别让它们祸害秧苗。诗中不曾使用一个典故，不曾有一句艰深难懂的语言，却将农夫插秧的形象和心情，都活画出来。我们今日读它，也还能使当时情景浮现眼前。这固然由于作者创作技艺的高妙，但如果不深入民间,对于农夫的真实生活没有深细的体会,这种作品是写不出的。作者历仕三朝(高宗、孝宗、光宗),自然是官僚地主阶级,他能够对民众生活有所关心,深知稼穑艰难,和养尊处优、高高在上者,是大有不同的。

这是一首七言古体诗。全诗八句,句句押韵,一韵到底,并押仄声韵。它的体裁形式是比较自由的。

## 初入淮河

### 杨万里

#### 其一

船离洪泽岸头沙,人到淮河意不佳。

何必桑乾方是远,中流以北即天涯!

#### 其三

两岸舟船各背驰,波痕交涉亦难为。

只余鸥鹭无拘管,北去南来自在飞。

#### 其四

中原父老莫空谈,逢着王人诉不堪。

却是归鸿不能语,一年一度到江南。

这三首七言绝句是作者奉派为接伴金国贺正旦使时,北行途中所作的。当时南宋与金国议和,淮河是两国分界线,作者经此,无限感慨,爱国主义精神是有所表露的。

第一首说,我乘着的船离开了洪泽湖的岸头沙,入到淮河两国分界的地方即感到十分难过。何必直到北方像桑乾河那里才算是远，就在这淮河中流以北已经远似天涯了。

第二首说，两岸的舟船，南北相背地分驰而去，尽管波痕相接而彼此不能随便交通。只有水上的鸥鸟鹭鸶倒是无拘无管，或北或南自在在地飞来飞去，那是多么自由啊！

第三首说，沦陷区里的中原父老别要说许多只是空谈而实际办不到的事，尽管他们逢着大宋皇帝的使臣便诉说许多受苦不堪的情况，这又何济于事呢？倒是从北方归到南方的鸿雁是什么都不会说的，它们却真的一年一度回到江南来哩。

这三首诗的主要意思，都着重表现在每首诗的最后两句。第一首说的是不必真正到北方才是边疆远境，就是淮河中流以北也已经变成异国，渺若天涯了。这就感慨国境日蹙、偷安苟存的非计，补充说明了第二句"人到淮河意不佳"的原因。第二首说的是只有水鸟不受拘管，尚可南北往来，自在飞翔，祖国的土地已经部分沦为异域，祖国的人民已经没有彼此探望的自由，真是所以人而不如鸟乎！也补充说明了第二句"波痕交涉亦难为"的意思。第三首说的是归鸿尽管不会说话，倒是一年一度真的回到江南，反衬说明第一、二句，所以叮咛劝告中原父老且莫轻易谈说。如何谈说呢？就是逢着宋使只是一面诉苦不休。当然，"遗民泪尽胡尘里，南望王师又一年"（陆游诗句），沦陷区里的人民渴望祖国拯救的心情，是可以理解的，但空谈何济于事？倒不如像归鸿那样，话虽不会说，倒能实际行动起来，难道不更胜一筹吗？言外之意，对于一味空谈派也是不满意的。

毛主席诗词中有七绝两首。一为《为女民兵题照》，是一九六一年二月作的。诗云：

飒爽英姿五尺枪,曙光初照演兵场。

中华儿女多奇志,不爱红装爱武装。

一为《为李进同志题所摄庐山仙人洞照》,是一九六一年九月九
日作的。诗云:

暮色苍茫看劲松,乱云飞渡仍从容。

天生一个仙人洞,无限风光在险峰。

主要意思,也是摆在最后两句。这可说是七言绝句表现手法的
一种规律。

223

## 催租行

### 范成大

输租得钞官更催,踉跄里正敲门来。

手持文书杂嗔喜:我亦来营醉归耳!

床头悭囊大如拳,扑破正有三百钱。

不堪与君成一醉,聊复偿君草鞋费。

这诗是南宋四大家之一范成大所作。它反映了人民所受残
酷压迫的痛苦。作者关怀人民的心情,是对杜甫、白居易的继
承。诗意是这样说的:

我把租税输送完毕并且领得了收据,官吏还是催迫,乡长踉
跄地跑来敲门。他拿着我交租的收据看了看,又嗔又喜地说:
"我这一来还不是想饮几杯,图个半醉便回去,难道更有什么奢

望?"我床头留下来一个少得可怜的扑满,把它打破来,恰有三百个铜钱。我只好恳求乡长说:"这些小钱哪里够供你一醉,只不过聊且作为你的草鞋费用罢了。"

这诗是通过农民与乡长的简短对话和记叙,将淳朴良善的农民和奸诈勒索的乡长的各自形象活画出来。表现手法和杜甫的《石壕吏》是有相通之点的。

作者在组诗《四时田园杂兴》中有一首云:"昼出耘田夜绩麻,村庄儿女各当家。童孙未解供耕织,也傍桑阴学种瓜。"它所揭露的农民被压迫剥削的情况,和这首《催租行》及下面一首《后催租行》是完全一致的。我们可以拿来参照并读。但"乞(音气)汝"是给与你的意思,不是乞求你的意思,这两句话是农民对差役说的,不是差役对农民说的,应该分别清楚。①

这诗是七言古体诗,全诗共八句,每两句一换韵,句句押韵,全诗共四韵。

## 后催租行

### 范成大

老父田荒秋雨里,旧时高岸今江水。

佣耕犹自抱长饥,的知无力输租米。

自从乡官新上来,黄纸放尽白纸催。

卖衣得钱都纳却,病骨虽寒聊免缚。

去年衣尽到家口,大女临歧两分首。

今年次女已行媒,亦复驱将换升斗。

---

① 此处当指组诗另一首中的"长官头脑冬烘甚,乞汝青钱买酒回"句。——编者注

室中更有第三女，明年不怕催租苦。

诗是这样说的：

老农夫的田亩在秋雨里荒芜了，因为原来是高岸的地方遭到水灾，已经变成了江河。为人佣耕，做个雇农，仍然是挨饥挨饿的，但这有什么办法，的确自己懂得是没有能力缴纳租米的。自从乡官新来上任，皇帝的诏书(用黄纸写的布告)是免除灾区的赋税的，可是地方官吏的布告(用白纸写的)依旧紧紧催纳。我把典卖衣裳的钱全都缴光，剩下一身病骨头，虽然冷得要命，暂且免被捆缚。去年已经没有衣裳可卖了，只好在家中小口子上出主意，便将最长的女儿忍痛卖给别人。今年第二个女儿本来已经凭媒和别人订了婚约，无可奈何，也只好将她出卖来换升斗之米，以救救生命。现在家里还有最小的第三个女儿，反正不能全家保活，她终究也逃不了被卖的命运，我已将心一横，壮起胆来，不怕官吏明年再来催租了。

225

这诗把一个老农人家受到水灾，皇帝已将租税免除，地方官吏却仍旧追逼，乃至典尽衣裳连年鬻卖儿女，苟延生命的苦况，曲折详细地反映出来，对剥削阶级的罪恶尽情揭露，对劳苦人民寄与无限同情。可与白居易的《杜陵叟》并读。至写"黄纸放尽白纸催"以后连年卖女的惨状，较之《杜陵叟》中的"十家租税九家毕，虚受吾君蠲免恩"，更为沉痛。但只敢揭露下级官吏的残酷而不敢触及最高统治者的一根毫毛，是和白诗受到同样的阶级和历史的局限的。

这诗是一首换韵的七言古诗。有四句一韵的，也有两句一韵的；有押平声韵的，也有押仄声韵的。特在用韵处加以符号标志，看了自然明白。

## 州　桥

### 范成大

南望朱雀门，北望宣德楼，皆旧御路也。

州桥南北是天街，父老年年等驾回。

忍泪失声询使者：几时真有六军来？

　　这诗是作者出使赴金，过汴京时所作。州桥在汴京宫城南面汴河上，所以说"州桥南北是天街"。因为汴京沦陷已久，宋金又在和谈，早已不闻恢复失地之议，旧京父老，只有年年等待皇帝重来的愿望。忽见祖国使者来临，不禁忍着眼泪，不敢流出，失声偷偷地询问道："什么时候真正会有王师来到呢？"这就表达了沦陷区里故老遗民迫切渴望王师到来恢复失地的心情，也是作者爱国精神的表现。

## 书　愤

### 陆游

早岁那知世事艰，中原北望气如山。

楼船夜雪瓜洲渡，铁马秋风大散关。

塞上长城空自许，镜中衰鬓已先斑。

出师一表真名世，千载谁堪伯仲间。

　　这是作者六十一岁安家居山阴（今浙江绍兴）时所作。追想少年时代的豪怀壮志，感念现在的衰老无成，不胜今昔之叹。诗中说道：

我少壮的时候，哪里晓得世事艰难，所以北望中原，气吞山岳，视击退敌人、收复失地，不过指顾间事。当夜雪之时，则在瓜洲渡上，乘楼船以御敌，遇秋风之际，则在大散关外，策铁马以防胡。谁知塞上长城，徒自期许，镜中衰发，忽已先斑，老境侵寻，壮志未就，可胜慨叹！追想古代名臣如诸葛公者，出师一表，志图兴复，鞠躬尽瘁，死而后已，真可千年万代，名高一世，谁能和他比肩伯仲呢？不胜向往景慕之至了。

全诗八句。前四句写早岁的豪情壮志，不可一世。五、六句写壮志未就，忽已衰迟，无限感慨。末二句追怀古人，以表尽瘁为国之心。爱国主义精神是充分突出的。

## 秋夜将晓出篱门迎凉有感

### 陆游

三万里河东入海，五千仞岳上摩天。

遗民泪尽胡尘里，南望王师又一年。

这诗是作者怀念祖国半壁山河，沦陷未复，想到陷区人民日夜盼望大宋军队前来解救的强烈心情，有感而作。于诗题中只说到"有感"二字，"秋夜将晓出篱门迎凉"九字全未涉及，只是记述作者写这诗时的实际情况。这诗前两句是写祖国河山的伟丽：河流则有三万里长的黄河东流入海，山岳则有五千级高的华山上顶青天，可惜现在都沦陷在敌人统治之下。陷区的人民在敌人铁蹄之下，眼泪都流尽了，可是盼望前来解救的大宋军队，一年又复一年，还是不见来到呢！这是多么令人感慨之事啊！

这诗后两句和前面所讲范成大《州桥》的后两句，写陷区人民的心情是一致的。杜甫《悲陈陶》最后两句云："都人回面向北啼,日夜更望官军至。"也是同样的境况。

## 十一月四日风雨大作

### 陆游

僵卧孤村不自哀,尚思为国戍轮台。

夜阑卧听风吹雨,铁马冰河入梦来。

陆游这首诗是说:我僵卧着在荒寒的乡村里是够寂寞无聊的,但我并不感觉到为着自己的境遇而愁苦哀叹,因为我抱有一股雄心壮志,尚想替国家到像轮台那样的边远地区加强守卫。当着深夜的时候,我卧着听到风雨大作的声音,便产生了一种错觉,像骑着披甲的马,践踏着冰层渡过河水的景况居然显现到我的梦中来了。这就表现了作者念念不忘为国献身的强烈感情。

黄庭坚《六月十七日昼寝》诗云:"红尘席帽乌鞾里,想见沧洲白鸟双。马龁枯萁喧午枕,梦成风雨浪翻江。"后两句写因客观的声响,造成梦寐的错觉,表达的艺术手法是完全相同的。但思想内容,就有很大的距离了。

杜甫《高都护骢马行》句云:"腕促蹄高如踣铁,交河几蹴曾冰裂。五花散作云满身,万里方看汗流血。"陆游这诗的"铁马冰河"就是从杜甫这诗第二句化来。

# 示　儿

### 陆游

死去元知万事空，但悲不见九州同。
王师北定中原日，家祭无忘告乃翁。

　　这诗是作者的绝笔，不啻是作者庄严感慨的遗嘱。它说：一个人到了死去，原来也知道万事都归空虚，这是值不得什么悲哀叹息的；所可悲的只是生平抱着恢复失地、统一中国的志愿，一直没有见到实现。这一个志愿，我相信终究会要实现的，到了国家的军队真正收复失地、统一中国的时候，你等在家祭中千万别忘记告诉你的父亲啊！作者直到最后一口气，对于恢复国土的救国热情，尚且如此强烈，这种高尚的爱国主义精神，是向来受到人民景仰的。

# 金陵驿·其一

### 文天祥

草合离宫转夕晖，孤云飘泊复何依！
山河风景元无异，城郭人民半已非。
满地芦花和我老，旧家燕子傍谁飞？
从今别却江南路，化作啼鹃带血归。

　　这诗是宋末民族英雄文天祥兵败被俘，北行途中过金陵时所作。诗中充满了家国兴亡之痛，沉挚感慨，不求工而自工。

　　金陵是六朝旧都，唐代李白已经有"吴宫花草埋幽径，晋代衣冠成古丘"之叹。作者被俘北行，途中经此，见到草合离宫，斜阳将暮，一片荒凉之境，自己则似孤云飘泊，无所依归。举目山河，风景依然昔日，人民城郭，则已全非旧时。遍地芦花，活似苍苍白发，与我俱老；故家零落，衔泥燕子，不知更傍谁飞？从此离南北去，更无再返之日，只有化作杜鹃，年年啼血归来而已。

这是一首七言律诗，是属近体诗类。毛主席诗词中共有七律十首，兹选与用兵有关的两首，录后对读，以见敢于斗争、敢于胜利的伟大的人民革命领袖，即就文学创作而言，不论思想内容、艺术技巧，都卓然特异；至其包举宇宙之气，指挥群伦之才，震古烁今，更是无可比拟。主席一九三五年十月所作的《长征》七律云：

红军不怕远征难，万水千山只等闲。

五岭逶迤腾细浪，乌蒙磅礴走泥丸。

金沙水拍云崖暖，大渡桥横铁索寒。

更喜岷山千里雪，三军过后尽开颜。

一九四九年四月所作的《人民解放军占领南京》七律云：

钟山风雨起苍黄，百万雄师过大江。

虎踞龙盘今胜昔，天翻地覆慨而慷。

宜将剩勇追穷寇，不可沽名学霸王。

天若有情天亦老，人间正道是沧桑。

前诗的"红军不怕远征难，万水千山只等闲"充满了革命的乐观主义精神，后诗的"宜将剩勇追穷寇，不可沽名学霸王"是英明灵活的战术战略。人定胜天，改造一切主观世界以至客观世界，都是事在人为，没有不可克服的困难，这乃马克思列宁主义的真理。主席就是在短短的文艺诗词中，也充分表现了马克思列宁主义与中国革命实践相结合，所以我们读主席的诗词，同时也就是用毛泽东思想武装我们自己，这样就能在建国大业中，做出更大的贡献。

## 正气歌并序

### （宋）文天祥

余囚北庭，坐一土室。室广八尺，深可四寻。单扉低小，白间短窄，污下而幽暗。当此夏日，诸气萃然：雨潦四集，浮动床几，时则为水气；涂泥半朝，蒸沤历澜，时则为土气；乍晴暴热，风道四塞，时则为日气；檐阴薪爨，助长炎虐，时则为火气；仓腐寄顿，陈陈逼人，时则为米气；骈肩杂遝，腥臊汗垢，时则为人气；或圊溷、或毁尸、或腐鼠，恶气杂出，时则为秽气。叠是数气，当之者鲜不为厉。而予以羸弱俯仰其间，于兹二年矣，幸而无恙，是殆有养致然尔。然亦安知所养何哉？孟子曰："吾善养吾浩然之气。"彼气有七，吾气有一，以一敌七，吾何患焉！况浩然者，乃天地之正气也，作正气歌一首。

天地有正气，杂然赋流形。下则为河岳，上则为日星。
于人曰浩然，沛乎塞苍冥。皇路当清夷，含和吐明庭。
时穷节乃见，一一垂丹青。在齐太史简，在晋董狐笔。
在秦张良椎，在汉苏武节。为严将军头，为嵇侍中血。
为张睢阳齿，为颜常山舌。或为辽东帽，清操厉冰雪。
或为出师表，鬼神泣壮烈。或为渡江楫，慷慨吞胡羯。
或为击贼笏，逆竖头破裂。是气所磅礴，凛烈万古存。

231

当其贯日月，生死安足论。地维赖以立，天柱赖以尊。
三纲实系命，道义为之根。嗟予遘阳九，隶也实不力。
楚囚缨其冠，传车送穷北。鼎镬甘如饴，求之不可得。
阴房阒鬼火，春院闭天黑。牛骥同一皂，鸡栖凤凰食。
一朝蒙雾露，分作沟中瘠。如此再寒暑，百沴自辟易。
哀哉沮洳场，为我安乐国。岂有他缪巧，阴阳不能贼。
顾此耿耿在，仰视浮云白。悠悠我心悲，苍天曷有极。
哲人日已远，典刑在夙昔。风檐展书读，古道照颜色。

这首久被传诵的《正气歌》是作者被俘至燕京后狱中所作。诗中充分表现了我国历史的民族气节和作者坚贞不屈的意志。读了它得到很大的精神鼓舞，向来是被认作可以感天地、泣鬼神的杰作。

《正气歌》的序文，大意是说，我所住的囚室，低小污下而又幽暗，空气非常恶浊。水气、土气、日气、火气、米气、人气、秽气七种，纷至杂来，当之者鲜不病；而我以屠弱之体，居之两年，安然无恙，此乃正气所起的作用。实际就是精神可以胜过物质，主观能动性可以改变客观环境。他的《正气歌》是这样说的：

天地间存在着一种正直刚强的义气，它复杂地变成各种形体。在地面的就成为河流山岳，在天空的就成为日月星辰。对于人就有一种浩然伟大的义气，充沛地塞满整个宇宙。当着国运清平的时候，它就成为一种和平之气，吐露于光明的朝廷之上。遇到时运穷阨，这种气节就会显示出来，——流传在历史图画里的英雄人物身上。举例来说，在齐国就像太史氏的执简直书，在晋国就像董狐氏的书法不隐，在秦朝就像张良椎击秦始皇于博浪沙中，在汉代就像苏武持节牧羊于匈奴海上；作严颜的断头将军,作嵇绍的卫帝流血,作张巡的嚼齿皆碎,作颜杲卿的骂贼断舌;或如管宁之避地辽东,皂帽以表其节操;或如诸葛之出师陈表,鬼神感其壮烈;或如祖逖之击楫中流,气吞胡虏;或如段秀实之夺笏击贼,朱泚头裂。这种正气的充沛广被,凛烈地万古长存。当它顶天立地、上贯日月的时候,死生祸福算得什么?地的周围,靠它持立,天的支柱,靠它尊崇。君臣、父子、夫妇三种纲常的命运就是靠它维系,道德仁义就是它的根源。可叹我遇着百六阳九的厄运,保卫国家没有尽到应尽的责任。兵败被俘,似楚国的囚人那样,戴着南冠,押运北去。鼎烹锅煮,任何残酷,我都不怕,反而视它似食饴糖那样甘甜,求之惟恐不得。现在我住着的幽暗囚房中静悄悄地闪着鬼火那样的稀微灯火,春天的院子里关闭着漆黑一团。普通牛和千里马同槽共食,鸡和凤凰一道栖息。我忽然间笼罩在这样的阴雾里面,我早就估计到会变成沟壑中的瘦骨。可是像这样的环境,经过了两年,什么疾病都退避三舍,没有受到感染。唉!这样阴湿的地方,倒变成我安乐的国土。难道我有什么巧妙的办法,使得偏寒偏热的空气不能侵犯?我自己思念,这种光明正大的义气存在胸中,一切不正义的功名富贵,都似浮云在太空一样。我的心是悠悠地悲伤的,因为苍天茫茫,哪里有什么赏善罚恶的大公无私的准则?古代的忠义之士(如前面所举齐太史等等)和我们在时间上已经离得很远,但他们的典范事迹,依旧光荣地留在历史当中。今日我在这风檐底下,展开书卷来诵读一遍,他们的古代道义,仍旧光辉地照耀着啊!

233

我们看,我们把这首《正气歌》读下去,的确感到大义凛然,在精神上增加了无比的兴奋力量。这的确是我们祖国的民族气节的光荣传统,是值得我们珍视的。但因为作者受到历史和阶级的局限,有些封建道德的残余糟粕(如三纲实系命)是须要适当批判的。

作者壮烈殉节后,人们在他的衣带中发现一首赞词,曰:"孔曰成仁,孟曰取义,惟其义尽,所以仁至。读圣贤书,所学何事? 而今而后,庶几无愧。"其意是这样的:孔夫子说过"志士仁人,有杀身以成仁"这样的话,孟夫子说过"舍生取义"这样的话,正因为一个人能够尽了他所应该尽的义务,所以他能成为一个最高尚、最纯粹、最完美的人。我们读古代圣贤(如孔孟等)所遗留下来的著作,究竟要学些什么呢? ——那无非是学用结合,理论和实际相结合,说得到,做得到。从今以后——我算是实践了古圣贤"杀身成仁,舍生取义"的话了,我大概可以无愧于古圣贤的教导了。这短短的一首赞词,表现了作者坚定的立场,经得起一切的考验,读书和行动打成一片。我们拿它和《正气歌》并读,是可以互相启发的。

《正气歌》是一首五言古诗,共六十句,隔句一韵,共三十韵。篇中凡四换韵,从第二句"形"字至第十句"青"字为一韵,从第十二句"笔"字至第二十六句"裂"字又为一韵,从第二十八句"存"字至第三十四句"根"字又为一韵,从第三十六句"力"字至第六十句"色"字又为一韵。

# 古文批判注释稿（节录）

## 陈涉起义①

### （汉）司马迁②

陈胜者，阳城③人也，字涉。吴广者，阳夏④人也，字叔。陈涉少时，尝与人佣耕⑤，辍耕之垄上⑥，怅恨久之⑦，曰："苟⑧富贵，无相忘。"佣者笑而应曰："若⑨为佣耕，何富贵也？"陈涉太息⑩曰："嗟乎！燕雀安知鸿鹄之志哉⑪！"

二世元年⑫七月，发闾左適戍渔阳九百人⑬，屯大泽乡⑭，陈胜、吴广皆次当行⑮，为屯长⑯。会⑰天大雨，道不通，度已失期⑱。失期法皆斩⑲。陈胜、吴广乃谋曰："今亡⑳亦死，举大计㉑亦死，等死㉒，死国可乎？㉓"陈胜曰："天下苦秦久矣。吾闻二世少子也，不当立，当立者乃公子扶苏。扶苏以数谏故㉔，上使外将兵㉕。今或闻无罪，二世杀之㉖。百姓多闻其贤，未知其死也。项燕为楚将，数有功，爱士卒，楚人怜㉗之。或以为死，或以为亡。今诚㉘以吾众诈自称公子扶苏、项燕，为天下唱㉙，宜多应者㉚。"吴广以为然。

乃行卜㉛。卜者知其指意㉜，曰："足下㉝事皆成，有功。然足下卜之鬼㉞乎！"陈胜、吴广喜，念鬼㉟，曰："此教我先威众耳。"乃丹书帛曰"陈胜王"㊱，置人所罾鱼腹中㊲。卒买鱼烹食，得鱼腹中书，固以怪之矣㊳。又间令吴广之次所旁丛祠中㊴，夜篝火㊵，狐鸣㊶呼曰："大楚兴，陈胜王！"卒皆夜惊恐。旦日㊷，卒中往往语，皆指目㊸陈胜。

吴广素爱人，士卒多为用者。将尉㊹醉，广故数言欲亡㊺，忿恚尉㊻，令辱之，以激怒其众。㊼尉果笞㊽广。尉剑挺㊾，广起，夺而杀尉。陈胜佐之，并杀两尉。召令徒属㊿曰："公等遇雨，皆已失期，失期当斩。藉第令毋斩(51)，而戍死者固十六七(52)。且壮士不死即已，死即举大名(53)耳，王侯将相宁有种乎！"徒属皆曰："敬受命。"乃诈称公子扶苏、项燕，从民欲也(54)。袒右(55)，称大楚。为坛而盟(56)，祭以尉首。陈胜自立为将军，吴广为都尉。

攻大泽乡，收而攻蕲。(57)蕲下(58)，乃令符离(59)人葛婴将兵徇(60)蕲以东。攻铚、酂、苦、柘、谯(61)，皆下之。行收兵，比至陈(62)，车六七百乘(63)，骑千余，卒数万人。攻陈，陈守令(64)皆不在，独守丞(65)与战谯门(66)中。弗胜，守丞死，乃入据陈。数日，号令召三老(67)、豪杰(68)与皆来会计事(69)。三老、豪杰皆曰："将军身被坚执锐(70)，伐无道，诛暴秦，复立楚国之社稷(71)，功宜为王。"陈涉乃立为王，号为张楚(72)。当此时，诸郡县苦秦吏者，皆刑其长吏，杀之以应陈涉。

【注释】

①《陈涉起义》节选自《史记·陈涉世家》。"世家"是《史记》书中的一种篇目名称。

②司马迁，字子长，是汉朝著名的文学家。他所著的《史记》，是我国古代著名的通史。

③阳城，现在河南省登封县。

④阳夏，现在河南省太康县。

⑤尝与人佣耕：曾经同别人一道做雇农，给人家耕田。佣，雇佣。

⑥辍耕之垄上：停止耕作，到田垄上（休息）。辍，念 chùo，停止。之，到。垄，田中高起的地方。

⑦怅恨久之:心中苦恼很久。

⑧苟:假使。

⑨若:你。

⑩太息:长叹。

⑪燕雀小鸟,翱翔蓬蒿之间;鸿鹄高飞,一举千里。此句喻识浅才短之人不能了解雄才大略之人的远大志气。

⑫二世元年:公元前209年。二世,秦朝的第二代皇帝胡亥。

⑬发闾左適戍渔阳九百人:征发闾左的平民九百人调渔阳驻守。闾左,里门左边,代指贫苦人民所居之地。適同谪,调发。戍,守边。渔阳,现在北京市密云县。

⑭屯大泽乡:驻在大泽乡。大泽乡,现在安徽省宿县西南。

⑮次当行:编次须征调出发。

⑯屯长:队长。

⑰会:适逢。

⑱度已失期:预计(到达渔阳的时候)已经误期。度,念 duó,预计。

⑲法皆斩:按军法都要斩首处死。

⑳亡:逃亡。

㉑举大计:发动大事(起义造反)。

㉒等死:同样是死。

㉓死国可乎:为国事而死好吧?

㉔以数谏故:因屡次谏说的缘故。以,因。数,念 shuò,屡次。

㉕上使外将兵:皇帝(秦始皇)派他在外面带兵。上指皇帝。

㉖今或闻无罪,二世杀之:现在传说扶苏没有罪,二世把他杀了。

㉗怜:爱。

㉘诚:果真。

㉙唱:同倡,倡导。

㉚宜多应者:响应的人应该很多。

㉛乃行卜:于是去找占卜者占卜吉凶。

㉜指意:意图。

㉝足下:对人尊敬的称呼。

㉞卜之鬼:向鬼去问吉凶,暗示应伪托鬼神,使众人畏服。

㉟念鬼:考虑卜之鬼之事。

㊱乃丹书帛曰"陈胜王":用丹砂在帛上写"陈胜王"三字。

㊲置人所罾鱼腹中:把写了硃字的帛书塞在渔人网得的鱼腹中。罾,渔网,这里用作动词。

㊳固以怪之矣:本来就已经认为这事很奇怪了。以,同已。

㊴又间令吴广之次所旁丛祠中:又暗使吴广往驻所附近的社庙中。间,暗中。之,往。次,军队驻扎的地方。丛祠,树木多的社庙。

㊵夜篝火:夜间把火笼罩。篝,笼罩。

㊶狐鸣:作狐狸叫的声音。

㊷旦日:明日。

㊸指目:指示、注视。

㊹将尉:押解戍徒的军长。

㊺广故数言欲亡:吴广故意屡次说要逃跑。

㊻忿恚尉:使尉恼怒。忿(音愤)恚(音惠),恼怒。

㊼令辱之,以激怒其众:使将尉责辱吴广,借以激起公愤。

㊽笞:音痴,竹板,这里用作动词,用竹板子责打。

㊾剑挺:剑挺出鞘外。

㊿召令徒属:召集队伍。

(51)藉第令毋斩:假使姑且免于杀头。藉,假使。第,姑且。令,使。毋,不。

(52)固十六七:本来也占十分之六七。

(53)举大名:立大功,与上文"举大计"同意。

(54)从民欲也:顺从人民大众的愿望。

(55)袒右:露出右臂(作为起义的标志)。

(56)为坛而盟:筑坛,到坛上宣誓。

㊄攻大泽乡，收而攻蕲：收编大泽乡的起义军，用来攻打蕲县。蕲县，现在安徽省宿县南。蕲，音祈。

㊅蕲下：蕲被攻克。

㊆符离：现在安徽省宿县。

㊀徇：攻取。

㊁铚、酂、苦、柘、谯：都是当时的县名。铚（音窒）、谯，都属现在安徽省；酂（本作鄼，音嵯）、苦、柘（音蔗），都属现在河南省。

㊁比至陈：及至达到陈地（的时候）。陈，现在河南省淮阳县。

㊂乘：辆，念 shèng。

㊃守令：郡守和县令。

㊄守丞：县令的属吏。

㊅谯门：城楼下的门。

㊆三老：掌管教化的乡官。

㊇豪杰：这里指当地有声望的人。

㊈来会计事：一起来商议大事。

㊉被坚执锐：披着坚固的甲、拿着锐利的兵器。被同披。

㋇社稷：社，土神。稷，谷神。古代为天子诸侯所祭，向来用来代表国家。

㋈号为张楚：定国号为张楚（张是张大的意思，张楚犹说大楚）。

239

# 《步出夏门行》选录二章

## （汉）曹操①

### 观沧海②

东临碣石③，以观沧海。水何澹澹④，山岛竦峙⑤，树木丛⑥生，百草丰茂。秋风萧瑟⑦，洪波⑧涌起。日月之行，若出其中；星汉灿烂⑨，若出其里。幸甚至哉，歌以咏志。⑩

【注释】

①曹操(155—220),字孟德,沛国谯(现在安徽省亳县)人,是东汉末年的政治家、军事家和诗人。步出夏门行,一名陇西行,是古代乐府歌辞中的一种名称,作者把它借来写时事景物和感想。全诗有艳辞(即序曲)和四解(即四章),合成一篇,各章的内容,都可以独立成文。这里选录首章(《观沧海》)和末章(《龟虽寿》)。

②沧海,广义指青苍色的海水,狭义指渤海,这里用狭义。

③东临碣石:临,登临。碣石,古代山名,原在现在河北省乐亭县滦河入海口的东面,后来没入渤海中。

④澹澹:同“淡淡”,形容水波动荡的样子。

⑤竦峙:耸立。竦,通耸,高的意思。峙,屹立的意思。

⑥从:同丛。

⑦萧瑟:形容秋风的声音。

⑧洪波:巨大的波涛。

⑨星汉灿烂:星汉,天河,银汉。灿烂,光辉耀眼。

⑩末两句是配合音乐伴奏时所加,和上文没有意义上的联系。

## 龟虽寿

神龟①虽寿,犹有竟时②。腾蛇③乘雾,终为土灰。老骥④伏枥⑤,志在千里。烈士⑥暮年⑦,壮心不已。盈缩⑧之期,不但在天;养怡⑨之福,可得永年。幸甚至哉,歌以咏志。

【注释】

①神龟:神灵的乌龟。古代传说,楚国有神龟活到三千岁才死。

②竟时:终竟的时候。

③腾蛇:传说中的一种动物,和龙同类,能兴云驾雾。

④骥:良马,千里马。

⑤枥:马槽。

⑥烈士:慷慨有大志的人。

⑦暮年:晚年,年老的时候。

⑧盈:满。缩:短浅。盈缩就是长短的意思。

⑨怡:和。

【翻译串讲】

《观沧海》:(我)向东而来,登临碣石山上,观看渤海。看到海水那么动摇轻荡,有山有岛高耸地峙立着,树木在那里丛生,百草在那里繁茂。当着秋风来临的时候,萧萧瑟瑟地发出了声音,巨大的波涛汹涌澎湃而起。日月的运行,就似是出没在它中间,银汉天河的闪闪发光,就像是出没在它的里面。(这是何等伟大壮阔的景象啊!)真是极大的幸福,我就唱起歌来抒发我的意志吧!

《龟虽寿》:神灵的龟虽然是很长寿的,仍然是会死的。腾蛇这种似龙的动物,尽管能够驾云腾雾,终究是要变化成为泥土灰尘的。老了的千里马蜷伏在马槽里,仍旧怀着远征长途的壮志;豪迈有作为的人年纪老了,仍旧雄心未息。一个人的寿命长短,并不是完完全全由天生成,只要善于保养摄调,肯定是可以延年益寿(人定胜天)的。真是极大的幸福,我就唱起歌来抒发我的意志吧!

【重点讲解】

《观沧海》是建安十二年(207)曹操率领大军远征乌桓,登高山、临大海时写的。那时中原地区已经平定,他在一连串的胜利之后,挥兵北指,志气昂扬,登高望远,海阔天空,自然有吞吐宇宙、包举山河的豪迈雄伟气概。这是和他当时的客观情况相符合的。

毛主席一九五四年夏的光辉诗篇《浪淘沙·北戴河》云:

大雨落幽燕,白浪滔天,秦皇岛外打鱼船。一片汪洋都不见,知向谁边?

往事越千年,魏武挥鞭,东临碣石有遗篇。萧瑟秋风今又是,换了人间。

下阕正是借用曹操这诗的故事而加以推陈出新,给我们以极其杰出的典范。最突出的是末了一句"萧瑟秋风今又是,换了人间"。因为"一年容易又秋风",岁月推移,寒暑易节,这是四时变化的常期,本来没有什么奇怪的;即使感到"年年岁岁花相似,岁岁年年人不同",把自己摆进去,增加无限伤感,助长悲观颓废的情绪,也完全是一种剥削没落阶级的思想感情,这和无产阶级的乐观主义,不特要认识世界,更重要的是改造世界的革命精神毫无相同之处。毛主席这里所说的"换了人间"不是盛衰兴亡、消长代谢的自然变化,而是用马克思列宁主义武装起来的革命人生观推动世界,改造世界,从封建资本主义社会改变成为社会主义社会,这种翻天覆地的变化,由劳动人民自己掌握自己的命运的人定胜天的变化,才是真正"换了人间"的变化。这是过去剥削阶级的文人万万梦想不到的。我们必须用毛主席的无产阶级世界观提高我们的阶级觉悟,改造世界观,才有可能推陈出新,古为今用。这是我读曹操这首诗,结合学习毛主席这首词的一些肤浅的体会。不一定正确,姑写出来供同志们参考,并请批评指正。

世界总是要改变的,永远不会停留在一个水平上。但是执行什么路线政策改造世界,这是一个极其重要的问题。"无产阶级要按照自己的世界观改造世界,资产阶级也要按照自己的世界观改造世界。""为有牺牲多壮志，敢教日月换新天。"这种尽量发挥主观能动性的改天换地的革命精神便是无产阶级的世界观，那种得过且过、无所作为，消极等待、听天由命的思想便是剥削阶级的世界观。在路线斗争上从来没有调和的余地，我们必须时时提高警惕，充分注意，才能避免走到邪路上去。

　　《龟虽寿》这章，前四句是说寿命虽长，终当死去，能力虽大，仍归磨灭。可见服食求仙，希望长生不死，恃才傲物，自负独出冠时，都是极其愚蠢的。次四句是说良马虽老，长征之志未衰息，壮士晚年，前进之心依然激烈。可见未老先衰，畏难退守，不求有功，但求无过的都是庸俗无用之人。又四句是说人定胜天，一切事在人为，寿夭长短，虽有关生理禀赋，但锻炼身体，保养健康，增加年寿，命运可以自己掌握。如果一切听天由命，不自发奋图强，也是庸俗无用的人。曹操这种豪迈志气，到了老年仍未衰退，这是值得学习的。但是一个人生在世上，希望建功立业，不是为了个人，而是为了对于人类、对于国家有所贡献。所以为什么人的问题是一个首要的问题。毛主席在《纪念白求恩》这篇光辉著作中教导我们说："我们大家要学习他毫无自私自利之心的精神。从这点出发，就可以变为大有利于人民的人。一个人能力有大小，但只要有这点精神，就是一个高尚的人，一个纯粹的人，一个有道德的人，一个脱离了低级趣味的人，一个有益于人民的人。"一个人无能无志，固然无用；即便才能充实、意志坚定，如果方向不明，路线错误，正如南辕北辙，马愈良，车愈固，驾驭愈熟练，所走的邪路就会愈远，所犯的错误就会愈大。毛主席又教导我们说："历史的经验值得注意。一个路线，一种观点，必须经常讲，反复讲，只给少数人讲不行，要使广大革命群众都知道。"我们必须牢牢地记住这个教训。

243

# 卖炭翁

## （唐）白居易

卖炭翁，伐薪烧炭南山中。

满面尘灰烟火色，两鬓苍苍十指黑。

卖炭得钱何所营？身上衣裳口中食。

可怜身上衣正单，心忧炭贱愿天寒。

夜来城外一尺雪，晓驾炭车辗冰辙。

牛困人饥日已高，市南门外泥中歇。

翩翩两骑来是谁？黄衣使者白衫儿。

手把文书口称敕，回车叱牛牵向北。

一车炭，千余斤，宫使驱将惜不得。

半匹红纱一丈绫，系向牛头充炭直。

## 【串讲】

据《资治通鉴》（卷二三五）"唐纪"（五十一）记载："先是，宫中市外间物，令官吏主之，随给其直（同值，价值）。比岁以宦者为使（比，近也），谓之宫市，抑买人物（压低价格，强买人民物品），稍不如本估（不及正常市价）。其后不复行文书，置白望数百人于两市（白望者言使人于市中左右望，白取其物，不还本价也。两市指长安城中东市西市）及要闹坊曲（市肆叫作坊，曲指曲折隐僻之处），阅人所卖物，但称宫市，则敛手付与，真伪不复可辨，无敢问所从来及论价之高下者，率（大概之意）用直（同值）百钱物买人直（同值）数千物，多以红紫染故衣、败缯，尺寸裂而给之（裂成一尺或数寸给与买物人抵当物价），仍索（求也）进奉门户及脚价钱（进奉门户谓进奉所经由门户，皆有费用。脚价谓雇人负荷进奉物入内，有雇脚之费）。人将(持也)物诣(往也)市，至有空手而归者，名为宫市，其实夺之。商贾有良货，皆深匿之；每敕使出，虽沽浆、卖饼者皆撤业闭门。尝有农夫以驴负柴，官者称宫市取之，与绢数尺，又就索门户，仍邀驴送柴至内。农夫啼泣，以所得绢与之，不肯受，曰：'须得尔驴。'农夫曰：'我有父母妻子，待此然后食(言待此驴负物得钱才能购米煮食)。今以柴与汝，不取直(同值)而归，汝尚不肯，我有死而已。'遂殴宦者。"

## 放言五首·其三

### (唐)白居易

赠君一法决狐疑，不用钻龟与祝蓍。

试玉要烧三日满(真玉烧三日不热)，

辨材须待七年期(豫章木生七年而后知)。

周公恐惧流言日，王莽谦恭未篡时。

向使当初(一作年)身便死，一生真伪复谁知？

【翻译串讲】

我赠给你一种解决疑难问题的办法，不须沿用古代流传钻灼龟甲或截断蓍草来卜筮吉凶的老一套。这种办法是怎样？就是重实践而轻空谈，如试验宝玉的真假，就用火烧他三个整天(据说真玉烧三日也不热)；辨别木材种类的优劣，种植后就要经过七年以上的时间(据说豫章木须生长七年才能辨别出来)。当周武王死后，他的儿子成王继承王位，年纪很小，武王的弟弟、成王的叔父周公旦掌权辅佐，反对周公的人就制造流言(无根之言)蜚语，说周公将夺取成王的王位,以动摇人心。汉朝的王莽,本为汉元帝皇后的侄子,因外戚关系掌握朝政,初期谦恭下士,甚得人望。及哀帝崩,迎立平帝,一女为后,独揽大权。不久,弑平帝,立孺子婴,亲自摄政,称假皇帝,寻篡位自立,改国号新,世称新莽,后为汉光武帝刘秀所灭。如果当周公为流言蜚语所中伤心怀忧惧,或王莽谦恭下士表示忠心辅政未曾篡夺帝位的时候,都死去了,那周公的真忠和王莽的伪善又有谁能认识清楚呢?

## 南乡子·登京口北固亭有怀①

### (宋)辛弃疾

何处望神州②?满眼风光③北固楼。千古兴亡多少事?悠悠④,不尽长江滚滚流⑤。

年少万兜鍪⑥,坐断⑦东南战未休。天下英雄谁敌手⑧?曹刘,生子当如孙仲谋⑨!

【注释】

①南乡子:词牌名。京口:地名,今江苏省镇江市。北固亭:北固山在江苏省镇江市城北,突入长江,三面临水,北固亭即在其上。

②神州:指中国。战国时,邹衍说:"中国名曰赤县神州。赤县神州内自有九州,禹之序九州是也,不得为州数。中国外如赤县神州者九,乃所谓九州也。"

③风光:犹言景色。

④悠悠:渺远的样子,又有思念之意,这里是引人深思远念之意。

⑤不尽句:杜甫诗——不尽长江滚滚来。

⑥兜鍪:战时防御兵刃的帽子。古叫作胄,秦汉以后才叫兜鍪,以其形似鍪(锅也),俗叫作盔。这里的兜鍪是指士兵。

⑦坐断:占据住的意思。

⑧天下句:《三国志·蜀先主传》:"是时曹公(曹操)从容谓先主(刘备)曰:今天下英雄,惟使君与操耳。本初(袁绍字本初)之徒,不足数也。"

⑨生子句:《三国志》注引吴历:"曹公出濡须,作油船,夜渡洲上,权以水军围取,得三千余人。……公见舟船、器仗、军伍整肃,喟然叹曰:'生子当如孙仲谋(孙权字),刘景升(刘表字)儿子若豚犬耳。'"

【重点讲解】

当辛稼轩任职镇江知府的时候,他已经六十五岁。那时南宋偏安江左,北方失地全未收复,作者怀着深厚的爱国主义精神登北固山楼上,向北遥望,见半壁江山,久沦异族,不禁百感交集,自己发问道:"何处望神州?"意思是说,遥望之下,神州现在何处?风景不殊,举目有河山之异,满眼风光,又是北固楼上,触景生情,想起古往今来,盛衰兴亡,不知几更变换,怀远深思,下望长江滚滚东流,逝者如斯,不舍昼夜,时不我与,机不可失,若不急起直追,争分夺秒,怎能立功报国,收复河山?这就是本词的前半阕。

京口是三国孙吴的旧都,东吴霸业,发迹于此。作者登临此地,感今怀古,联想孙权少年时代,便统率万军,几经战斗,独霸东南;赤壁之战,大破曹操,遂成鼎足之业。最初曹操只重视刘备,曾有过"今天下英雄惟使君(指刘备)与操"之语,孙权并不在其眼下。其后操进军濡须口(在今安徽巢县),权率众七万和他对抗,相守月余。操见其舟船、器仗、军伍整肃,叹曰:"生子当如孙仲谋(孙权字仲谋),刘景升(刘表字景升)儿子若豚犬耳!"作者对孙权奋发有为,抗拒曹操,终能与魏蜀三分天下极其景仰,反过来对当时南宋君臣苟且偷安、向敌求和,无比愤慨,言外便有刘景升儿子若豚犬耳之意。

后半阕表面看来全是怀古,实则怀古之中仍有感今。感今怀古,互相结合,更觉语重心长。长歌之哀,甚于痛哭,其爱国热忱,跃然纸上,令人千载之下读之,仍极受感动。

辛弃疾(1140—1207)字幼安,号稼轩,山东济南人(当时济南是沦陷区)。他二十二岁(1161)参加北方义军,在敌后展开活动。次年(1162)他率队回到南宋。后来他在湖北、湖南、江西等地担任过高级地方官。他积极建议朝廷进攻敌人,献过不少切实可行的计策。可是朝廷对他并不信任,他从四十二岁起便时常被免官,前后在上饶铅山(俱在江西省)农村中闲住了二十多年。直到晚年,调任镇江知府,也做过攻守的部署,还是不能得到执政者的赞同,不久又去职,两年后他就郁郁去世了。他是我国历史上著名的爱国词人。他的词继承并发展了苏轼的豪放作风,题材极为广泛,大部分是表现自己的政治抱负和生活感慨的。著有《稼轩长短句》共六百多首。这里所选的《南乡子》和另一首《永遇乐》都是他晚年任镇江知府时登北固亭怀古的作品。

## 满江红①

### (宋)岳飞②

怒发冲冠,凭栏处,潇潇雨歇。抬望眼,仰天长啸,壮怀激烈。三十功名尘与土,八千里路云和月。莫等闲,白了少年头,空悲切。

靖康耻,犹未雪。臣子恨,何时灭?驾长车、踏破贺兰山缺。壮志饥餐胡虏肉,笑谈渴饮匈奴血。待从头、收拾旧山河,朝天阙。

**【注释】**

①满江红:词牌名。

②岳飞(1103—1142),字鹏举,河南汤阴人,出身佃农。宣和(宋徽宗年号)年间,金人南侵,应募从军。后为大将,破敌人主帅金兀术于郾城(今河南省临颍县南),进军朱仙镇。三十九岁为秦桧所害。

③等闲:犹言随便,无端。

④靖康,宋钦宗赵桓年号。靖康元年(1126)金人攻陷宋朝都城汴京(今河南省开封市),掳去徽、钦二帝。

⑤长车:兵车。

⑥贺兰山:在今甘肃省。

⑦天阙:宫门。

**【翻译串讲】**

对于金人入侵,无比愤恨,为之怒发上冲冠帽(这是夸张语),正在凭栏杆的时候,潇潇的雨声歇止了。抬起头来,纵目远望,仰天放声长啸,悲壮的胸怀不由得感慨激烈。回顾平生,年华过三十,为国家、为君上,功名事业,尚未建成,风尘仆仆是等于虚度;道路奔波越八千里,日夕周旋接触的只有烟云和星月。不要无端端地便白了青春绿发,那就"少壮不努力,老大徒悲伤"了!想起靖康年间,敌人内侵,京都沦陷,徽钦二帝,蒙尘被掳,奇耻大辱,至今尚未洗除;为臣子的仇恨,什么时候才能消灭?只有驾着兵车,长驱北伐踏破贺兰山脉的缺口,直捣虏巢。豪情壮志,饥来餐食胡虏的肉,谈笑之间,渴来痛饮匈奴的血,才能稍泄愤恨。待到从头收复所有失地,还我锦绣河山,朝见宋朝的天子于宫门,献捷报功,这才稍复我耿耿报国的忠心呢。

# 己亥杂诗·其一百二十五

## (清)龚自珍①

九州②生气恃风雷,万马齐喑③究④可哀。

我劝天公重抖擞⑤,不拘一格⑥降⑦人才。

(自注:过镇江⑧,见赛玉皇及风神、雷神者,祷祠万数⑨,道士乞撰青词⑩。)

## 【注释】

①龚自珍(1792—1841),又名巩祚,字璱人,号定盦,浙江仁和(现在杭州市)人,是晚清比较进步的思想家和杰出的文学家。《己亥杂诗》是他在己亥年(1839)从北京辞职南归时途中所写的诗篇。这是其中的一首。

②九州:指中国。中国古代分为九州,因此历来多用九州代表中国。

③喑:哑。

④究:终究。

⑤抖擞:振奋。

⑥不拘一格:不限于一种规格。

⑦降:降生。

⑧镇江:现在江苏省镇江市。

⑨祷祠万数:到祠庙里去祷祝的人成千成万。

⑩青词:道教中用来祝告天帝的诗歌。

# 二十八画生《体育之研究》译文

国力疲弱,武风不振,民族的体质日趋轻细,这是极可忧虑的现象。提倡体育的人,不得其道,久而无效。长此不变,弱将更甚。大凡弯弓射箭,中的及远,这是外部的事,也是结果的事。

体力充实,倒是内部原因的事了。如果体质不坚实,见了武器(弓箭)就畏惧,怎么谈得上中的,怎么谈得上及远? 坚实在于锻炼,锻炼在于自觉。现在提倡体育的人,未尝不种种想方设法,但是没有效果,其原因就是外力不足以动其心志,不知什么是体育的真正意义,体育究竟有什么价值,效果如何,从何着手,都茫茫地如在雾中。这样,没有效果自属当然的事,丝毫不足为怪。如果希望体育有效,就非加强人的主观能动性,促进他对于锻炼体育的自觉不可。如果自觉了,体育的条目,就可以不言而自知,中的致远的效果,也就不求而自至了。鄙人深深感到体育的重要,痛恨提倡的人不得其法,料想海内同志,同犯这病而彼此怜惜的人必然很多。因此不自惭愧,将愚陋之见贡献出来,共同商讨。所谈的并非都已实行,还有许多是空谈理想的,不敢欺人自欺。如蒙同好不弃,加以指导,这是我万分感谢的了。

251

## 一、释体育

自有生民以来,人的知识虽有愚智、高下之不同,但是总的说来,没有不懂得保卫自己的生命的。所以西山的薇蕨,饥极必食(西周初年孤竹君的两个儿子,长的叫伯夷,幼的叫叔齐,因为不赞成武王伐纣的行为,逃避到西山上去,采取薇蕨作为食粮);井上的李子,不得不咽[孟子书中说,於(音乌)陵陈仲子认为他的哥哥当官剥削人民,如果他去寄食,做寄生虫,是不合正义的,因此他就率领妻子逃避到楚国去,织鞋为生。有一次,他几天没有饭吃,饿得耳无闻,目无见,水井上有些李子,已经被虫子吃了过半,他不得不取而咽之];再有架木为巢来居住;剥取兽皮作为衣裳;这大概都是出自天然的本能,不知所以然而然的。这虽然懂得衣食的需要,但并不讲求精细。后来有圣人出来,总结群众的智慧经验,于是制成礼法,饮食起居,都有节度。所以像孔老夫子在闲居休息的时候,就申申地、夭夭地显现出极舒适的样子;食品如果变了味,鱼和肉如果坏了,都不食;在矍相这个地方(现在山东省曲阜县城内阙里的西边)的园子里射箭,参观的人很多,排列起来就像一道墙呢。人体的组织,和一般动物没有不同,但一般动物的寿命比不上人,就因为它的生命活动没有节度的缘故。人就能够用节度制约他的生活,随着时代的发展,于是才有体育。体育就是讲究养生的道理。东西各国所讲究发明的并不一样,如战国的庄子,效法庖丁(《庄子》),因看到庖丁解牛,依着天然的腠理、本来的空隙,用刀乘虚而入,用不着硬斩硬碰,所以刀刃用了十九年还是和新磨出来的一样,就是懂得养生的方法;孔子用六艺(礼、乐、射、御、书、数)教导学生,射、御就是属于体育方面的。现今文明各国,德国算最强盛,他们斗剑的风气传播全国;日本就有武士道,近来还凭藉参考我国的绪余(拳术),造成柔术,这是非常可观的。但考察它的内容,都是先精研生理,详于官能的构造、脉络的运行,哪一方面发达早些,哪一部位较有欠缺,它的体育就依此作为程序,补偏救弊,抑其太过而救其不及。所以它的结论,就是要使身体平均发达。照此说来,体育就是人类自己保养生命的方法,使身体平均发达,而且有次序规律可以说明的东西了。

## 二、体育在吾人的位置

体育是配合德育和智育的,但德、智二者都寄托于体。如无体育,就根本谈不上德育和智育。可是懂得这个道理的并不多,有的以为重在知识,有的又以为重在道德。知识当然是极其重要的,因为人之所以不同于其他动物的就是知识。但知识究竟寄托在什么地方呢? 道德也是极其重要的,因为建立人群、平等互待就是靠它。但道德又寄托在什么地方呢？所以人体是知识的载体和道德的寓所。它装载知识就像车子，它容纳道德就像屋舍。人体实际就是载知识的车子，装道德的屋舍。儿童适龄便入小学，小学的时候，应该特别注重于身体的发育，至于知识的增长和道德的教养，还属其次。应该以养护为主，而以教导训练为辅。现在许多人不懂这些，所以儿童因为读书而得疾病或至夭殇的往往有之。中学及中学以上，应该三育并重，现在倒多偏重智育。中学的年龄，身体的发育尚未完成，但现在培育它的很少，摧残它的倒很多。这样，发育不将有中止的趋势吗？我国学制，课程密如牛毛，就是成年的人，身体强健尚且不能负担，又何况尚未成年的人呢？又何况身体不大健康的呢？这样看来，执教的就像特设这种繁重的课程，用来为难学生，摧残他们的身体以至残害他们的生命，如果有不接受他的教导的就处罚他；若是智力过人的，又命令加读某种某种书本，并且用甜言蜜语来诱导他，厚赏名誉来鼓励他。哎哟！这真真叫作害人子弟的了！受学的人也好像恐怕他生命的长寿，一定要想方设法来摧残磨折它，把身体牺牲而不悔惜。这是何等糊涂啊！人生最需要保重爱惜的无过身体，身体健康，其他一切事业也就随之而有。保重爱惜身体莫过于注意体育，体育对于人生实占第一位置。身体强壮然后学问道德的进修勇而收效远。在吾人研究之中，应该看作重要部分。古人说道："学有本末（学习有根本、枝叶的不同），事有终始（做事有结束和开始的次第），知所先后（了解它的先后程序），则近道矣（那就掌握事物的规律了）！"就是这个意思。

### 三、前此体育的弊病和我们自处的方法

三育应当并重，但是以前求学的人，多注意德智而忽略于

体。流弊所至,驼背低头,十指纤纤,登山就会气迫,涉水就会痉挛。所以颜回短命,贾谊早夭,王勃、卢照邻或早死或病废。他们都是有很高的道德和智慧,身既不存,德智也就随之而毁了。只有北方坚强性格的人,能够披坚执锐,保卫国家,至死不变。燕赵(现今河北、山西)自古多悲歌慷慨之士,烈士将官,多出西北凉州(现属甘肃)。清代初期,颜习斋(名元)、李刚主(名塨)文武兼备,六艺都通。习斋远走千里之外,学击剑于塞北,与勇士比斗而胜之。所以他曾说道:"文武缺一,这是合理的吗?"顾炎武(号亭林,江苏昆山人)本是南方人,但好居北方,不喜欢乘船而爱好骑马。这几位古人都是我们最好的师表。

现在学校既兴,采取各国的成法,风气习尚稍稍改变了。但是办学的人尚未脱离陈旧一套,囿于故习,不能骤变,或略注意及之,也只是表面铺张(不从根本解决而只注意细节)。所以我觉得现在的体育大抵多具形式而无实质。并不是不设体操课程,也不是没有体操教员,但是受到体操的益处的很少。不但无益,而且还有害呢!教师发令,学生勉强遵从,身体接受而心理对抗,精神受无限的痛苦,精神苦而身体也就苦了。大概一体操课的结束,未有不形貌憔悴而精神颓丧的。至于饮食不讲求清洁,无机之物、微生之菌,入于体中,化为疾病;室内光线不足,目力受害不小;桌椅长短不合,削趾适履,躯干就要受亏;其余像这样的情况尚多,不能一一尽述。

这样我们办学的计划应当怎样办呢?学校的设备、教师的训导,只是在外的客观的东西,我们还有在内的主观的东西。大凡内断于心,四肢五官莫不听命。祸福没有不是自己招致的,我希望博爱仁道便能达到博爱仁道,又何况体育呢?如果自己不能主动振作,即使在外的客观的尽善尽美,也仍然不能得到利益,所以讲究体育,必须从自觉自动开始。

## 四、体育的功效

人是动物,最主要的就是活动。人是有理性的动物,活动必有一定的准则。这样,为什么需要活动? 又为什么需要这活动的准则? 活动的目的是保持生命,这是从粗浅方面言之;活动的目的是保卫国家,保卫集体,这是从广大方面言之。但都不是根本的意义。活动的目的,实际是要保养我们的生命,使心志保持乐观愉快罢了。宋代的朱子(名熹)教人偏重一个"敬"字,陆子(名九渊)教人偏重一个"静"字。静就是静;敬不是动,也就是静。老子(春秋时人,姓李,名耳,又名老聃)说"无动为大"(这句或有误,因老子书中无此语)。释氏(佛教)务求寂静。静坐之法,宋朱、陆的学者都尊崇它。近有因是子(姓蒋名维乔)这个人讲究静坐法,自己夸大这方法的神妙,反而鄙视运动的人是损害自己的身体。这可能是另有一套道理,但我是不敢效法他的。据我所见,天地大概只有动的罢了。

凡动之属于人类而有规则可言的称为体育,前已说过。体育的功效,就是增强筋骨。向来听说,人的五官百骸肌肉筋络,到了一定年龄就固定了,不能再有改变,大概二十五岁以后,即一成不变。现在我觉得这话不对。人的身体可说是时刻改变的:新陈代谢的作用不断运行于各组织之间,目不明的可以明,耳不聪的可以聪,虽六七十岁的老年人,仍旧有改易官能骨体的效用,这是有目共见的事实。又听说弱的很难转变为强,现在也知道它的不对。原来身体健康的,滥用精力,放纵嗜欲,逐渐戕贼,自以为天生一副好身手,得此已足,更何须刻苦锻炼,所以本来很强健的转而为很孱弱。但是原来体弱的人,经常以自己顾

255

念体质的虚弱,忧虑自己寿命不长,小心谨慎,保重爱护。在消极方面,就减省嗜欲,不敢有所虚耗;在积极方面,就勤自锻炼,增加原来所不能的,久而久之,就变而为强了。所以生出来就强壮的不必骄傲自满,生出来就身体虚弱的不必悲观失望。我生出来就虚弱吗?也许这是冥冥中要引诱我转而为强,也未可知。东西各国著名的体育家,像美国的罗斯福(1901年任总统的,不是1932年任总统的小罗斯福),德国的孙棠(德国铁哑铃操的普及者,常做巡回表演),日本的嘉纳(日本东京大学教授,曾将"柔术"改良为"柔道",后被选为国际奥林匹克委员会委员),都是把极弱的身体,锻炼得极强壮的显例。又曾经听见这样的说法:精神身体,不能兼美。多思考的人,每致身体虚弱;体质健康的又多缺乏思考能力。这种说法也是错误的。这大概是指那些意志薄弱的人,并不能包括那些诚实笃行的君子。孔子七十二岁才死,并未听说他身体虚弱;释迦牟尼到处传道,年寿也高;耶稣不幸被钉死于十字架;至于摩诃末(即伊斯兰教的创始者穆罕默德)左手持经典,右手执利剑,征战一世,这都是从古称道的圣人,而为最大的思想家。现在的伍秩庸先生(即伍廷芳,是晚清留学美国的先行者,辛亥革命后,任外交、司法等部部长)已经七十多岁了,他自己说可以活到一百多岁,他也是用思想的人呢;王湘绮(即王闿运,清朝末年曾在校经、船山几个大书院讲学,辛亥革命后任国史馆馆长)死年七十多岁,身体还是很健康的。说上面的话的人,对此又将如何解释呢?总之,勤习体育,筋骨就强,筋骨强体质就可以改变,弱可变强,身心可以同时健康,这并不是听天由命所能达到的,完全靠人自己的努力奋斗了。

不但强筋骨而已,又可以增知识。近代有人说:文明人的精神,野蛮人的体魄。这话是对的。希望有文明人的精神,必先有

野蛮人的体魄。如果能够野蛮了体魄，文明的精神也就随之而
至。所谓知识，就是认识世间的事物而且判断它的因果规律。
这就又必须依赖于体魄了。感性认识赖于官能，理性认识赖于
脑力。官能、脑力都属于体魄，体魄健全，知识也就因之而健全。
所以可以说间接从体育获得知识。现代百科学问，不论学校学
习或个人进修，总须有精力才能胜任。精力胜任的，他的体魄必
强，不能胜任的，他的体魄必弱。强弱不同，它所涉及的区域也
因之不同了。

不但增加知识而已，又可以调节感情。感情对于人，力量极
大。古人提倡用理性节制感情，所以说"主人翁常惺惺吗？"（按：
主人翁指人的心，惺惺是说明清楚，意思就是说，对于自己的动作行为，你
自己心里都明白清楚吗？有没有糊涂迷乱的观念呢？），又说"以理制
心"（就是用理性控制心思）。但理性来源于心思，心思关系于体
魄。我们常常看到疲弱的人，经常为感情所役使而无力以自制。
凡五官不全或肢体残缺的，每每困于一偏之情，理性不能起主导
的作用。所以身体健全，感情便正，可说是不易的道理。举例来
说，我们如果遇到不愉快的事，受到刺激，心神震动很难控制。
当时若立即加以紧急的运动，就可改变原来的观念，使头脑清醒
起来，这种功效是马上可以收到的。

不但调节感情而已，又可以增强意志。体育的重大效果，更
在这里。大凡体育的主要意义，就是训练武勇。武勇的项目，如
猛烈，如不畏惧，如敢作敢为，如耐久，都是属于意志的事。试举
例说明，如冷水浴足以练习猛烈和无畏，又足以练习敢为。凡各
种运动持续不改，都有练习耐久的益处。如长距离的赛跑，对于
耐久的练习更为显著。试看项羽的"力拔山兮气盖世"，猛烈而
已；傅介子的"不斩楼兰誓不还"，不畏而已；化家为国，敢为而

257

已;夏禹治水,八年在外,三过家门而不入,耐久而已。这种基础都可以在日常体育的训练中培养。意志本来就是人生一切事业的先驱。

肢体纤小的人动作易于轻浮,肌肤松弛的人心智偏于柔钝,身体对于心理的影响就是这样。体育的功效,开始于强筋骨,因之而增长知识,因之而调节感情,因之而加强意志。筋骨属于我们的肉体,知识、感情、意志属于我们的精神。肉体精神都感到舒适,这就叫作安泰。所以体育并没有什么其他功用,保养我们的生命,舒适我们的心志罢了。

### 五、不好运动的原因

运动是体育最主要的内容。现在读书人多不爱好运动,究其原因,大概有四种。一是没有自觉心。一种事情表现为行动,必先有爱好做这种事情的感情,尤其必先有对于这事明白周详知其所以然的智慧。明白周详知其所以如此的智慧,就是自觉心。人们多不明了运动与自己有什么关系,或只知其大略,也没有达到亲切严密的高度。既然没有启发他的智慧,因而也就不能触动它的感情。大凡能够研究各种科学孜孜不倦的,都是因为觉得他与自己的关系非常亲切之故,今日如果不及时努力,将来必致不能谋生。但是对于运动就没有这种自觉,这过失一半由于自己不能深有认识,一半则由于教师不知如何开导之。一是积习难返。我国向来重文轻武,羞和军人为伍,每有"好铁不打钉,好仔不当兵"的俗语。虽知运动应当实行的道理和各国运动致强的效果,但是旧观念的阻力尚强,对于新观念的运动,仍然是在半迎半拒之列。所以不好运动,也难怪其如此。一是提倡不力。这里又可分为两种。其一,现在所称教育家,多不懂体育。自己不懂体育，只是闻体育之名，也从而设置体育。其所以设置不是出自真心诚意，其所以推行也没有方法，遂致减少学生研究的信心。譬如那游手好闲的人而说自立，终日烂醉的人而说戒酒，自然没有人相信他了。其次，教体操的多学识浅陋，语言鄙俚，听的人往往塞耳不愿闻。他所懂的只此一技而且又不精通，日日相见的只此机械不变的动作。这样徒有形式而没有精神意义以贯注之，其事必定不可以持久，现在的体操实际正是如此。一是学者以运动为可羞。以我考察所得，这实际是不运动的最大原因。那些衣服文雅、行步从容、前瞻后顾、舒徐宽缓的，称之为美好的姿态，正是社会上所共趣尚的。忽然张臂露足，伸肢屈体，这是做什么呢？难道不是非常可怪的吗？所以也有深知身体不可不运动，而且也很想实行，竟至不能实行的；也有集体能运动而单独运动则不能的；也有在私室能运动，公共场所则不能的。一句话，就是怕羞的缘故罢了。这四种都是不好运动的原因。第一和第四是属于主观方面的，把它改正在于自己。第二和第三是属于客观方面的，把它改正在于外人。我们应该尽自己所能，属于外人的听之罢了。

## 六、运动的方法贵乎少

我自己感觉身体孱弱，因此很想研究卫生方法，古人言此道的也不少。近代学校有体操，坊间有课本，潜心广鹜，终难得益。因为体育一道，不尚空谈，贵在实行，如能实行，一种半种，终身受用不尽。曾国藩实行临睡洗脚、饭后千步的方法，得益不少。有一老者八十多岁仍极健康，问其原因，答道："我只是不饱食罢了。"现在的体操，各种方法，罗列并举，细数难尽，何止数十百种？鸟雀巢林，不过一枝，田鼠饮河，但求满腹。我们只此一身,只此官骸脏络,千百方法,都不外使其血脉流通。方法不同,效果则一。一法之效如此,百法之效亦然。这样坚持一法,其余九十九法便可弃而不用。耳目专一视听,故能聪明。筋骨锻炼如果方法繁多,徒受烦扰。希望有效,未见其有效了。大凡适应各方面的用途和锻炼,依各方人身体不同,方法本不相同。浪桥适于航海,持竿适于越高,游戏宜于小学,兵式宜于中学以上,这都是适应各方面的用途的。运动筋骸,务使血脉流通,这是锻炼一己身体的。适应各方面的用途的,其方法应当多;锻炼一己身体的,其方法应当少。现今学者,多不明白这个道理,所以其损害有二:一则好运动的以为愈多愈好,几乎希望在一个人身中百种运动完全具备,甚至无一种对自身真正有益的;二是不好运动的,见到他人的技艺众多而自己所懂得极少,因之放弃而不为。那适宜于多的不必都精,广博不专,又有什么可贵?适宜于少的不必不好,尽管一手一足的屈伸,如果经常锻炼,也是有益的。明白这个道理,对于体育才有进步之可言。

## 七、运动应注意的事项

不论干什么事都应当有恒,运动也是这样。假使有两个人在这里,对于运动,一个时作时止,一个坚持不懈,这样或者有效,或者无效,必然不同。运动如果要有恒,最重要的就是能够发生兴趣。大凡静止的人,不能够忽然自己动起来,必须有使他动起来的原因,主要的就是兴趣。各种科学都应当引起多方面的兴趣,对于运动尤其如此。人们静处自然很安逸,动作自然要劳力,人往往好逸而恶劳,如果没有一种事物推动他,就不能够改易他的形势而转变他的好恶。这种兴趣的发生,正是由于日日运动不辍。最好在每日起床和临睡时做两次运动,裸体最好,其次则单衣，多衣最为碍事。日日经常练习，使这种运动连续不断，今日的运动继承昨日的运动，又引起明日的运动。每次时间不必过久，三十分钟已经足够了。这样自然就会发生一种兴趣了。其次就是要能够发生快乐。运动既久，成效显著，因之自然发生自己的价值和观念。凭借这种观念来学习就胜任愉快，凭借这种观念来修养就日进有功，心中无限快乐，也都是因有恒而获得。快乐和兴趣是有分别的。兴趣是运动的开始，快乐是运动的终了。兴趣生于进行，快乐生于结果。二者自然不同。

有恒了，但不用心，也很难见效。走马看花，虽日日看，等于不看。孟子说有个棋师指导两个学徒下棋，一个专心致志，师傅说的话，他都铭记在心；一个却想着有飞鸟到来，就要拿弓矢去射它，这样两个人虽同样在学习，后者必定不及前者了。所以运动有全神贯注的方法。运动的时候，一心注意运动，闲思杂念，全都消除，用心于血脉如何流通，筋骨如何张弛，关节如何反复，呼吸如何出入。使动作按节，屈伸进退，都一一踏实。朱子论"主一无适"（就是专一不变的意思），说吃饭就想着吃饭，穿衣就想着穿衣。所谓注全力于运动的时候，就是这样罢了。

古人称外文明而内柔顺，是士君子的容貌。但这不是说运动。运动应当蛮强憨拙，单枪匹马，十荡十决，所向无前，暗呜则山岳崩颓，叱咤则风云变色，力如楚项羽之大可拔山，勇似养由基之射能穿札。这都在于蛮强憨拙，而与纤巧细致无关。运动的进取适宜于蛮干，蛮干气力就强，筋骨就劲。运动的方法适宜于笨拙，笨拙守势就实，练习就易。这两事对初习运动的人更为重要。

运动所当注意的有三件事：一是有恒，二是注全力，三是蛮拙。其他应当注意的尚有，举其最重要的就是如此。

## 八、运动一得的商讨

我既约略涉猎各种运动,因为都是注重外貌形式而没有真正体会的心得,于是综合各种运动的优点,自己组成一种运动,颇觉受益不少。总共分为六段:一为手部,二为足部,三为身部,四为头部,五为拳击运动,六为调和运动。段之中有节,总共二十七节。因共分六段,所以叫作六段运动。现在分列于后,同好的人,请予指正。

(一)手部运动,坐势。

握拳向前屈伸。左右参,三次(左右参就是左动右息,右动左息,彼此参互);

握拳屈肘,前侧后半圆运动。左右参,三次;

握拳向前面下方屈伸。左右并,三次(左右并就是左右同时并动,不相参互);

手仰向外拿。左右参,三次;

手覆向外拿。左右参,三次;

伸指屈肘前刺。左右参,三次。

(二)足部运动,坐势。

手握拳左右垂。足就原位一前屈,一后斜伸。左右参,三次;

手握拳前平。足一侧伸,一前屈,伸者可易位,屈者惟趾立。臀根相接。左右参,三次;

手握拳左右垂。足一支一揭。左右参,三次;

手握拳左右垂。足一支一前踢。左右参,三次;

手握拳左右垂。足一前屈一后伸,屈者在原位,伸者易位,两足略在直线上。左右参,三次;

手释拳。全身一起一蹲，蹲时臀跟略接。三次。

（三）身部运动，立势。

身向前后屈。三次（手握拳，下同）；

手一上伸，一下垂。绷张左右胸肋。左右各一次；

手一侧垂，一前斜垂。绷张左右背肋。左右各一次；

足丁字势。手左右横荡。扭捩腰胁。左右各一次。

（四）头部运动，坐势。

头前后屈。三次；

头左右转。三次；

用手按摩额部，颊部，鼻部，唇部，喉部，耳部，后颈部；

自由运动。头大体位置不动，用意使皮肤及下颚运动。五次。

263

（五）拳击运动，不定势（拳击运动就是用拳遍击身体各处，使血液奔注，筋肉坚实，是这运动的主要方面）。

手部。右手击左手，左手击右手。

（1）前膊。上面，下面，左面，右面；

（2）后膊。上面，下面，左面，右面。

肩部。

胸部。

胁部。

背部。

腹部。

臀部。

腿部。上腿，下腿。

（六）调和运动，不定势。

跳舞。十余次；

深呼吸。三次。

（原文载 1917 年 4 月 1 日《新青年》第三卷第二号，译于 1973 年 5 月）

# 单篇论撰

## 致余冠英先生书

### ——余冠英先生《乐府诗选》注释商榷

冠英先生：

自从在《人民文学》读到大著《乐府诗选序》后，即盼望着先睹为快的《乐府诗选》，最近获得拜读了。这部诗选和注释，不特以中学生为对象，是一部很好的中国古典文学读物，即就以培养中学语文教师为任务的师范学院来说，也是一部很好的参考资料，这是值得敬佩的。（我也已经向同学们介绍过了。）

关于选择方面，各人去取不能尽同，这可不去说它。注释方面，一般都简单扼要，明白正确，这也是很不易得的。但智者千虑，难免一失，略就浅见所及，另纸条列，只有数项比较重要，其他不过琐屑问题，连类及之，以备采择。对或不对，切盼教正。

1. 张华《轻薄篇》："孟公结重关，宾客不得蹉。"注："孟公似指孟尝君……"

按：此用陈遵投辖留宾事。陈遵字孟公，见《汉书·游侠列传》。

2.《子夜歌》："今夕已欢别，合会在何时？明灯照空局，悠然未有期。"注："'已欢别'似说已成欢又离别。"

按：男女指所昵爱者曰欢。已、以通；以，与也。"今夕已欢别"，犹言"今夕与欢别"，《读曲歌》"执手与欢别"，即其明证。又《吴声曲里的男女赠答》云："欢别两字不能连读，别无欢理。

这句诗是说欢罢又别,看下文才能明白。"误与此同。又"悠然未有期",本是"油燃未有棋"同音双关,用"明灯照"暗射"油燃",用"空局"暗射"未有期"。悠然与油燃同音,期与棋同音,遂成"悠然未有期"了。

3.《子夜歌》:"我念欢的的,子行由豫情。雾露隐芙蓉,见莲不分明。"注:"'芙蓉'就是荷花,同时用作夫容的双关语。"

按:芙蓉就是莲,莲就是芙蓉。用"芙蓉"暗射"莲",用"雾露隐"暗射"见不分明"。莲、怜同音双关。芙蓉并非夫容的双关语。雾露只是雾,复词偏义。

4.《读曲歌》:"折杨柳,百鸟园林啼,道欢不离口。"注:"'道欢'……"

按:古人折杨柳以送别,杨柳生于路旁,故用折杨柳暗射道字,作道路解。"百鸟园林啼"暗射"欢不离口"四字,欢作"欢乐"解。但"道路"的"道"和"道说"的"道"双关,欢乐的"欢"和情人的"欢"双关,合起来"折杨柳,百鸟园林啼"八字便是"道欢不离口"之意了。《读曲歌》又有"一夕就郎宿,通夜语不息。黄檗万里路,道苦真无极"一首,道字双关,正和这首一样。

5.《读曲歌》:"怜欢敢唤名,念欢不呼字。连唤欢复欢,两誓不相弃。"注:"'呼字'……"

按:"敢"犹言岂敢、不敢。"敢唤名"即"不唤名"之意。既不唤名,又不唤字,只有频频叫"欢"(犹言吾爱)。故言"连唤欢复欢",以示情好之笃,誓不相弃而已。《世说新语》:王安丰妇答安丰曰:"亲卿爱卿,是以卿卿。我不卿卿,谁当卿卿?"和这诗可作六朝时候贵族口语和民间口语的对比。杜诗云"忘形(相)[到]尔汝",连唤欢复欢,亦忘形尔汝之意。

6.《读曲歌》:"奈何许!石阙生口中,衔碑不得语。"

按:"石阙"暗射"碑","生口中"暗射"衔"。"衔碑"和"含（作衔亦可）悲"同音双关,"石阙生口中"又暗射"不得语"。

7.《西洲曲》:"卷帘天自高,海水摇空绿。"注:"'海水摇空绿'……"

按:西洲虽不能确指何地,但必附靠长江无疑。内地的人往往呼"江"为"海",现在广州、梧州的人仍呼"过江"为"过海"。"海水"即"江水",并非想象。帘垂之时,天虽高而不知其高;帘卷之后,自然觉得天高了。但天虽高而水与天接,犹李白诗所谓"孤帆远影碧空尽,惟见长江天际流",故云"海水摇空绿",摇是指水,并非指帘;"卷帘"两句,亦非倒装。又《谈西洲曲》云:"卷帘便又搭上了夜晚。"以为"卷帘"二句是夜景,大约是因下四句有"海水梦悠悠""吹梦到西洲",两"梦"字而发生的误会。其实"卷帘"二句是承上"栏杆"而言,帘是栏杆之帘而非门户之帘,垂手栏杆既是白昼,不容卷帘又是夜晚。再,即就末四句言,亦是日而非夜,盖日亦可做梦,不必定在夜间。唐人诗云:"打起黄莺儿,莫教枝上啼。啼时惊妾梦,不得到辽西。"岂能说是夜间？又说:"'海'本来没有海;'水'本不是水,所以绿成了'空绿'。"这样解"空绿"为假绿,恐怕真是杜撰。此处"空"字,可作两种解释:一空是天空的空,则"摇空"二字连读;一空是徒空的空,"空绿"犹言徒绿。"空绿"与"自高"相对,则"空绿"二字连读,第一说似较长。

8.《木兰诗》:"唧唧复唧唧,木兰当户织。不闻机杼声,惟闻女叹息。"注:"'唧唧',叹息声。"

按:"唧唧"虽有叹声或虫声等解说,但在这里似应作织布声（即机杼声）解为宜。盖唧唧不断,本是木兰平常织布之声。今乃忽然不闻此声而但闻叹息之声,事必有因矣。下文即接以

267

"问女何所思,问女何所忆",非常顺理成章。若作叹息声解,意思殊难联贯。且唧唧为状声之词,唧唧正似机杼声,叹息声则不甚相似。《折杨柳枝歌》:"敕敕何力力,女子临窗织。"敕敕力力,也应作机杼声解。

9. 曹植《吁嗟篇》:"惊飙接我出,故归彼中田。"注:"'故',同'顾',犹'岂'。……"

按:"故",通顾,犹反也,无岂义。"中田"亦非作者所志愿。天路云间,既难久处,沉渊虽出,归彼中田,中田亦不能定居,当南更北,谓东反西,周八泽,历五山,流转无恒,备尝艰苦,都是"长去本根逝,夙夜无休闲"的具体情况。

10.《上邪》:"长命无绝衰。"注:"'命',令也,使也。"

按:"命"似当作"生命"解,"长命"即俗语"长命富贵"之长命。"长命无绝衰",犹"百年偕老,之死靡他"也。

11.《陌上桑》:"日出东南隅。"注:"'隅',方也。日出东方,并非东南,'南'字被'东'字顺便带出,并无意义……"

按:"隅",角也。日有时固出于正东,也有时出于东南隅。此处东南,并非复词偏义。古诗《西北有高楼》和阮籍诗"天马出西北"之西北,曹植诗"光景西南驰"之西南,俱不应作复词偏义解。(阮、曹二诗见《汉魏诗里的偏义复词》所引。)又《白头吟》之"沟水东西流",是说决绝之后,犹之沟水东西分流,永无会合之期。其比拟之法略似"东飞伯劳西飞燕""君向潇湘我向秦",并非沟水东流不返,正如人的生活,过去的不再来了之意。"东西"亦非偏义复词。

12.《陌上桑》:"耕者忘其犁,锄者忘其锄。来归相怨怒,但坐观罗敷。"注:"男子们回家后憎嫌自己的妻……"

按:"来归"二句,正承"耕者"二句以言,忘犁忘锄,农具都丢了，所以来归相怨怒。但推其缘由，只因观看罗敷看得心神恍惚罢了，与家中妻子无涉。

13.《妇病行》："有过慎莫笪笞，行当折摇，思复念之！"注："'笪'与'担'同，笪笞，就是用棍子打。'折摇'，就是折夭。'行'，将也。'思复念之'，'复'与'服'通……"

按："笪"指竹片。竹片是旧社会里父母常用来打小孩子的，并非棍子。"行"，且也，"行当折摇"谓只可摇鞭作欲打之势以恐吓孩子，而不可真打。思、念同义，思复念之，犹言思再思之，念再念之。

14.《孤儿行》："独且急归。"注："'独且'，独，将也，'且'是语助词。"

按："独"，孤也，单也，指孤儿个人。"且"犹言姑且。

15. 王粲《七哀诗》："西京乱无象。"注："'象'，道也。"

269

按：象，状也。无象，犹言无状。又，"朋友相追攀"，注："'攀'，谓攀辕依恋也。"按："攀"，只攀挽不舍之意，不必定是攀辕。

16. 鲍照《代东武吟》："愿垂晋主惠，不愧田子魂。"注："'魂'，通'云'，……"

按：晋主惠与田子魂相对，田子魂犹言田子心、田子志。

17. 误字：①《饮马长城窟行》："上言加餐饭，下言长相忆。"按："饭"乃"食"字之误。②王粲《七哀诗》："后弃中国去。"按："后"乃"复"字之误。③鲍照《行路难》："弃檄罢官去。"注："'檄'，本简，长一尺二寸。"按："本"乃"木"字之误。

（一九五四年二月二十四夜草于桂林广西师范学院南区教员宿舍）

## 汉字必须继续简化

几年来,汉字简化的工作取得了显著的成绩,先后公布了四批简化汉字和几十个简化偏旁,此外还对若干异体字进行了整理。已经公布推行的简化汉字虽然为数不多,但应用范围相当广泛。汉字简化的好处,我是有亲身的体会的。我的姓冯字,过去得写十二画,现在只写五画就行了。春节前,我到广西平乐农村参观访问,曾看到不少农民能够顺利地看书读报,写起像"广"和"乐"这一类的字来并不费什么力气。"广"和"乐"简化的只有三五画,繁体的却非各写十五画不可。写繁体的"廣"和"樂",对我们具有一定文化水平的人已经算够麻烦的了,何况对文化水平较低的工农群众和青少年学生呢!肯定地说,推行简化汉字减轻了大家的学习负担。汉字必须继续简化。

推行简化汉字跟推广普通话、推行汉字拼音方案一样应该重视学校这个阵地,把简化汉字与减轻学生负担、提高教育质量有机地结合起来。这方面的工作过去是注意了的,例如小学低年级用的课本就广泛地采用了手写楷体的简化汉字。但是,我认为还重视得不够,比如小学高年级和中学用的课本还普遍使用旧铅字印刷,有不少字铅印的笔画跟手写楷体的笔画不一致,还有不少字应该简化而没有简化。教科书印刷字体不统一,繁体和简体兼收,铅印体和手写体并用,小学高年级以上用的课本跟小学低年级用的在字体上不相衔接,毫无疑问是会增加学生的学习负担和教师的教学困难的。最近,中国文字改革委员会、文化部、教育部发出联合通知,明确规定简化偏旁的使用范围,在一定程度上解决了上述的一部分问题。我建议文化出版部门,特别是教科书的出版单位,进一步改善印刷条件,迅速全面地使用公布推行的简化汉字和简化偏旁来印刷书刊(高等院校中国语文专业用的除外),同时积极改革现有铅字的字体,使铅印字跟手写字在字体上趋于一致。目前各级学校正在研究如何减轻学生负担、全面地贯彻党的教育方针问题。如果印刷出版部门能够做到这一点,我想对减轻学生负担和提高教育质量是有很大的帮助的。

从学生中有乱写简化字现象(例如把数量、电影、街道写成敨畧、电彤、亇道等)就担心推行简化汉字会打乱原有文字系统,使汉字失掉它的交际工具的功用,担心会降低教育质量。我认为这些顾虑是没有必要的。不过从中可以看出两方面的问题:一方面是学生使用简化字的积极性很高,已经简化的汉字还没有满足他们的需要;另一方面是简化汉字的宣传教育工作还做得不够,还有不少人不懂得简化的重要意义,不懂得怎样简化才符合规范,缺乏鉴别不规范的简化字的能力。对于学生中的乱写简化字现象,我们不应该顾虑重重,更不要因噎废食,而应该进一步因势利导,使他们使用简化汉字的积极性跟党的简化汉字的方针结合起来。

第四批简化汉字公布推行到现在已经好几年了。目前有必要加强汉字简化的研究工作。在群众中比较流行而又基本符合简化规律的一些简化字,应该首先加以整理,像砼(建)、翠(解)、凹(器)、汏(漆)、氿(酒)、芀(第)、伩(信)等字和作偏旁使用的辶(辶)、一(灬),我认为都可以考虑纳入正式推行的简化汉字表和简化偏旁表之中。我希望有关部门今后进一步加强简化汉字的宣传工作,教育群众正确地使用简化汉字,对滥造简化字的不良现象也应给予适当的批评。还希望出版部门多出版一些已推行的简化汉字表和简化偏旁表,以满足广大群众学习的需要。

总之,汉字必须继续简化,简化汉字的工作应该继续积极稳步地进行。我深信,在党和政府的正确领导下,在广大人民群众的积极支持下,这一工作一定会取得更为巨大的成绩。

(刊于《文字改革》1964 年第 8 期)

## 读毛主席《给徐特立同志的一封信》

徐老的风格就是共产党人的风格,徐老的一生就是一个共产主义革命者的一生。

信的中心思想是热烈赞扬徐老的三个第一——革命第一,工作第一,他人第一;同时严肃地批判了我们队伍中有些人的另外三个第一——出风头第一,休息第一,自己第一。

"你是我二十年前的先生,你现在仍然是我的先生,你将来必定还是我的先生。"

以前是我的先生,现在不一定仍是我的先生。现在是我的先生,将来不一定还是我的先生。

以前是我的学生,现在不一定仍是我的学生。现在是我的学生,将来不一定还是我的学生。

社会在发展,人民在进步。如果自己不是不断地学习,不断地进步,就必然会落后,必然会掉队,过去和现在的学生就一定会胜过自己,不再是自己的学生;反之,如果学生在进步,自己也在进步,活到老,学到老,改造到老,进步到老。人总是一分为二的,取人之长,补己之短,互教互学,既当先生,又当学生,既当学生,又当先生。毛主席教导我们说:"对自己'学而不厌',对人家'诲人不倦',我们应取这种态度。"毛主席坚持"对自己学而不厌"的精神,所以觉得徐老永远是他的先生;徐老坚持"对人家诲人不倦"的精神,所以永远可以当人民的先生——并且可以当毛主席的先生。

## 读毛主席的新诗《送瘟神二首》

### 送瘟神二首

#### 毛泽东

绿水青山枉自多, 华佗无奈小虫何?
千村薜荔人遗矢, 万户萧疏鬼唱歌。
坐地日行八万里, 巡天遥看一千河。
牛郎欲问瘟神事, 一样悲欢逐逝波。

春风杨柳万千条, 六亿神州尽舜尧。
红雨随心翻作浪, 青山着意化为桥。
天连五岭银锄落, 地动三河铁臂摇。
借问瘟君欲何往? 纸船明烛照天烧。

我以十分欣喜的心情,读了毛主席的近作《送瘟神二首》,这两首诗是毛主席看到报上登载余江县消灭了血吸虫后写的。从作诗的出发点来看,充分地表现了伟大领袖对人民疾苦的深刻关怀,正和毛主席其他的杰出诗作一样,这两首诗的情感是热烈的,气魄是雄壮的,里面充满了一种革命的乐观主义精神;在写作方法上,运用的是革命的现实主义和革命的浪漫主义相结合的手法。诗正如毛主席自己在诗序中所说的"浮想联翩",有着丰富的联想和想象。诗人所写绝不只是送瘟神一事,他把血吸虫比作吃人的剥削阶级;把现代的事情与相传的神话结合起来,这就大大地丰富了诗的意境。

诗一开头就说"绿水青山枉自多",这开头就是很奇特的。本来绿水青山风景美丽叫人欣赏,应该说愈多愈好,但诗人却说"枉自多",这就表示绿水青山因为有血吸虫在繁殖,反而使人感到多而无益了。接着第二句便写出"枉自多"的原因,这就是因为当时即使是神医华佗也无法消灭它。第三句,"矢"是屎的假借字,这句是说当时的人民,不懂得清洁卫生,到处乱拉大便,以致加速和扩大了血吸虫的繁殖,增加了疾病的传染,所以使得有些地方千万人民死于血吸虫病,造成万户萧条,只有鬼神出没的悲惨局面。这以上是说血吸虫的危害,同时也是说剥削阶级对广大人民的危害。接着第五、第六句写出今天科学的高度发展,人民可以战胜自然,战胜一切人类的敌人。地上有比以前更进步的交通工具,能够日行数万里;天上有比以前更进步的飞机,可以看到更广阔的银河。河畔的牛郎如果要问到瘟神的情况,那就可以告诉他:瘟神的欢乐和你的悲伤,都像逝去的流水一样永远不会回来了。这里应该说明,在作者的心目中,牛郎代表着劳动人民,而牛郎与织女过去是被银河阻隔着的,过的是悲伤的生活,到了今天,劳动人民翻了身,过的是家人团聚的幸福生活,这种阻隔已不存在,因而也就没有痛苦了。可是,对于瘟神来说,却恰好相反,建筑在人民痛苦之上的欢乐生活,也已一去不复返了。这就是最后四句所包含的内容。在这里,诗人发挥了高度的想象,把显然带有一点神话性的现实与古代的神话传说结合了起来;同时,也有趣地把瘟神的欢去悲来与牛郎的悲去欢来对照写出,正表现了人民的欢乐就是敌人的悲哀。

以上是第一首的内容,前半首主要是写瘟神的猖獗,后半首主要是写瘟神的猖獗已成为过去。但究竟是怎样使之成为过去的呢？这就是第二首要说明的问题。

第二首开头所描写的是一片大地回春欣欣向荣的景象，这正象征着今天的美好的现实。在这样的大好时光里，六亿中国人民，个个都提高了社会主义觉悟，有共产主义的风格，人人都可以做理想中的圣人。而人民之所以能够这样，是因为马克思列宁主义的红旗（诗中以"红雨"为象征，雨可以滋长万物）插上了人民的头脑，使得人民胸怀开阔，心花怒放，能使青山夷为平地，天险变为通途。事实也正是这样，请看全国从南到北，亿万人民正在开铁矿、修水利……到处都是"银锄并举""铁臂奋挥"（五岭三河原有所实指，五岭是指南方五岭，三河是指黄河、淮河、洛河，这里大约是泛指中国南北），这是一幅多么雄伟的图画！诗人在极力赞扬了人民的伟大气魄以后突然一转：过去人民用纸船明烛把瘟神从这里送到那里，瘟神还有生存的余地，但是现在，在这样声势浩大的人民面前，请问瘟君，你还想往哪里跑呢？这里一方面是写出了瘟神的必然被人民消灭无疑，同时另一方面表现了一切吸人民血汗的敌人，特别是帝国主义也必然难逃人民的巨掌，最终一定要被消灭。诗人的革命的乐观主义精神在这里得到了最充分的表现。

综括起来看，这两首诗表现了人民在党的领导下战胜自然、战胜阶级敌人的伟大力量和雄壮气魄。

以上是我对毛主席这两首诗的一点肤浅体会，不能说是解释，不对的地方还请读者多多指教。

（原载1958年10月9日《广西日报》）

275

# 读梁漱溟先生近著《儒佛异同论》之一、二、三

## 小引

今年深秋,北游首都,晤梁漱溟先生。承赐读近著《儒佛异同论》之一、二、三。雒诵再三,又如三十年前,桂林穿山,当面请益,极感兴奋。原拟略题数语,以志景仰,不觉下笔不能自休,遂多辞费。狂妄之言,不以为罪,故遂书之,以求匡正。

## 题词

"持之有故,言之成理",可成一家之言。虽索解人不易得,

后世复有扬子云,则好之矣。

## 读论一

原著云:儒佛不同,一是世间法,一是出世间法,"而同是生命上自己向内用功进修提高的一种学问"。

按:儒、道、佛都可说是包涵比较多的辩证法因素。但它们都是唯心论的辩证法,而不是唯物论的辩证法。所以归根结底,它们和马克思列宁主义、毛泽东思想截然不同,必须严格地划清这个界限(儒道佛虽都有一些唯物论的论点,但论其要归,只能说是唯心而不能说是唯物)。

孔子说:"吾从周。"荀子说:"法后王。"韩非子说:"圣人不期修古,不法常可,论世之事,因为之备。"直至晚清今文学者康有为称先秦诸子都是托古改制,虽其立场观点,各有不同,可说都是实用主义:都是古为今用,有的放矢。如果自命超然,深探

古人立言微旨(其实没有真正超然的人)，纵极体会精透，参以现代新知，仍是今为古用，而不是古为今用。深恐不免有"枉抛心力"之悔。

原著又云："(儒佛)两家既同为对人而言其修养，则是必皆就人类生命所得为力者而说矣，其间安得无相通之处耶？"

按：儒家立论重点，不外伦常。对于出处、辞受、取与之间，反复乐道，范围至为狭隘。道家庄子论齐物，对于正处、正味、正色，则并举人与鱼鸟禽兽相衡，范围已自恢廓。至于佛祖布道，其对象不特饿鬼、畜生、天龙八部；生公说法，顽石点头，更是将无生之物也包括在内，其范围可说广大无边。怎能说儒佛两家同为对人而言其修养？以此证其相通，似难成立。

## 读论二

原著云："人类生命……既有其类近一般动物之一面，又有其高于任何动物之一面。"

又云："在其远高于动物之一面，开出了……极为崇高伟大之人生。……上下与天地同流，乐在其中的。……类近于动物者而言，更指其下流、顽劣、奸险、凶恶，远非动物之所有者而言。……又是苦海沉沦莫得自拔的。"

按："食色性也。""饮食男女，人之大欲存焉。"这是人类同于一般动物的所谓本能。对此孟子并不反对，也不能反对。但孟子说："人之所以异于禽兽者几希。小人去之，君子存之。"正是从高于动物的一面着力。

孔子自道："其为人也，发愤忘食，乐以忘忧，不知老之将至。"其称颜渊曰："一箪食，一瓢饮，人不堪其忧，回也不改其乐。"《论语》开宗明义第一章便说："……不亦说乎！……不亦乐乎!"宋儒教人"寻孔颜乐处",就了解孔子的人生观说,这是相当中肯的。但苦乐是有阶级性的,抽去阶级性而谈苦乐,就不免落空,不免抽象,就是唯心主义。而且苦乐高低,都是彼此相反相成的。苦乐高低,只有彼此比较、相对的标准,没有绝对的标准。所以"乐天知命,随遇而安""识分知足""安时处顺,哀乐不能入""人在福中不知福""不乐之乐,才是真乐",也有一定的道理。但消极妥协,自然容易产生衰退向后的转变,这是和天地万物发展进化的真理相违背的。《易》称:"天行健,君子以自强不息。地势坤,君子以厚德载物。"格物致知,无不从积极乐观主义精神出发,这是正确的。道家老子受商容"舌存齿亡"之教,因而得出"柔弱胜刚强"的结论,这是从另一方面以格物致知的。所以立场、观点、方法,是紧密结合,互相联系的。如果孤立地只讲方法,不问阶级立场,则尧桀相非,盗亦有道,又何从而定其是非?西方学者比较偏重物质生活的追求,虽内心存养,比之东方儒道佛所达到的境界稍逊一筹,但在物质生活、征服自然、人定胜天方面,则奔逸绝尘,远非东方学说所敢望。舍短取长,补偏救弊,正是我们对于人类应有所贡献的责任,似不应"东面而视,不见西墙"也。

原著又云:"既有世间,岂得无出世间? 有生灭法,即有不生灭法。生灭托于不生灭,世间托于出世间。"

按:庄子说:"其分也成也,其成也毁也。凡物无成与毁,复通为一。"就物类变化,有成有毁说,是生灭法。就物质不灭,复通为一说,是无生灭法。生灭法和无生灭法,是从物质方面说的。若就精神方面说,则有世间法和出世间法。按唯物论的说法,物质是属于第一性的,精神是属于第二性的,必先有物质,然后从物质派生精神。反映到意识形态方面,也必须先有世间,然后产生出世间。儒家所谈，主要是伦常生活，出处、辞受、取与、养生、送死之道，完全是世间法。就是老庄也不谈白日升天，长生不死。只有老庄变种的道教，才炼丹采药，服食求仙。所以真正的道家也不避世绝俗。质实言之，仍是世间法。惟佛教（佛教派别繁多，只说其最普通的共同教义）最高境界，最终目的是要解脱生死轮回，永住法性如如的无余涅槃，就是要消灭矛盾。没有矛盾便没有世界。这正是《易经》所谓"易不可见，则乾坤或几乎息矣"！如果按主观唯心论的说法，"宇宙即是吾心，吾心即是宇宙""我思故我在"，人们若收视反听，寂然不动，也可不见不闻，形如槁木，心若死灰。但客观世界依然存在，物质变化长流不息。则佛家所谓"无余涅槃"，解脱生死轮回者，不过是自欺欺人的梦呓。究竟有何颠扑不破的真理？我对于佛学教义是门外汉，但从唯物唯心的界域说，这是必须严格划清的。

宋儒排斥佛教，说它是自私自利之学，虽有阳儒阴释之讥，但从思想认识方面说，要比韩愈《原道》深细得多，其可谓"入吾室，操吾矛，以伐我"也。实在可说是击中要害！

佛教讲求解脱，破除执着。明儒王阳明说："佛氏不着相，其实着了相；吾儒着相，其实不着相。"因为"佛怕父子累，却逃了父子；怕君臣累，却逃了君臣；怕夫妇累，却逃了夫妇；都是为个君臣父子夫妇着了相，便须逃避。如吾儒有个父子，还他以仁；有个君臣，还他以义；有个夫妇，还他以别；何曾着父子、君臣、夫妇的相？"这段议论，虽不免仍是佛教唯心论的说法，但我以为是搔着痒处的。

原著又云："佛家期于成佛，而儒家期于'成己'，亦曰'成己、成物'。"

按：这个分别是对的。但"己"与"物"虽有主客观之分，都是具体的,不是抽象的。至于佛的要义是觉,所谓大觉大悟,超越死生,解脱轮回,尽管说得天花乱坠,终究总是抽象的,不是具体的。所以儒家是世间法,而佛家则是出世间法。

原著又云:"是故儒家修学不在摒除人事,而要紧工夫正在日常人事生活中求得锻炼。只有刻刻慎于当前,不离开现实生活一步,从'践形'中求所以'尽性',惟下学乃可以上达。"

按:这话是很对的。

### 读论三

儒家孔子、孟子、荀子固非宗教,道家老子、庄子也非宗教。黄老与老庄有别,道家与道教更其有别。原著论孔子非宗教极是。窃谓宗教起源于不认识自然界的客观规律。古代有雷公电母雨师风伯种种鬼神称号,愚夫愚妇虔诚膜拜。今城市居民,乘电车,用电灯,看电影,谁更信之!科学日益发达,客观规律日益为人类所掌握,"有神论"日益为"无神论"所代替,以至于消灭,宗教必然归于消亡。

宗教的作用在于自我安慰(其实是自我欺骗)。由于人定胜天,掌握了许许多多的自然规律,知道医药可以治病养生,但人类不能长生不死,许多无知妄想自然消失,当然不会更有鬼神的膜拜。

宗教信仰产生于原始社会。自从社会产生阶级之后,统治阶级利用宗教以加强对被统治阶级的压迫和剥削,宗教的阶级性就格外明显。所以要彻底消灭宗教意识,必须待阶级消灭之后才有可能。不过宗教信仰的浓厚或淡薄,各民族有所不同,都有其历史及社会的复杂根源,不能简单解释罢了。

儒道各家生于二千多年之前,固不能用现代科学规律多所要求,但从其不迷信鬼神的先觉及其对宗教信仰的淡薄看来,也值得我们无限钦佩。即以荀子论祭礼言之,其曰"其在君子,以为人道也;其在百姓,以为鬼事也",又曰"日月食而救之,天旱而雩,卜筮然后决大事,非以为得求也,以文之也。故君子以为文,而百姓以为神",便是极好的例子。原著中引用,先得我心。

但引荀子有"君子敬其在己,而不慕其在天"之语,据我记忆,原文"在己""在天"之下似俱有"者"字。此两"者"字似俱不可省,因有无"者"字,意义似大不相同。"在己者"指在己的东西,"在天者"指在天的东西。若但称在己、在天,"在"字可作"察"字解,敬其察己而不慕其察天,仍说得极其通畅,只是意义绝不相同而已。姑妄言之,未审当否?

(冯振 1972 年 9 月 30 日于北京)

## 对"典故新解"的一些不成熟的意见

"典故新解"——一般所谓典故是指有故事出处的辞句,如果不了解它的故事,便不能明白它的意义,如"杯弓蛇影""画蛇添足""黄粱美梦""刻舟求剑"之类都是。至于一般习用成语,如果追寻起来,或也可以找出最先使用的出处,但尽管不知这些成语最先使用于何时何人何处,其意义仍可以理解,故为通俗所习用。这类成语,似和典故有别,不能混为一谈,如"不寒而栗""一马当先""一知半解"之类都是。又有古人诗句流传下来,虽未必能达到家喻户晓,但已成为比较普通的语文常识,其原文也并不用什么典故,只看字面也可理解其意,不过或因用惯了,人人都懂,或因意思特别,惹人注意,向来传诵,成为名句,如"欲穷千里目,更上一层楼""沉舟侧畔千帆过,病树前头万木春"

"无可奈何花落去,似曾相识燕归来""天若有情天亦老""黑云压城城欲摧"之类都是。这种和一般所说的典故依然有别,因为我们现在把它引用,虽然是有来历出处的,但当时作者创制并没有用什么典故,只如说白话一般。

又"新解"二字,似应指"古为今用",把古人的成语或名句,给予现代新鲜的意义,或就原意而加以扩充,或反其意而予以变化,所谓"化腐臭为神奇"者,才符合"新解"之义。如果只将原意加以解释,别无新意引申,只可名之为浅解,不可名之为"新解"。立名定义,发凡起例,似当明确,不可含糊。

以上所提,未必正确,仅供参考。

(1973 年 12 月 13 日)

## 读书随笔十七则

### 一

顾宁人先生《日知录》谓《墨子》书言周之《春秋》、燕之《春秋》、宋之《春秋》、齐之《春秋》。周、燕、齐、宋之史,非必皆《春秋》也,而云《春秋》者,因鲁史之名以名之也。愚谓《春秋》之名,不自鲁史始,盖夏殷时已有之,《汲冢琐语》所谓"记太丁时事,则曰《夏殷春秋》"是也。周世晋有《春秋》,《晋语》所谓"羊舌肸习于《春秋》"是也。楚有《春秋》,《楚语》所谓"申叔时言教太子以《春秋》"是也。《墨子》又言"百国《春秋》",是各国皆有《春秋》也。特各国《春秋》皆亡,而鲁《春秋》独存,故《春秋》之名,遂为鲁史所专有。然《晏子春秋》《虞氏春秋》《吕氏春秋》之类,要非尊信孔子,因鲁史而名之者也,惟汉儒董仲舒《春秋繁露》则然耳。

【眉批】参看《史通·六家篇》《经义考》《公羊传》，有《不修春秋》，则鲁之《春秋》也。周、燕、齐、宋，皆有《春秋》，载在《墨子》。后以晋《乘》、楚《梼杌》、郑《志》、百国《春秋》之名，仅存其八而已。《困学纪闻》："《晋语》司马侯曰'羊舌肸习于《春秋》'，《楚语》申叔时曰'教之春秋'。"皆在孔子前，所谓"乘""梼杌"也。鲁之《春秋》，韩起所见，《公羊传》所云"不修《春秋》"也"。

## 二

作《易》者其有忧患乎！《易》之为书，乃圣人安不忘危，存不忘亡，所以致兢兢于临深履薄之意者也。虽曰卜筮，然卜以决疑，不疑何卜？盖理有定而数无定，故君子信理而不信数。善哉！严君平之卜筮也，与人子言依于孝，与人弟言依于顺，与人臣言依于忠，此其所以深于《易》也。荀爽、虞翻之徒，穿凿附会，象外生象，以同声相应为"震""巽"，同气相求为"艮""兑"；水流湿、火就燥为"坎""离"；云从龙则曰"乾"为龙，风从虎则曰"坤"为虎。十翼之中，无语不求其象，而《易》亡矣。顾亭林先生曰："六十四卦，三百八十四爻，一言以蔽之，曰：'不恒其德，或承之羞。'"是则圣人之所以学《易》者，不过庸言庸行之间，而不在乎图书象数也。希夷之图，康节之书，道家之《易》也，自二子之学兴，而空疏之人，迂怪之士，举窜迹于其中以为《易》，而其《易》为方术之书，于圣人寡过反身之学，去之远矣。

283

【眉批】《扬子·法言》："史以天占人，圣人以人占天。"

## 三

君子以礼动,以义止。道之所在,虽穷,福也;道之所否,虽达,祸也。素其位而行,不愿乎其外,内反而不疚,夫何忧何惧?安时而处顺,确乎不求前知也。《礼记·少仪》曰:"毋测未至。"老子曰:"前识者,道之华也,而愚之首也。"

## 四

形而上者谓之"道",形而下者谓之"器"。道寓于器之中,舍器即无以见其道也。所谓下学而上达者,下学乎器,即上达乎道矣。朱子以格物为穷理,物,器也;理,道也。理寓于物中,物格而理见。道存于器内,器明而道达矣。规矩准绳,譬则器也,巧譬则道也。大匠能示人以规矩,而不能使人巧。今之教人者,舍其器而曰有道焉、有道焉,是舍规矩准绳而教人巧也。

【眉批】顾亭林曰:"得鱼忘筌,得兔忘蹄,可也;矜鱼兔之获,而反咎筌蹄以为多事,其可乎哉?!"

## 五

儒者之道与释氏之教,虽可以并行而不悖,要不容混淆而杂糅。儒者之道,世间法也。释氏之教,出世间法也。儒者即物以穷理,释氏舍器而明道。儒者之所谓心,诚一之心也,故曰:"操则存,舍则亡。"释氏之所谓心,空灵之心也,故曰"本来无一物","觅心了不可得也"。儒者主动,周公谓寿者皆归无逸,所谓"户枢不蠹,流水不腐"也。释氏主静,禅定自证,了生死而入涅槃也。故言释氏者,固可以冥搜幽探,求其所谓渺远不测之理,苟其理有攸当,原不必皆与寻常日用之事相合,盖其所求者,乃宇宙之真理，不局于人生一隅而已。若夫儒者，则舍天道而谈人事，固宜卑之无甚高论，如顾亭林先生所谓"圣人之道，下学上达之方，其行在孝悌、忠信，其职在洒扫、应对、进退，其文在《诗》《书》《三礼》《周易》《春秋》，其用之身在出处、辞受、取与；其施之天下，在政令、教化、刑法，其所著之书，皆以拨乱反正、移风易俗，以驯至乎治平之用，而无益者不谈。……其于世儒尽性至命之说，必归之有物有则、五行五事之常，而不入于空虚之论"，乃为得也。故以儒论儒，陆王之言心，固属失之，即程朱之谈性天，亦未为得也。阳儒阴释，杂糅混淆，宋明诸儒，能免此蔽者几人哉？颜习斋曰："诸儒之论，在身乎？在世乎？徒纸笔耳。则言之悖于孔孟者坠也，言之不悖于孔孟者亦坠也。"斯言也，其空疏学者之针砭乎！

【眉批】《文中子》：或问佛，子曰："圣人也。"曰："其教何如？"曰："西方之教也，中国则泥。"

285

## 六

陈无己（师道）以游魂为变为轮回之说，吕仲木（柟）辨之曰："长生而不化，则人多，世何以容？长死而不化，则鬼亦多矣。夫灯熄而然，非前灯也。云霁而雨，非前雨也。死复有生，岂前生邪？"王仲任《论衡》曰："天地开辟，人皇以来，随寿而死。若中年夭亡，以亿万数计，今人之数不若死者多。如人死辄为鬼，则道路之上，一步一鬼也。人且死见鬼，宜见数百千万，满堂盈庭，填塞巷路，不宜徒见一两人也。"又曰："天地之性，能更生火，不能使灭火复然；能更生人，不能令死人复见。"其意正同，岂吕固本于王邪？

大禹言："惠迪吉,从逆凶,惟景响。"汤言："天道福善祸
淫。"伊尹言："惟上帝不常,作善降之百祥,作不善降之百殃。"
又言："惟吉凶不僭,在人;惟天降灾祥,在德。"孔子言："积善之
家,必有余庆;积不善之家,必有余殃。"其善恶报应之道,非真
有天神上帝司其祸福也,特其自作自受二气之相感,不能逃于自
然之理耳。昔秦王使使者赐武安君剑自裁,武安君引剑将自刭,
曰："我何罪于天而至此哉?"良久曰："我固当死,长平之战,赵
卒降者数十万人,我诈而尽坑之,是足以死。"遂自杀。又秦二
世赐蒙恬死,蒙恬喟然太息曰："我何罪于天,无过而死乎?"良
久徐曰："恬罪固当死矣,起临洮,属之辽东,城堑万余里,此其
中不能无绝地脉哉!此乃恬之罪也。"乃吞药自杀。又李广尝
与望气王朔燕语曰："自汉击匈奴,而广未尝不在其中,而诸部
校尉以下,材能不及中人,然以击胡军功取侯者数十人,而广不
为后人,然无尺寸之功以得封邑者,何也?岂吾相不当侯邪?且
固命也?"朔曰："将军自念,岂尝有所恨乎?"广曰："吾尝为陇西
守,羌尝反,吾诱而降,降者八百余人。吾诈而同日杀之,至今大
恨独此耳。"朔曰："祸莫大于杀已降,此乃将军所以不得侯者
也。"人当情欲炽盛之时,其天理固沉埋而不能显露,及其情欲
稍杀,则天理终有不可尽泯者。《语》曰："人之将死,其言也
善。"盖将死之际,欲为之杀也。当武安君、蒙恬、李广良久自念
之际,其良心上受天理之呵责,其痛苦必有甚于刀锯鈇钺者,斯
非自作自受二气之相感者邪?君子为善,固行乎其心之所安,而
未尝以祸福、利害计,然福利常随之者,则自然之理,非有求而得
者也。其杀身成仁、舍生取义者,流俗人或谓之祸,然一瞑不视,

其心无所惭怍,其福利不加大哉?

## 八

《吕氏春秋》曰:"出则以车,入则以辇,务以自佚,命之曰招蹶之机;肥肉厚酒,务以自强,命之曰烂肠之食;靡曼皓齿,郑卫之音,务以自乐,命之曰伐性之斧。"枚乘《七发》本之曰:"出舆入辇,命曰蹶痿之机;洞房清宫,命曰寒热之媒;皓齿蛾眉,命曰伐性之斧;甘脆肥脓,命曰腐肠之药。"张衡《同声歌》曰:"思为莞蒻席,在下蔽匡床;愿为罗衾帱,在上卫风霜。"陶渊明《闲情赋》本之曰:"愿在衣而为领,承华首之余芳,悲罗襟之宵离,怨秋夜之未央;愿在裳而为带,束窈窕之纤身,嗟温凉之异气,或脱故而服新;愿在发而为泽,刷玄鬓于颓肩,悲佳人之屡沐,从白水而枯煎;愿在眉而为黛,随瞻视以闲扬,悲脂粉之尚鲜,或取毁于华妆;愿在莞而为席,安弱体于三秋,悲文茵之代御,方经年而见求;愿在丝而为履,附素足以周旋,悲行止之有节,空委弃于床前;愿在昼而为影,常依形而西东,悲高树之多阴,慨有时而不同;愿在夜而为烛,照玉容于两楹,悲扶桑之舒光,奄灭景而藏明;愿在竹而为扇,含凄飚于柔握,悲白露之晨零,顾襟袖以缅邈;愿在木而为桐,作膝上之鸣琴,悲乐极而哀来,终推我而辍音。"

## 九

孟子曰:"尽信书则不如无书。"《神农本草》,为汉人所托,自无可疑。其所论药性,得者固多,失者亦复不少。贵乎好学深思之士,善为去取焉而已。陈修园谓柴胡一味,《神农》推为上品,久服延年益寿之药,以谓不可少用。岂知《神农》推为上品,久服轻身延年者,共六十七种,细辛、升麻、防风、羌活,均属其内,亦可以常服延年邪? 又注"桃花汤"云:"病在肾,肾为先天之本。天惟石可以补之。仲景此方,独具女娲手段。"夫认肾为天,已属穿凿;又笃信女娲炼石补天为实事,不更谬邪? 至于龙骨,亦以为真龙之骨,具神妙不测之用,岂不可笑! 吾国古籍,为模糊之语者甚多,而医书尤甚。用之于文学,固不必以言必有物之语相律;用之于实事求是之医学,则不可无征而信也。吾国医学,确有足以流传且为西医所不及者,然断金碎玉,沉埋于瓦砾之中亦久矣,非用科学之方法,拣择而整理之,未易见也。是则窃有志焉,而未逮者也。

## 十

秦王始见韩非《孤愤》《五蠹》之书,曰:"嗟乎! 寡人得见此人,与之游,死不恨矣。"汉武帝读司马相如《子虚赋》而善之,曰:"朕独不得与此人同时哉!"及韩非至秦,非特不信用而已,而又杀之。相如虽不见杀,而病免茂陵,闻其病甚,乃遣所忠求遗稿,何远相慕之诚而近相遗之甚邪? 恒人之情,贵耳贱目,千载之上,或哀湘吊贾,而身所及见之人,乃一交臂失之。杜少陵诗云"不薄今人爱古人",然而斯人不可闻矣。司马子长为韩非传,独悲韩子为《说难》而不自脱,而不能自免于腐刑。班孟坚为子长传,谓"既明且哲,以保其身,难矣哉",而不能自免于腐刑。陆士衡为《豪士赋》以讽齐王冏,其序有云:"借使伊人,颇览天道,知尽不可益,盈难久持,超然自引,高揖而退,则巍巍之盛,仰邈前贤;洋洋之风,俯冠来籍。"及河桥一败,而华亭鹤唳,不可复闻。范蔚宗为班孟坚传,谓古人"致论于目睫",而以叛逆诛。"知之非艰,行之惟艰",曾子战战兢兢,临深履薄,及启手启足,乃曰:"而今而后,吾知免夫。"知人自知,岂易言哉!

## 十一

荀子言:"有治人,无治法。"韩非《难势》反之曰:"世之治者不绝于中,吾所以为言势者,中也。中者,上不及尧舜,而下亦不为桀纣。抱法处势则治,背法去势则乱。今废势背法而待尧舜,尧舜至乃治,是千世乱而一治也。抱法处势而待桀纣,桀纣至乃乱,是千世治而一乱也。"其说韪矣,然亦道其常而已,非所以语乎其变者也。若夫世变方殷,人心风俗,一切弛涣而无所维系,上下相蒙,惟利是竞,则政之不善者害也,政之善者亦害也。以行政之人,皆害政之徒。顾亭林有言:"今日之事,兴一利便是添一害。"吾于今亦云:每一令出,训令交驰,徒具空文,视若无睹。又有甚焉,则舞文而弄弊矣。清议沦亡,廉耻扫地,苟不先务教化以转移人心、整顿风俗,则虽有善法,莫之能行。孟子曰:"徒善不足以为政,徒法不能以自行。"以言今日,则能行之人,又急于所行之法矣。

## 十二

韩非子《难势》:"且夫尧舜桀纣,千世而一出,是比肩随踵而生也。"王先慎云:"'是'上当有'反'字。"愚谓不然,"是"犹"犹""若"也。《战国策·齐策》:"千里而一士,是比肩而立;百世而一圣,若随踵而至也。"是与若对文。《庄子·齐物论》:"万世之后,而一遇大圣,知其解者,是旦暮遇之也。"宋鲍照《河清颂》引孟子曰:"千载一圣,犹旦暮也。""是旦暮"与"犹旦暮",其意正同。

孟子曰："君子所性，仁义礼智根于心。其生色也睟然，见于面，盎于背，施于四体，四体不言而喻。"《大学》曰："小人闲居为不善，无所不至，见君子而后厌然，掩其不善而著其善。人之视己，如见其肺肝然，则何益矣。"此谓诚于中，形于外。《易·大传》曰："将叛者其辞惭，中心疑者其辞枝，吉人之辞寡，躁人之辞多，诬善之人其辞游，失其守者其辞屈。"韩退之有言："仁义之人，其言蔼如也。"《诗》云："潜虽伏矣，亦孔之昭。"作伪心劳力拙，徒自欺耳，岂足以欺人乎？

许用晦《咸阳城东楼》诗云："一上高城万里愁，蒹葭杨柳似汀洲。溪云初起日沉阁，山雨欲来风满楼。鸟下绿芜秦苑夕，蝉鸣黄叶汉宫秋。行人莫问当年事，故国东来渭水流。"姚惜抱评云："溪云一联固警句，然必当是咸阳景色耶？大抵用晦诗，似先得句而后加题傅合者然，此其病也。"愚谓诗即景写情，其景色有一隅独异者，有他处相同者。独异者固不可移于他处，而相同者又岂必局于一隅。溪云一联，直是道出眼前景色，便为佳句，岂必不可移于他处，然后为景色邪？惜抱又评白乐天《西湖晚归回望孤山寺赠诸客》诗，谓"非至西湖，不知此写景之工"。试问"卢橘子低山雨重，棕榈叶战水风凉"一联，必当是西湖景色邪？虽如此景色，不局于西湖，而西湖有此景色，便为佳句矣。至于为诗，固有有题而后作者，要以情景相感、兴会偶来，即得数句，然后足成之，傅以题目者为多。盖必如是乃性灵之诗也。顾亭林《日知录》有言："古人之诗，有诗而后有题；今人之诗，有题而后有诗。有诗而后有题者，其诗本乎情；有题而后有诗者，其诗徇乎物。"诚知言哉！

## 十五

无名氏《古诗》"家中有阿谁"，郭璞《游仙诗》"借问此何谁"，"阿谁"即"何谁"，谓何人也。"阿"与"何"声近相借也。

## 十六

"双"，古音皆入一东二冬韵。《汉书》："天下无双，江夏黄童。"《续汉书》："荀氏八龙，慈明无双。"袁松山《后汉书》："公沙六龙，天下无双。"《晋书》："石仲容，姣无双。"《后魏书》："李波小妹字雍容，褰裙逐马如卷蓬，左射右射必叠双。妇女尚如此，男子那可逢？"皆其证也。

291

## 十七

七言多本句自为韵者，如《东观汉记》"关西孔子杨伯起"，"子""起"为韵。《续汉书》"说经铿铿杨子行"，"铿""行"为韵。《后汉书》"五经纷纶井大春"，"纶""春"为韵；"五经无双许叔重"，"双""重"为韵。《晋书》"洛中雅雅有三嘏"，"雅""嘏"为韵；"后进领袖有裴秀"，"袖""秀"为韵；"洛中英英荀道明"，"英""明"为韵。《后魏书》"京师楚楚袁与祖，洛中翩翩祖与袁"，"楚""祖"为韵，"翩""袁"为韵。皇甫谧《达士传》"素车白马缪文雅"，"马""雅"为韵。《陈留风俗传》"殿上成群许伟君"，"群""君"为韵。《文士传》"嶷然希言江应元"，"言""元"为韵。《三辅决录》"道德彬彬冯仲文"，"彬""文"为韵。然两句者亦有首句不自为韵，而次句为韵者，如《魏略》"州中华华贾叔业，辩论汹汹敬文通"，"汹""通"为韵，"华""业"不为韵也。

# 诗词杂话补遗

编者按：在整理冯振先生遗稿时，发现一份题为"诗词杂话补遗"的资料，此前均未见，特在此补充编入。

柳州黄铁珊，工诗，负才不羁，余向耳其名而未谋一面，甘云庵先生尝诵其《金陵杂感》绝句云："北固疏钟透暮潮，乌衣门巷认前朝。蘼芜不解沧桑意，犹逐春风过板桥。"神韵悠然，颇堪击节。又有断句云"天与头颅原有价，却教故旧藉封侯""地下渐离应痛哭，卢獒今日亦荆卿"，均见巧思。

苏寓庸先生以其近作古今体数十首见寄，离乱以来，不见老成人，得诵佳诗，如亲杖履。余尤爱诵其《客舍生秋心悲故国吟成八首聊附五噫》。前四章云："一叶梧江又报秋，秋风江上使人愁。凤台寂寞鸳鸯冷，横海潮惊送客舟。""古藤江水月犹今，水洗人肝月照心。夜梦访苏亭下泊，心肝摧折断琴音。""飒飒秋风动桂林，万山如戟柝声沉。南天一柱空回首，孤负将军报国心。""柳州垂柳自多情，曾绾将军细柳营。昨夜西风大萧瑟，绿条黄落不闻莺。"盖先生诗，古体胜于近体，绝句如此风神凄丽者，尤为难得也。

谭介甫，湖南湘潭人，倜傥有奇气，好奔走国事，能诗善书，顾均不肯致力。而好治诸子哲学及泰西歌诗。辛亥之役，或传其已死于南京，曾有七律志其事，余尚记其二联云："青山作壁天如屋，白铁为筋骨亦铜。出入秋冬春夏气，往来八万四千虫。"亦可想见其为人矣。己未之岁，远道南游，同执教于梧州中学，退然儒雅，与昔殊观。庚申同游桂林，唱和殆无虚日，然好作怪语，不免坠入魔道。余独爱其《游岑西林雁山别墅》一诗，云："初夏游名园，远望一峰簇。近见池沼清，峰下有幽谷。沼上架楼台，谷中似华屋。蝶飞草花齐，鸟语鲜果熟。提壶坐石磴，举杯餐芳馥。一饮易一景，矫然开心目。佳人今不存，但羡园丁福。平生如得住，当作十年读。"盖以眼前好景，恰能如量道得出也。又《桂林送春·调卜算子》一阕云："十日望春晴，九日疑春雨，人到芳城为赶春，却值春迟暮。春至本无心，春去终无语，人到芳城又送春，却少春情绪。"亦有致。

壬戌夏历七月，先慈弃养；十二月，又遭先兄鉴明之丧，天伦之戚，人事之乖，可谓极人世之至悲。余与柱尊书有云："梧桐之干半死，卷葹之心实伤。"旋得柱尊见寄诗云："嗟予亡弟还亡父，怜子哭娘又哭兄。扰扰世人谁似此，茫茫造化岂公平。余生岂合安天演，未死尤应与命争。它日冈阡如可表，共将血泪写平生。"又哭先兄诗二首云："曾于桂岭订心盟，又向高斋识素情。恬淡遗荣堪养志，殷勤育弟得成名。相忘道术肝肠见，一别参商岁月更。正拟明年作归计，尊前聊复话平生。""无端报道死生违，客泪纷纷欲湿衣。怳见孤妻吞恨诀，如闻诸弟断肠啼。音容从此归寥寂，天道无由问是非。遥想明年相访处，荒山秋草已萋萋。"三诗呜咽怆怀，字字血泪，真可谓他人尚不可闻，况仆邪！

清诗人沈方舟（用济），有《由丽江抵北流》诗云："频年鞍马历荒陬，唐代羁縻是此州。猺洞千蟠攀岭怯，鬼门一线入天愁。朝昏吹角呼林鹿，妇女张弓射野牛。却望伏波铜柱在，飞鸢跕跕海西头。"今吾邑志阙此诗，其民间习俗，亦殊异于右所云矣。

陈畏天不常为诗，其诗要自可诵。己未春与苏纫兰女士结婚于苍梧，旋苏复赴靖西长女校，畏天送以诗云："未曾相见苦相思，才得欢娱又别离。旅梦乍惊春去后，怀人长在月圆时。一江烟雨尊前泪,两岸蘋花水满陂。准拟半年容易过,秋风凉冷莫归迟。"一时余与柱尊及吾弟挥之均有和作,挥之诗凄丽明艳,驾乎诸作,诗云:"多情无泪也相思,银烛难教慰暂离。微笑纵留香歇帐,清光应减梦回时。菱枝力弱波千顷,杨柳风摇月一陂。巫峡巫山何限恨,几回欲去又迟迟。"何逊《为衡山侯与妇书》云:"虽帐前微笑,涉想犹存,而幄里余香,从风且歇。"共十八字,第三句以七字括之,尤见炉锤融化之妙。

近得阅傅青主先生自书诗稿,书法秀逸,诗则清新,论者以为介乎仙侠之间,信然。五言排律,过长不录,录其七绝一首云:"天津桥上弄猢狲,弄罢深深各闭门。歘地杜鹃啼滴血,燕山真有未招魂。"

# 诗稿补遗

## 瑞鹤仙·六十生日有感
（1968 年 11 月 27 日）

徒增惭马齿，忽花甲生辰，咫尺天涯，妻儿空嗟叹。孤零零独自，粗蔬淡饭，何须切劝，更无酒，牢骚难遣，借一杯，白水盟心，聊把羁中愁散。

谁伴？辗转床上，银光微注，淡星稀灿，寸心撩乱，伤情事，一连串！奈清风多事，吹人华发，白了当年一半，想平生，怀抱空存，几时可展？

## 贺新郎
（代作，1976 年 8 月 23 日）

相见成畴昔，想当年，明眸皓齿，芳心初坼。来住我家多岁月，助我亲娘劳役，相爱护，亲如婆媳。我小三年称姐弟，每归来，放学常寻觅；真两小，无猜隔。

从师我作他乡适。志凌云，天涯海角，心心相忆。两载光阴如逝水，惊听晴天霹雳。痛桂蕊，豪强摧摘。义士谁为古押衙，料九泉，埋恨定成碧。封建毒，真无极。

## 歌颂华主席

（1976 年 12 月 3 日）

### 其一

滔天罪恶四人帮，篡党专权乱纪纲。
赖得英明华主席，当机果断镇猖狂。

### 其二

诒谋选定接班人，亲笔书成我放心。
主席放心主席继，放心万倍是人民。

## 哀悼周总理

（1977 年 1 月 8 日）
周总理逝世一周年纪念作

### 其一

回思大厦栋梁倾，万众周年泪再凝。
为党为军俱为国，鞠躬尽瘁贯精诚。

### 其二

南征北战建奇功，虎穴和谈论更崇。
诸葛一生推谨慎，寰球指掌服宏通。

## 其三

阴谋诡计四人帮，撼树蚍蜉不自量。

遗臭即今成定论，九州同仰骨灰香。

## 改郅仲作《水调歌头·游仙》
（1977年1月22日）

总理乘风去，灵魄上清霄。离却人流花簇，泪雨化长桥。俯看苍茫迷雾，耳际犹闻泣诉，天路万重遥。寰宇萦哀乐，呜咽雨潇潇。

玉京里，同袍集，议锄妖。朱、陈、贺帅，旌旗百万起狂飙。忽报锣鸣鼓响，又报已除四害，开怀饮满瓢。彩练姮娥舞，腰带久飘摇。

## 寄肖宛卿湄
（1977年2月8日）

十年书札（鱼雁）断浮沉，意外相逢喜不禁。

愧比诚斋充宋调，长怀漱玉有唐音。

飞腾倦鸟思栖息，山水宜人恋桂林。

闻拟移居欣赏析，更欣梁孟结同心。

## 改外孙张林题画诗

（1977 年 5 月 11 日）

绿水青山绕草庐，轻舟一叶泛平湖。

牧童不管春将老，横笛犹吹问鹧鸪。

## 读彭天龙怀念之作感赋

（1978 年）

四十年间音问稀，尚欣偕老退休归。

遣怀忍读方回句（贺铸字方回），头白鸳鸯失伴飞。

（四十年前君新婚时余曾寄贺诗云：烽火连天消息稀，喜闻静女赋同归。狂风用尽掀波力，不碍鸳鸯作对飞。余一年前有悼亡之戚，不禁感慨系之。八十三叟自然室主稿　一九七八年八月十三日书于桂林叠彩山下寓庐。）

298

## 批林批孔漫题

七十年来中毒深，中庸忠恕日追寻。

自从阶级分清后，不向空虚觅此心。

（中庸忠恕之道是抹煞阶级内容、脱离社会现实的唯心主义先验论。）

儒法分途互斗争，谈王说霸久争鸣。

试翻历史看衰盛，复古崇今界线明。

（历代凡兴盛时期，都尚变法，崇霸道，厚今薄古；凡衰乱倒退时期，都崇儒术，贱霸道，颂古非今。）

## 修改郅仲至北京和关同志晤谈抒怀七律
（1978年8月9日）

京都意外喜相逢,十八年来瞬眼中。

华发不忘鸿鹄志,赤诚原为素心同。

追思卅载情怀切,欢叙终朝意气融。

愿竭驽骀追骥尾,天狼待射挽强弓。

## 为北流中学六十六周年校庆赋此祝之
（1979年5月22日）

六十年前都讲地,芳菲桃李斗争中。

如今四化高标举,共庆光辉满地红。

第三编　书信集

## 与黄宾虹

上季,文洪惠临,比造旅邸,聆驾偕尊嫂夫人已登车遄返珂乡,不及践送,至以为歉。数月以来,道途阻隔,音问多疏,谅潭第福绥,著述增益为祝。敝寓如常。拙画一帧,兹托陈先生代为附上。余续。祗候振心先生冬安。

阖府均此。

宾虹拜上
(一九四七年)

前月陈守玄翁二令郎返杭,询及千钧兄地址,近已随解放军南行,荣归不远。谨以附达。

# 与唐文治

蔚公夫子大人函丈：

奉读十八日赐谕，慰勉拳拳，仍以教务主任名义，及主持一切校务事权见委，惶愧万分。生忝列门墙，已逾卅载，追随任职，即达廿年。栽培之恩，知己之感，不特此生无二，亦恐异世难逢。黾勉图报，惟日不足，岂敢推诿，自居暇逸？惟违难九年，才短任重，勉强支撑，心力交瘁，须发萧疏，未老先白，旧雨重逢，皆惊憔悴。内子函劝辞职，几于垂涕而道。然校中经办之事太多，若骤尔远离，势必更增其困。计不得已，仍留校中，专任教授。旧政新尹，必告必忠，公私两全，似为兼善。待精力稍复，再效驱驰。有所不为而后能有所为（断章取义，稍异原意），似消极而实积极。前在广州，即沥情上陈。到沪晋谒，又恳切申请。幸邀鉴许，感激涕零。到锡以来，方思书卷自娱，学以养性。以函丈尚留沪上，此间零星事件，仍照常处理。然以不负行政名义，自觉如释重负，夜可安眠，可谓二十年来，久无此乐。故生之恳辞教务主任，纯为身体关系。再三审度，不得不暂息仔肩者也。

至于今后本校情势，与前数年又不相同。迁桂之时，生以地域关系，义不容辞，不得不勉为其难。又在患难之中，同人同学处处相谅，和衷共济，幸与有成。然贪天之功，以为己有，反躬自省，负疚实深。此后环境既殊，瞻观亦异，才薄望微，何能为力？强而行之，必至陨越。函丈虽能曲谅，社会岂便同情？是今日相期愈殷，他日失望愈甚。内外交谪，公私两损，不如避贤让位，保泰持盈。个人留一分之去思，即学校增一分之元气。岂独自计，亦为校谋。此又生默察各方情势，度德量力，不敢更膺重命者也。肺腑之言，万乞垂察。校中应办之事，千头万绪，实不能再因循拖延。兹为暂时应付大局起见，谨当就管见所及、见闻所得，通盘计划，尽量贡献，以备采择。完全系试办性质，比于白衣参政，不受任何名义，并请特派庆棠先生不时到校，指导一切。大约立法及机构，最为学校基础，其次则人力、财力，四者具备，余事自可迎刃而解。未审函丈以为然否？余俟续陈，兹不缕述。去冬毕业生邓式山顷由湖南汇来寿仪二万元，特将原函及汇票奉上，敬乞察收。

示复为祷。肃此敬叩

道安！

师母大人福安！

景周、瑗仲、谋伯、叔高诸兄均候！

门人冯振谨禀

（民国）卅五年七月廿日

### 与梁漱溟

振心老兄先生：

日前约定廿五日在中山公园会面,今据公布田中角荣即于是日到京,欢迎队伍或将在公园门前经过,假如公园正门不便出入,请进公园之旁门(在南长街街东)为幸! 又假如公园是日竟不开放,则请驾临西单素菜馆(马路南)一聚。弟准午前十一时在彼候晤也。余面谈。

手叩

大安!

弟漱溟叩

(一九七二年)九月廿二日

\*　　\*　　\*

吵架吵完了吧!

一九七二年九月日本首相田中角荣来京与我国周恩来总理举行两国恢复邦交谈判。既将达成协议,毛主席接见他,坐定,主席开腔一句话,就说:吵架吵完了吧! 此见主席态度轻松风趣,待人亲切,不落俗套。然亦象征了二千年两国友善关系在近八十年短期恶化之结束,今后将永远和睦相处,并为世界和平共同努力。

振心先生适于此时到京把晤,承索书纪念,特书此以应,即请教正!

梁漱溟

一九七二年九月卅日于北京

　　＊　　＊　　＊

振心老兄先生：

　　承寄示近作诗集，得拜读为快，弟一向不能作诗，但于诗亦是喜欢读的，况好友如兄之作乎？自度不能保存，敬如嘱邮还，亦推想印刷本数不多也。手覆敬请时安。

弟漱溟顿首

一九七四年四月四日

　　＊　　＊　　＊

　　顷收到讣告，惊悉振心老先生逝世，不胜哀悼。回忆先生往昔主持国学专修学校时，我承先生招待，食宿校内。因我一向不茹荤腥，特嘱家人备素食饷我，至今感念不忘。全国解放后，先生几次北游到京，必访我把晤快谈，并去太原访晤往昔同住国专校内之阎君宗临。今者阎君及先生各已谢世，独余老朽我一人在耳，不禁憬然神伤矣。

　　专笺布臆。敬维

节哀顺变是祷！

梁漱溟再拜

一九八三年三月廿一日于北京

# 与冯介

振心老侄如见：

接读你寄来的诗集，惊悉六嫂已经离开人世，不胜悼念之至，久病得到解决，对病人亦是好事。

去年9月间你来到西大，十多年来才得见一面，实感欣慰，但时间短促，又有别人在座，你我未得畅谈一切，甚以为憾。近来我身体尚好，不减去年你见我时，但廿一婶则近几个月来的情况很坏，她的血管硬化更甚，两脚僵硬，行动都要人扶持，故我的任务比前更重，那也没有别的办法。去年10月间汝源到桂林时曾去访问过你，后来他写信给我说，你说政策可以请人照顾。可以请人照顾，我早就知道，也早就做了。廿一婶于1963年3—4月间因高血压病，曾在医学院住院医治三四次，我曾电请其妹上来照料。1966年9月间廿一婶被迫回乡，她到容县河口其弟妇处居住，到1968年3月才得回西大居住。我约有一工人家属做饭，洗衫。到1969年3—4月间改由隔壁房间的一位家属（其夫是一个教授，1969年初失踪，生死未明）帮我做饭，迄今已有长长七年了。洗衫对于一个人的身体是有益的，故我不要人帮我洗衫（1974年2月间我一时不慎扭着我右手的肩膀，经过针灸、按摩、擦云香精、照红外线，一年之久的治疗，到1975年2月右手都不见好，后来经过洗衫两个多月，到1975年5月中，右手全好了），故我很体会"生命在于运动"这一句话的意义。廿一婶患瘫痪病，无人愿意服侍，虽亲生子女恐怕也不大愿意做。血管硬化，大小便都不能自己控制，晚上起来小便4—5次至十几次不等，小便前要扶她下床，小便后又要扶她上床。我身体好，没有什么疾病,晚上睡着,一叫就醒,醒后一睡就可睡着,恐怕没有很多人能这样容易入睡,又容易醒的。中国有句古话"久病无孝子",我相信这句话。

廿一婶患病久了,早就想早些去见上帝了。

此问

近好!

廿一叔介民启
1976 年 5 月 14 日

＊　　　＊　　　＊

振心老侄:

3 月 6 日来信已于 3 月 8 日收到。最近我不幸生病,承蒙关注,至为感谢。我的病已经逐渐好转,不久可望痊愈了。现在我来谈谈我得病的原因,可作前车之鉴。

我从来没有过高血压病,除伤风感冒和皮肤痕痒外,也没有什么疾病。一月廿七日上午我从西大步行四十分钟到五里亭,拟向邮局领取一封挂号信。在邮局对面有一间小饭店,我入去想吃一碗面条,正在排队等候,厨房的鼓风机发出极大的声音,刺激我的头脑,使我突然感到头晕。我勉强吃完一碗面条后,即出去到一间小学厕所大便,出来后又发生呕吐,很想赶快回西大,但五里亭没有三轮车,只好坐公共汽车一站路到西大下车,在大门口稍微休息一下,即步行回家。在半路上遇见一个相识的饭堂工友,请他陪我回家。我到家后一坐下椅子,我的头大晕特晕,见到天旋地转,房倒屋崩,犹如大地震一样。我赶快脱衣上床睡下,仍觉得天地、房屋、床铺在转动。幸得兰芬(式民的大女,在西大东门外的商业学校做家属)来我处照料我的一切。

309

一连八天我睡在床上，头晕逐渐好些，八日后我才起床，在房门外面坐椅晒太阳。第一天医生检验血压为190/110，第二天仍为190/110，第三天下降到150/96。生病迄今已经五十天了，但病体虚弱，两脚行路不甚稳定，但我估计再有一个月就可以恢复健康。现在志民之子汝汉从玉林上来照顾我。

　　特此函复，请你放心。并问

近好！

愚叔介民启

（一九七七年）三月十七日

＊　　　＊　　　＊

敬爱的对我七十年关怀培育、时刻爱护的高龄叔父：

　　祝您万寿无疆，健康愉快！

　　去冬侄到邕列席区政协人大会议，有机会拜谒并承殷勤爱护，一似孩提，感激情怀，昭告儿女。上月闻叔父因病进住医院，至深驰念，后得郅亮来函，知已回寓休养，私心稍慰。窃念叔父禀赋特强，又乐观处世，善于调协，精神矍铄，少有伦比，近来偶有不适，又有弟妹侍养，定必化险为夷，早占勿药。以侄愚见，高龄老人，药物可以少食，营养物品，倒需注意，大便正常便好，若一日多次，或至溏泻，即须治疗。经常饮食，肉类脂肪，固当减少，鱼蛙动物，亦宜补充。蜂乳王浆，经常服用，很有补益，无副作用，请叔父试试。

　　专肃奉陈。敬祝

康乐长寿！

侄振叩上

1978年6月4日

振心老侄同志：

来信收到，读悉一切。老侄过于客气，过分赞扬，实不敢当。

我由于患冠心病，于 4 月 9 日被送进区人民医院留医。我住医院二十五天，病体稍微好些时，于 5 月 4 日自请回西大老家休养，至今已有一个半月了。但身体未得复元，全身瘦弱，四肢无力，行动不甚方便，能活多久，尚难预计。幸胃口尚好，吃食如常，差堪告慰。再过三个半月我就要满八十九岁，这样老的老人，尚能吃食，尚有何求？

我在西大，幸得侄子冯汝汉（志民之子）来此作伴，一切家务，做饭洗衫，都由他去做，否则我真不知如何是好。

此复。并问

近好！

愚叔介民启<br>1978 年 6 月 20 日

311

\*  \*  \*

敬爱的叔父尊鉴：

您好！

久疏函候，遥想起居万福，定符私颂。近从郅亮来函中，藉悉尊体健康加强，经常能在西大校内散步行走，高龄得此，至堪庆幸。侄自幼追随，即记叔父年比侄长六岁，今年应是九十大庆，具体生辰，记忆不清，似是农历中秋节前后。外孙乔燕康向在南宁区体工大队手球队任运动员，七六年侄赴邕参加区政协和人大五届胜利召开时，曾携同到西大拜谒，最近暑假回桂探亲，假满回邕，特敬具菲仪，嘱专诚往西大晋谒，并就近购买一些日常营养品如蜂乳王浆、麦乳精等，聊表祝嘏之诚，敬祈哂纳，无任感幸。

专肃。敬颂

万寿无疆！

侄振敬叩

1979 年 8 月 20 日于桂林

＊　　＊　　＊

敬爱的廿一叔父尊鉴：

前数日接到汝英妹从武汉来函，谈及叔父因在西大球场上行走不慎，跌了一跤，小腿骨折，现已住医院，吃喝、大小便都在床上。幸得汝汉弟在医院服侍，最近情况不知如何？十分挂念。侄虽年比叔父小数岁，但向来不及叔父健康，近年行动更感不便，中文系旧址以外，车马众多，非有少壮陪同，不敢行走一步。因此虽万分驰念，实际无法亲自前来探望，以叔父平日爱侄之深，知侄之切，耿耿此心，当承曲谅。

专肃。敬祝

早日恢复健康！

庆占勿药！

侄振敬叩

1979 年 9 月 22 日

## 与苏寓庸

寓公姻翁先生阁下：

去冬闻公还山，屡欲奉书致候起居，疏懒蹉跎，竟而未就。今春成奉寄公诗一首，逮兹犹未及呈正，乃先蒙惠书垂询，真堪自愧。辱示高吟，讽诵再四，杜老放翁忧国忧民之思，溢乎纸上，情之所至，不徒在文字声韵之工而已。年来时事桑沧，顷刻百变，泡影空华，孰复可念？独苦海众生，正遭浩劫，无岸无边，不知何时普度。中心如醉，尚忍言邪？振性本孤介，忧患余生，益复恬淡。古人云："早知穷达有命，悔不十年读书。"孟子曰："求则得之，舍则失之，是求有益于得也。求之有道，得之有命，是求无益于得也。"苟不惟求得舍失之务，而孳孳焉于求之有道、得之有命者，安见其不悔邪？振今日夕勉自鞭策者，惟期于无悔，授徒外专治哲学，不多与人还往，尘事都不过问，亦颇有足以自乐者。惜无良师益友相与讲习，用心勤而长进少耳。又自去秋至今，家门病者常数人，医方药灶，不能徒假人手，心烦力惫。苟非书史之泽，足解愁思，则忧能伤人矣。我公避世乡居，专志著述，名山事业，足期千秋。粗陋之怀，有当于高明否？非恃公之知我，固不敢发其狂言也。拙作诗文，或油印，或手抄，奉呈是正，有暇当更录呈；大著亦望随时见示。余不一一。

　　敬叩

著安！

　　　　　　　　　　　　民国十一年

* * *

寓庸姻翁先生钧鉴：

振以薄祜，天降惨罚，去岁迭遭家难，颠顿迍邅，极人世之至悲。屡蒙存唁，慰勉交加，感激之情，抑难言状。阙然不报，久之至今，疏懒之愆，伏冀原宥。今春闻公振铎容城，极欲趋访，一吐愁怀，以事缠牵，愿莫之遂，怀之在心，我劳如何？回思数载前侨寓苍梧，振与柱尊每夜静酒酣，见明月入户，辄清兴动怀，便整衣外出，纵步访公。至则烹茶评诗，上下今古，清谈忘归，往往深夜始散，以为人世间富贵荣显，他可喜事，举不足以易此。然当时数数如是，亦以此乐为可常有。嗟乎！岂料异时追思，竟若难以再得，有如今日者邪！柱尊远游无锡，公虽近在咫尺，而邈若山河。振饱经忧患，穷愁落寞，念前游益如隔世事。世变方殷，何时始得稍舒怀抱邪？云庵先生就敝校教席，日夕晤谈，此乐可知。远则暑假，近在荔枝熟候，当约二公到舍，作数日谈也，聊先及之，并用自慰。旧作二首，近付油印，奉寄是正；如有新篇，亦希惠示草草。不尽百一。

敬叩

道安！

（民国）十二年四月

## 与覃用吾

用吾先生足下：

　　昨日贵府使至，奉到十一月廿二日由羊城寄返惠书，备悉令祖母夏老太夫人以盛德享高年，今届八十晋一，姻族戚党将奉觞上寿，足下亦欲撮述其平生嘉言懿行，垂诸不朽，而求序于振。振虽短于文辞，然乐称述人之善，苟可勉而为之，则又何辞？惟振以学无根柢，滥窃虚声，造怒于鬼神，顾不隕越于我躬而延祸先慈，痛于七月二十九日弃养，振抢天呼地，百身莫赎！今虽奄岁少安，而风木余悲，茕茕在疚，宁复敢以斯文自诡？且方痛己之失亲，又能为文以寿人之亲乎？藉令为之，是天下不肖子，足下将安贵以不肖之人称述祖德乎？以此言之，固不能为，又不忍为，抑不敢为也。望足下另请大手笔为盼。匆匆布复，诸希亮察。不宣。

（民国）十一年十二月

315

## 与甘云庵

云庵大儒先生阁下：

违教以来，未获奉书致候，伏惟万福，幸甚幸甚。振自避乱还乡，原欲宅心事外，稍息尘劳。而敝邑中学校长梁君与吾有故，邀与共事，忽忽居此，又年余矣。道不加修，学无长进，每怀令德，益用自疚。敝校现缺一二年级国文教席，校长梁君素仰高名，极欲以此席见屈，嘱振奉书敦劝。振惟我公远绍桐城之遗风，近挹九江之坠绪，既大行于贵属，不可不推及敝邑，而勾漏、西竺山川之胜，先生不时饮酒行吟于其间，亦高贤隐居乐道之所尚也。寓公近已就容县中学之聘，我公来此，遥相应和，闻风兴起，当不乏人。濂洛关闽，讲学之盛，安知不再见于今日邪？伏望为道自强。余不一一。

敬颂

道安！

(民国)十二年二月

＊　　　＊　　　＊

云老先生钧鉴：

自缺书候，忽复半年，知我如公，想能曲谅。日前旋舍，于舍弟挥之处得诵大教，敬稔兴居康胜，无任忻忭。振外祖父李树人公，暨外祖母梁太夫人，宽厚有德，均年逾七十，其子玉玑舅氏欲集戚友而觞之，以承欢老人，窃甚愿得公一言以光之。前曾由舍弟奉书请求，亦既蒙垂允矣，乃以未得外祖父母平生事略，我公以谓难于白描，遂延之至今。近玉玑舅氏新自其玉林旧居归，粗述外祖父母事,谨将其原稿奉呈,然亦甚缺略也。振独以为外祖父忠厚和平,平生好饮酒谈笑,萧然有以自乐而无与世争;又爱敬士人、亲近书史,虽病目垂老,犹手不释卷。外祖母勤俭自苦,兴旦抵暮,操作不休,家务常独任而不责诸妯娌妇媳。遇人尤仁厚有恩,无少长皆乐亲之,虽无奇绝特异之行,而平易近人,有此庸德,亦足贵矣。况其三世皆获交于我公,而其孙震德,则尚随侍杖屦,辱收而教诲之者也。其平生交情离合,有宜见于我公之文者,固当有翱翔物表,洒然恬适之作,如吴南屏《屠禹甸寿序》者,若是则斯文、斯人并垂不朽,虽白描可也,我公岂不谓然乎?今时间甚促,请公于二十日内撰就寄下,俾得筹画书写。古人谓能事不受相促迫,今则促迫之矣,固当不害为能事也,尚希谅之。敝校图书馆未蒙作记,四月时,振勉竭鄙陋之思,撰成一文,仓卒入石,不及先奉是正,极不自安。兹奉呈一份,倘蒙削而正之,幸甚幸甚!承教诸生常问甘先生可复来否,振每黯然久之,不知所以答此语,要必待公为我答之也。振亦亟欲外出,志复之沪,而诸生强留,为情所累,不得不暂许迁延,然终不愿久留于此矣。匆匆不尽百一。

　　敬请

道安!

(民国)十三年六月

## 与梁之幹

之幹学兄足下：

久未得示，正深企念，顷接由港惠书，敬稔一切。足下续假呈文，久已到县署中，且已指令照准，仍候省长核示矣。至于足下欲即上辞呈，弟则以为可以缓图。若欲以弟自代，则虽足下相爱之意厚，而弟反覆思维，仍觉无当。盖弟代理半年，校中形式、精神均无寸进，不知来者视之往即今如此，他日可知。尸位妨贤，非所敢安。又区区校长，原何足道？乃代理之初，谣诼频兴，已谓私相授受；若弟遂取而代之，岂不予人以口实？弟虽无似，而出处辞受，素以不苟自持，苟于小节有伤，即所得不偿所失矣。足下如但续假而非辞职，即弟多代一二月，尚可勉力图报。若遂欲脱然委之于弟，必不足以当之也。总之，弟之去留，无足介意者。饰固陋之心，竭忠贞之志，何王之门，不可以曳长裾？足下直行其所无事可也。敢布区区，统希亮察。

（民国）十二年二月

## 与陈柱

柱尊吾兄足下：

自五月至今,迭奉手翰及诗稿文集凡五六通,曾无一字片言奉复,虽与足下之相知,始犹或不能不疑之怪之。然使稍悉弟数月来之苦况荼毒,为生人所尠遭者,则虽素不相识之人,犹将为弟怜之痛之,况足下之相知者邪！盖自去秋挥之舍弟妇患病,历冬逮岁除而始能步,今年正月舍弟拚患胁痛,旋变乳疽,经春历夏,至七月而元气始复。虽皆濒危者屡,医药辛勤,不知当时何能自处。然事属有济,追思之亦有足以慰幸者,故所遇虽苦而情尚易忘。乃五月既殇一女,七月又痛遭先妣弃养,皆久病经年,群医技尽,寒温攻补,奇方秘授,试之辄无影响,虽服药无虚日,翻有似于未尝服食焉者,始尝以谓事亲不可以不知医。又平素粗涉方技,《金匮》《伤寒》,亦尝用一日之心,至是乃益博观约取,泛滥众流而求其会通,以薪事或有济,乃卒亦无可如何。则天之降罚于振,而遂为不孝不慈之人也,岂不痛哉！其后既斩然在疚,而家兄舍弟又复抱病,居丧百事,独力任之。虽欲不稍变古礼,勉自支持,不可得也。既心悲风木,自痛行能无状,不能及亲在之日,少有所树立,他日藉令十倍于今所得,尚宁足道？又念期年之中,一家之内,久病而危而愈者二人,危而遂不起者二人。自孩童以至奴婢,殆无未尝病者,服药者常数人。药裹关心,寝不宁息,人之生世,而所遇若此,则又何乐？盖至是几几不能自克,而深疑人之学问事业,其成就深浅,莫不有命存焉,而不可以人力为也。旋又念自古贤达之士,其遭遇之穷且哀,犹有甚于振今日者,而终身坦途,从容以成绝业者,百不得一焉。则盛衰祸福,固天道之不可得而闻。而人定胜天,君子要不可以不勉也。用是强自策励,思古人穷困之情以自壮,颇复从事于研讨。亦以鲜民之生,求其万有一可以自恕者,惟勉体先人之志而已。然以前种种,都不足观,足下相隔远,遂谓于佛学必深有研究,真堪自愧,其实佛经竟不暇观也。梁生章云与陈君同书谓足下之学与弟异,足下又谓素与弟同。理不宜遽异,疑即异,亦别后一年之所学耳。实则一年以来,故我依然,不见所异,恐足下今日自异于去年,非弟有异于足下也。去月二十日,已来校上课,魂魄散亡之余,未尝执笔为文字。草草书此,聊布胸臆。不宣。

(民国)十一年十月

＊　　　＊　　　＊

320

柱尊吾兄足下:

去冬奉上长函一通,谅达左右,久未蒙复,曷胜系念。寒假家居,奉到手教,然计足下发书之日,拙函犹在途也。得书之明日,即遭先兄之丧,天伦之戚,人事之乖,生人荼毒,宁有更甚于余者。梧桐之干半死,卷葹之心实伤。往者与足下书,犹谓强自策励,思古人穷困之情以自壮,及至于是,夫复何言?百炼金刚,柔于绕指。回思前时,与足下辈聚首苍梧,志高气盛,不可抑遏,视人世事无不可为,志无不可就。酒酣耳热,高歌狂呼,抵掌而谈,虽等富贵于浮云,而谓学业可力致,何图数年之间,丧乱流离,云飞雨散。足下远适乐土,讲学聚徒,覃思著述,足垂不朽,犹不违于平昔之所期。而弟迭遭家难,颠顿狼狈,天意人事,凄怆伤心,书画诗歌,离之渐远,米盐茶酱,即之日亲,夫岂可高攀著作之林,上跻高明之域?回首当年,真如隔世,然后知为否在人,成败由命。知其不可而为之者,聊尽其志焉尔,非有求而为也。况学问宇宙之秘,尤天之所靳,岂不择人而草草与之乎?曾文正公云："但事耕耘，莫问收获。"弟销磨之余，志意可想，从今以往，勉尽余力，稍读未闻未见之书，聊以自娱而已，岂复有千秋传世之志哉？《尚书约注》，遍查书楼未见，不知何人借去，抑已遗失，无由承命。吴氏《尚书读本》，前已付邮，计当收到，然以事稽迟，尚希曲谅。郁林梁生，聪明好学，实后生之秀，惜其家贫，不能竟其求学之愿。去夏惠书，约共勤助，俾其有成，弟意正复如此。然梁生贫穷之况，弟或知之较深，当其在梧游学，亦尝致薄少相助。又窃心许勉力继助，不敢言者，以弟之出处去留，尚无所定也。及得手书，梁生方以世乱不能往梧，足下之议，宜若可行。而弟所以踌躇不复者，一则深知梁生家甚贫，百金恐更不易得，岂年复能继？二则苏君（筠柏）慷慨，极可钦佩，但用钱无度，恐轻诺寡信，不足深恃。三则弟出处无定，目前之数犹可勉筹，若言未来，非所预必。有此三因，致稽裁答。其后先慈弃养，苦块昏迷，遂不暇更念及此矣。逮今则力不从心，志有未逮。盖前年去年先慈、先兄服药治丧之费，及家人医药之资，不但将以前之蓄积一用无余，且犹入债数百金。拚、拔二弟，不能往沪，斯亦一端。自图不给，岂有余力以助人乎？此又非前时所及料者也。然因此益悟贫富有命，非可以智力求，财利之道，真可淡然置之。世人多以穷困而生妄心，思侥幸于一蹶不可复振之途，弟则以穷困而益安于居易，此则差足自信者也。畏天远行，计已到锡，斗酒相会，欢乐可知，北望中原，徒深向往。敝校图书馆已募捐得千余元，次第在沪、粤分途购办书籍，虽非大观，抑亦具体。在此年余，口燥舌干，斯亦成绩之最著者矣。足下素以提倡文化为己任，谅必蒙鼎力相助之也。草草不一。

321

　　敬颂

著安！

（民国）十二年二月

* * *

柱尊吾兄足下：

三月廿日奉寄一书，后数日获读手教，并承示见寄及哭先兄诸诗，词意凄绝，直迸血泪而出，所谓他人尚不可闻，况仆邪！尊著《说文》欲采及鄙说，尤深感愧。振于小学所得乃极肤浅，二三年来，且不复寻讨，前所得者又遗忘过半，恐终不足以承命。拙撰大著诗集序乃二十前所作，殊浮稗不足称鸿制，而文思艰涩，欲改作则又未能，然此处亦无存稿，待暑假归家抄就，再行奉寄。云庵先生今年就敝校之聘，在此掌教，学风可望日臻醇厚，而振得日夕亲炙而熏染之，亦可复望稍进，承助于此五年内，成一二专门精博之学，是则窃有志焉而深恐其力之不逮者也。虽然，敢不勉乎？所望不鄙而鞭策之，俾终有所成就，则甚幸矣。久不作诗，近成绝句三首，奉呈是正。余不白。

敬颂

道安！

（民国）十二年五月

* * *

柱尊吾兄：

聚谈数日，快慰无量。临别承惠赠尊著《老子》两种，归来急拜读一过，胜意纷披，不烦索解，佩甚佩甚。而鄙说亦谬蒙采及，尤深感愧。

尊训"大器晚成"，以谓晚从免声，当有免义。"晚成"犹言无成，与"无隅""无形"，文义一例。晚训为无，犹莫字本日暮，本字而训无也，此尤确当不可移易。然谓"谷得一以盈"及"谷神"之谷，其意义当与神相近，而有阴阳之异，此说振却未敢苟同，敬为左右一陈其愚见，惟裁正焉。

足下以"天得一以清，地得一以宁，神得一以灵，谷得一以盈"四句，天与地对，故谓神与谷对耳。不知四句就文法而论，固是相对；就意义而论，不必尽如天地阴阳高下长短前后左右之相反相对。且四句之后尚有"万物得一以生，侯王得一以为天下正"两句，岂可以万物与侯王相对，遂谓为义近耶？故知六句之中，其相连之义，最为重要者，厥惟天之与清，地之与宁，神之与灵，谷之与盈，万物之与生，侯王之与为正。故天清、地宁、神灵、谷盈、万物生、侯王为正，义必相贯。若谷与神义相近，如云神灵鬼盈，则不辞甚矣。且诸子著书，各家每有习用之字。如墨子书中之好用毋字或无字，荀子书中之好用安字或案字，皆作语助之词。若将全书比类参证，不难得其确解。窃案《老子》全书"谷"字凡十见，而叠称居其三。曰"谷神不死"（六章），曰"旷兮其若谷"（十五章），曰"知其荣，守其辱，为天下谷。为天下谷，常德乃足，复归于朴"（二十八章），曰"譬道之在天下，犹川谷之于江海"（三十二章），曰"谷得一以盈，谷无以盈将恐竭"（三十九章），曰"上德若谷"（四十一章），曰"江海所以能为百谷王者，以其善下之，故能为百谷王"（六十六章）。而川谷、百谷之义，最为明显。"为天下谷"与"为天下溪"文义一律，"溪谷"犹"川谷"也。其他义亦相近，皆有虚而能涵之意。庄子曰："川竭而谷虚，丘夷而渊实。"（《胠箧》）虚、竭义近（虚为自动，竭为被动，故可虚而不可竭），皆与盈义相反。"谷得一以盈，谷无以盈将恐竭"，若易为"虚得一以盈"及"虚无以盈将恐竭"，意亦相类，即虚盈相连，义亦联贯。至"旷兮其若谷"，犹云"虚怀若谷"；"上德若谷"，则犹"实若虚"之义云尔。谷神之谷，亦可以虚义释之，似无须别求异解。未审高明以为然否？

抑振犹有鄙见，怀诸胸中久矣，而不敢为外人道者，则以谓训诂字义,最贵平情。惟能平情,故能确当不易。若苟有一毫矜奇炫异之心,则必失之穿凿。王念孙父子诂训字义,所以能卓越余子者,要不外能平情而已。俞曲园祖述王氏,著群经、诸子平议,而时不免过于求深,未厌人意,则以犹偶有矜奇炫异之心,未能一归平情故耳。窃意吾辈读古人书,惟求词达意安而已。不达不安,而强吞活剥,固失求知之旨。已达已安,而必思另出新义,以驾古人,亦无乃非平情之谓乎?昔人讥章句之儒,以为碎义逃难,便辞巧说,正以此故,而近日此弊为尤甚。吾兄固非其徒之比,而矫正之责,义难旁贷。而振近亦时沉沦于训诂名物之说,惧无以自拔,寖至于失其平情之论,而有背虚心求知之旨。故既用以自警,并以质正于左右,希谅其愚戆而督教之,幸甚幸甚。

诸惟珍摄。不宣。

弟振再拜

(民国)十八年四月六日

\*　　　\*　　　\*

## 陈一百来函

振心吾师:

久疏函候,驰慕之忱,无时或已,只以乏善足以告慰,而多年积愫,蕴结于怀,又觉难以尽吐,遂致执笔者屡,终未成书。尝窃自筹划,待明春翻译工作告一段落,当可偕玉纤同作桂林数日之游,敬候吾师与六婶起居。六婶一别十余载,孺慕之思尤切,方谓相见不远,快当何如,不料新诗下颁,竟传来噩耗,获悉之余,悲痛难遏。每念儿时苍梧岁月,六婶的声音笑貌,依稀犹在,而六二年桂林一别,竟成永诀,趋侍之欢,已不可复得,再读"百千亿万年,风过一吹哎"之句,更不禁怅触万端。惟念六婶享年七十有七，"蔗境晚愈甘"，曾所亲历，"春来万花发"，其盛景亦已一一在望，六婶固可以怡然安息矣。

吾师近作批林批孔诗十八首，以旧体诗作为阶级斗争的武器，发扬马列与毛泽东思想，意深而辞简，下笔有若庖丁解牛，运转自如，读之有天籁之感，功力之深，求于今之作品，未易多觏，诚文学中贯彻"古为今用""推陈出新"方针的典范，其影响未可估量。诗中复可窥见吾师精神与时俱进，身体老而愈健，深感喜慰。

我年来从事外文史书的译校工作，已完成《新几内亚简史》（已出版）、《斐济现代史》（即将出版）、《新西兰简史》（已付印）及《大洋洲近况》四种，虽花费时间不少，而有裨于革命大业之处不多，言之深感愧怍。幸贱体粗安，堪以告慰（酒已不敢多饮，白酒以三四杯为度），三百因解放前坐狱，在文革中曾受审查，后经复查，虽已恢复党籍及干部级别，目前仍在武汉仪表厂任职，其通信处为"武汉胜利街 231 号曹维转"；梧英已于去年由干校返回云南省革委会统计部门工作，通信处为"云南昆明崇仁街省话剧团杨作玖转"；松英已退休，住在沈永处；四百仍在黑龙江海伦县农业机械实验站工作，前年及去年出差南来，曾有晤面。知注并以奉闻。

专此。敬请

教安！

阖府均此致意。

受业陈一百

1976 年 5 月 12 日

*　　*　　*

## 陈松英来函

振心世叔吾师大人尊鉴：

七二年冬在沪得晤尊范，深为喜慰。当时闻六婶大人在桂林居住，健康状况较差，窃以为年老多病，亦是常事，衷心希望他日有机会能到桂林一游，并进谒畅聚，以快平生。不意日前获舍妹梧英来函，转告六婶大人不幸在今年四月间永离人寰而仙游矣！世侄女闻讯之下，悼念伤怀，走笔草成四绝，略表哀思。兹随函附呈，乞奠六婶大人灵右并希教正为荷。

大人经此骤变，定必哀痛万分，唯是人谁无死，尚希节哀顺变，化悲痛为力量，善保尊体，以有生之年为国家多多贡献。世侄女命途多蹇，廿年来如在梦寐，殊可慨叹！今春因长女在宁分娩，世侄女乃来宁照管，不幸在六月上旬摔伤右膝，迄今三月余，未能复原，拟在十月二十日左右返沪。近日因主席逝世，举国沉浸在哀痛中，心情悒郁，不尽欲言。

匆此。即祝

健康！快乐！

并向芹妹等致候！

受业世侄女陈松英谨上<br>（一九七六年）九月十二日

最近如蒙来示，请寄南京市北京东路 71 号 12 楼 2 号，沈永转交。国庆节后来信，请寄上海复兴中路 553 弄 27 号。

落尽萱花草色曛，梁溪负笈托慈云。

难忘四十年前事，亲度金针赐篆文。

再到梁溪拜谒时,师恩世谊两堪思。
如何大婆星沉曜,皓首黄门独赋诗。

不道春残梦亦残,秣陵闻讣恸秋兰。
他年重到萝村去,何处山围墓碣寒。

每于深夜梦前尘,我亦飘萧白发身。
老说自然庄说达,依然难解此酸辛。

丙辰仲秋,惊闻兰言六婶已于春末仙逝,永怀往昔,追为四绝句,奉献灵右。

世侄女陈松英敬挽

\*　　\*　　\*

## 陈二百来函

亲爱的冯老师、冯师母:

你们好!

自从文化大革命时在桂林拜望过后,一直没有给你们两位老人家写信问候过,实在十分对不起。

前些时见到起邦,知道你两位老人身体健壮,而冯老师更能经常到街上散步买东西,所有这些都使我们一家老小都感到十分高兴。我们一家都很好,三嫂在家虽已吃老人粮,但也还能在生产队里做一些力所能为的田间工作,也在劳动中得到一些锻炼而还很健康。我的大仔启镗夫妇仍是在富拉尔基某厂工作,他的第四个孩子也是已经几岁了。我的三个女儿都已出嫁,大的在南宁,中间一个在北流,小的一个在玉林农村。我的最小的儿子也二十岁以上了,现在是在民乐公社正在兴建中的丰垌电站做绘图工,前些时曾两次到广州采购,是住在一百哥那里。一百哥和大嫂都很好。一百哥现在每天是为人民出版社做些译书的工作,听说已经译出了好几本书。他的七个女儿都已经结婚,最小一个是最近同广州卫戍司令部某同志结婚的。他的儿子大林是在糖业机械公司做工人,听说最近是参加文工队到海南岛做访问演出。四百弟在黑龙江海伦县省农业机械鉴定站工作,去年曾乘到南方开会之便回过两次家,四百嫂则是在海伦县医院做医师。他的儿子大鹰在中央歌舞团作手风琴手,今春来广州演出时曾住在大哥那里。三百弟是在武汉部队,他爱人是在武汉石油化工厂工作,听说他的几个孩子也已经长大参加工作了。松英姐已退休住在上海,有时到她女儿(南京植物研究所)那里。梧英在昆明云南统计局,前些时曾出差到武汉见到三百。荔英姐已退休,住在南宁广西医学院,她女儿崔彤是在医学院附中教书,女婿雷涛是在护士班工作。苏英是在云南某部,她爱人是做师长的。蒲英夫妇是在哈尔滨海军学校,虹英在沈阳体育学院,听说伯母多是在蒲英或虹英那里。

我是七○年从自良高中调到这里的,肇芳夫妇也在这里。我今年已六十,但身体还算健康。前年暑假时曾和这里的教师周传旦(六十四岁)去过一次广州大哥处,是自己坐单车到梧州再搭船到广州的,曾到过千钧、文屋七表兄和起藤那里。在去年暑假,又是同周老师到了南宁一游,那里有我的荔姐、女儿和内弟豫煌等几家。本来是预计今年暑假又去一次柳州、桂林,顺便拜望你两位老人家及拔得老师、集芙、静馥、采蘋姐等等的,能见见面谈谈家常多愉快啊!只因上级布置了学习和劳动,假期已经太短,而周老师又有点毛病,所以只好暂作罢论。

伟大领袖毛主席逝世,我们这里也和全国各地一样十分悲痛地悼念敬爱的毛主席,他的丰功伟绩和光辉思想都永远活在我们心中。

　　敬祝你两位老人家

健康长寿！

　　　　　　　　　　　　　　　　陈二百

　　　　　　　　　　　(一九七六年)九月二十

## 与钱仲联

振心前辈先生：

卅年阔别，忽奉手教，欣慰万分。高龄作万里之游，歆羡奚似！南来可多盘桓一段时间，到苏后可下榻敝寓。晚目前仍在苏师院任课，唯改教马列毛主席作品选，非其所长，古典文学需明年秋后才开设。十月二十二号到二十九号，中文系全系师生下本校农场秋收秋种。十一月一日起，学生及大部分教师下工厂开门办学，要十二月才回校。晚不去工厂，留在校内为苏州市中学教师进修班授课（每周只有星期六一个下午），惟是否下农场，则目前尚未奉到领导通知。

尊驾南来后，游苏如在二十一日以前，则晚尚在校。否则可以先游宁、锡两地，然后到苏，三十号以后，晚又在校内矣。也可能不去农场，则二十二号到二十九号也在校内。如果不去，则二十一号当再函告。敝寓在苏州葑门内十全街（今名友谊路）133号内第四进楼上，来信可径寄该处。

匆复。敬承

道履！

晚钱仲联奉

1972 年 10 月 11 日

＊　　＊　　＊

振心前辈先生：

前奉七号函后，即复一札，寄桐苏兄处转上，谅已登记。

今日奉我系领导通知，我系师生二十二号下农场。晚以年老体弱,不下去,留在校内。

文旌到沪后,盼早日来苏,一倾积愫。敝寓可以下榻,今扫榻以待。晚星期天在家,其余时间在校(坐班制)。如来苏时不是星期天,亦请到敝寓,内子可以来校将我叫回。会面不远,不尽一一。

匆上。敬承

道履!

晚钱仲联奉

住址:苏州十全街133号第四进楼上["十全街"今名"友谊路",敝寓在该路网师园(即友谊园)之东约十来间门面]

江苏师院在天赐庄,即旧东吴大学。

国专旧人在上海的,除瑷仲与芸孙外,都不与晚通讯。何芸孙(葆恩)住原守玄师的寓所。

＊　　　＊　　　＊

振心前辈先生大鉴:

车埠握别,忽忽盈月。得奉惠书,敬承一是。尊诗一挥数首,何其笔之健也!佩佩。赠瑷仲二诗,尤所爱读,转折有余味,自是长者本色。前大驾未走时,拟有腹稿,因有数处推敲未定,未及就正。

今补呈,即请

斧削!

## 金缕曲

振心先生自桂来苏过访,别三十三年矣!相与涉园林、登虎阜,尊酒论文,连床话旧,小楼夜雨,故国青山,即事倚声,欣唱交集。

别梦萝村杏。手重携，卅三年后，鬓丝俱缟。仍夜连床听雨话，历历长空去鸟，更杯底沧桑多少！当日移家因葛令，悔风尘误走邯郸道。勾漏月，屋梁照。

皋桥赁庑谁同调？望碧云楚天万里，故人能到。难得胜情兼胜具，来写登临怀抱，正时节霜飙吹帽。胜地林亭飘劫过，讶塔婆还挂残阳好。且莫放，相离棹(湘、漓二江有作相、离江者)。

匆上。敬承

道履不一！

晚仲联

(一九七二年)十二月二日

*     *     *

振心前辈先生著席：

清明芳节，获读《自然室诗三集》，喜不欲寐。三十年来尊况，于诗中获悉一二。清才曼寿，际遇升平，诚不多觏也。晚去年十二月以来，由腰部疼痛发展到右腿全部，中西医药俱未奏效，行步维艰。半月以来，改用针灸治疗，亦无起色。诗久不作，去年曾为长篇五排一百韵，仿杜老夔府咏怀体，亦用一先韵，寄怀夏瞿禅湖上，以二人交契为经，纬以四十年来国事。恨太长，未能录奉呈正。今年人日，又为寿瞿禅七十五诗一首，附呈尊正是幸。

匆复。即致

敬礼！

晚钱仲联

(一九七四年)清明后一日

## 甲寅元月初十瞿禅七十五诞辰长句寄湖上

飘座霜髯想伟然，孟陬七度摄提年。

谈龙词苑归新录（新成《论词绝句一百首》），

嬉凤人间有散仙（去年与女弟子吴雯结褵湖上）。

穰梨复堂千载地（十年前与君论词，君以谭复堂词为伪体），

逍遥剡曲四禅天（放翁七十五岁致仕，其致仕各诗，有"剡曲归来不计年""清静全胜欲界天，逍遥不减地行仙"句，欲界天以上为四禅天）。

梅花人日题诗寄，算作当筵致语传。

＊　　　＊　　　＊

仲联吾兄：

久疏音问，无任驰思，奉清明后一日惠书及佳奉，雒诵回环，至深欣佩。拙诗只略记陈迹，不足言诗，过承奖饰，倍增惭悚。

尊体腰脚疼痛，未悉近状如何，至为系念。此种症状，年老人多有之，不足为异，尤其是血压过高者更易犯之。振十年前亦曾患此，当时注射"诺娃尔精"针剂甚有效，其后每当春夏之交，亦时发作，但情况较轻，只用针灸或贴狗皮膏、风湿膏之类即逐渐痊愈。今年稍剧，但因年事已高，医师言不能再用"诺娃尔精"，针灸亦无大效，只用风湿药酒之类外擦（如血压不高，兼酌量内服，效力更大），近已向愈。前曾从友人处抄得一方，治风湿关节炎，据我所知，有试用极有效者，我则平平无得失。总之，此种慢性病，各人体质不同，服用效果亦异，不能固执不变，亦不能急于求效，耐心治疗，既来之则安之，每日作适当活动，倒是有利无害。前所抄方，附录如后，聊备参考：

老鹳草一两　黄精三钱　羌活三钱　桂枝三钱　防风二钱

　　乳香三钱　没药二钱　当归三钱　木瓜三钱　白芷三钱　川
芎二钱　赤芍二钱　熟附一钱　桃仁三钱　红花三钱　千年健
三钱　地风二钱　牛膝二钱　甘草二钱

　　以上共十九味,用白酒一至二两和净水煎服。

　　最近漫成小诗数首,录呈是政。

　　匆复。敬礼并候

潭祉!

弟振
1974 年 5 月 15 日

*　　　*　　　*

334　振心前辈先生著席:

　　十五号手教暨新诗拜读讫。承示知医疗方法并录示良方,
极为感激。晚病已半年,中西医针灸均试过,无办法,现在右腿
全部,发展到左臂。打复方辛可芬注射剂及葡萄糖针,稍能止
痛。中医方中有一半药味与尊示者相同。据云,肥大性关节炎
不易治愈,奈何! 校中搞运动,半日上课。联因病,常缩在家中
不去上班,但编教材亦甚忙。

　　新诗曲折有味,而又典雅不同,妙手空空,确得石遗老人法
乳,佩佩。

　　匆复。即致

敬礼!

晚钱仲联奉
(一九七五年)五月十九日

*　　*　　*

振心前辈先生撰席：

邮寄油印大作，拜读佩甚。儒法斗争七绝以韵语代论文，不但概括力强且多独创之论。第一首论姬、姜之殊最是确论，直可媲美荆公，岂仅诚斋而已。悼亡、怀友诸作，俱有深意。妄谓诚斋擅白描，屈折深固不易及，然此犹艺术技巧问题，至论内容似不及放翁之具有法家思想。然如张浚、虞允文挽词，却非放翁《刘太尉挽诗》所及。尤其是挽虞诗"雪山真将相，赤壁再乾坤"十字，淋漓大笔，石破天惊。江弢叔学杨七绝，虽神肖，但笔意尚欠曲致，而连篇累牍攻击太平军，更为瑕累。因戏为七绝一首，奉和尊诗，即请粲正：

335

　　杨儒陆法各名家，异代江郎义已乖。
　　古不如今儒让法，钝吟毕竟胜诚斋。

去年曾为上海人民出版社编选《陆游诗词选注》二百多首，觉陆诗壁垒一新，现正在该社审稿中。近忙于编写《汉语大辞典》，是四五个年头之任务。近年曾作《读昌谷诗五十一首》《乙卯春感八首次杜秋兴韵》《后春感八首再次杜韵》《丙辰春感八首三次杜韵》，太多，懒于抄录呈教。更因山高路远，邮寄如果耽误，稿落他人之手，怕落语穽也。贱恙稍愈，曾打过双料特制之当归针五十支并常服杜仲，未知是否得其力。

匆复。敬承
道履！

晚仲联奉
（一九七六年）五月十三日

　　　　　　＊　　　＊　　　＊

振心前辈先生：

　　七月十日大札因弟早已搬家(去年春节,搬到校内螺丝滨新教授楼105号,信箱121号,以后来信请寄江苏师范学院121号信箱),邮局转辗投递费时,收到已迟。

　　晚近年以来,任务太多,到外地开会太多,身体日不支,最近关节炎大发,卧床不能动弹。去年瑷仲八十,曾赋八十韵五古长诗,此外不多作。《海日楼诗注》无印行之望。《剑南诗稿全集注》在上海审稿中,二三年内可出。《后村词笺注》已付纸型,年内可出版。近有七律一首,附奉粲正。

　　匆叩

道安!

后学钱仲联奉

(一九八〇年)七月廿日

　　美国学者安明远先生专治鲍参军之学过访金陵宾馆今又来苏相访赠以长句：


　　一鹤寥天万里游,鸡笼西馆此高流。

　　能耽鲍令燕城唱,来接维摩病室秋。

　　俊逸有才许谁共,镜花幻相为君留(君为余摄影三次)。

　　他年牛货洲头月,定有清光照九州。

* * *

## 钱仲联致冯振之子郐仲的信

郐仲同志：

2号大函，近日收到。柱尊师诗选，如能弄到最好，否则不要把您的一本割爱，因为柱尊师的《待焚诗稿》，我以前是全读过的。

拙诗因是私人所印（错字有一百多处），非公开刊物，由出资人马以君先生直接寄往各处。我处只有数本，今寄上一本，作为纪念。

联今年以来，多病，年已八十八。内人已九十，仍在职，教博士生，并招新的博士生。尽力而已。

匆复。即奉

春祺！

钱仲联

1995 年 4 月 7 日

## 与朱东润

振心吾兄大鉴：

顷奉惠寄《自然室诗三集》，钦佩之至。曩尝谓兄诗颇似诚斋，今则当谓诚斋似兄矣。弟年华寒残，久不作诗，辄书六〇年旧作二首奉寄，即乞教正。

先师遗著，当日读时妄欲以抄录自任，师训犹在，未尝敢一日去怀，但时代不同，年华如水，已不容作倒流之想。谋伯处久亦未去，老懒如此，徒呼负负，直恐空手入地耳。

桂林佳山水，闻新得胜境，益怅恨不置，此生未必能见矣。建猷兄上次一面后，迄今未能握手，同处一地，犹得如此，更何论与兄台相隔千里以外乎？衰年觊缕，不知所云。

专此复函。顺祝

康健！

弟世渌谨上

1974 年 4 月 5 日

## 过到唐河见青海

青海茫茫遥无际，白雪璀皑入天地。

云梦胸中吞八九，山川重叠嗟何有。

我来正值二月天，黄云塞空衰草连。

江西沟头遥相属，镂冰作宫琼作屋。

大鱼穿龟各徘徊，波涛演漾走风雷。

百零八水注青海，翻腾犹觉隐隐在。

一朝解冻起东风，长渠倾海泻碧空。

呜呼！长渠倾海泻碧空，亿万千人歌年丰。

### 西宁二月

湟水东南日夜流,料应无梦到沧州。

西宁二月春如海,莫为轻阴便倚楼。

旧作二首,誊呈振心学长兄教正。

弟朱世溱

＊　　＊　　＊

振心吾兄:

前后两承赐诗,倾佩之至。作诗不易,作诗而联系目前情况,尤为不易。时代进展,诗境亦日开,然非此中老手,自不能挥洒自如。弟则久已缩手,不敢妄赞一辞矣。

嫂夫人不意仙逝,悼亡之篇,一往情深,八十高龄,尚以多自克制为是。弟于此中滋味,八年于此矣,每念前事,百感交集,但人生百年,终有一别,只有付之无可如何耳。

此间情况,对于八十左右之教师,要求久已放松,每学期间或参加一二次座谈,其余即任从尊便。偶或有出版社校点工作,其他无甚要求。从此可以养性,亦是幸事。前日有武大来人,据言谭戒甫兄已归道山,渠比我等大五六岁,则去世时当在八十五六也。

向桂林供应比上海略差,未知最近情况何如。

专此奉陈。顺请

大安!

弟朱东润谨上

一九七六年五月十六日

339

＊　　＊　　＊

## 朱东润与冯振之女采蘋的书信往来

采蘋：

奉来示，谨另行写过。如觉太长，可以剪裁缩短，此事内行为之，不难也。贱躯仍未见稍进，年龄如此，原不足怪。闻明春有江南之行，甚以晤谈为乐。光舟旧常有信，十年以后，天各一方矣。

东润

一九八七年六月廿八日

采蘋贤侄：

得来信，即为尊公大作题签，是否可用，望自行斟酌。冯武耿后来未来过，工作忙则无此时间，年距太远，亦无多要谈之处，不足怪也。八二年以前我健康情形毫无问题，八二年以来每年都需去医院住二三月不等，目前勉力支持，未知何日卸差也。又复思旧生有某君者，曾为介绍，蒙令尊录用，此时谅应仍在广西，亦颇念之，未知近况何如。

专复。顺问

近好！

东润

1987 年 7 月 6 日

## 与夏承焘

振心先生著席：

久不奉候，比惟动定安胜。兹有奉询者，焘近拟挈眷为桂林之游，以不了解桂林旅舍情况，迟疑未决。如旅舍困难，不知贵校有否招待所可以租赁，如能得一房住两三人，可寓旬日者，弟当带工作证来奉访。盼赐数行，以定行止。弟年来在"半休"中，上学期讲课已结束，可出外旅行游散一段时间。

贵校中多知好，请代问候。

敬礼！

弟夏承焘上

（一九六七年）六月三日

复示请寄"杭州道古桥杭大教工宿舍 4—4"。

341

*    *    *

振心先生大鉴：

奉六月十一日复教，即往浙政协托联系买车票，以有友人招游庐山，谓桂林夏季炎热，须待秋凉之后。杭大交下教材任务，须注释《后汉书》一篇，坐此踌躇至今，远劳系念，无任歉疚！淑智同学处，幸代道歉！顷庐山之行亦作罢，国庆节后如有暇出游，当再费神代为照顾。小诗二首写上请诲，计不满一笑。

先生年来新著定多，倘得赐读，不胜企盼！

即承

暑安不一！

弟夏承焘上

（一九七三年）七月一日

＊　　　＊　　　＊

振心先生：

奉寄大集久已拜读，受益良多。弟近患高血压病，时感头晕，在休假中。迟迟奉复，不胜歉疚。

即承

著安！

弟承焘上

（一九七四年）五月十日

前数月读先生悼亡诗，学步一首请教：

文笔峰头骨未寒，年来望断水心村。

断桥西路愁重到，闻道梅花已返魂。

（亡妇焚骨于温州文笔峰）

＊　　　＊　　　＊

瞿禅先生著席：

去秋奉七月一日惠书，承赐墨宝，写作俱佳，珍如拱璧，亲友传观，感谢无限。

国庆节后，未接来桂好音，谅必因故改期，而桂林新定为国际开放城市，正在新增修建，一些风景区或未开放，一二年后再来，当更可观。今年不特现当雨季，不适游览，而交通车运特别拥挤，亦尚非宜，故未奉书致请。承示知患高（血）压病，正须休养，不宜舟车劳顿，来桂晤谈，只好俟之异日。近况如何，至深驰念。拙诗数首，附呈教政。

专复。敬颂

俪福！

弟冯振

1974 年 5 月 15 日

\*　　　\*　　　\*

振心同志大鉴：

　　阔别将三四十年，不通问候亦两三年，比惟动定安胜。弟近两年皆居北京，老伴吴闻家（吴闻，无锡国专毕业，前年在《文汇报》退休）顷遇北京地震，荷良友嘉招，来长沙小住。拟乘腰健尚能行动，颇思游桂林阳朔，与先生一叙契阔，不知冬间两地宿处有困难否？前月在北京晤桂林陈迹冬兄，顷闻其已返桂林，先生识其人否？近有友人邀游长沙各名胜，尚需勾留一段时间，下月初思动身往桂林，拟请先生代为介绍住处，一切费用由弟自理。

　　专此奉恳。即承

著安！

弟夏承焘上

（1976 年 12 月）

　　弟顷住长沙北正街高风门十八号李淑一先生家里，赐书可径达。

　　顷检得陈迹冬实住桂林中山路 390 号，当作一函问讯，不知已返北京否。

　　途中作小诗怀秦淮海，奉上博笑：

秦郎未洗大晟风，小阕苏门亦代雄。

等是百身难赎语，郴江北去大江东。

　　　　　＊　　　＊　　　＊

瞿禅先生吾兄著席：

　　不通音问，忽逾两年，每于钱仲联、周振甫函中略悉尊况。顷奉惠书，敬悉伉俪已抵长沙，有意来桂漫游，曷胜狂喜！

　　今晨曾往陈迩冬家访问，知已往南宁小住，大约明春才回桂林。

　　桂林早已定为对外开放城市，道路房舍，正在修建。各种会议及游览客人，不时云集，住宿最感困难，临时寻觅，每苦无门投止。现有一特殊良机，极为难得，时间虽比尊拟提前，但两相比较，似应舍彼就此。事情是如此的：《辞源》修订工作据上级规划，由河南、湖南、广东、广西四省分工负责，曾在郑州开过计划会议，分途进行，原定上月在桂开四省领导代表会议，因故延期。现定本月十五、十六两日为预备会，只领导同志参加，十七至廿六日为开会期间，其中实际开会讨论约五六日，其余四五日为参观游览时间，主要地点是桂林市郊及阳朔（乘船沿江而下，乘汽车由陆路而归），如时间许可，再往兴安参观漓湘分流，临时再定。集会人数共约 30～40 人，原定在桂林榕湖饭店（桂林最高级旅馆）住宿开会，近因新建成的漓江饭店（新建的最高级宏伟的饭店，共十三层楼）设备尚未齐全（如暖气等），遂将所有外宾，全部迁往榕湖饭店，国内干部来宾暂改住漓江国际饭店。广西师院设在桂林，有东道之谊，弟曾与领导商谈，以台端这样的专家学者，能参加我们座谈会一二次，真是获益不少，大家都极表欢迎。敬请大驾在本月二十日以前到桂（如能提前更好），并先将乘车及到桂时间，先行函告，当派专人至车站迎接。漓江饭店房间有一人或二人的，每日均收费五元，另有饮食部，俱极方便。弟以为比之其他旅舍，优点尤多，甚盼贤伉俪勿失此良机也。

曹淑智、周满江两君，俱浙大研究生毕业分配在我院任教多年的教师，对台端向极景仰，现值开门办学，或在校或离校，时间难于固定，如能执弟子礼，亲往招待，尤当满意也。

专此奉复，伫候回音。敬颂

俪福！

弟冯振拜启

1976 年 12 月 7 日

北风乍起，气温突降，呵冻草草，敬希谅原。

## 与王蘧常

振心先生：

　　奉诗简，惊悉先生有骑省之戚，敬唁。蘧入春以来无数日好，亲朋书问，十不答一。今日晨起，精神略好，草此数行，不一一。

　　此致

敬礼！

蘧常敬状

（一九七三年三月）

＊　　＊　　＊

振心先生：

　　承惠诗简，为雒诵数过，以平便之笔写恳恂之情，佩佩。以为惠鄙诗尤胜，适友人亦诗人在座，亦以鄙言为然。近读仲联赠先生词，至"悔风尘"句，竟至潸然欲涕，盖爱之甚不觉惜之深也，不知先生亦有同感否？半月前鄙右腰病风，并牵及右臂，难于握管，近始渐愈，稽答为歉。

　　此问

吟祉！

王蘧常手奉

（一九七六年）三月九日

## 与陈中凡

振心兄台左右：

卅年渴别，一朝聚首，慰怀何恨！惜匆匆分袂，未尽欲言，只增怅触耳。我省自解放以来，文教界气象一新。俞铭璜主省宣传部，曾一度领导南大中文系，复晋级华东宣传部；郭影秋主南大校政，调人民大学，复充北京市委；吴天石长省教育厅。三君并出身无锡国专，曾受业门下者，倘执事当日北游，见此教泽滂溥，为乐如何？惜在此文化革命运会中，以当权派同赋沉沦，得暇容为执事详之。

顷至照相馆取回摄景，特以奉寄，切希督收。并颂

旅祺不尽！

弟中凡拜启

（一九七二年）十一月五日

\*     \*     \*

振心兄台左右：

此奉损书及赠诗，奖饰逾量，何以克当。

弟近试以歌谣体吟咏时事，文特冗长，未暇录奉，即以俚句奉和，希赐箴砭，俾得就范，心诚求之已。

承询及无锡国专诸同学解放后主持苏省文教界者，仅就所知，综述如次：

一为吴天石，南通人，国专毕业，解放战争中，参与苏北行政处，转至苏南。解放后，充省教育厅长，其夫人充南京师范学院党委。曾亲为我言：在国专听到我讲演，能为五七言诗，矫健有

爽气。文化大革命初起,伉俪即遭到意外冲击,同日殒命,论者惜之。

次为俞铭璜,南通人,国专毕业,参加解放战争,亦由苏北行政处转至苏南,充省宣传部长,辨析名理,特著专长,亦与我谈到国专,并持节以师礼事我。时南大中文系主任方先焘不餍人望,五七年秋,转到南大,领导中文系,多所革新。六二年晋级华东宣传部副部长。以丧偶后续娶无锡某氏女,因与子女失和,幽愤伤肺,六五年逝世,惜未能展其长才耳。

三为郭影秋,苏北徐州人,解放战争中,随四野至云南,充云南省长,五八年秋返苏,至南大,领校政,多所建树。人至诚恳,识解宏通,阖校钦迟。六四年调职中央人民大学充副校长,时以校政晋商毛主席,得到青睐。六六年文化大革命既起,改调北京市委书记,以不了解政策,与红卫兵运动见解相左,被撤职。闻现已出任某职(北京市委兼师范大学校党委),未知其详。平日治南明史,有专著,诗亦清刚爽健。

上述三君,并以参加中共,随军转战各方,故更易姓名。

谨此转述。并以

著祺!

弟仲凡拜复

(一九七二年)十二月二日

## 酬冯振心兄

振心别我去,转眼三十年。今日重来旧地,换了人间换了天。

忆往昔:日军美帝盘聚夕,先后竞办人肉筵。群丑匍匐出跨下,破痈舐痔赞新鲜。

喜当前:七亿神州齐振奋,立功建业竞争先,关山烂漫呈奇彩,江海欢腾汇百川,菁莪乐育吾曹事,化民成俗赖诸贤。

弟觉元贡拙

1972年12月2日

*    *    *

觉元先生:

金陵晤教,忽又经年,久疏笺候,无任驰思。前近从报章见南京孙中山先生一百零八年诞辰纪念,尊驾出席参加,藉审精神矍铄,老而弥壮,至深庆慰。顷于吴辛旨书中,道及抗战后期,曾接先生由成都写示某公七律,首二句云"巾箱犹秘待焚诗,裣衽当年慷慨词",一看便知其为守玄而作,但当时竟忘函询作者究是何人。第四句云"难忘晁宋昔同归",因疑是否为振所作。其实此诗不特非振所作,而且向未见过,竟不知出自何人手笔,先生或尚能记忆,倘承以底蕴或兼录原诗相示,曷胜感荷! 振顽躯粗健,大致与去年相仿,惟才力衰退,每欲整理旧稿,辄稍作即止,望而生畏,只时散步出游,藉资消遣而已。

专此。敬颂

俪福!

并候潭祉!

晚冯振拜启

1973年11月26日

*    *    *

振心尊兄左右:

久别得书,慰怀何限。承询及旧作,系在成都时守玄女偕其婿至华西大学见访,述其父在友人推挽之下已就伪职,闻之骇然,爰成此章,托为转寄,冀或可挽回于中途耳。今承敬询,谨录副奉教。弟近以两耳重听、两眼生白内障,视听已失去聪明,思绪枯竭,恕难尽言。

　　谨颂

俪福!

阖潭统此。

弟觉元拜复

(一九七三年)十二月一日

### 读待焚诗稿

巾箱犹秘待焚诗,袷袘当年慷慨词。
闻说机云今入洛,难忘晁宋昔同师。
观人曾自矜冰鉴,洗耳难忘污碧池。
未远迷途期早复,沉吟敢发子衿思。

觉叟呈政

*　　*　　*

振心尊兄:

　　奉读大作,近体宕逸,古体深郁,并达到自然高妙境地。中涉及詹祝南,为我昔在广州中大旧侣,未识现在何所、任何职?恳转日俟以近况告示,并以敝处通讯地告知,不禁企予望之已。

　　特此奉布。并颂

近祉!

弟中凡拜启

一九七四年四月八日

350

## 与吕逸卿

振心老兄：

久违音讯，忽接承惠《自然室诗三集》，喜出望外！细读华章，更逗遐想。历历往事，如觉春梦。

我辈均已年迈，幸壮怀犹在，千里匪遥，桂林风光，悠然向往。秋凉有便，当图良晤。

随函附近作多篇，虽属凡响，但空谷足音，可慰寂寥。

敬祝

健康愉快！

弟逸卿

一九八〇年六月五日

# 与蒋庭曜

振心座右:

去岁 10 月下旬即患支气管炎、冠状动脉硬化、心脏病并发症,气喘如牛,服中药无效,11 月 8 日即住医院就诊。余病渐愈,主要是心脏病不易愈,天天打针服药,到今年 2 月 18 日始停止打针,遂出院回校。现仍有时气喘,在家休息,不能活动,医生说要春暖花开才能好,如此为时当亦不远。

到家后读公诗,赋二绝句奉正,亦可见其心情之一斑也。

敬颂

大安!

冯师母均此。

弟蒋庭曜

1973 年 2 月 23 日

冯公北来,本欲相访,后予忽病,公亦因故未来。病中闻其漫游南北,甚羡之。公赋有新诗若干首寄予,读赋二绝句就正:

长我数年今健我,病床回首堪自怜。

漫游南北赋新什,豪气依然似少年。


道履欣闻欲远来,忽然卧病遂相违。

多公南北漫游什,一读便教病眼开。

## 与陶绍勤

冯老师:

许久没有通讯问候,想你全家一定安好如常。

上月28(日)夜3时42分北京发生6.2级强烈地震,我们全家人都从酣睡中惊醒,门窗砰砰作响,房屋晃动厉害,好像就要倒塌样子,我们在楼板上面站立不稳,落楼级时东摇西摆,极难举步,大家相互扶持拖脚出大门外后,心神才开始镇定。我一辈子遭遇的地震以这一次为最剧烈和最惊人,幸而全家平安无事,算是万幸。

唐山、丰南是地震中心,可能超过8震级,大部分房屋都倒塌了。天津则为7震级,约有一半房屋倒塌,伤亡人数与倒塌的房屋数呈正比例。《人民日报》曾登载地震损失极其严重,此次地震,北京倒塌的房屋有两千多间,死一百三十余人,伤二千多人,损失比唐山、天津轻微得多。

有人说今年四、五月间据报四川地区将有强烈地震,结果只出现人们几乎感觉不到的轻微地震,造成了不小的停工和生产萎缩,鉴于这个经验教训,有关地震报导单位采取极其谨慎的态度。虽然北京在震前一日地下水(井水)降低了若干米,在天津有的居民看见老鼠出洞和鸡犬猫等动物出现异常活动的现象,有关地震报导单位竟麻痹大意,没有发出预报,结果造成地震区极其严重的损失。前年辽宁省海城、营口等处发生同样的强烈地震,居民得到震前预报,及时离开房屋和建筑物,不受房屋倒塌压埋,人员损失极轻微。这次地震没有震前预报,居民来不及离开房屋和建筑物,故遭受极其严重的损失。人是最重要的因素,有了人,被震倒的房屋、厂房和一切建筑物,以及被震坏的机器和一切东西都可以修复和重建,早一点发出地震预报,即使在较长的时间内停止工作和生产,能使震时人员损失极轻微,那也是十分有利的。如果因为四川地区地震情况不太符合测验数据而放松警惕,不密切联系群众,不听取群众的各种变异现象的报告,没有发出震前预报,这是对人民极不负责任(的),是极端错误的。

我们的办公楼(地质科学研究院主楼)的四楼和五楼震后开裂有约五分宽的裂缝,人员都在楼外空地上帐篷里办公。地质博物馆三、四和五楼都出现宽大的裂缝,颇为危险,停止了外人参观。这是有关地质部门的震后损坏情况。其他部门和市内各处的损失情况没有了解清楚,听说郊区通县和大兴损失较为严重。

我们住的楼房天花板和墙壁结合处在震后出现了二分宽的裂缝,对面邻居楼房则开裂有三分宽。百万庄全部房屋都出现大小程度不同的裂缝。如果北京地震同天津一样强烈,达到7震级,百万庄房屋将全部或大部分倒塌,损失也将极其严重,我们也将到九天上会见马克思了。不过,我向来是乐观的,我已过古稀,将达七十五岁,早一点向马克思汇报思想工作也是好的,因为我老是分不清真假马克思主义,既受了×××和××蒙骗,又受了所谓××的蒙骗,心中有所烦闷,如得到马克思亲自教导指明,使我了解我所不了解的情况,使我想通我所想不通的思想,心情多么舒畅啊! 这样,岂不是坏事对我又将变成好事了么?

目前我们在院内空地上面搭起帐篷居住,全市居民都住在各自的帐篷里,等到地震消除后,才能搬回原房屋居住。听说本月中下旬还有地震,其震级的大小和发生的时间尚不可能准确地测定,但是在震前一天或半日将发出预报,俾全市居民有所准备,这样的防震措施是十分正确的。如果在上月 27 日就能这样办,发出地震预报,则唐山、丰南、天津和北京等地一定没有遭受极其严重的损失了。

九十三岁的盘老全家平安无事,最讨厌的是他家门前的那条高烟囱上部已出现裂缝,幸而没有崩塌,如果再发生一次同样强烈的地震,该烟囱就一定会倒塌而危及盘老全家了。盘老和他爱人现已搬到西直门一五五中学运动场空地上的帐篷居住,他女婿是该中学的教师。

黄昶芳一家住在百万庄,与我们是邻居。他们也在上月 28 (日)夜被地震惊醒,昶芳从床上摔下楼板上面,家人扶他下了楼级,他出了楼门外,站立在院子里空地上面,才发现他穿翻了裤子,又把裤子脱掉翻到正面穿上来。他是有一点狼狈的。对地震最重要是镇定从容,听说在唐山市地震时有几个西德专家过于慌张,被倒塌的建筑物砸死。有两个日本专家在日本遭逢过地震,有了经验,镇定从容,他们知道来不及走出门外,就躲在柜里、桌子下或床下,结果他们从瓦砾砖堆里被发掘出来,只受了一点轻伤。又如我们地质部门的田琦冀工程师的外孙女,她在唐山市工作,住在平房内,地震时来不及逃出屋外,她就躲在桌底下,屋顶崩落和砖墙倒塌压着桌子和柜子,压不到她本人,她在瓦砾堆内向通入光线的地方慢慢用手扒开塌物爬出来,又到隔壁瓦砾堆用木棍挑开堆积物,救她的弟弟出来,两人都只受轻伤,同时他们二人又在院子里各瓦砾堆救出邻居七人。但是出现这样大好的事是极其少有的,大多数不能避免塌物砸压或闭气的死亡。总之,临震时能够从容镇定是比较好一点,但是无论如何要争取离开建筑物,才可算是安全。

355

听说你女儿家也平安无事，阜外大街的楼房都没有倒塌。

专此。敬祝

健康和全家安好！

生陶绍勤

1976 年 8 月 14 日

弟珠祁问候安好。

在一五五中学面前广场帐篷中写此，1976 年 8 月 15 日。

*     *     *

冯老师：

您好！许久没有听到教诲，颇念，祝您健康恒在。昨日我还访问盘老，他挺健康。他说他每天早晨打太极拳，不曾中断过，所以他十分硬朗，没有疾病。老师如能锻炼身体，每天运动一定的时间，您的健康一定能保持，超百龄。我曾写了歪诗一首赞盘老打拳健体，并博得他一笑：

太极拳能保养身，舒心健骨振精神。

血通脉络循环畅，气运丹田吸呼匀。

妙诀华佗倡动体，陶情居易乐安心。

坚持锻炼无中断，返老还童冬转春。

昶芳离京到南宁世超处探望他大姐，将届三个月，他来信说还要到桂林一游，如属实，老师您将能与他会晤，更为详知北京的情况，他大约在这月底回京。

北京地震局消息，传达了两样意见：(1)京津及邻区 1977 年有发生六级以上强震的可能性，当前一季度是值得注意的危险阶段;(2)另一种意见认为地震背景存在,目前的特点是山区逐年增高,平原逐年下降,出现背景异常,但是近期发震的可能性不太大,理由是唐山老区释放了不少能量,在短时期内,不见得再有那么大的能量释放。然而,防震工作要十分注意。市民包括我们都建有防震窝棚,准备在发防震预报时离开楼房而避入棚内,大家目前都能安心生活和工作。北京供应和以前一样,精神面貌更是活跃一时。"四人帮"横行时的窒息空气一扫而空,大家都能够说一说心里话了,两面派的滑头语言比以前少得多了。此后还将更大地发扬民主集中制度,由群众推选贤才治国,"大治"定能实现,"四化"也将早日完成。

敬候训示。顺祝

健康!

生陶绍勤

1977 年 3 月 20 日

## 与王绍曾

振心先生：

上月中旬接读 14 日赐书并抄示新诗一首，敬悉师母旧病复发，两次病危，得庆更生，极为系念。承示新诗，具见先生革命乐观主义与辩证唯物主义思想，雒诵再三，益深钦敬。目前南方早已春来回暖，未知师母身体已否逐渐康复？肺气肿与老年性支气管炎，本无特别有效的治疗方法，加上冠状动脉硬化心脏病，病情当更为复杂。据学生所知，肺气肿与老年性支气管炎，近年来中西医多少摸索到一些经验。北京人民卫生出版社前年出过一本治疗气管炎的小册子（书名已记不清）。不知先生是否见过？其中绝大多数处方，均系各医院（特别是部队医院）临床经验总结。如桂林新华书店买不到该书，学生在此间见到，当即寄奉一本，以资参考。至于冠心病的治疗方法，广州中山医学院曾经用中药针剂"毛冬青"作过长期临床试验，取得一定疗效，去年该院出版的《新医学》杂志上刊载过一篇临床试验总结性文章。去年王工程师在住院期间曾通过私人关系在广州部队医院买到该项针药，连续注射 200 余支，疗效极好。如师母以原冠心病再行复发，似可通过部队关系搞一点注射。

此间近来流行一种"甩手运动"，其方法是：直立，两脚分开，脚尖朝前，脚跟站稳，肩下垂，眼平视，然后双手同时举起（手指伸直分开）与肩齐，再往后甩。如此往复一举一甩，前后摆动，从一百次逐渐增加到 500 次、1000 次。往上抬，只用三分力，往后甩，要用七分力。甩手运动，顾名思义，就是要在"甩"字上多使劲。据说甩手运动能治百病，对高血压、冠心病等特别有效。现在学生正开始练习，尚谈不到有显著功效，不过每次运动以后，颇感舒适。以后师母下床活动时，是否可以适当运动，从少到多，逐渐增加。请根据具体情况决定，并以附闻。

　　耑此。敬请

著安！

学生王绍曾上

1973 年 4 月 1 日

＊　　　＊　　　＊

振师赐鉴：

　　久未奉候，正深驰念。辱蒙惠寄《自然室诗三集》，得读卅年来创制新篇，循诵再三，如接清颜。昨晤王工程师，渠亦已接到师座寄去诗集，深感字字珠玑，叹咏不已。目前"批林批孔"运动正向纵深发展，火热斗争，谅必又增佳句，呕心之余，尚祈为国珍重。学生去岁左眼患角膜炎，八个月始告痊愈。入春以来，先是气管炎，继而角膜炎又复发。几经治疗，幸已霍然向愈。山大已于春节前后迁回济南，科技大学同时撤销。几个月来，图书馆正忙于合校搬迁及图书整理工作，以房舍不敷，迄今大部图书，未能上架。山东"批林批孔"，形势大好，惟以文化大革命以来，经过几次反复，斗争十分尖锐复杂，问题的彻底解决，尚有待于运动之深入发展。

　　专复。敬颂

春安！

学生王绍曾谨上

1974 年 4 月 21 日

359

＊　　＊　　＊

振师：

您好！

很长时间没有问候起居，本来早就想给您去信。前天接到惠寄诗稿，并捧读先生悼亡之作，惊悉师母经年卧病，药石罔效，不幸已于四月间逝世，噩耗传来，十分痛惜。先生是唯物论者，也是无鬼论者，希望真如先生悼亡诗所说，像庄生一样相信自然规律，通达天命之理，那就不会因为师母的去世而过分忧伤了。

王工程师近年坚持锻炼，早晚打太极拳，健康状况，颇有好转，月前应泰安县委邀请，去泰安县为他们设计基建工程，兼事休养，等他返济以后，我准备再把师母去世的消息转告。我两年多来，眼病始终没有痊愈，两个月前左臂外缘突然酸痛剧烈，几不可支，经诊断为颈椎增生，正在中西医结合治疗，一面内服中药，一面做乌头离子透入，每周再上省中医院骨科推拿一次，目前症状已基本消失，堪可告慰。

先生寿登耄耋，而腰脚颇健，这是很不容易的事，希望今后还是要保持革命乐观主义精神，永远自强不息。这是我惟一的祝愿。这里很长时间买不到宣纸，准备买到以后，请先生写一条幅，用资纪念。

专此。敬请

著安！

学生王绍曾谨上

1976 年 5 月 17 日

山大早已从曲阜迁回济南，科技大学随之撤销。以后惠函仍寄山大新校图书馆，又及。

## 与王桐荪

振心师豪游两月在沪海喜得相聚归后录示诸作赋答呈正

不比寻常师弟情,追陪杖履倍恩亲。

(1939 日军大举侵华之际,师座主持母校国专,余随校迁至山围,1940
年冬探亲去昆明,师座送行诗有"不比寻常师弟情,乱离随我更南行"句。)

几番桑海山河改,廿载参商日月新。

(1948 年与师座在锡山分袂,屈指廿四年矣,来诗有"翻天覆地看新
貌""山河锦绣尽新装"等句。)

为览宏图增见识,要伸壮志为人民。

(来书有"会旧好于天涯,睹新功之兴建,精神识见,增益良多",又诗
"颗粒螺丝用尚强"等句。)

361

遥看八桂云山丽,桃李无边总是春。

王桐荪

1973 年 3 月 3 日　上海

\* 　 \* 　 \*

再到桂林三律呈振心师座并请斧正:


### 其一

卅载旧地今再到,叠彩山下是我家。
应是师弟恩义笃,况有兄妹情谊加。
年高冯唐犹跃马,德崇马融悬绛纱。
惭愧前学尽忘却,奋追岂论两鬓华。

### 其二

访旧依稀景色殊,环湖故宅认难真。

（抗日战争期间母校国专迁桂林,曾在环湖东路赁临时校舍。）

黑云曾压奇峰恨,红日今照佳客欣。

高楼平地春笋出,幽洞深山华灯循。

经营建设期三载,刮目重寻临桂春。

### 其三

夜雨漓江涨三尺,平湖急流送飞舟。

两岸青山仪仗列,一江绿水鼓吹幽。

龙角驼峰九骏走,书僮仙翁神女俦。

仰看俯照成双绝,阳朔百里天下尤。

受业王桐荪

1979 年 10 月

（附:冯振修改稿）

再到桂林感赋七律三首:

### 其一

卌年旧地今重到,叠彩山前寄我家。

应是师生恩义笃,故教兄妹友情嘉。

高龄矍铄欣能饭,广集英才列绛纱。

惭愧驽骀终下劣,奋追宁敢斗才华。

### 其二

访旧依稀景色新,环湖故宅认难真。

（抗日战争期间母校国专迁桂林，曾在环湖东路赁临时校舍。）

黑云曾压奇峰恨，红日今迎远客亲。

平地高楼春笋出，深山幽洞电光陈。

经营建设期三载，刮目重看桂岭春。

　　　其三

夜雨漓江涨三尺，平湖急浪送飞舟。

青山两岸剑锋列，绿水千寻鼓吹幽。

龙角驼峰驱骏马，书僮神女唱轻讴。

仰观俯览成双绝，阳朔山川天下优。

（阳朔有东西两郎山，又名仙人石。）

　　　　＊　　　＊　　　＊

师座：

　　别后没有给你写过信，十分不该！请宽宥。知道你身体健康，我们十分高兴！我们四个月来的情况，在给蘋妹信中大概讲了，不再重复。

　　寄上的诗稿，请帮助修改一下。来此间后，《昭明文选》犹没有时间去读。但借书倒还方便，离家四五分钟就有区文化馆主办的图书馆，挤点时间，打算读几家唐人的诗集，同时摘抄一些，以便今后反复阅读。除李杜和唐诗选集之外，二李（商隐、贺）和杜牧的选集，也抄了一些。现在的问题就是杂事太多，不能专心读书，今后究竟是重温旧课，还是继续搞化工，尚举棋未定。在这里一段时间，仅做点调查研究工作，要在此地开展工作和搞什么生意企业，不是简单的事。王绍曾兄已好长时间没通信了，上月交换二次信，他劝我重温旧课。他知道我到了桂林，十分羡慕，要我向你道歉致意！他不久前才把历史问题搞清楚，政治上的包袱解除后，心情舒畅，身体也好了。最近出席了全国图书馆的学术会议，他写了数万字的一篇文章，论述了张菊生（元济）在图书目录方面的贡献。在贵阳我遇到了过去在昆明时的同事吕元章，是吕小薇（蕴华）的弟弟，谈起了小薇在文化大革命中受到的冲击很大，直到不久前才解决过去。过去小薇在南昌搞得很健，当上妇联的二把手，经常写写文章，因此目标就大了。她爱人郭则融也在南昌，仍在中学任教，是最近被请回去的。余不一一。

敬祝

康乐！

受业王桐荪

1973 年 10 月 26 日　花溪

## 与彭鹤濂

鹤濂仁仲台鉴：

十载沧桑，音问久隔，顷接手书，备悉种切，无任欣慰。大文两篇，深得桐城义法，足当雅洁二字，敬佩之至。诗章当别有境界，极以早得一读为快。拙撰《自然室诗续稿》一册，乃数年前在桂林付印者，检寄备览。近作不多，尚未续印也。

匆此布复，不尽欲言。并颂

吟祉！

友兄冯振敬启

民国卅七年四月十三日

＊　　　＊　　　＊

振心吾师尊鉴：

不奉手教，忽忽三十年矣。近承吴好兄惠寄大著油印本《自然室诗三集》暨《南北漫游杂诗》各一册，知吾师犹在人间，雀跃莫名。

大作捧诵数过，依然诚斋风味，倾佩之至。生今年六十又六矣，已于前岁退休家居，除经常参加街道学习外，日以吟咏自娱。今选抄自解放以来所得诗数十首，自视殊不为佳，寄呈斧正。拙文两篇，更无新意，不足览观，聊博一笑而已。《红茶山房煮茗图》，敬求题诗，如蒙俯俞，尤深心感。近作希赐寄一读，俾启茅塞，实为幸甚。

书不尽意。祗颂

教安！

受业彭天龙谨肃

一九七八年七月二十二日

通信处:上海市金山县朱泾镇红旗街红旗新村 17 号 101 室

\*　　\*　　\*

振心吾师:

去岁八月中旬,接奉手教,并承赐寄大著《自然室诗三集
(续)》。此册曾由吴好兄寄赠,惟尊诗三集,弟子尚未拜读,务
恳赐寄一册,不胜铭感(如存本不多,乞借一抄,仍当奉赵,决不
爽约)。又仲联师最近有《梦苕庵诗续存》(油印)已印行,想吾
师亦已见到矣。日前仲联师由苏州江苏师院寄赠一册,欣慰之
至。吾师最近如有大作,亦希赐以一读,俾资揣摩,尤深心感。
拙诗数首,鄙陋无足览观,伏乞斧正为幸。

匆此不尽,敬承教安。并颂

吟绥!

弟子彭鹤濂谨启

一九七九年一月八日

\*　　\*　　\*

鹤濂同学:

久疏音问,时切驰思,近从吴好同学转到大著《棕槐室诗
续》一册,得读历年怀念佳章,尤增遐想。因忆抗战胜利初期,
不佞徙迁桂无锡国专院校,率领员生百余人,经广州、香港、潮
汕、福州、厦门等处,复员上海无锡原校,朱东润先生亦在此时到
锡校任教,当茹经师八十四高龄时,虽因养病关系仍留沪疗养,
我和朱东润先生曾反复磋商,撰成祝嘏鸿文,用红缎嘱同学中善

书者以正楷缮写,恭呈茹经师笑纳,茹经师非常高兴,曾以梁灏八十四岁高龄荣登状元及第相比,作为佳话。当时曾将祝嘏之辞用铜笔刻印百数十份,分发及门友好。1972 年不佞重到上海,晤唐谋伯师兄,询及此文有无存稿,则告以当林彪、"四人帮"祸国横行之时,早已毁灭无存。而不佞因家中图书屡被搜查,多已散失,更无存稿。因念台端早已退休家居,个人或友好之中,如有存稿可寻者,千万代觅一份惠寄,无任感荷!

专此奉记。并致

敬礼!

友生冯振鞠躬

1980 年 3 月 16 日

(上海市金山县朱泾镇红旗街红旗新村 17 号 101 室)

＊　　　＊　　　＊

振心师尊鉴:

久未奉教,怀思弥深。顷接手谕,曷胜欣慰。拜诵之余,始知前寄拙诗,竟未到达,谅为洪乔所误矣(与钱师仲联一册同时寄出)。尊嘱一节,敢不如命？吾师曾与朱丈东润合撰祝嘏鸿文,以献茹经师,但当时生处并无寄来,故未之见,亦未悉其事,谨当函询友好,代为索取。如有所得,嗣后寄奉。生藏书不多,亦曾屡被搜查,然仍物归旧主,喜出望外。

尊函一封及大著《自然室诗稿》《自然室诗续集》《七言绝句作法举隅》均告无恙。惟《自然室诗稿》已残缺不全矣。又以前拔可丈所赠之《硕果亭诗》《硕果亭诗续》,梅泉丈所赠之《今觉庵诗》《今觉庵诗续》,以及梁仲毅所赠之《爱居阁诗》等,亦皆失而复得者,可云万幸矣。所有《国专月刊》,生原存只有一册(第一卷第一号),内有茹经师所撰之《陈石遗先生全书总序》、石遗师所撰之《唐茹经先生全书总序》、钱基博师所撰之《陈石遗先生八十寿序》等篇,至今犹存,亦可谓凤毛麟角矣。

茹经师、石遗师全书总序两篇鸿文,寄赠朱丈东润,以供撰述参考。迄检旧纸,得旧作三首,无足观览,录呈斧正,是所感幸。

书不尽意,专复恭叩吟绥。并颂

痊安!

弟子彭天龙谨肃

(一九八〇年)三月廿一日午后　时年六十又八

\*　　　\*　　　\*

368

振心师尊鉴:

遥违清诲,恒切瞻依。

尊著茹经师寿文,生遍询同门及朋好,来信均云未曾见过此文,即瑗仲丈亦未知。有负雅命,歉疚殊深。兹检得大作《〈子二十六论〉叙》一篇寄奉,并附拙诗六首,自知谫陋,伏乞斧正,是所感幸。

匆此不尽。恭叩

教安!

弟子彭鹤濂谨肃

五月十三日

## 与周振甫

冯师尊鉴：

大驾枉顾,极感。星期日去定陵,据说去的人多,要早一些。拟于七时三刻左右到德胜门车站,想请师在七时正到阜外十三路公共汽车停车站,振即在七时到站相迎,同去德胜门车站搭车。

昨天去章元善丈处问梁先生住处,章丈说,梁先生常去政协学习,当代问其住处后转告。又吴则虞先生住西单北西斜街旧门牌六十一号科学院宿舍后院。

专肃。即请

大安!

生周振甫上

(一九七二年)九月十九日

\*　　\*　　\*

冯师尊鉴：

星元学长书来,附下。

师新作十一首,敬拜读。读《北京晤生诗》一首,尤感愧。读《历下亭》一首,实斋师诗所谓"怦然心动",感不绝于心。读"敢言芥子须弥比,颗粒螺丝用尚强",有闻风兴起之感,未敢忘螺丝钉之作用。读晤王、陈、钱三先生诗,深感吾师情谊之笃,亦足见三先生之风度。甚感! 读后有感,亦拟数绝,班门之弄,聊博一粲。又去岁回京前,干校征集七一献词,曾于放牛时凑成三律,亦录呈请教。

专肃。即颂

起居康福！

并请大安！

生振甫敬上

（一九七二年）十二月十六日

喜逢杖履得追陪，秘殿定陵今再来。

徒费人民膏血尽，可怜不及马王堆。

潭柘戒坛虽谢客，半途未许便归来。

葱茏跃上盘旋好，为看山容走一回。

370

禅塔无言阅古今，森森翠柏薮高岑。

徘徊潭柘门前路，旧学商量聆雅音。

（读师所作书后一文）

忧国伤时孰赏音，词人漱玉费沉吟。

虽闻（风流）遗像今难觅（见），文采依然映古今。

（昔年游大明湖，见有石刻李清照遗像，风韵绝佳。）

## 七一献词

### （七一年六月作）

五洲四海总无伦，马列向来第一人。

共祝太阳红不落，随教大地驻长春。

防修功烈震寰宇，反帝风雷仰北辰。

当代主流归策命，倚天抽剑截昆仑。

秋收起义展红旗，百万工农碎敌围。

春到古田传决议，云开遵义仰朝晖。
长征伟业空千古，抗战洪谟理万几。
地复天翻扫穷寇，沽名项羽总贻讥。

坚冰百丈花枝俏，封锁千重鹏力抟。
西北天倾擎双手，东南地陷挽狂澜。
笑谈虎豹皆魂丧，指点熊罴尽胆寒。
要使万方共凉热，太平世界总腾欢。

\*     \*     \*

冯师尊鉴：

    星元学长寄来师新作，生已转呈默存先生读过，并缮录一份寄吴好兄，请阅后转瑗仲先生。承惠赐《自然室诗稿》及续集，敬谢。晚近世师弟之间，除课堂授受外，罕所亲接，与古人弟子服劳，日侍师门，弟子于师门之言行语默靡不相接，亲如家人，共其忧喜者殊矣。读师诗集，诚如师自序称"则二十年已往之迹，必一一复见于吾前"，诚如默存先生改拙稿为"聊补当年未足心"矣（默存先生改"徘徊潭柘门前路，旧学商量聆雅音"为"寺前即是论文地，聊补当年未足心"，用苏诗"还尽平生未足心"）。师诗于家人父子朋友之情，从肺腑中流出，真挚感人，而以自然出之，婉转曲折，无不达之情。昔昌黎作大文章，不免有矜心作气之处，而其书简则有极自然感人者。吾师之诗无矜心作气之态，而有自然感人之力。至于模状山水，刻画物情，极生动形象，读之如追陪杖履，以同观山水物状之美，并听师一一指陈也。则师之以诗集见赐，其所以教育启迪生者，亦已厚矣，敢不拜赐？《自然室诗稿》，生已藏有一册，念师所藏必不多，弥可珍贵，当

371

以俟爱读师诗者赐之,不敢多占,谨挂号寄上。续集敬拜领。生与默存先生通问时,曾读及孤桐丈《柳文指要》及师呈石遗丈诗,默存先生早数十年前旧作有送孤桐丈及挽石遗先生诗见贶,谨录呈。

　　专肃。即颂

起居康福!

并祝大安!

生振甫上

一九七二年十二月二十六日

槐聚旧作:

### 代家君谢章孤桐丈书赠横披

活国吾犹仰,探囊智有余。名家坚白论,能事硬黄书。

传市方成虎,临渊岂羡鱼。未应闲此手,磨墨墨磨渠。

(三句谓其逻辑学,五句谓当时道路流传章得罪独夫,危在不测。)

### 挽石遗先生

几副卿谋泪,悬河决溜时。百身难命赎,一老不天遗。

竹坨弘通学,桐江瘦淡诗。重因风雅惜,匪特痛吾私。

(竹坨之坨,坨即宅字,俗读茗茶,乃阴平去声并读。)

八闽耆旧传,近世故殊伦。蚝荔间三绝,严高后一人。

坏梁逢丧乱,撼树出交亲。未敢门墙列,酬知只怆神。

(钱先生自注:)余闻先生耗时在欧洲,寻见国内报章刊冒鹤亭、夏剑丞诸老挽诗,皆含讥讽,追忆畴囊,即赋二章。

先生论予诗以汤卿谋、黄仲则为戒，又尝语予生平似朱十者若干事，集中有诗，亦云然。于清初学人，最推竹垞，盖博综有相似也。先生诗学诗格皆近方虚谷，时人以其撰诗话，拟以随园，当缘不知天壤间有桐江二集耳。王弇州赠闽人佘宗汉诗云："十八娘生红荔枝，蠔房舌嫩比西施，更教何处夸三绝，为有佘郎七字诗。"先生诗七绝尤胜于五古，闽贤严仪卿、高廷礼论诗皆改易时人之耳目，先生影响与等。

＊　　　＊　　　＊

冯师尊鉴：

手教敬悉。冯夫人转危为安，出院休养，至为可贺。敬祝早日康复，齐眉百年。读师新作，以达人之见，寄深挚之情，情真语挚，至深钦佩。

惠赐《南北漫游杂诗》一小册，敬读。视前星元兄转示师手稿，更为美备。学部张书生君爱好诗词，即与共赏，张君又转示其同事，共读师作，尚未归还，亦见师作真挚感人，无论识与不识，皆爱好焉。

星元兄于年初二来，由生陪同晋谒梁老，承梁老接谈，极可感。星元兄偕其令媛携摄影机来，由其令媛为梁老、星元兄与生在屋外摄一影，即寄呈留念。星元兄又约生往谒黎劭西老，黎老年事高于梁老，而神明不衰。言有大辞典稿，积卡片数百万张，领导上列为二十年后之长期规划，尚无暇着手，有河清可俟、人寿几何之慨。最近星元兄来京，参加北京师院和河北师院联合编辑《古代汉语》教本，不再回宣化。北大王了一先生主编之《古代汉语》，估计不久当可交中华付印。

承谈及拙作纪游，亦曾出示默存先生，先生谓"徒费人民膏血尽,可怜不及马王堆",上句语言不明,为改作"取尽锱铢留朽骨",用《阿房宫赋》句。"徘徊潭柘门前路,旧学商量聆雅音",先生谓第四句突然转入"旧学商量",过于急骤,改为"寺前即是论文地,聊补当年未足心",用苏诗"还尽平生未足心"。"禅塔无言阅古今,森森翠柏蔽高岑",先生谓上句"无言"用拟人法,下句客观写景,不相称,"无言"可改"亭亭",与"森森"相应。生拟易"无言"为"凄凉",以钱先生以禅塔为宝塔,故欲用"亭亭",而生则指禅师骨灰塔也。文心之细,细于秋毫,钱先生论文可以为师。

前团中央书记胡耀邦同志,托出版社嘱生解辛词,词录下。《念奴娇·登建康赏心亭呈史留守致道》:

我来吊古,上危楼、赢得闲愁千斛。虎踞龙蟠何处是,只有兴亡满目。柳外斜阳,水边归鸟,陇上吹乔木。片帆西去,一声谁喷霜竹。

却忆安石风流,东山岁晚,泪落哀筝曲。儿辈功名都付与,长日惟消棋局。宝镜难寻,碧云将暮,谁劝杯中绿。江头风怒,朝来波浪翻屋。

举此词,或者取于《桓伊传》之伊抚筝而歌怨诗"忠信事不显,乃有见疑患",谢安为之泪下沾襟。或以讽老干部之自以忠而被谤,抱有怨气耶?

前青年出版社社长朱语今同志函问罗隐《黄河》中句出处,诗录下:

莫把阿胶向此倾,此中天意固难明。

（事物是曲折复杂的，不了解事物的规律，不容易把事办好。）

解通云汉应须曲，才出昆仑便不清。

（道路是曲折的，事物不是纯粹的，一开始就这样。）

高祖誓功衣带小，仙人占斗客槎轻。

（盟誓终虚，今天上可到。盟誓虚由于不纯，天上可到应道路曲折。）

三千年后知谁在，何必劳君问太平。

（一万年太久，只争朝夕。）


以上注语，姑妄言之。

专肃。即颂

起居康福！

并祝冯夫人早日康复。

敬礼！

375

生振甫敬上

（1973 年）3 月 22 日

寺前论文之句，改笔诚佳，似于情事稍隔。拟写作"从游潭柘清阴下"，以从游接聆教，或不突兀。

考古所有同志来中华讲马王堆，谈及出土彩绘，谓"绘事后素"，即先施彩绘，后用白彩勾勒，使彩绘鲜明。因念朱注释绘事后素，即于素地施彩绘。检郑注，亦谓先彩绘，后用白界画。检刘宝楠《正义》，有郑氏及见古绘，言必有据。参观出土文物，大概丝织品本染色，于染色绢上加彩绘，有不用白彩勾者，亦有用白彩勾者，因念后素之素恐非白底。朱注或用宋代绘事作解耳。又联系上文："巧笑倩兮，美目盼兮，素以为绚兮。"巧笑、美目指素，倩、盼为绚。朱注之所谓素地，相当于长相好，而巧笑、美目则已非长相而为白彩，巧笑、美目收倩、盼之美，如白彩收鲜明之效,益以见古注之可贵。

　　有人嘱讲邲之战,中有句:"其君之戎,分为二广。广有一卒,卒偏之两。"杜注引《司马法》,百人为卒,十五乘为偏,二十五人为两。[①]卒、两是人的编制,偏是车的编制,何以混而不分?[②]一乘步卒七十二人,甲士三人,何以十五乘只百人?[③]偏之两,十五乘之二十五人,"之"作百解?因检注疏,谓百人并二十五人,"之"作"并"解。于①②尚未解。检北大注引清儒说,卒,百人;偏,五十人;两,三十五人。若百七十五人,为多加出的人数。于是①②③都可解。但《左》"成七"申公巫臣"以两之一卒适吴,舍偏两之一焉"[④],"偏两之一",五十人、二十五人之一,不可解。依杜说,十五乘、二十五人之一,亦不可解。上言"两之一卒"即二十五人与百人,则"舍偏之一",百人为两偏,舍一偏可解。"舍两之一",两为二十五人,只有一个两,怎么舍一?倘作把一个两留下,则何以不作"以一卒之两"而作"以两之一卒",何以不作"广有一卒,与偏及两",而作"卒偏之两"?因问中华杨伯峻先生,曾手注《左传》,则引江永说,谓"楚子为乘广三十乘",一广三十乘。"广有一卒",卒指三十乘;"卒偏之两",一卒为两偏,即分左右广,一偏十五乘。"以两之一卒"即以两偏的一卒三十乘。"舍偏两之一",即舍两偏之一,十五乘。是则江永之说胜于杜注。则既不可废古注,尤当博采众说矣。录以当面谈,并见所见极陋,尚庶进学,以无负师门之教。

生振甫又上

＊　　　＊　　　＊

冯师尊鉴:

　　前信写成,于上班前匆匆付邮,未及将照片附上,甚歉,今特附奉。

　　读遗山论诗三十首,"一语天然万古新",自注:"陶渊明,晋之白乐天。"以真淳推陶、白,只看到陶、白之一面,实非主要之一面。定庵论陶,能见其大。而白傅之主要成就,亦非真淳所能限。遗山之论,当未抓住主要成就。"纵横诗笔见高情,何物能浇块垒平",推阮诗,有取于高情块垒,确有所见。阮之主要成就,在于深浅,"时无英雄,使竖子成名",此言不仅论史,或更在感时,盖不满于司马氏之篡夺。以"老阮不狂谁会得"作结,或未点出阮氏之深忧远见。"争识安仁拜路尘",安仁未免谄事权贵,为遗山所讥。读刘祁《归潜志·录崔立碑事》,谓碑文,"今天下士议,往往知裕之所为,且有曹通甫诗及杨叔能词在,亦不待余辩也"。而遗山为外家别业上梁文,则云"劫太学之名流,文郑人之逆节""伊谁受赏,于我嫁名",把草碑文完全推在刘祁身上。郝经《辨磨甘露碑诗》:"作诗为告曹听翁,且莫独罪元遗山。"为遗山辩诬,转以证明确有曹通甫诗;归罪遗山,而曰"且莫独罪",则郝氏亦以为遗山有罪,特不宜独罪一人耳,则辩诬转足证成遗山撰碑之咎。而刘祁不讳言曾草初稿,转觉坦率。遗山欲推卸罪事,则"心画心声总失真"者,岂非自道?论诗绝句作于丁丑,遗山年二十八,然末言"老来留得诗千首",遗山存诗千余首,与此言正合,则论诗有老来补写之作,则于"失真"之谬,"拜路尘"之讥,在老来补写时不亦有自疚欤?"世间东抹西涂手,枉著书生待鲁连",以此推举太白,贬抑东抹西涂手,贬抑是也,推举则未确。注引《蔡宽夫诗话》,引《永王东巡歌》为解。《东巡歌》正暴露太白缺乏政治远见,为诗人而非政治家。政治家必须审势,从审势中制定政策,而太白则于当时形势曚无所知,"但用东山谢安石,为君谈笑静胡沙",徒为书生大言,于敌我强弱及兄弟纷争似皆无所见。当永王出兵时，其长史某即拂袖去，当时自有审势之人。鲁连确有见于当时形势，非太白所及。遗山以此抑太白，适见其短耳。"浪翁水乐无宫徵，自是云山韶護音"，以此推元结，亦见其一偏，而非其至当。杜诗推重元结诗，比之于秋月华星，则所见者大。"东野穷愁死不休，高天厚地一诗囚"，此论尤为不公。东野诗其至者思深虑远，非韩诗所能掩盖，此如春兰秋菊，各有其芳香，何必有百尺楼之高下乎？

"谢客风容映古今，发源谁似柳州深"，自注："柳子厚，宋之谢灵运。"称柳为深，极是，以柳为谢，则似有深浅之殊。"只知诗到苏黄尽，沧海横流却是谁""苏门果有忠臣在，肯放坡诗百态新"，不满于苏诗之百态新，而以苏黄之百态新为沧海横流，欲挽狂澜于既倒。此则守旧之见，以此为疏凿手，则异于别裁伪体矣。苏诗之可贵正在于百态新也。"讳学金陵犹有说"，查评"半山亦不在欧梅下，谁能废之"，极是。将欧梅与王分出高下，亦未谛。

"池塘春草谢家春"，诗中有此境界，但亦不能以此发苦吟。"可怜无补费精神"，后山诗自有其不可废者，亦非可怜无补。崇自然，是也；必以此而诋苦吟，则非达人之见。

论诗绝句自有其卓识高论，衡论古今诗人亦有其独至处，在当时为一代文评，在文学评论上卓然为一代高峰，但亦不无可议处。以上嗤点，或多谬误，敢发妄论，唯吾师裁正之，幸甚。

敬祝

康福！

并颂冯夫人早日复健。

生振甫上

（1973 年）3 月 24 日

＊　　　＊　　　＊

振甫学友：

　　三月下旬，连奉两书，并承寄赠与梁先生、朱君合影玉照，至深感谢！函中反复讨论文艺技术及古籍注疏，娓娓而谈，至解人颐。论文之乐，此间颇乏同好，空谷足音，曷胜快慰。当时适忙于其他事务，搁置不复，后竟忘之，老态颓唐，言之滋愧。上月我院同志往京参观学习，仓卒致书介绍，承指示周详，获益不浅，并承惠赠新书，正切需要，感觇良深。回思去冬到京，屡承导游，谈艺之欢，一时难再，岁月如流，忽已经年，感慨系之。

　　山妻春后回暖，病体逐渐好转，已能在卧室内外自由行走，希望冬春之交能够平平度过，抵抗力强，明年或能更胜。顽躯差健，登山行路，不减去年，但才思衰退，不能多用脑耳，承注并及。

　　专复。并颂

著祉！

并候潭福！

冯振

1973 年 12 月 3 日

＊　　　＊　　　＊

冯师尊鉴：

　　久不通问为念。敬祝起居康福，并祝冯夫人健康。惠寄《自然室诗三集》，敬谢。恭读三集，情深意挚，动魄惊心，则如"万劫不磨知己在，百端难语寸心明"；思深意远，足铭座右，则如"敢嗟芥子须弥比，颗粒螺丝用尚强"。敬受教益。其他纪行志感，读之恍若追陪杖履，如坐春风，至为铭感。

　　近闻梁丈在政协发言,谓对批孔未能低首,否则有背于个人人格;林志在夺权,不足语于路线;丈有一路线,拟草文阐述,需三万数千言。道路传闻,未知可信否。因造府晋谒,丈正伏案著书,谓起居安适,请与师通问时转达。因小坐告辞。继又闻人言,梁丈已停止阐述,不再言批孔事矣。

　　默存先生于春节前患气喘,闻病势较重,有险象。后虽转缓,闻近尚未全愈,至为可念。默存先生入冬易发气喘,此次所发尤重,一俟气候转暖,当可告康复。

　　此间传抄郭老诗,另纸录呈。

　　即颂

康福!

生振甫上
(1974 年)4 月 6 日

### 春雷呈毛主席

#### 郭沫若

春雷动地布昭苏,沧海群龙竞吐珠。

肯定秦皇超百代,判宣孔二有余辜。

十批大错明如火,柳论高瞻灿若珠。

愿与工农齐步伐,涤除污浊绘新图。


读书卅载探龙须,云水茫茫未得珠。

知有神方医俗骨,难排蛊毒困穷隅。

岂甘樗栎悲绳墨,愿竭驽骀供策驱。

犹幸春雷动天地,寸心始觉识归趋。

* 　* 　*

冯师尊鉴：

手教敬悉。前录郭老春雷诗有二首，后从臧克家先生处知悉，"读书卅载探龙须"一首，系胡绳所作，误作郭老者。默存先生病已转好，曾有信来，讨论学术，风度如昔。朱星学长回京工作，闻已新婚，久未晤见，想必近况佳胜。冯夫人体力比前差胜，至为可喜。录示新作四首，敬拜读。天伦之乐，旷达之怀，朋友之情，溢于纸上，至为钦仰。《中华哲学史资料简编》已经售缺，无从购取为歉。

前从政协中前辈，闻梁老言，有一新著论孔，为百分之百之马列主义观点。大意谓孔上承二千五百年，下开二千五百年。党如欲读此新著，可以出示，惟有一要求，求持此新著与群众见面。梁老著既未刊布，党必加意保护，可以释念。七月初至八月初在京召开法家著作注释出版规划会议，确定有著作之法家二十六人：孙武、商鞅、孙膑、佚名（管子）、荀况、韩非、贾谊、晁错、桑弘羊、王充、曹操、诸葛亮、刘知几、柳宗元、刘禹锡、李贺、王安石、沈括、陈亮、张居正、李贽、王夫之、魏源、龚自珍、严复、章太炎。又出活叶文选时，除上二十六人外，加范缜、贾思勰二人。全会由科学组与出版局召开，参加代表有十三省市。参加名流有杨荣国、赵纪彬、冯友兰、高亨、杨宽。注释要两个三结合，一是老、中、青，二是工农兵、干部、专业人员。注释工作由十三省市分担，由谁省分担者即由该省人民出版社出版。同一法家，可出新注本、选注本、旧注标点本。同一法家可出几个新注或选注本。在大方向一致前提下，可以百家争鸣。用特奉闻。

专肃。即颂

康福!

并祝冯夫人起居日胜。

生周振甫上

(一九七四年)八月廿八日

＊　　＊　　＊

冯师尊鉴:

　　惠寄《自然室三集(续)》敬读。惊悉冯夫人一瞑不视,我师赋诗悼亡,真挚达观,极为难到。书怀寄夏两绝,讽诵不释。儒法斗争诗,爱其中称法诸作。妄言以博一粲。其庸(姓冯)同学与李希凡在领导校注《红楼梦》工作,闻其与工人合作,笔名洪广思,出有评红一书,又时在报刊撰文。朱星同学自迁校后,来京参加编注《古文选读》(名字不一定正确,或称《古代汉语》),久不通问。吴德明同学来信,谓瑗仲先生颇见衰老,至为可念。瞿禅先生去岁与其吴闻夫人来京治病,曾去访问曹雪芹故居,并记以词,精力不衰为可喜。

　　专肃。即颂

大安!

并祝期颐!

生振甫上

一九七六年五月十二日

### 上冯师

耆艾于今尊老辈,春风绛帐得曾亲。

诚斋活泼宁相偶,叔度汪洋或可伦。

平易近人极真挚,自然入妙倍清新。

名山已幸收诗卷,更喜新篇颂作人。

## 悼总理

股肱当世真无两,千载相寻岂有之!
一代华夷同洒泪,八方元首共衔悲。
鞠躬尽瘁救饥溺,忘我无私弭乱危。
秋菊春兰遗爱在,海枯石烂总难移。

遗言听罢尽心摧,祖国山河撒骨灰。
文采风流耀千古,丰功伟绩照三台。
百身莫赎呼天问,万目将枯为国哀。
后死何当图告慰,力抟鹏鷃仰群才。

## 感　事

小康据乱因时异,
王霸兼称并北图(荀子有《王霸篇》,兼美王霸)。
感叹蜡宾缘底事(五一举国腾欢,想见蜡宾之感),
大同有志望民苏。

不同邹峄薄夷吾,微管相学道不孤。
九合诸侯攘夷狄(反霸权),一匡天下为民苏。

*　　　*　　　*

冯师尊鉴:

　　手教敬悉。师动定安吉,极好。前在昆明,听仲联先生讲
"声色",诵梅村咏卞玉京诗及白傅《长恨歌》,说明音节抑扬之

美,举"忽闻海上有仙山"句之音节突起,满堂动色而听,亦见仲联先生体气之健。吴德明兄往访王瑗仲先生,听仲联先生言,日本人称王先生章草为天下第一,因是王先生努力写章草,兴会飚举。冯其庸原来参与领导《红楼梦》点校注释工作,最近召开会议,要出版红学专刊,由他参加主编。

梁先生素食,体气尚健。前曾往访,谈往事,如数家珍,神明不衰。凡此皆可喜事,敬以奉告。尚望少吃动物脂肪,多吃素油,多多保重。

即请

大安!

生振甫上

(一九七九年)五月二十四日

\* \* \*

采蘋、采芹同志:

采芹同志的信收到了,附来的《广西日报》也看了,今附还。我认为冯师的入党问题与著作出版问题是两回事,即便入党问题一时不易解决,并不妨碍请广西师院中文系与广西出版社联系出书问题,广西师院中文系有责任去联系。当然,要是冯师著作的出版问题已经解决,那就不必去麻烦师院中文系了。倘还在联系,没有决定,请中文系促进一下还是可以的。不必把入党问题牵连在一起。

说广西师院中文系有责任去联系,就从钱锺书先生的事想起来的。钱先生写了《管锥编》一百多万字,他不愿意拿出来出版。胡乔木同志到他家去看望他,问起他的著作,劝他拿出来出版。乔木同志回去,就通知出版局转告中华书局去争取出版,中华领导同志亲自到钱先生家里把稿子取来出版。乔木同志是党内管文教事业的领导同志，按照乔木同志的做法，那末师院领导同志在冯师病危或去世时，应该问到冯师的著作，应该为冯师著作出版事向广西出版社联系。钱先生不是党员，所以是不是入党关系不大。

我又想到《七言绝句作法举隅》同有关七律和诗话的稿子可以合在一起出，以《举隅》为名，另两种附后，因为这三部稿子都是从艺术技巧角度来谈诗的。我可以写一篇来说明这个道理，再可以把冯师讲的诗歌艺术技巧加以发挥。在今天，读者都喜欢研究诗的艺术技巧时，这样的著作是会受读者欢迎的。你们可以把这样的意思告诉梁同志。

本来我想学生替老师的著作写前言，不大合适。想到韩愈的集子是他的学生李汉写的序，只要有这个需要，也就可以了。

祝好！

敬礼！

周振甫上

1983 年 7 月 7 日

## 与潘君博

振心老师尊前:

前承赐寄书籍讲义,曾于三月十七日肃函申谢,并于三月下旬寄上拙书条幅二纸,谅均收到。现随函寄上《医疗体育常识》一册,请察收,作为体育锻炼参考。其中气功一项,对防病治病、增强体质有极大益处,根据我个人体会,经常练习深呼吸可使体魄增强、睡眠时间增加,对消化亦有帮助。至于练法,对照书本介绍方法,循序渐进,即可收到效果。就我相识的,有几位同志都是根据书本介绍,自行练习,结果均得到很大成效。(如本市新华书店的李同志,通过练气功,治好了长期失眠;广州的一位何同志练气功后,卅多年全无疾病,虽年逾五十仍保持壮年体力。据他们介绍,都是没有师傅指点,而自行阅读书本得来的。)深知吾师一向注意体育锻炼,故特为介绍。倘能与按摩并行,料必效果更大。

又:生前赋一律,写成条幅,寄往上海南汇百岁老人苏局仙书法家(原文曾抄寄),现已得其函复,亲笔书赠一律如下:

### 酬寄君博先生敲正

水润苍梧野(借句),天南春去迟。

群芳堪鼓兴,淑景好题诗。

耄老殊无赖,疏狂只是痴。

浮名休记取,常向古人师。

此老已年满百岁,尚能每日练习书法、做诗、写随笔,真是十分难得,顺以奉闻。

谨祝

健康!

生潘君博敬上

一九八〇年四月六日

\*　　　\*　　　\*

君博学友:

接四月六日手书并寄示条幅二纸及《医疗体育学识》一册,
至深感谢。佳书条幅二纸,一为十叟养生之辞,一为司空图自然
之品,均与不佞平生极为关切,非信手巧合,弥见匠心。我三个
月来,久卧床席,最初腰痛,不能转侧,饮食便溺,俱在床上,深恐
终成瘫痪残废,后经骨科专家悉心检查,断定绝对不会瘫痪,主
用封闭治疗,次第就愈。现在原寓地址,只要晴天和暖,便可平
地散步,扶杖自行。气功医疗,当逐渐试用,信必有效。

专复申谢。并颂

潭祉!

友生冯振

1980 年 4 月 15 日于桂林

\*　　　\*　　　\*

振心老师尊前:

溽暑渐消,初秋荐至,比来眠食何似? 至深驰念!

兹付邮寄上《书法期刊》及《健康之友》刊物各一册,藉供欣
赏及保健参考,请察收。又前两月曾先后寄上《医疗体育常识》
及《真气运行法》各一册,谅已收到。

生今年四月应区体委邀请,往桂平参加全区武术裁判工作。得顺游西山名胜,曾写了两首小诗,谨抄呈一阅,敬求斧正。

谨此奉候。并祝

健康!

生潘君博谨上

一九八〇年八月十二日

*　　*　　*

振心老师尊前:

久疏奉候,杖履何似,时深悬念!近接覃宝峰同学来书,述及近到桂林开会,曾往桂林师院探访吾师,欣悉道履康娱,至慰孺慕。生以来生活一切如常,身体亦托顽健,日中余暇,惟以书法自娱。年来常有作品参加本区及闽桂、粤桂两地区书法联展,均蒙展出。年前曾书写楹联送往江苏连云港《苍梧艺苑》投稿,亦蒙采入所编《当代楹联书法墨迹选》一书,将于今年十一月底出版,在全国各地发行,并得参加广西区书法工作者协会会员。现仍继续努力以求深造,争取加入全国书协,谨顺禀闻。兹现附函寄上拙书楹联一副,请察收诲正为幸!

谨此奉候。并祝

健康长寿!

生潘君博敬上

(某年)十二月十二日

## 与吴三立

振心先生座右：

得复教几两月矣，以病魔缠嬲，身心弗宁，久阙报章，至歉。读嫂夫人去冬病亟时诗句与公所答诗，俱绝佳。公以危苦之心情，作旷达之慰语，不假彫镂，"深情以浅语出之"，最能动人。以贤伉俪之学之才，当不让栖霞丽书堂中匹耦专美于前矣，盐慕何既！

往撰尊著《说文解字讲记》，阐析昭莹，眇达神恉，知公不惟是诗人，而且是学人，洵无愧为石遗老人高弟，心仪旧矣！窃惟弟生平治学涂术，似与长者盖近。忆自乙丑秋广高卒业后，在北京师大研究科进修二年，留校八年，所学所教，以语言文字为主，间及经学。（盖吴兴钱师不惟教音韵文字，亦曾教经学史也。）虽曾从顺德黄师受曹阮诗，顾尔时旧京学术风尚，重质轻文，未遑专力学诗也。洎甲戌南归，任教于中大（中山大学）、勷大（勷勤大学）两校，在中大适与陈述叔（洵）翁同事，遂从之问词法，因而稍学为词。抗战事起，勷大改为文理学院，弟因兼系务，乃随学院迁桂（梧州、桂平、融县）后又迁回粤北，乃复返中大。在抗战八年中，沉不着气而再事笺注虫鱼，乃专意学诗，颇费日力于此。念平生于学，以好博涉，终致一无所成，言之滋愧！当时有几种较用心编写之讲义，中有大部分曾请业师与前辈审阅，提出一些修改意见（如钱玄同师之于《诗学通论》《声韵学纲要》，冒鹤亭翁之于《杜诗研究》《王碧山词要》等；当时至勷大，弟延聘冒翁为教授），稍事补苴，未尝不可以印行问世。顾自视尚未惬意，生性迂谨，又不好名，辄不愿急于成书，年复一年，终于因循坐误。此外,尚有《读说文段注》与《读广雅疏证》两札记及《诗词丛话》等稿,亦未加以整理,闲置箧中,今则一切将成废品! 诵王荆文"刍狗文章不复陈"二句,不禁感慨系之。念与公于三十年前,即有文字之契,今俱成老翁矣。寒灯裁简,因向公覶缕而述往事,老怀之萧槭可知,望我公有以教之也!

近来退休一事,仍未决定。自忖齿逾古稀,余季有限,始欲爬梳旧稿,有所缀述,则时间之保证最为重要,自以退休为宜。然退休后,于资料之蒐弋,又多不便之处。有许多人传说,主席曾有指示,谓"老教师要养起来"云云。据弟所知,友辈中有不少年近八十或八十以上,俱未退休。但各校情况,似不一致,亦颇有办老教师退休者,殊不理解。公去岁漫游南北,与各地院校之老友多所晋接,闻见不少。究竟主席有何指示? 各处院校情况何若? 又公还要上课否? 便中请略示及。

不尽。即颂

著祺!

并祝嫂夫人健康!

弟三立再拜

(一九七三年)十一月十八夜

承教寄"广州石碑广东师院北区四路二号二楼"

(另纸谈钱君词)

承抄示钱君仲联《金缕曲》一阕,读之甚喜。其词豪宕洒落,具见才华。然谛观之,似不无微瑕,不如其诗之当行也。今特向公一陈管见,以待指正,惟千万勿以语对方……

一、"当日移家因葛令"数句,用一"悔"字,是否对其当年赴金陵投汪有忏悔之意? 若然,则其隶事殊觉不伦。葛洪之求为勾漏令，"非欲求荣，以为有丹耳"（葛对晋帝语）。钱君之赴金陵投汪，"欲为荣"耳，而且投汪无异投敌，大节有亏矣。"走邯郸道"当是用《枕中记》中吕翁得神仙术事，夫求丹砂与得仙术，都是极其清高之事，岂可与自己降志辱身之事相比拟？钱君在字面上用了"悔"字，骨子里却在抬高身份，虑非"修辞立诚"之道。

二、姑舍是而论文法（广义的）。在两句中，分用两事，而两事本质又不相同，就不能合而为一也。又"悔"与"误"二字，亦不相应，因为"悔"风尘，所以走邯郸道。如此，则是走"对"了的，何以又说"误"走呢？岂非矛盾？

三、既用"胜情胜具"，下二句复用"胜地园林"，嫌稍率；又"正时节霜飙吹帽"，"正时节"三字，亦稍生硬。

此外，此调上下阕，共有四个七字句。从来填此调者，计有两种格式：一是用"仄仄平平平仄仄"的顺句，一是用"仄仄平平平仄（或仄平仄）"的拗句。弟曾有如下感觉：清初词人所作，多用顺句；乾嘉以后，如周稚圭、蒋鹿潭、王半塘、郑大鹤、朱彊邨、况蕙风诸词老所作，则多用拗句，或顺拗参用。即词名次于诸词老之夏闰枝、李孟符、裴韵珊、曾刚父、张尔田诸公（偶取堆案之《彊邨遗书》选刊诸公词集为举例，殊不全面）填此调，上有四个七字句，亦是顺拗参用，可以窥见当时趋势。此实有其道理。因倘将四个七字句都用为顺句，便与近体七言诗句法无异，施于词中，易流率滑，用拗句，正所以约制之也。此盖由诸词老通过实践体验，认为以采用此格为胜，几于约定俗成，（个别人填此调，自然似有例外，如沈寐叟所作即用顺句，但沈氏诗词本多晦涩，用之自无妨耳。）而钱君此词，上下四个七字句，仍用顺句，似于诸词老之作，未甚措意也。又此调上下阕收语三字，必作"仄平仄",《词律》已明言之,谓"不尔,便是败笔",而钱君词下阕收语用"相离棹",亦欠讲究。

弟还有一感觉:上说诸君词老填词选调,似有"避熟就生"趋势,视清初词家选调,较多生僻,而少填熟调。《金缕曲》是熟调之一,诸词老词集中,均选用甚少。时贤如陈述叔、陈仁先(二陈集均见"彊邨遗书",而述叔《海绡词》只二卷,我有第三卷遗稿)、夏剑丞诸公词集,竟无一首《金缕曲》,此亦可悟当时风尚。当然,此调非不可填,看为何题材耳。如清初顾梁汾"季子平安否"二首,实为千古绝唱,然亦"只许有一,不能有二"矣。晚清诸词老,多重梦窗词,而梦窗词集中,亦有两首《金缕曲》(用《贺新郎》名),特其上下四个七字句都能顺拗参用,不致流滑。求涩,固梦窗词法也。往年述叔翁曾语弟云:"熟调必须求生涩,僻调必须求浑易(浑成平易)。"此是翁经验之言,翁固彊邨所推为"火传梦窗",与蕙风为两雄者也。

弟对钱君词,不免吹毛求疵矣。正以平日素慕其才,(其诗虽见得不多,然往阅金松岑《天放楼集》中有《梦苕庵诗集序》,对钱推挹备至,其所笺《人境庐诗》亦颇渊博。)因而要求稍严格耳。

陶公诗云"奇文共欣赏,疑义相与析",谨抒一得愚见,向公请教,不知稍有当否? 乞订正焉!

弟三立又白

*　　　*　　　*

振心先生著席:

前晚复公书时,适有素喜旧艺之两助教过访,因出示钱君《金缕曲》词。彼等谈后,提出"正时节,霜飙吹帽"之"正时节"

三字有问题。弟当时未加思考，竟以为然，在评钱词另纸上，加写"'正时节'三字嫌生"云云。今一回思，彼等实是误提：盖将"正时节"三字孤立地看，而不知"正"字原属于领句的字，"正时节"是小豆耳，全句实无问题也。弟一时脑筋糊涂了（信刚写得一半，有客来，要停笔招呼，不免心烦），今亟向公说明、订误。

再则，因钱君"当日移家因葛令"句，还联想及相类之另一事，欲顺便奉询者。以彼等来谈，致时间已晚，遂作罢。今补述之：

当抗战后期，陈斠玄师由成都写示"某公诗"（三字是原文）七律一首，甚佳，至今尤存箧衍。首二句是"巾箱尤秘待焚诗，检衽当年慷慨词"，一看便知其为陈君而咏者。惟当时不省何故，竟未函询斠师诗是谁作。此诗第四句云"难忘晁宋昔同师"，念公与陈君，世所共知为石遗老人门下之"二妙"。（注）而斠师在北大亦曾受业于老人，所谓"同师"殆指此欤？但弟猜此诗当出公手（斠师当年似未能办此），则同师之"师"或指唐老夫子。今忽忽三十余年矣，望公一破此谜！弟曩年颇佩陈君之学与文（诗则有时嫌其稍粗犷），忆抗战初，曾缘斠师之介与之通问，且承其寄赠所书章草一幅，而其《守玄阁文稿选》至今保存勿失，深惜其晚节之不终也。

不偬。即敬

俪祺！

弟三立顿首
（1973年）11月21日灯下

又此诗不知有抄误否？（如第三句"闻到机云今入洛"，"闻到"疑为"闻道"之语）请公另写一通见示！

（注：忽忆尊著《诗词杂话》中有一则叙及公与陈君各呈石

遗师七律诗,第二句无意中几至雷同,只"相亲""相师"一字异耳,语句又同用了"江西诗派"语,可见两人与石遗翁之关系,而两人之沆瀣一气也。)

*　　*　　*

辛旨先生著席:

奉上月十八日惠函,长篇细字,娓娓详谈,藉谂尊恙早已康复,游心翰墨,养志颐神,至深庆慰。拙诗及旧著,过承夸饰,愧不敢当。平生治学途径,许为同道,尤觉受宠若惊,惭感无限。

振当辛亥革命之年,才十四岁,肄业中国公学,其时夏剑老为监督,极少到校,振童幼无知,功课外亦少旁骛,未尝亲承提命。民国三年转学交通大学前身,校长为唐蔚老,业余提倡宋明理学及桐城古文,学子向风,振与陈守玄友好,多涉览诗文。后因病辍学,年二十即相随执教梧州中学(时陈为校长),谭戒甫、朱东润、陈天倪诸君(谭、朱均交大先后同学)次第共事,教学相长,遂半路出家,弃实研文,但无师所承,切磋淬励,惟赖良友。及三十后任教沪、锡,获与海内名流学者相接,耳濡目染,略窥津逮。黄宾老忘年下交,陈石老亲承指授,夏剑老时蒙启迪,多属诗章方面,黄之书卷,夏之倚声,俱专门名家,士林宗仰,而振于此,全门外汉。蔚师解经首重大义,程朱陆王,一炉而冶,振则好治先秦诸子,讲授述作,此类较多。义理、辞章、考据虽三者兼爱,实无专长,年齿渐衰,才华早退,老而无成,愧负师友,较诸先生循序渐进,名师传授,渊源有自,著作等身,何止望尘莫及!厚蒙奖借,聊述梗概,徒滋惭悚而已。

关于退休一事,据振所知,专家教授,极少办理,上级指示,未见明文,一批二养,量材使用,实例似多如此。一般老年教工,与此有别，颇难比拟。浅见未知当否，聊备参考。自文化革命后，振因年老体弱，不再授课，去年今春，参加编写教材，讨论讲稿，偶或座谈，亦多照顾，负担并不太重，平时只参加政治学习，或为青年教师解释疑难，如此而已。

又奉上月廿一日惠书，关于觉元先生所示某公诗，不特非振所作，抑且向未寓目，即去函觉老奉询，顷复书云："承询及旧作，你在成都时守玄女偕其婿至华西大学见访，述其父在友人推挽之下，已就伪职，闻之骇然，爰成此章，托为转寄，冀或可挽回于中途耳。"则此诗确为觉老自作，大概当时不愿自我暴露，故托言某公耳。据寄示原诗，题为《读待焚诗稿》，第三句为"闻说机云今入洛"，先生所疑误字甚确，此一公案可告结束，亦一快事。惟觉老书云"弟近以两耳重听，两眼生白内障，视听已失去聪明，思绪枯竭，恕难尽言"云云。知注并及。

395

因读觉老此诗，联想 1946 年同无锡国专同人复员过沪，曾成《吊柱尊墓》一首云："一尊满意复同倾，岂料沧桑隔死生。万劫不磨知己在，百端难语寸心明。重泉应抱千秋恨，早世翻教后累轻。宿草荒坟吾敢哭？迸攒酸泪只吞声。"附呈教政。前尘为梦，不禁感慨系之。

振向不填词，对于宫商吕律尤属外行，（每读易安居士词论，谓欧苏歌词皆句读不葺之诗，王介甫、曾子固有作，更令人绝倒，辄为之悚然。）承示诸老"避熟就生""顺拗参用"之论，细致入微，益感所见不广。因忆六二年曾试填数阕，录呈正指。如蒙指谬，尤所感荷。


### 清平乐·六二年中秋

风光潇洒，又是中秋也，谁到广寒宫殿下，折得桂枝盈把？

天涯明月同看,何殊骨肉团圆?更喜孙儿解忆——北京、青海、西安。(时长女采蘋与外孙乔燕康在桂林,兰言往北京探望次女采芹、女婿张恒、小外孙张林林,并游天安门、故宫、颐和园诸名胜,长女婿乔德来在青海大学任教,儿子郅仲在西安工业大学学习。)

## 清平乐·六二年秋季广西师院师生联欢晚会

秋光正好,各各抒怀抱,少壮光阴休草草,白发谁甘伏老!

中秋璧月无暇,重阳烂漫黄花,恰在中间欢舞,高歌四海为家。

## 临江仙·寄肖丽芬长春文史研究所

嫋嫋秋风又起,萧萧雁影空徂。如何不见一行书?芙蓉露下落,杨柳月中疏。

万里云山北望,素心久寄冰壶,平生飞动不能无。古来存老马,不必取长途。(君曾来函,商谈往长春文史研究所作短期讲学。)

再振平生诗文杂著,除已排印或油印者间有存稿外,屡次迁移,多已遗失,虽可免谬种流传,减轻罪过,但今吾故我,不能对比批判,亦感遗憾。从惠书中,知拙撰数种,尚承过爱保存,不知共有几种?是排印本抑油印本?便乞详示,如尚有存本为尊处所无者,当奉寄就正。如尊处尚存而振处已无者,或须借抄备查(如《诗词杂话》,原有排印及油印两种,但只极少一部分,大部分稿本已散失矣),尊著亦渴望尽量赐寄示,极以早读为快!

关于评骘钱君《金缕曲》,列举诸老辈顺句拗句参用及选调避熟等例证,并注意收语三字必作"仄平仄",及陈述翁所说"熟调必须求生涩,僻调必须求浑易",皆极经验深细之言,受益匪浅。至"当日移家"二句，振认为上句只略示当时因避难到敝乡北流小住，不必定有丹砂求仙之意，下句用黄粱梦卢生邯郸逆旅遇吕翁事，正恨风尘仆仆，热中功名，遂致失足落水，深致忏悔，故用一"悔"字，又用一"误"字，似无自命清高之意。王瑗仲曾有函与振云："近读仲联赠先生词，至'悔风尘'句，竟至潸然欲涕，盖爱之甚不觉惜之深也。不知先生亦有同感否？"振意正亦如此。至于"胜情胜具"之后，又用"胜地"，振亦觉有复字之病，当以易之为佳。至"正时节"三字，前函致疑，后函更正，深符鄙见，不复覶缕。山荆虽未恢复健康，情况幸尚平稳，顽躯粗适，承注至感。

专复。致颂

著祺！

弟冯振拜启
1973 年 12 月 6 日

＊　　　＊　　　＊

振心先生著席：

奉上月六日损书，承示以治学之经过与次第，启发良多，快慰之极！以右中指偶为竹尖所创，廿余日未能执笔，迟复为歉。先生于义理、考据、词章三者兼营，具见渊博。弟于义理之学，实是门外，只于广高最后一年，听陈斠玄师讲宋明哲学，尝作《陆象山学述》为毕业论文，颇得斠师称许（评为 90 分）。尔后因旁骛过多，于宋明理学四子本，遂少肆及矣。先生谓"当辛亥革命之年，才十四岁"，知贱龄只少先生一岁，论年论学，都应以兄事之也。所述贵同门与所亲炙之师长，亦有为弟曾晋接者。如陈天倪、谭戒甫两君，都曾在中大先后同事。陈君在抗战前三年，

397

谭君则在解放前一年,偕杨树达师(往在北师大任系主任,曾听其课)同来中大讲学。弟常陪二老游览,曾赠谭七律一首,末句赞其难老(头上找不出一根白发),言外稍带调侃之意。以闻杨师言,谭君近新娶一年轻妇也。该诗于六八年失去,不然当录呈博一粲。陈石遗翁于抗战前二年,曾游羊石,获瞻道貌。时鬻玄师讲学中大,一夕与其同作主人,宴翁于荔枝湾。翁健谈,极有风趣,惜弟当时尚未"重学为诗",不能多所请益耳。当时情况,犹宛然在目,瞬已三十九年矣!

弟之"重学为诗",其动机,盖因感于先师黄君于十余年前,曾许为可与言诗。寻而遁治他学,传而不习,觉深负所期。因而在其逝世后,乃发愤为诗。但对于石遗翁"谈经说史,皆为人作计,无与己事。作诗尚是自家意思、自家言说"(对沈寐叟说)之论,亦有所深契。会抗战辟寇,播迁贵省,沉不下气再作虫鱼考据,乃决心治诗,陈翁之言,亦有鼓舞作用也。弟当时曾循黄师之路,研读后山诗。继又喜陈散原诗,因而致力于韩、黄,后则选读唐宋几家诗。在抗战八年中,颇费日力于此,虽无所成就,亦觉差知涂径,颇得业师(如陈、杨二师,虚怀若谷,有所作,辄寄弟商定,陈师至前岁犹然)、长辈[如陈融(协之)先生,下详]所谬赏。后来复受知于陈寅恪先生,在解放后十余年中,常邀至其家谈诗,辄留午饭,受其教益不浅,且蒙赐题拙稿(另纸录呈),虽奖饰逾量,所不敢承,然内心实至欣慰:因"义宁贤父子"(借句),固平生所最向往者也。[散翁文,亦最爱读,能暗诵三十余篇,至陈寅老之诗,既承家学而天资学力俱胜,其诗名实为其史学所掩。当其与梁任公、王国维在清华研究院并肩任教时,王氏自沉颐和园湖中,寅老即仿王氏颐和园诗(长庆体)作一七古诗吊之,颇脍炙人口,是时年仅三十八耳。]自寅老谢世(1969年冬,终年八十),此间更无可以请益与谈诗者矣!每读郑某杂诗"抱冰堂中饭,余味犹在腹"之句,真有同感。而意绪之萧槭无俚可知。半年前,先生忽以漫游杂诗见贻,真有空谷足音之感,将过去谣言一扫而空,最为欣慰,因而又动嘤鸣求声之念。前函曾表微意,非无故已。

尊诗《吊柱尊墓》一首,极为真挚。"百端""重泉"两句惋惜哀矜之意,足使泉下人为之衔泪吞声。而"万劫""宿草"等句("宿草"句中"吾敢哭"与李拔可挽太夷诗中"四海莫敢哭"词异而意则同)又足使泉下人破涕为笑,知尚未见绝于平生老友也。尊诗之妙处弟自信尚能道出,一笑。盖弟与先生为诗之取径容有不同,但主张诗要"真挚自然",想彼此实有同符也。

尊词三阕,允称清新淡雅。《清平乐》以"风光潇洒"一阕为胜。《临江仙》一阕,前后结五字两句,分用萧仁祖、杜少陵诗句,运用古语,如同己出,在词中自成一格。因忆《石遗室诗集》卷二第十六页下,有题为《旬月嗜睡偶读后山四绝句每首摘其二句续以二句亦得四首》,例如第二首云"书到快意读易尽,客有可人期不来。果是可人吾自往,定无所往把书开",与公此词适成相反。陈诗以后山诗放在第一二句,下续以己作二句,公词则先作前三句,而以萧、杜诗两句续成之。公师弟之作,虽诗词体异,而作法暗合,可称奇事!(按:石遗翁此四首,弟觉其作法别致,早已录入拙稿《诗词丛话》中,今又已将公此词录入了,因格式相似也。)

先生说明钱君词"当日移家"二句的原意,极确。乃知弟前函所说,实为误解,深悔孟浪。然所以有此误解,一则不知钱君当时有避难贵乡之事;二则曾听人言,钱君当时在国专不久,即经广州湾而直到南京。因此,弟即认为词中所谓"当日移家"即指由南(桂)移北(南京)之事。而且钱君词本身确有容易使人误解之处。夫当时倭寇侵华,沪上首当其冲,钱君随国专迁桂,在词中尽可说"避寇南来"一类的话,要用典也应该用古人避寇的故事,何必说"因葛令"乎?但弟现在亦已揣知钱君所以用葛令事的原因,以贵乡是北流,北流之东北十五里有勾漏山,山有宝圭洞,洞内有三石室,相传为葛稚川修炼之处。钱君就从"本地风光"而用此故实,诚甚切合,而上阕收二句"勾漏月,屋梁照"亦关照得好。此钱君之所擅也。弟于钱君,虽未识面,而极慕其才,前函已道。弟生性忠厚,绝无对其作品有意挑剔之意,我公当可谅解。弟前评钱君词"豪宕洒落,具见才华……惟觉其不如其诗之当行",确由衷之言也。夫词不如诗,或诗不如词,亦常事耳。就近代言,如陈弢庵《沧趣楼诗集》与李拔可《墨巢诗集》,都附有小量之词,其词实远不若其诗也。即其词比陈李二公作诗较多较胜者,如曾刚甫之《蜇庵词》(已列入《沧海遗音》中)、梁节庵之《欸红词》(弟曾读过,而刊本未见)、赵尧生之《香宋词》(有刊本),亦当不如其诗也。至于朱古微(《彊邨弃稿》即是诗)、文道常(有遗诗)、郑大鹤(有诗集)、张孟劬(曾读过其诗)诸公,又诗不如其词者矣。(半塘、蕙风诗未见,故不论。)求其诗词兼胜者,据弟所知,惟有贵师夏映老、陈苍虬与黄季刚先生耳。

400

按:黄之诗、词虽次于夏、陈二公,但以汉学家而兼括诗词、文章者,并世殆难其匹。弟平生治学,颇私淑黄君(虽曾听其课一年,而未有师生之谊,彼要学生备香纸蜡纸,向之行三跪九叩礼,才认为是门生),故亦及之。

弟近已决意退休(退休后仍住原地,不变),以老病侵寻,而旧学又不为学子所尚(此次基本路线教育运动,大字报很多,学生向领导提意见,其中有凡老教师都应办退休之言),觉徒尸其位,实无意义。且自暨大停办后,该校中文系教师悉转我院中文系,因此全系教师竟达一百四五十名,已属人浮于事。而小儿在系里任助教已八九年,父子同在一系,亦觉不妙,自以及早让贤为佳。内子虽无职业,而负担尚轻,退休后生活尽足维持(忝列二级),此亦足见新社会制度之优越,所当深深感谢党与毛主席者也。

曩承寄赠尊著,计有:《七言绝句作法举隅》《诗词杂话》与大著诗集。至《说文解字讲记》,则由旧书店买来的。惟大著诗集,已于六八年失去,《诗词杂话》早为学生借去,未还。今该生在韶关一间中学任教,久未通信矣。所余数种,公如需要,当即寄还。大著诗集,如有剩余,望再惠寄一份。弟述作贫乏,无以报称,深用惭恧。记在融县时,曾寄呈初学写诗的《靡骋集》一册(今此册弟仍有存),迁回粤北后,似曾以《辛旨近诗》(油印的,薄薄一册)寄呈,今此册已于六八年失去(解放前数年诗,与所抄陈寅老诗均一同失去),尊处倘存此册,渴望赐还!

弟性疏懒,过去与公通讯甚少,而十余年前,驾临羊石,虽得一聚之欢,又未将拙诗呈教,缘此,公于拙诗所见甚少。今作为"补课",谨拣抄解放前旧作十四首、解放后所作一首呈览。请公不客气地逐首加以评改,是所切祷!原有一些近作,但因此函已写得太长,暂从略。

不尽。即颂

春禧!

并祝嫂夫人健康!

弟吴三立再拜

一九七四年一月十六日灯下

401

再者,吴君则虞,素未识面,去年因同事司徒君之介,又因彼曾从老友马宗霍兄得知弟名,因此彼此便通起信来。弟颇佩其年轻好学,博涉广览,又工填词,曾称其为吾宗之秀。彼进了中医学院之后,尚来一信,末了颇有牢骚,弟急复函慰之。乃自此便无嗣音,而司徒君虽曾得其来信,但答非所问,已有异态。又如彼曾将其女诗词寄来一份,后又由司徒君再寄来一份,内容全同。又如彼要弟写一幅条屏给其女,嘱弟称她为"侄女",并曾寄宣纸来。而弟函询写什么内容,又久无复信。弟与司徒君猜想,彼或因脑病加剧,神志欠清,殊可悯惜。公知其实况否?便中希告!

此页留一大空白,而在此附录陈寅老赠诗:

人境高吟迹已陈,蒹葭墓草几回春。说诗健者今谁是?过岭南得此人。

天寒岁暮对茫茫,灰烬文章暗自伤。剩把十年心上语,短笺和泪记沧桑。

(辛旨先生写示近诗)

寅恪敬题　壬辰初冬

(稿是寅老夫人唐晓莹女士抄的)

### 斠玄师惠寄近照敬赋一律

天遣吟人入剑门,岷峨月色濯诗魂。

久更丧乱添霜鬓,暂放牢愁落酒尊。

食肉虽无万里相,藏山早有一家言。

优游杖履春风里,翡翠苕兰照眼存。

## 劭西先生自城固损书暨诗感赋长句以报

（二首录一，劭西是黎锦熙别号）

春明十载栖游地，今日都成万劫空。

往事沉思惟自惜，别来伤逝与公同。（谓钱玄同师之丧）

尽收块磊浇杯底，兀有沧桑挂梦中。

尚想当年中海水，波心曾照醉颜红。

（北平中海，为《国语大辞典》编纂处所在，曩见公与钱师每值春秋佳
日，相与买醉于公园酒家。）

## 高二适寄示近诗感酬一首

振奇不偶世，怜尔过江才。

未秃笺天笔，宁闲在手杯。

风雷写孤抱，桑海郁千哀。

为报思君句，沉吟夜漏催。

## 辛巳元旦

尘役催人老，天涯物候更。

须眉得秋气，笳鼓压春声。

薄醉酬佳节，揩眸惜晚晴。

寻常惊节序，况复乱离情。

## 树人丈自渝都惠寄《战尘集》赋此奉报

（即陈树人，当时在渝任侨务工作）

往诵黄师诗，篇什屡及叟。

集端署者谁？亦出叟之手。

久要见平生，信为师石友。

403

志业矧略同,攮胡力肩负。

创建今国功(本黄师《阮嗣宗诗注》序),讵落他人后。

师久蜕江山,叟亦跻耆耇。

伤逝与怀贤,一昔肠回九。

忽辱大集颁,摅念容噤口。

惟叟劬国事,中外敭历久。

清操炼冰霜,纯德美琼玖。

十载典侨务,声绩蜚九重。

蔼然流岂弟,侨黎仰父母。

叟本骚雅宗,艺能殆天授。

吟腹吐所触,烂然绚珠琇。

已披谢朝华,辟新捐窠臼。

神州遘板荡,胡马恣践蹂。

哀时夔府客,摛辞多怆惋。

沉吟遥拜诗(谓遥拜中山陵诗),梦魂绕钟阜。

忠爱希杜陵,诗史资是取。

余事擅丹青,世宝若圭卣。

濡染何淋漓,万态收腕肘。

巴蜀富名山,夜半负之走。

谁将真宰诉,顿使万灵吼。

南国及献春,晴光媚梅柳。

遥想春光堂(叟堂名),春意浓于酒。

自拥肝肺圣,自养天机厚。

万里向往心,悬梦依北斗。

缀辞为叟寿,叟傥一笑否?

## 黄任初先生之逝已周岁矣怀贤感旧追挽以诗

(名际遇,日本留学生,向曾请业余杭章君,精教理,善骈文,当时在中大以理学院院长兼教文学院骈文,亦奇士也,复员时,舟次北江,死于水。)

积学渊渊无尽藏,岿然一老号南强。

提携古抱埋江水,异代湘累呈感伤。


并世相知有子云(公于世士,素少许可,比岁独赏余散文,每向同辈称之),重来那料死生分。

倾谈茗几空留梦,凄绝渔洋感旧文。


## 清明前后杂诗八首(录五首)

(按:此杂诗,应在上一首之前)

啼鹃催绿老,婉晚惜芳辰。

春意雨中尽,欢惊梦里真。

瓶花犹自媚,窗月故含颦。

客子光阴贱,嗟哉蓬转身。


凄清寒食路,飘絮上人衣。

林鹊语仍喋,山花红作围。

烧残孤冢见,风急纸钱飞。

我亦天涯客,松楸有梦归。


春明无限事,灯下忆能真。

曲槛曾扶醉,江亭与饯春。

风香围俊侣,文字饮芳辰。

坐恨与尘隔,寻思一怆神。

独夜回灯坐，填膺百感新。

世情鲁酒薄，生事蓼虫辛。

积念都成悔，倾怀肯向人。

更阑群动息，风叶答微呻。


昔汝殇南徼，吞声浔水隅。

七年生死隔，泉壤长成无？

何计归残骨，凭谁供一盂。

夕阳衔屋角，愁见鸟将雏。

（忆亡儿景平也，戊寅辟地桂平，景平才弥月而殇）

406

弟此杂诗当时在坪石（中大迁此地）所作，念乱忧生，心情极苦，拟作十首，讵作完八首即吐血，入坪石医院，疗治匝月。病愈出院，坪石告急，即行东归故乡，狼狈极矣。


## 丁亥清明登白云山拜黄晦师墓同苍萍真如

相携北陇荐馨芬，寒日浮阴惨不欣。

十载枯荣看宿草，丛峦亏蔽护孤坟。

诗传岂了平生志，国乱真防地下闻。

回首师门寻断梦，扪碑无语仰苍旻。


## 读兼葭楼诗敬题（二首录一）

廿年未已说诗心，一往孤怀略可寻。

风露入肝尘滓尽，兼葭寄意溯洄深。

南冠北客伤时语，菊晚荷枯带泪吟。

逸调堪追陈正字，长留天地作商音。

此首为弟"重学为诗"时之处女作，曾载《靡骋集》，公亦曾看过。今所以重录者，因与上拜墓一首，均曾为陈寅老与陈协之翁所激赏，寅老谓弟为黄师所作诗均好，曾以程康为其师顾印愚所作者尤工以相况。拜墓一首，寅老谓颈联二句最能道出晦公心事，不愧为晦公弟子矣。协翁见此二诗，曾对人说："吴辛旨诗实过李苍萍矣。"

按：苍萍是弟师兄，北大毕业，从黄师学诗，早弟十余年，曾有"晦闻高足"之称。惟后来晦师对他亦稍失望，曾对弟说："苍萍不读书，只想做官。"的确不错。弟看其平时好交游，喜征逐，对诗不肯用苦功。晦师死后，所作挽诗七律有三首之多，这根本不是晦师家法。晦师作挽诗（七律）只有一首，盖作挽诗如想多说些事情，可径用五七言古诗，若作七律，非用高度概括手法不可，要如作一篇简短之古文，才有力量；作得好时，才有"一唱三叹"之妙。不惟晦师如此，即海藏、散原、沧趣、映庵、恪士诸公集中之七律挽诗，何尝不只是一首？可见我这位师兄，悟性太差，而又不肯用苦功，所以成就有限也。拜墓时，同去的真如，是苍萍妻，为黄公度女孙。

协翁晚年印行《黄梅花屋诗集》，叶恭绰为之序，后一卷居然有《蒹葭楼集用吴三立原韵》一律，下附拙作。协翁早岁曾有《读晚清诗人分赋》二十二首，其中已有《读蒹葭楼诗》，今见拙诗，见猎心喜，又作一首，其对拙诗之赏音可知。

按：陈协之，名融，胡展堂妻兄也，在观音山下筑"颙园"，主粤中诗坛廿余年，门下有所谓"颙园五子"，半已死去，余亦留港。冒鹤亭南来即主其家，后石遗老人来粤亦尔。协翁藏清人诗集有四五千部,而以粤人诗集蒐得最备。曾作《论岭南人诗》绝句九百余首,冒鹤亭序之,已刊行。叶恭绰曾以所得宋陈简斋铜印赠协翁,谓:"颙园之诗清刚深切,与后山、简斋为近,可谓能缵其绪,主持风会,固非颙园莫属,其受此印宜也。"(见《黄梅花屋诗序》云)协翁解放后,在港已逝世。

(以上都是解放前所作)

寅老且谓给陈树人的五言诗,亦与晦闻有关系,所以不错。

黄师属望苍萍是很殷切的,师以其女嫁苍萍之弟。

苍萍因凭借之厚(是晦闻学生,黄公度孙女婿,皆广东名诗人也),就想靠此而出名,而不肯认真学诗。后来,人多知其不大长进,古公愚说他"教诗而不会作诗"。(时苍萍在中大任教,古君为系主任。)

408

苍萍已于解放前逝世。

### 读杜少陵诗(一九六二年八月)

灯窗一卷少陵诗,静夜吟哦有所思。
稷契平生空许国,湖湘垂死只忧时。
卅年歌哭成唐史,一代风流接楚词。
漫道残膏沾丐尽,千春元气尚淋漓。

此诗颇承陈寅老所赞许,谓宋芷湾有读杜诗五言律四首,君只以一首七律概括之,颇见手法云云。弟闻言十分惭愧,《红杏山房诗》过去虽曾看过,然只注意其五、七言古诗与几首七律诗,而他的谈杜诗五言律,毫无印象。寅老无书不读,而又记性绝人,那不令人五体投地。(记陈柱尊有《读宋芷湾诗》一文,在一杂志荐表。)

＊　　＊　　＊

辛旨先生：

奉一月十六日惠书并录示佳章，感慰无限。值春节将临，稍牵俗务。假满即开展"批林批孔"运动，学习文件，座谈发言，压倒一切，稽复为歉。

惠示叙齿，振虽忝长一年，论德论学，对公实当兄事，过承推奖，益滋愧赧。平生师友，与公颇有相同，访旧追怀，更增感慨。尊诗《靡骋集》曾承赐读，抗日战争中，竟至散失，至深遗憾。《辛旨近诗》似未承惠寄，不特架上无此书，脑际亦渺无踪影。尊诗印象实以此次录示为深，反复雒诵，回甘不厌，虽窥豹一斑，实惊奇采。综览诸诗，铸词炼意，俱极劲练，就宋人而论，于山谷、后山功力最深，近人则寅老、晦翁亲承指授，把臂入林，弥加激赏，非无因也。逐首细评，力所未逮，妄加抑扬，必遭非笑。来而不往，施而无报，简慢非礼，尚希原宥。

散原、古微、农髯诸老，前在沪渎，曾因马宗霍先生之约，在宴会中获接謦欬；寅恪前辈在桂林亦曾承教益，惜只一面之缘，与公杯酒论文，追欢日夕，不侔远矣。其为公集题诗词意俱臻上乘，极深钦佩，惟第一首末句"过岭南得此人"中脱一字，疑或是"来"字，不知然否？便请示知为感。

拙诗《自然室续集》不记曾否呈政，尚余残本，另邮奉寄。《三集》近正整理，拟油印少许，就正亲友，先将自叙附呈。如承评骘，至所欣幸，后世相知，何如及身自见？私心所愿，出自至诚。

宋芷湾读工部集四首，顷于我写的《图书资料室迻录》附寄，拙著《诗词杂话》，记曾选录其七言律绝数首，此稿已散失矣。

振与公六二年在广州两次重逢,第二次并承与陈千钧君午餐招待,厚意勤拳,至今犹历历在目。惟以前最初见面,究是何时何地,寄呈拙稿,是何年月,屡次回思,已记忆不清,老境颓唐,自然至此,公如旧事不忘,当时何人介绍,便希示及,或能联想得其一二也。

黄任初先生抗日战争中曾到桂林无锡国专迁校作过半月讲学,日夕谈谦,相得甚欢,后闻其在北江失足坠水,死于非命,胜利后道过广州,曾与吕逸卿兄等至沙河附近吊其遗棺,未成挽诗,读公作,又感慨念之矣!

吴则虞君近有信来,极简单,询及公通讯地址,已转告;其女受璩已结婚矣。

专此奉复。敬颂

著安!

并候潭福!

1974 年 2 月 22 日

\* \* \*

岁转青阳,东风浩荡喜无限,岭梅初绽,明日逢元旦,(旧作除日《点绛唇》上阕)献岁发春,万汇昭苏。

遥祝

振心先生词长新年纳祜,老当益壮!

并候兰言嫂福安。

弟吴三立载拜

甲寅腊月卅日呵冻书

弟一年多以来颇为冠心病(心绞痛)所苦,百事俱废,致笺敬久阙为歉。幸近月来渐趋平复,可纾廑念,一俟开岁春暖,当依旧肃函求教。

立又白

*　　*　　*

辛旨先生著席:

不通函候,忽已经年,愿言之怀,无时或释。前曾向广州同事探询尊况,据云详情未悉,惟闻已获退休,仍住原校,未知确否?深庆故人无恙,少慰寸心。献岁发春,接奉手教,虽尺牍短章,珍如拱璧。尊体康复,尤堪祝贺。

山荆三年以来,患肺气肿、心冠状动脉硬化、支气管炎、慢性肠胃炎,每逢冬令严寒,极易发作,若二三症并发,则更严重,春节前曾住医院数日,稳定后将回家休养,幸血压不高,心未绞痛,未致绝望,经常须服氨茶碱(严重时含硝酸甘油片)、维生素 B1及(维生素)C,夜间失眠,则服利眠宁,如遇流感,则须注射青霉素或四环素之类,夏秋天气回暖,才能在宿舍前后稍稍散步,不出校门已三年矣。据来札,尊恙颇有类似处,不知以服何药最为有效?敬乞惠示,藉资参考,无任感荷。

去年旧作小诗数首,附呈教政。

专复。敬颂

著祺!

并候俪福!

弟冯振拜启<br>1975 年 2 月 19 日

411

＊　　＊　　＊

振心先生左右：

句前接读惠寄诗柬，惊悉兰言嫂不幸于上月中旬溘逝，无任伤悼！只因患急性气管炎多日，痰咳气喘，往往夜不成眠，精神极度衰苶，不克即肃函奉唁，歉甚。

记七三年九月初，得先生函，述及嫂夫人因病剧濒危之两句诗与先生答酬之五言律诗，至今犹能记忆。吉人天相，后竟转危为安。事隔三年，而嫂夫人终于不起，亦当在先生意料之中。当时公诗五言律一首，措语甚为旷达，今读公真的悼亡三首，其旷达无异前作，惟内容更丰富耳（指五言古一首）。嫂夫人此次是否因患心肌梗塞或因出现其他症状而致不可挽救？又在属纩前，更有所吟咏否？复教时请一及之。

先生对生死既如此达观，则弟作此函，自不愿再用"节哀顺变"一类套语以慰公。不过，人非太上，孰能忘情？平生同起居之老伴，一旦失去，在生活上成为单调，因而触事怆怀，自不能免。惟望善自排遣，使日久寖为淡忘。又须多多珍重贵体，醉饱不过差（先生似豪于饮），多作轻微运动或散步，以保永健，是为至要！

弟之冠心病时好时坏，只得照常就医。今日咳喘平复，特先作此函慰公，余容后叙。

不尽。即祝

健康长寿！

弟吴三立寄

一九七六年五月三十日

＊　　＊　　＊

辛旨先生著席：

山荆逝世，厚承慰唁，感谢万分。尊体最近已否康复？至深驰念。承示对于顽躯，备蒙关注，尤增铭感。生死一关，从自然规律说，非达观只徒自苦，但从生活习惯说，突然改变，总难淡漠置之，尊示体察入微，至为心感。

近一月来，我院成立修订《辞源》小组，振承乏参加，年老学荒，愧无贡献，但藉此每日走动会谈，情意有所寄托，体力有所张弛，亦养拙之一道。又每日早晚试行保健按摩，似亦有益无损。先生所患各种慢性病，窃意不妨自由选择而持之以恒，或较专特药石为有效。芹献之忱，未知有当否？

山荆此次病逝，乃诸病并发，或咳嗽，或吐，或发烧，或心腹痛，最后饮食全不能进，全恃着葡萄糖注射维持，油尽灯枯，衰竭而逝，虽神志清醒，而气力短促，懒于语言，更不能有所吟咏了。远承垂询，特并及之。

近作两小诗，聊遣悲怀，附呈教正。

专复。敬颂

愿安！

弟冯振

1976 年 7 月 4 日

413

## 与冯其庸

振心吾师：

多时不通音问，长以为念。日前承嘱采芹、张衡同志同来探视，盖承吾师厚意，缘数月来因调到文化部从事《红楼梦》校订工作，工作草创，倍加繁忙，因之旧有心疾，又复复发，致疏笔墨，而劳长者远念，歉甚歉甚。前与吴恩裕同志合作一文，随函附呈请正。下月初生将出差调查，或去东北，或去苏杭，尚未确定，惜无计划到桂林耳。

即问

近安！

并问冯师母安。

生其庸上

一九七三年三月十八日

＊　　　＊　　　＊

其庸学友：

前奉三月廿八日手书，四月二日即复一函，并将小女采芹及女婿张恒工作住址附寄，又寄去年南北漫游小诗一束。将近半年未接来翰，至为驰系。越昨奉本月十八手书并惠画水墨葡萄一幅，为之狂喜。惟只提收到前寄拙诗，复函是否到达，并未提及，深以为念。

学术界闻已趋批判讨论，我院因教学人少，忙于备课，一时恐难大张旗鼓，如有新著，极以早得惠读为快。

荆妻向有肺气肿、气管炎、心脏血管硬化等病，去冬曾两次住进医院,已下病危通知,经多方抢救,幸获再生,春后天气和暖,日渐好转,近已能在住室内外自由行动,并作甩手疗法活动,亦颇见效。去冬曾成小诗《兰言病危,作临终语》(有句云"久病经年无特药,恩情报答待来生"),书此答之:"筵席终须散,齐眉谁百年?久宗无鬼论,不说再生缘。乘化聊归尽,安时且听天。犹存万一想,心力免徒捐。"当时心情,可以略见。近已转危为安,差堪告慰。

专复。并颂

著绥!

友生冯振

1973 年 8 月 30 日

*    *    *

其庸学友:

四月廿四日复函、廿八日惠寄"评红"书两册,早已收到,顷又接本月十七日手书,敬悉种切,无任欣慰。

我昔年诗文杂稿,屡历变迁,散失不少,虽覆瓿旧篇,殊不足惜,但前尘影事,或藉追怀,敝帚自珍,亦资节取,前将《自然室诗三集》草草油印,就正亲友,即是此意。我旧作《诗词杂话》,曾用油印或铅字排印一小部分,现印本及存稿都已散失,尊处尚有存本,可云万幸。

访曹雪芹故居大作,旧词新义,屡读不厌。文艺思想评论,专门名家之外,诗书画都各当行,博学多才,敬佩无已。

"红学"我是外行,不敢妄谈得失。我系同志现正传观,如有意见,当另函达。

近作小诗数首,另纸附寄,聊博一粲。

专复。

敬礼!

冯振

1974 年 5 月 19 日

## 与萧湄

宛卿仁棣：

天涯阔别，忽十五年，音问不通，亦逾十载。意外相逢，不胜狂喜，嘉偶同临，尤增快慰。接诵手书，获读佳章，快如觌面。值寒流南袭，呵冻难书，致稽裁答，深以为歉。

六二年你留别同学五律二首，这次抄的确是其中之一，其余一首，不知尚能记忆否？如能并存，可称双璧。此外四首对我留别的，我竟然全无印象，是否是为你别后所作，未曾寄给我的？这四首也稳健真挚，情辞俱特，不落凡近，绝非勉强生凑，如果我当时曾得寓目，不应作此呓语，真是百思不得其故也。

贤伉俪有意移家桂林，如得结为芳邻，不时晤对，真是晚年乐事。桂林现正计划新型城市建设，力求符合国际标准。克谦兄专研建筑材料，这种人才正是现时急需，只要原工作单位同意调动，应该是不大困难的。至于你本人不愿再教大专学校，只愿当中小学教师，这种为人民服务，培育后一代的精神是极敬佩的。但事非亲自阅历经验，往往不易体会实际情况。据我所知，中小学教师日常工作也极繁忙的，想利用课余时间，从事文艺进修，恐非易事。倒不如仍留技术机关，做些事务工作，下班后便可另搞其他专业，较为轻松愉快。这也许是我的主观想法，是否符合实际，不敢自信，聊供参考。你们如果真的愿意参加桂林城市建设计划工作，请将个人事业工作履历表填写一份寄来，我当尽力向这方面的负责同志探询情况（我对桂林一切行政工作同志，并不熟悉，只可向有关方面辗转调查介绍，作为试探性质而已）。如果你们在这方面有熟人可以介绍协助，就更容易进行了。这样公私兼顾，与毛主席教导的"调动一切直接和间接的力量，为把我国建设成为一个强大的社会主义国家而奋斗"的指示并不违背，故敢略谈管见，是否可行，仍希卓定。

近得夏老教授函，谓离桂前夕，贤伉俪到漓江饭店访谈时，曾示新旧词多首给他阅读，并听有关其内兄鹭山诗人颇多往事，甚为满意。夏老夫妇也极愿移居桂林，嘱先代租赁寓所暂住，此事极不易办，非通过组织，转移关系，恐难为力，已函复设法。如此事成功，对你进修文艺，亦是一助，对我时得谈艺，更是快事。天气回暖，望多寄别后诗词，以慰寂寞为感。

匆此布复。并颂

俪祉！

冯振

1977 年 1 月 24 日

\*　　\*　　\*

敬爱的冯老：

上月初曾奉读手书，曾立即作复，至今不见回音，不知是否收到？近况如何？身体可好？（我真怕前信又已遗失。）

刚才清理信件，发现夏老一信，内附诗词各一首，抄录如下：

### 近作八十自寿诗

深灯久已废翻书，多谢邻翁问起居。

小阁哦成容坐啸，稚孙学得莫嗔渠。

壮怀昔昔横江约，吟兴迢迢入蜀图。

闻道千花环北海，画船昨梦绕西湖。

### 南乡子·留别萧湄归武汉

　　且莫道寻常，一别灯楼去路长。拭目滔滔东去水，长江，本是家乡莫断肠。

　　小别又何妨，北海亭荷剩几张。背得阿男诗句否？琅琅，梦路同寻真冷堂。(明末上元纪映钟小字阿男，有《真冷堂集》。)

　　您的诗文旧稿，是否已付印成册？望早日寄我拜读，极以先睹为快。

　　克谦已调上海修建宝山钢铁厂，由于我的关系在渡口教育处，那边不放人，我暂不能调去，克谦也只好暂留武汉。待我的关系转妥后，再一道赴沪。(有一水电学院和一师范学院前来商调我们前去教书，但机装公司不放行。)

　　天气转寒，祈善珍重！有空望来信。

　　敬颂

著安！

学生萧湄拜书

(1979 年)11 月 23 日

419

＊　　　＊　　　＊

宛卿学友：

　　5 月 8 日奉 5 月 5 日惠函，备悉种切，至深快慰！夏老的《月轮山词论集》尚未获拜读，极以早读为快！惜桂林书店陈书不多，我又年老体弱，极难外出巡视，除中文系原寓址外，晴暖天气，尚可扶杖散步，如越雷池咫尺，必须亲人陪伴，不敢独行。半年以前，我因患腰痛，卧床数月，大小便都在床上，深虑终成瘫痪残废，后经骨科专家悉心检查，断定必无瘫痪之患，只用封闭治疗,可即次第就愈。夏老近来行动不便,岷江之行,已成泡影,我如天假之年,九十大庆,得贤伉俪共聚一堂,曷胜庆幸!

贤伉俪在上海分到一所住宅,地址是友谊路八邨 57 门 402 号,两星期才休息一天,而一回家就忙得一塌糊涂,夏老又介绍您去上海的《百科全书》编辑处工作,但上班太远,上下班坐车得三四小时,时间精力耗费太多。上海房子十分紧张,我一个人搬到办公室去住也麻烦,犹豫了好几天,还没去联系。

您大约年已过半百,应尽量节约精力,就是为孩子们作些辅导工作,也是为人民教育服务,对于四个现代化,都是有功的!

友生八十六岁老翁冯振

(一九八〇年)五月八日于桂林师院

## 与吴则虞

则虞学友：

久不得来函，深为驰系。昨奉元宵前五日手书及陈云章君函，欣悉令爱受璩已结婚，嘉偶天成，有情眷属，无任祝贺。

关于为天倪先生书墓碑事，劣书固不克任，现正当大张旗鼓"批林批孔"蓬勃发展之时，振正向冯友兰先生学习，进行自我批判，在院系大会发言，凡原四旧之事，固不敢为，亦不愿为，请与云章君共谅之。

去冬曾接何培炎世兄来函，嘱为其尊翁奎垣先生诗集题诗，年老才退，勉成一律，殊不惬意，聊表衷曲而已。寄去后即无消息，不知是否到达？便乞探询为感。

春节前，曾得吴辛旨兄函，深以尊况为念，振以久未接来信，尚未函复也。山荆冬春以来，较之前年，情况稍胜，顽躯粗好，请释廑注。

专复。并颂

潭第春釐！

振启

1974 年 2 月 10 日

421

# 一束家信

仲儿：

18日来信早已收到。极为高兴。

我到京十余日，主要地方都已次第游览，过去未见过的如地下铁道、定陵地下宫，也已参观过。以前老相识，逐渐得到会面，都是相隔十余年至廿余年的，彼此都极欣慰。

我现定10月2日由京乘夜车往太原，三日早晨即可到达。如果购买卧铺不成问题，届期你可到车站相接；如果改期，当另函告。因你来信说到要在济南逗留转车，我和采芹都已去函旧友联系，尚未得复（我所联系的已十余年不通讯，情况不知如何）。又因在济南买硬席下铺要更不容易（在北京也不易买），我想操一新路程，直往青岛（济南有熟人导游便逗留，无熟人便从太原直往青岛），游览三两日，即乘船由海道赴沪，既可游览新地方，又可免长途乘车之苦。在青岛方面，想你必可介绍熟人导游，望你即进行联系。到上海后，我再往苏州、无锡、南京各处游览，都是旧游之地，熟人联系是比较容易的。至于杭州，如果中途买硬席卧铺票不易，不一定停留。由上海往宁波转绍兴再往杭州，不知方便否？

我十余日来，早出晚归（一般晨八时出去，晚六时回家），登高行远，都全不感吃力，较之在从化休养时，精力更觉充实，经此次考验，我更有自信之心。盘斗寅、梁漱溟两先生，盘已八十八岁，梁亦八十岁，俱极健康。就这一点说，我正要向他们学习。

就谈到这里。并询

长幼平安！

爸爸振心

1972 年 9 月 26 日

如需要从北京买往太原的东西,可来函告知。

＊　　　＊　　　＊

仲儿:

9 日开车后一路观看沿途山川景物,极为舒适。抵济南后,王硕克工程师已派王玉山、张桂兰夫妇二人到站迎接,无锡国专老同学王绍曾亦远从郊外到站相接,即乘王工程师已备小汽车至市第二招待所下榻,并商定次日游程。次晨王同志六时半即携早点来寓所进食,八时王同学亦从郊外赶到,即同往趵突泉、大明湖游览。午饭后至市中心区漫游,二时许同往医院探望王工程师(上午因医生查房不便探望病人),病情早已好转,起坐畅谈,非常亲切,只行动尚有困难。其爱人同乘长途汽车,腰部受伤,曾卧床数月,近始扶杖能行,亦从其寓所携其儿媳到医院相会,亲切如一家人。四时握别。再往黑虎泉公园游览,并登解放阁眺望全市。次晨王张夫妇及王绍曾仍来送行,一切食宿游览费用(连火车软席加快费)全都争先抢付,情极可感,但心实不安。

昨日下午二时许车抵青岛,袁璞同志已到车站迎接,即乘三轮车至其寓所(与其旧寓只隔数间),其爱人郝同志正在家休养,夫妇二人极其热诚相待,连其孩子们都极亲热。昨夜已漫行海边。今日上午袁同志携其次儿陪我乘车往游鲁迅公园、水族馆、海浴场,中午食海鲜。下午袁往工厂上班,郝同志携其最小儿子陪我漫行中山路中心闹市,入夜始归。

你来电早已收到,三悌阮既迟到青,我在此游览时间,更觉充裕。崂山是往能？尚未调查清楚。

济南谷常苏同志，不来接车，我又匆匆不能往访，不知情况如何？深以为念。看图识字小本已转赠袁家小孩了。

三悌行期改迟，我在青可能逗留至一星期以上，深恐饮食游览费，袁郝夫妇又坚决不受，使我心更不安。你或先来函解释清楚，叫他们千万不要客气，或暂时不谈，如果他们坚决不受，将来再由你转汇给他们亦可。由你敲定。

我连日游览，饮食睡眠，一如往昔，可勿为念。并询

红英活泼健康！

爸爸振心
1972 年 10 月 12 日

＊　　＊　　＊

仲儿：

由青岛寄函，谅早收到。

15 日晨三时三悌已抵青岛，六时至广西路袁寓相见，身体健康，十分高兴！即同往联运站排队购买 16 日往沪船票，八时开始卖票，早已排成长蛇阵，只售票 70 张，军人优待票 10 张，因三悌关系，才买得船票，不然的话，尚有不少困难。当日同三悌漫游市区。次晨她又来访，十时我送她至车站乘车往莱阳。午后二时半袁同志送我往海港乘船赴沪，四时开船，当夜及次日上午风平浪静，下午渐有风浪，夜后整夜风浪大作，有呕吐者，我幸无事。18 日晨六时已进吴淞口，因大雾，九时半才停靠码头，桐苏、启明父子已久候迎接，同乘小汽车至其寓所，已十一时了。

午后三时，由桐苏陪我往访红英外公外婆，都很健康，热情接待，要我留食留宿，经我反复说明每日早出晚归，访问旧友，也

须旧友陪同访问,始承谅解。五时左右告别,即往北站附近访旧同学吴德明(外语学院教授),并约次日陪我往访王瑗仲(复旦教授)、唐谋伯(交大教授)、魏建猷(华东师大教授)。昨日又由魏建猷陪我往复旦访朱东润先生。朱比我长两岁,唐比我小一岁,俱很健康,唐先生虽目失明,尚雇小汽车,由其夫人扶掖,同我至南京路凯歌饭店食西餐。其他旧友轮班陪我出游,俱极热情。桐荪一家照顾备至,更不必说。红英外公前日也亲至桐荪寓所,坚约我今晚至其家吃饭,我未见面,只得接受。总之,我这次出游,到处备承亲旧热情招待,极为铭感。你们可更放心。

钱仲联已有信来,约我到苏在其家下榻。南京方面大约仍先到谭恕处。无锡方面已去函联系,尚未得复,但熟人极多,全无问题。我大约在月内往南京、无锡、苏州各处,如不再往他处,下月初旬即回桂。暂谈到这里。

爸爸<br>1972 年 10 月 21 日

宗临先生夫妇,见面时为我致意。

袁郝南同志,招待备极殷勤周到,极为可感,一切费用,虽经三悌解说,仍坚不接受,你可去函为我道谢,并将我到沪情况转告为要。

\* \* \*

仲儿:

我在离沪前夕接到你 11 月 2 日晚的来信,备悉一切,很是高兴。

我于 7 日晚离沪,8 日夜十一时到达桂林,德来、采蘋都来接车,虽然遇着天雨,但雇得机动三轮,还是顺利到家。家中老幼平安,妈妈、蘋姐都比我出去时好。妈妈夜间骨节疼痛病,已基本痊愈,至为可喜。气喘病听说有时发作,准备试用松塔治疗。总之,精神是比以前胜得多了。

我于10月26日往南京,在谭恕家住三夜,迎车送车她都亲自出动。适值她学校开运动会,她不能请假,由她爱人陪我畅游长江大桥,费了半日,热情招待,极为可感。你去函时,千万为我道谢。玄武湖、雨花台、中山陵则由我个人前往游览。最可喜的是见到陈觉元先生,他已八十五岁,身体还非常健康,久别重逢,格外亲热,坚要我到鼓楼回族饭店午餐,并摄影留念。前辈风义,至深感佩。

29日往无锡,住蒋庭荣家两夜,当日下午由他陪我往游锡惠公园,变化极大,和往昔完全改观。次日由秦元明(朱东润先生儿媳)陪我往游蠡园(连鱼庄)、鼋头渚、梅园等处。

31日往苏州,住钱仲联家三夜,当日参观江苏师院(原东吴大学)、网师园。次日下雨,上午未出门,下午至园林管理处(在大公园)交济南王硕克工程师介绍信并至观前游览。当夜园林管理处派人来通知次晨八时有小轿车来导游,上午游狮子林、拙政园,下午游虎丘、西园、留园,非常顺利。最难得的,是仲联长、次二女(一在新疆,一在吉林工作)俱在前数日回家探亲,她们在抗战期间都在山围我家住过,怀旧畅谈,格外亲切有味。

在上海时,我曾前后到过红英外公外婆家三次,他们非常客气,坚要宴会一次,只得从命。他们身体都很好,也极热情,甚为可感。

桐荪一家对我照料款待,极为周到,由沪回桂,买卧席最困难,他们费了不少力,总算买得中铺,只过一夜,问题不大,一切都极顺利。

桐荪最小女儿(现年廿三岁)在上海电器厂工作,虽早出夜归,一切正常,但血压偏低,面色带黄影,似有贫血现象,月经时有淤血,食欲也不太好,我曾介绍她服定坤丹,桐荪遍访上海各大药房,俱缺货(以前曾有过出售,三悌曾买过),你在太原如能设法购买一盒(或先买半盒)寄去试用最好,望尽力图之。

匆此。并询

红英健康进步!

小武也极思念她。

爸爸振心
1972 年 11 月 10 日

我和梁漱溟先生摄影相底便中寄我。

＊　　　＊　　　＊

仲儿、三悌:

1 月 28 日和 2 月 22 日两次来信及寄回枣子、照片与部队慰问信,均已先后收到,备悉一切,非常高兴。

妈妈自去冬天气转寒后,旧病气管炎、肺气肿、心脏血管硬化等病,继续复发,如果几种病症同时并发,就格外严重。去年 10 月 22—29 日,今年 1 月 29—2 月 26 日,曾两次住进工人医院。进院初期,情况都相当严重,医院已下病危通知,经过抢救,持续注射葡萄糖和各种维生素、悬挂针剂十余瓶(有三整日米汁都不进口),才渐渐好转。出院后在家休养,情况比较稳定,且略有进步,天气逐渐回暖,健康当可逐渐恢复。其余家中诸人都好,可勿为念。

今年春节,组织上对干部特别关怀,院系最高级领导曾亲到我家访问,确和往年大不相同。

近接吴则虞来信，说及其女受璩，已二十六岁，尚未婚配，托代物色对象，并希望你们姐弟代为留意介绍，语极诚恳，虽说标准不高，也以（一）家世清白，忠厚读书人家为宜，（二）子弟须有一技之长，而于专门学术有发展前途者。但据其女资历，是运动和音乐专门人材，而对医学文学都学有专长，求相对匹耦，实非易易。兹将其女资历条列如后：

……

你写的诗，初学能够这样，就很不错，我尽量按照原意稍为改易，如下：

> 吾翁万里恣豪游，健步浑忘鬓发秋。
> 大地卅年增美丽，古城三代喜绸缪。
> 晋祠双塔识初面，学府黉宫访旧俦。
> 共羡八旬心胆壮，要添砖瓦建神州。

第一句或用"吾翁"，或用"家君"；"千里"应作"万里"才合实际；"恣"比"作"字生动些。第二句因"不知"二字在本句犯孤平，改作"浑忘"较好。第三句原文"四句"二字意思不明了，第四句"陶"字属四豪韵，和其余韵脚各字属十一尤不同韵，而且"陶陶"二字须连用，"同陶"二字不可连用。故两句稍加改易。第六句"苑"字应改用平声字，故改"林苑"为"黉宫"，但学府、黉宫意无差别，一时想不到更好的字眼，暂时如此。第七句十字应用平声，故改作"旬"，"堪"字改作"共"，"胸"字改作"心"，第八句"犹"字改作"要"，都比原字较妥。你可仔细玩味便知。

三悌已动身往上海否？红英长得快，又样样进步，奶奶看见相片,十分高兴。

　　暂写到这里。并询

健康进步!

爸爸振心

1973 年 3 月 5 日

＊　　　＊　　　＊

仲儿:

　　……

　　昨日接到从北京寄来张林、张明的水彩画两幅,很不错,我很高兴。张林画中的诗句,不知是抄来的,还是他自作的? 原诗是:"尼山绿水绕草庐,一叶轻舟泛碧湖。牧童不知春将老,犹吹小笛问鹧鸪。"平仄有些不调协,"尼山"用在这里不妥。我略加修改为:"绿水青山绕草庐,轻舟一叶泛平湖。牧童不管春将老,横笛犹吹问鹧鸪。"这样平仄就调协了。

429

　　我因为很高兴,又写成新诗一首,题为:外孙张林、张明画山水寄我,喜极,赋诗勉之:

聪明挥洒两儿童,能写丹青寄外公。

祖国河山增壮丽,好凭人物显英雄。

　　第一句是用杜甫《奉先刘少府新画山水障歌》的故事,内有句云:"刘侯天机精,爱画入骨髓。自有两儿郎,挥洒亦莫比。大儿聪明到,能添老树巅崖里。小儿心孔开,貌得山僧及童子。……"

　　你到三悌外公外婆家,代我问候他们全家好。

我身体很好,每日上午参加修订《辞源》工作,家中各人都好,勿念。

爸爸振心

1977 年 5 月 13 日

*　　*　　*

郅仲、三悌、红英、小蕾:

你们都好!

7 月 27 日郅仲的来信,早就收到了,近来一切琐事,德来都具体答复,我就懒于执笔。我前次肠胃消化不良,几天后就恢复无事。但那段时间,连日大雨,又兼门前大修下水道,一个多月都走动不便,我曾三周不到院本部参加修订《辞源》工作。近来

放暑假后,每日所有干部教师,都只上半日上班,下半日休息。我因每日到院本部走动一次,来回约一个钟头,对于身体活动,很觉有益。修订《辞源》工作,只当顾问,不负具体责任,组织更是随时照顾,要我迟到早退。寻常买菜,都是保姆负责,我就不理会了。关于我的身体护理方面,一年多来,感觉还是不错,你们不必过于顾虑。

郅仲寄来的诗词习作,我已阅过数遍。一些平仄不调、不合规律的句子,已略为改正。但词排全不符合,和内容空洞,不了解具体情况的,无从着笔,只好不加修改了。

其余各种琐事,仍由德来随时函告,不多及。

匆此。祝你们全家长幼

健康愉快!

爸爸振心

1977 年 8 月 27 日

　　　　　＊　　　＊　　　＊

　　关于诗句中各字的平仄，首先要分清这首诗是属于律体（律诗体）还是属于古体（古诗体）。如果是律体，句中的平仄，一般须要调协，所谓"一三五不论，二四六分明"（也有救拗的办法）。句和句之间的平仄，必须黏靠，不能失黏，如第一句是"平平平仄仄"，第二句是"仄仄仄平平"，这两句平仄相反。第三句第四句是"仄仄平平仄，平平仄仄平"，这两句自身也是平仄相反，但第四句的平仄和第三句的平仄，除押韵的韵脚外，必须平仄相反，而且第三句的平仄须和第二句的平仄紧紧靠着（韵脚除外），否则叫作失黏。这样连续下去，四句的叫作绝句（其实应叫作绝句律诗），如王之涣《登鹳鹊楼》"白日依山尽"一首便是。如果是八句连读下去，便是五言律诗，如杜甫的《登岳阳楼》便是。如果超过八句，便叫作排律。七言绝句如李白的《早发白帝城》，便是七言绝句。七言律诗如杜甫的《闻官军收河南河北》和《客至》"舍南舍北皆春水"两首都是，中间各句平仄或相反或相黏，连续下去，不能错乱。这种是属于律诗范围。至于五言绝句，原是从古诗变化而来，许多仍保留古诗的形式，对于句中各字的平仄，往往不去拘管。如"枯鱼过河泣，何时悔复及！作书与鲂鱮，相教慎出入"及"藁砧今何在？山上复有山。何当大刀头？破镜飞上天"都是汉代的古诗。即如最近发表叶帅的《攻关》一首，句中平仄也是属于古诗一类，不能用律诗的规格相绳。你前寄来的诗作，很多平仄我都不更改，就是这个缘故。至于"皓月碧凝剪刀峡，远看十里光明灯"也是当作古诗来读，不是当作律诗来读，"看"字当然要读平声。至于"腾蛇乘雾"，"腾"字正字本作"螣"。韩非子《难势》篇云："慎子曰：飞

431

龙乘云,腾蛇游雾。云罢雾霁,而龙蛇与蝗蚁同矣,则失其所乘也。"曹操《龟虽寿》云:"神龟虽寿,犹有竟时;腾蛇乘雾,终为土灰。"是说龟龙虽生命特殊,终归死灭,此乃自然的规律,不能以人意为转移,但老骥则志在千里,烈士则壮心不息,人定胜天,养生调节,延年益寿,是人可能掌握的。我前改为"人力胜天权在手",正以人能利用水力发电,造福人民,不似龟龙只能听天任命,自生自灭,而无所作为也。

至于词,一般都是按照词谱写的,所以叫作填词。一个词牌,往往不止一个格式,有多至好几个格式的。其中字数多少,句式长短,押韵平仄,也往往不同。所以一个词牌,词谱中往往保存几体。甚至各体押韵,或用平韵,或用仄韵,也有不同。一般文学家不是兼音乐家,只能照谱填写。苏东坡是文学家,但不是音乐家,所以他所作的"大江东去"一词,虽极有名,当时即有人讥其不合拍,不能浅斟低唱。姜白石不特是著名的词家,而且是著名的音乐家。他不特可以按谱填词,而且能制谱作词。《满江红》一词,著名的如岳武穆"怒发冲冠"一首就是押仄韵的。据传姜白石改用平韵,自序云:"《满江红》旧用仄韵,多不协律,如末句'无心扑'三字,歌者将心字融入去声方谐。予欲以平韵为之,久不能成。因泛巢湖,值湖神姥寿辰,予因曰:'得一席风径往居巢,当以平韵《满江红》为迎送神曲。'言讫,风与笔俱驶,顷刻而成,末句云'闻佩环',则协律矣。"据此则此词平韵始于白石,而末句第二字尤以去声为协。这种神话传说,虽可供参考,不能完全信赖,但音乐家对于传唱的歌词,不特须要分清平仄,而且要分清阴阳上去,才能合拍。我对于此道,可谓完全是门外汉,不能乱说一通了。

你们部队的罗同志,早已到达桂林,曾到我处晤谈数次,据说大约本月 4 日左右可能回到青岛,我只交他带去冰糖三斤,塑料袋奶粉两包。德来、蘋姐近来都因参加各种政治学习活动,特别忙,不知能买得其他东西没有? 由他们另函答复,我就不能过问这些琐事了。

我们在桂全家和妹、七姐各家都好,我每日上午仍往院本部参加修订《辞源》工作约三小时,只备顾问,无固定任务,也可迟到早退,自由活动,对身体也觉有益,可勿挂念。

祝你们

长幼康乐!

爸爸手书

1977 年 11 月 3 日

* 　 * 　 *

433

爸爸、蘋姐、来哥:

你们好!

爸爸本月 3 日的来信和来哥 7 日的来信都已先后收妥,罗主任也在本月中旬回到青岛,爸爸托他带来的冰糖和奶粉都已收讫,望勿念。听罗主任说,爸爸的精神挺好,饭量也正常,这都是很令人快慰的。

最近教育战线上出现了鼓舞人心的革命新形势,尤其是批判"两个估计"开展以来,广大知识分子头上的紧箍咒取掉了,真是第二次解放,你们也一定是感受万千,干劲倍增,爸爸看到了今天这样好的形势,一定会感到幸运和快慰万分。我们也和全国的广大革命知识分子一样,正在深入批判"两个估计"。但因为我们这个单位前两年是全军第一所接受"两个估计"和"红旗","四人帮"的流毒十分深广,而且看来效果还没有跟上形势,所以我们这里的起色还不算很大,基本上是被全国形势的发展推着走的。

这个阶段,我们结合整风整党,进行了今年的年终总结,三悌今年荣立三等功,我也受到嘉奖,这是我们连续第三年一起受奖了。工作做得并不出色,只是在本单位比较而言做了点工作,这些事我们一直不把它当回事。但今年大家心情舒畅,我们就把它当作一个好消息向你们报告一下,让你们也高兴高兴。

我们的组织问题今年内是不会提到日程上来的了,三悌大约是她家里最近有些什么事,组织上要进一步了解一下,算是暂时"搁浅"了,我这里也由原准备今冬推至明年。我们都有接受组织长期考验的思想准备,而且相信,随着毛主席知识分子政策的真正落实,在华主席领导下,对知识分子政治上的许多歧视终将会逐步消失(当然还要较长的时间),这个总的趋势是改变不了的。因此,我希望蘋姐和来哥也应对这个问题有充分的信心。上述的情况,仅是告诉你以便心里有底,对别人就不必再说了。

红英最近在全区统一测验中在班上得第三名,平均 98 分(语文 98,政治 100,英语 100,数学 94),前五名都发了奖,这对她的鼓励挺大,现在学习自觉性也增强了,作业没有完成时,有电影也不去看了。蕾蕾仍在幼儿园,现在已经开始学认一些简单的字和数了。她的反应好像比红英当年要快些,可能是老二的特点。

爸爸关于诗词的一些解释,使我弄清了一些问题,关于诗词方面的知识,我只看过王力编的那本《诗词十讲》的小册子,所以对五言绝句的格律,我也以为应与七言绝句那样有较严的规定。而按那样的规定来写时,由于习作太少,语汇贫乏,所以总是写不出。那几首登庐山的诗,因为是即时即地随笔录下,过后再改也改不好，所以就干脆不改了，寄给爸爸帮改。现在才知道五言绝句也可作古诗一类来读，这样写起来就要比七言绝句或律诗自由一些。最近的报纸杂志上不时发表一些作家们新作的旧体诗词，说明这种文学形式正在获得新生，是很值得高兴的。

我们的近况都好，由于我们两人都在上课，工作显得忙一些，其余情况都好，勿念。

顺祝

全家安康！

郅仲

1977 年 11 月 26 日

\* \* \*

郅仲、三悌、红英、小蕾：

你们都好！

并祝你们欢度 1978 年全国进入突飞猛进、繁荣昌盛、四个现代化大见功效的一年的春节的来临，欢欣鼓舞，健康愉快！

郅仲 1978 年元旦的来信，早已收到，备悉种切，非常高兴！

我是去年 12 月 8 日至 20 日从桂林往南宁参加区政协第四届委员会并列席第五届区人民代表大会的。这次大会，人数之多，代表性之广，政治内容的重大，招待组织的周到，都是向来所未有的。

我们主要住在南宁邕江饭店，南北两楼，都各有九层，升降都有电梯，我是住在南五楼。第一日是参加食堂会餐。第二日起，我因年逾八十，受到特殊优待，每日早中晚三餐都由服务员送至室内进食。因地板光滑，又不铺地毯，出入都指定专人扶持,以免跌倒。平时参加各种大会,或在革委会礼堂,或在人民剧场,我都乘小专车出席或到席。普通讨论会则在五楼会议室举行,无须外出。晚上都有招待会,我只择要参加,不必每晚到场。大会结束后,有数日游览参观,我可自由休息。只是介民廿一公,因住在西大,交通不便,我未曾见面。我向组织反映,希望前往探望,组织即派一小轿车送接,我遂得前往畅谈数小时。我和廿一公前届和本届都是区政协常务委员,又都是八十以上的高龄,故组织特别照顾。(廿一公比我长六岁)

我在师院教师中,是年龄最高的,西大法商学院前院长王觐现年八十八岁,院系调整后,为文史委员,这次也和我同往南宁开会。就桂林前往南宁的同伴而论,他和我是最高龄的。但到南宁开会之后,始知九十以上的尚大有人在,最特出的是人大代表冉大姑,现年一百零四岁,现在照常参加劳动,能挑八十斤。她的工分所得米粮,尚有余粮贡献国家。这是很值得我们学习的。

我在修订《辞源》工作组,只当顾问的名义,不负分配校对考查的具体任务,每日上午到院图书馆南楼(现作《辞源》修订组办公室)约两三小时,也可迟到早退,下午非有特别会议,一般在家休息,不再上班。每日作适当的活动,对于体力思想,都有一定的补益,组织上也特别照顾,不让我过于劳累。今年春节食品供应,比之往年都倍加丰富,我除和居民一样享受外,又另给富强面粉十斤、面条五斤、小磨麻油一斤,尚有本院农场、食堂各种供应,丰富多彩,美不胜举。听说北京、上海、南京、湖南、成都、重庆各地俱供应大大好转,只广州特别困难,不特价钱高贵,且有钱也买不到鸡鸭鱼肉,方力五哥全家等于食素,我们只好随时寄些腊肉奶粉之类,略作补充而已。

青岛情况如何？谅必日日向上。

家中老少安好，燕康仍在南宁，可勿为念。盼时来信，报告近况。

爸爸振心

1978 年 2 月 3 日

\*　　　\*　　　\*

爸爸、蘋姐、来哥：

你们好！

接到来哥 7 月 23 日的来信又已经有十来天了，在此前不久曾有一信寄到师院，不知收到否？因考虑到放暑假后蘋姐可能不去外语系上班，来哥又不回厂，所以直接寄师院由爸爸收，不知那样写是否能顺利送到？

437

得知五哥、五嫂和小毅、小力到桂林度暑假，十分高兴。我虽然不能和你们在一起欢度，但想到你们欢聚一堂的情景，也使我感到格外的高兴。希望五哥五嫂能在桂林尽量多住几天，能尽情地游览秀丽的桂林山水，愉快地度过这个有意义的暑假。

今年夏天全国高温，我们这里也比往年显得炎热。正好就在这段时间有我的课，等我的课上完，秋天也就到来了。不过比起其他地方，青岛夏天还是好过的，现在的"高温"也只达到 31℃。

郅威的个人问题有了眉目，是很值得高兴的事，希望能顺利地得到解决。婚期确定后，望能提前函告我们。郅武、郅强二弟的事进展如何？甚念。

爸爸积极参加学术活动的消息在《光明日报》上登出后，我们单位有不少同志来问我。爸爸精神焕发，积极工作，对我们是很大的鼓舞,也是我们晚辈学习的榜样。不过爸爸年事已高,不可过于劳累,尤其盛夏酷暑,易染消化系统方面的疾病,更祈多加注意保重。

燕康能正确处理个人与组织之间的关系,安心本职工作而不报考大学,是很对的。上大学并不是唯一的学习机会,一个人的工作有无成就,往往不取决于条件,而主要看自己是否善于学习。

红英放暑假了,上学期评了三好学生,在两个中学里都考上了快班,本想再设法活动一下,把她转到重点中学去(那里的快班仍留有她的名字),但原校始终不肯放。现在多中学间争这些快班生的矛盾已经发展到要市教育局出面来解决的地步了,所以红英的转学就更是困难重重。

我们分校在最近就会有行动,先遣队月中就出发去蚌埠,今年之内要搬迁完毕,在新校址一切按正常程序工作。我们仍处于两方"拔河"的情况,因为要完成一些任务,我们这些一度被视为"臭老九"的人也变得有些香了。因为各方不相让步,我们到底是去是留尚难最后决定。关于回收教员问题,已经越来越渺茫了,我们曾有同志到干部科去打听过,回答是"尚未有此先例",看来老鄢归队的问题,困难比较大。

来哥要是能归到机专校教学工作会比现在的工作条件好些。根据现在的形势,以后教育工作的环境能逐渐有所改善,如果有朝一日我们离开部队到桂林地方工作,我看最终也还是搞这类工作较为合适些。

蘋姐和来哥的身体均应切实注意,你们在家里是顶梁柱,不可掉以轻心,而且现在为实现四个现代化大干快上的时候,你们的责任也很重大,正是该大显身手的时候,健康就显得尤为重要了。蘋姐要克服急躁情绪,不要头脑一热把自己的身体条件都置之脑后了。来哥则应有更乐观的心情,这对健康是不可少的。

瑞生自从"五一"来过一次后,一直无暇相见,她大约在 10月份分娩。据德法哥说,她仍在正常上班。

我们全家都好。

向五哥全家问好!

祝你们

暑期愉快!

郅仲

1978 年 8 月 6 日晚

*     *     *

郅仲、三悌、红英、小蕾:

你们好!

本月 8 日复一函,谅可收到。昨日又接 8 月 6 日晚来信,郅敦五哥全家尚在桂林,得阅来信,十分高兴。他们准备 12 日离桂,取道玉林、梧州回穗。这次在桂游山玩水,欢欣团聚,达半月之久,是解放以来,从未有过的盛会,心情舒畅,十分热闹,你们闻之,当亦同此愉快也。

前寄修改七律一首,兹再易数字,另纸抄寄。

家中全家安吉,可勿为念。

祝你们

暑期愉快!

爸爸振心

1978 年 8 月 11 日

* * *

爸爸、蘋姐、来哥：

你们好！

爸爸寄来的信和诗稿早已收到了。后来小谢同志又给送来了糖、奶粉、药品等并爸爸写的信，并一再说明因旅行包装不下了，白糖没有能如数带来。其实，他能帮我们带这一批东西来已属不易了。

看到了爸爸的讲稿，知道爸爸仍能到中文系作讲演，感到很受感动，爸爸严谨的治学精神和兢兢业业的工作作风是值得我们永远学习的。现在全国各地政策逐步落实，人们的精神面貌获得进一步的解放，形势是很鼓舞人的。我们除了自己努力工作以跟上时代的要求外，也衷心地希望爸爸能保持健康的身体，以便能把丰富的知识更多地贡献给祖国和人民。林彪、"四人帮"使我国经历了一场十几年的大灾难，那些年里，爸爸渊博的知识没有用武之地，反而受到了许多歧视和诬陷。今天，华主席领导全国人民进入了一个社会主义的新时期，华主席和邓副主席多次明确阐述了党的路线方针政策。全国人民，尤其是广大知识分子看到了光明的前途，爸爸"用武"的时候到了。只可惜我们家年青的一代中没有人学习古典文学（在前十几年的时期内，学文确实是很"倒楣"的），不能把爸爸的许多宝贵知识和经验接受下来，不过爸爸现在可以向更多年青的有志于学习的人传授自己的知识和经验了。

上次出差北京和老兵相见后，我写了一首诗记此事，请爸爸帮我修改一下：

京华此日得相逢，一十八年转瞬中。

华发不忘鸿鹄志，丹心只为信仰同。

卅载交谊情切切，一朝欢叙意融融。

愿竭驽骀追骏马，翘首天狼待挽弓。

　　我总感到第二句写得不好，原来是想写年青时立志献身航空事业的理想没有改变，第四句则是指共产主义的信仰没有动摇。

　　我已开始上课，大约到 9 月初才能结束。三悌白天在实验室工作，晚上还要给新教员上课，所以工作较忙。红英已快放暑假了，上周我们让她去考沧口区的一个重点中学三十一中的重点班，按成绩来说已经录取了，但原对口的中学闻讯后赶到学校坚持不让她转，要她按原计划升入二十二中，我们亲自去说也无济于事。学校反复向我们保证一定对她照顾得好，让她在二十二中上重点班（我们是以她年纪太小，无人照顾为由提出转学的）。在这批重点班的考生中，她是年纪最小的，班主任又很喜欢她，这样，她就名声在外了。

　　蕾蕾上周检查已能认识约 140 个汉字，我们觉得她的精力比红英充沛，脑子反应也灵活些，而红英主要是靠自己努力。这两个孩子并无特别的天分，但我们总希望她们长大后能比我们有作为些才是。

　　昨天已经开始全国高考了，燕康是在南宁参加考试的吧？希望他能考上。

　　爸爸这次带来的梧州出的香砂养胃丸效果不错，最近我已在服用，有效地防止了胃痛的加剧和发展。

　　入夏以来，青岛降了几次雨，旱象才基本解除，但自来水尚不能全天开放。今年夏天以来青岛也是高温,不过比其他地区还是好多了,现在的气温在 23℃~28℃之间。

家中其余一切均好,请勿念。

祝

全家安好!

郅仲

1978 年 8 月 21 日

来哥回厂了吗?放暑假了,把信直接寄到师院本部可以送到爸爸处吧?

\* \* \*

爸爸、蘋姐、来哥:

你们好!

爸爸 8 月 11 日的来信早已收悉,知道五哥一家在桂林和你们欢聚,感到十分高兴。想他们早已回到广州又开始上班了。

我们分校已经确定,根据"一刀齐"的原则,三悌要随我一起到蚌埠去,大约在 11 月份进行搬家。这些年来,我们总是大约每四五年搬一次家,到蚌埠后,大约也是再有四五年就该走了。希望那时能一次解决问题,回到桂林安家算了。

三悌的单位本来是不想放她走的,主要感到业务上她走了他们有不少困难。但从人事关系上来说,那个单位并没有多少可留恋的。所以,本来我们想从专业对口这个角度提提意见,现在也不想提了,走就走吧。除了搬这个家麻烦些外,别的也没有什么,我们已经习惯于四海为家了。

红英已经开学,在二十二中的"快班",每天中午带饭在学校吃。她在班上虽然成绩不错,但山东的教育水平总的说来不高,今年高考的录取线定为290分,是较低的,所以红英她们的起点也较低。今年她们初二,大部分课本用的是全国统一教材的初一课本,数学用北京课本,内容也过于简单,安徽的教育质量尚不了解。这个假期,她除了完成家庭作业外,坚持听了英语广播讲座,练毛笔字,还认识了夏夜星座。

蕾蕾身体很好,很爱学习,现在能巩固地认识140多个汉字,能分别六七种常用的偏旁,能用珠算进行100以内的加法。看来,孩子在学龄前加强一下教育是大有潜力可挖的。晓青也可以从小加强培养,好为国家早出人才。

昨天瑞洁和她妹妹瑞清一起来看望我们。她已分配在济南的冶金研究所,后天就要去济南上班去了。瑞生没有来,据说身体还可以,我们准备临走前去看望她一次。

我们的身体都好,工作较忙,尤其是要赶在搬家之前各项训练要告一段落,就显得更紧张了。我的课最后即将结束,进入复习考试阶段了。

爸爸为我修的诗,我感到很满意。我业余偶尔练习写诗,进展总感不大。一是格律和语言经常有矛盾,二是基本上不会用典故,恐怕这都是读得太少的缘故。现在业余学习文学方面的时间也很有限,只能随手翻阅几页,收获是很微小的。

　　祝

全家近安!

郅仲

1978年9月4日

443

* * *

爸爸、蘋姐、来哥：

你们好！

7月曾经写过一封信给你们，那时估计芹姐快到桂林了。可后来一直没有收到回信，也不知道芹姐是否到桂林去过。据我们新从北京回来的同事说，他代我送东西到芹姐住处时，正好她出差刚回来，但至今也没有收到她的来信，不知为什么。估计蘋姐如参加高考评卷工作，则这段时间会没有空写信，来哥大约工作也忙。夏至以来，不知你们的身体如何？尤其对爸爸的饮食照顾得怎样？甚念。

昨天收到鄢志梅的一封信，向我打听关于重新入伍的事，信中谈到最近见到过来哥。我已经立即给他写了回信，以免耽误他的事情。

今年的"七一"，是一个很值得纪念的日子，因为这一天的前夕(6月30日)，我和三悌都参加了党员的入党宣誓，决心把我们的一生都献给共产主义事业。这次宣誓距离我入团宣誓的时间整整过了廿四年半，距我第一次向桂中党支部提出入党申请书也有廿二年了。在人生的道路上，这是不短的一段时间，现在回顾起来，真有"众里寻他千百度，蓦然回首，那人正在灯火阑珊处"之感。

入了党，是新的斗争生活的开始，看看张志新烈士的遭遇，联想到那么多的问题，不正是需要千百万共产党员带头去改变、去解决的吗？所以，我感到责任很重。

最近，我填了两首《贺新郎》词，只注意了写心情、按字数填词和韵脚。词牌的格律没有逐个去对，严格讲还不能算词，另纸抄录请爸爸修改。我从来还没有写过一首自己较为满意的诗词,这次也不例外。

红英已经放假了,这个学期她的成绩除数学 75 分外,其余各科都在 90 分以上(成绩单未发),可见她的数学有先天的不足,只有在假期中让她适当地补习一下。她的问题存在于小学的数学基本概念的巩固,绝大多数错误不是本学期的学习内容。我们打算要她在假期中每天完成数学和物理的习题各 5 道,再听半小时的英语广播。小武的成绩一定会比红英的好,是吧?小宝今年的高考情况如何?估计能得多少分?今年是比去年难多了。不知林林考得怎么样?

蘋姐寄来的两本《英语 900 句》已经收到了,有了这样的课本,听起来就方便得多了,但现在已进行到第五册了,我听起来也感到速度太快,以后争取再从头听起。

我们近来一切都好,但总是每天忙碌不停,蕾蕾到蚌埠后还没有进城去过一次呢!中国人不得不每天为了吃饭睡觉奔忙不息,我们这种家庭尚且如此,全国又有多少人能把主要精力放在事业上呢?

暑假你们有些什么活动吗?

祝

近安!

郅仲

1979 年 7 月 18 日

\* \* \*

郅仲、三悌、红英、小蕾:

你们好!

本月 5 日接到 1 日来函及"贺新郎"词二首,备悉种切,十分高兴!

自你们离桂后,我身体一直保持健康,眠食正常,早晚做保健按摩,血压 130/88,十分标准。家中各人都各平安,你们无须挂念。

寄来"贺新郎"新词二首,基本上都过得去,似你这种课余创作,可算是庸中皎皎的了,我对于词也向少深造,年老才退,更不敢苦心思虑,略易数字,仅供参考,不必作为定稿。

近来组织曾派秘书协助整理旧稿,择要排印部分,藉资保存参考,待整理后再选寄一份给你们阅览。

匆复。并祝

全家康乐!

爸爸振心

1979 年 8 月 8 日

\* \* \*

爸爸、蘋姐、来哥:

你们好!

这次出差共计用了五十二天的时间,到本月 8 日才回到蚌埠,蕾蕾说:"你再不回来我都快不认识你了。"这段时间三悌确实是够辛苦的了,好在她和孩子们的身体都还好。蕾蕾长高了一截,虽然没有上成学,但每天还能自己学学拼音字母,做点算术,还画画图画,平时还是到幼儿园去。

在西安期间,我们到临潼去参观了举世闻名的秦皇陵的兵马俑,也算是一饱眼福。在华清池还洗了个温泉浴。到成都游览了杜甫草堂和武侯祠,途经重庆时参观了红岩村。最使人难忘的是乘船出三峡,饱览了祖国壮丽多姿的山河,观赏了巫山十二峰的神奇景色。三峡和长城是我感到给我印象最深的两个地方,当我身临其境的时候,我更深刻地感到我多么热爱自己的祖国和民族。

到武汉,便住在汝英姑姑家里,受到她全家人的热情款待,给我创造了食、宿各方面极方便的条件。卅多年没有见面,这次和汝英姑姑相见是很值得纪念的。听说她已经把我们在武汉的合影寄给你们了,背景是雷达学校的礼堂,姑父在那里当过政治部副主任。姑父是很随和的人,他们把孩子教育得很好。在武汉我还到武钢去参观了"07工程",即由西德和日本援建的一米七轧钢设备,这是具有世界先进性的设备,算是开了眼界。在武汉期间,等到了小宝,领他认识了姑姑的家,这样,以后有空他就可以自己去了。此外,我还找到了我的老同学唐云英和刘庆华。由于唐云英已准备随她爱人一起移居国外,所以这次要没有见到,那真是后会无期了。刘庆华则是历尽波折,总算在自己的岗位上取得了一些成绩。刘伯伯是1975年含冤去世的,这次刘伯母说起来还很伤心。庆华则经过自己多年的努力,已经具备了三种外语的阅读能力,我在武汉时,她正参加与美国合资开厂的谈判,她在业务上已经比较熟练了。

在南昌主要是住在五悌家里。从离开蚌埠后,在各地都是匆匆奔忙,加上还要会见一些老同学,日程安排得很紧。一直等到了南昌,在五悌处住下,才算得到了几天休整,旅途的劳累得以消除。虹虹的学校就在市里,那几天她经常回来谈谈学习的情况。这几年由于虹虹连年往返于我们两家之间,使我们两家的关系变得更为密切了,在她那里,真可说是宾至如归。

在南京意外地和燕康见面,也是很值得纪念的。他请我和

447

谭恕看了一场中国队对科威特队的球赛。我曾带他游玩了莫愁湖和长江大桥，与他一起照的相待洗印出来再给你们寄去。

这次旅途中，虽然从到成都后就是我一个人行动，比较累，但这次出差走了那么多地方，会见了那么多的人，是很难得的机会。而且在整个旅途中，由于得到了亲友们的热情接待，我的身体一直挺好，这也是值得告慰的。

小宝在武汉华中师院学习，那里的环境挺好，他自己还是比较懂事的，只要从一开始就抓紧，他还是能学习得好的，在武汉时我也和他谈过。燕康则完全像个成人了，他在队里算是学习抓得最紧的，因为除了跟电视学英语外，他还自学数学，就是在南京的招待所里，他的床头上也摆着英语书。他是很好的一块材料，只可惜早生了两年，我和他谈了，希望他继续抓紧学习，同时，无论从事什么工作，都要争取在那上面干出成绩，明年他有希望争取当运动健将。

五哥要的阿胶，我们手头已没有存货，准备写信到太原去问问，如能买到，就直接寄给五哥处。

回来后赶上定职和调级，这两件事都要今年搞完。调级这次调不到我们了，定职估计能定到正营，也没有多少意思，还是争取早些埋下头来执笔写教材比较实在些。

在武汉时听小宝说蘋姐明年有可能去广州进修，此事落定了吗？你们近来身体好吧！小宝走后你们感到冷清多了吧！

三悌很快就要上课了，下面该我多忙些家务了。

祝

全家安好！

郅仲

1979 年 11 月 12 日

＊　　　＊　　　＊

爸爸、蘋姐、来哥：

你们好！

蘋姐和来哥的信已经收阅，知道你们的近况都好，感到很高兴。

近日来芹姐也有回信，谈到来哥担任科长职务，依她看，还不如当工程师。从学问的角度看，确实有一定道理，但现在的任职都是不能以个人意志为转移的，干就尽量干好它吧！像来哥这样的技术人员，在工厂里这次无疑早应提为工程师了。我的那些在工厂里的同学，基本上都被提了名，在院校里的，则绝大多数也提名当讲师。其实，我们毕业至今已经快廿年了，若在别的国家，有这么长的时间，早就可以当副教授、教授或总工程师了，何况来哥毕业至今已经近廿五年了，提个工程师不早就是理所当然的吗？如果这次提了名上去，估计就不会有多大问题了。

我们近来曾搞了一段时间教员定职，即对职务不明确的干部如教员、参谋、干事等人员确定职务，教员中从排一直定到团。现在群众评议已经搞完，名单已经送到海军去统一衡量去了。群众评议中，给三悌定了个"正营"，给我定了个"副团"。但从全校情况来看，从领导到机关，要在我们这批大学生中突破到团级会有许多困难和阻力。所以我始终认为我仍然只能定"正营"，故也不去做别的考虑。这一个月来，我一直埋头在赶写教材，其他的事很少去过问。

最近给干部价拨了一部分陆军的军装，我们要到了一套副2号的军装，准备送给来哥，估计来哥比较胖，只能穿副号的。这套军装准备托小谢带回去，他可能等小李先来休假再一起回去,估计春节前能送到你们处。

随信寄去全国粮票陆拾斤,请收讫。到蚌埠后,换全国粮票较难,目前我们有不少安徽粮票,但还没有找到更换的门路。

小宝那里我已经去了信,谈了些大学学习中注意的问题。他在武汉上学,亲友比较多,是完全可以放心的。我和他在华中师院照的相,先寄给你们看看。大约小宝寒假也是回桂林过吧?张争倒很想来蚌埠过寒假,他这次考了四个 100 分,就提出寒假要来,我们很欢迎他来。

红英这次期中考试,在班上是第三名,由于英语没有考好,得了 74.5 分,致使平均成绩只有 91.4 分,如果英语也能和其他科目一样在 90 分以上,则无疑可以争得第一名。这次英语没有考好有两方面的原因,一是她感到平时英语成绩较好,有些大意;二是试题为全市统考试题,难度较大,全班只有 8 个人及格,她的英语考分算全班第二。不过这也暴露了这个学校的教学水平低,同时也看出了红英学习中的实际差距。现在要她每天完成复习和作业外,还利用英语教学唱片要她每天听半小时,坚持这个学期看是否能有些效果。据说,她的发音在班上还算是较好的。

瑞生也给我们来了信,德法哥哥的逝世是太突然了,我们全家都无限怀念他。

听芹姐说她已经写信给郅芬五哥邀请他到北京来休息,可没有谈有关的情况,不知是怎么回事?

月初我们给叔叔寄了二十五元钱去作为对老四结婚的祝贺,这里买不到什么象样的东西,还是寄点钱去实惠。

冬天到了,取暖的木炭是否准备了?天寒地冻的时候,爸爸就不要出门去活动了,尤其要注意保暖,千万不要感冒了。

　　这次在旅途中游临潼时写了两首诗,抄给爸爸看看。本来路上要写的还很多,但思想集中不到这上面来,总写不成,待以后写出来了再寄给爸爸。爸爸如有精神,就指点指点弊病所在,如感到疲劳,就不一定费神动笔改了。两首诗见另纸。

　　我们近况都好,三悌已开始上课,忙一些,但身体还不错。

　　祝

全家安好!

郅仲

1979 年 12 月 11 日

＊　　　＊　　　＊

### 喜悉庆华手术成功痊愈返汉

半生多蹇不须嗟,赖有春风送天涯。("天涯"改为"彩霞")

借得华佗游刃手,此番二竖听擒拿。("此番"改为"长教")

磨砺方知铜有镜,镂刻终教玉无瑕。("镂刻"改为"雕钻","教"改为"使",多重磨砺铜成镜,雕琢玉)

沉疴除尽堪欢庆,还待来年再吐华。("除"改为"净","再吐华"改为"吐国华")

　　第二句"天"字必须改作仄声字。

　　七言律诗有一定的规律。

　　如首句平声句调起的是:

平平仄仄仄平平,仄仄平平仄仄平。

仄仄平平平仄仄,平平仄仄仄平平。

平平仄仄平平仄,仄仄平平仄仄平。

仄仄平平平仄仄,平平仄仄仄平平。

如首句仄声句调起的是：

仄仄平平仄仄平，平平仄仄仄平平。

平平仄仄平平仄，仄仄平平仄仄平。

仄仄平平平仄仄，平平仄仄仄平平。

平平仄仄平平仄，仄仄平平仄仄平。

你的原诗第五句起，平仄不调，便是失黏(失去黏对)，这里不作更改，只就原诗略改数字而已。这里只嘱小武将你的原诗抄录，由我略加说明，供你参考，以后便中再将论诗的旧作，择要寄给你们选阅。

八十六岁老人振心甫书

1980 年 8 月 16 于桂林广西师院中文系

# 第四编　操办无锡国专

[《快邮代电》,《私立无锡国学专修学校武昌文华图书馆专科学校迁校及校舍建筑等问题的文件 1937—1947》,全宗号五,案卷号 5456,中国第二历史档案馆]

重庆教育部部长陈钧鉴:

时局紧张,桂林已成军事重心。本校拟暂迁北流乡间,继续上课,即日起程,前往布置就绪,再行呈报,理合电呈察核。

私立无锡国学专修学校教务主任、代理校长冯振呈养

中华民国二十七年十一月廿二日

[《呈报本校由桂林迁移北流山围乡继续上课由》,《私立无锡国学专修学校武昌文华图书馆专科学校迁校及校舍建筑等问题的文件 1937—1947》,全宗号五,案卷号 5456,中国第二历史档案馆]

窃本校迁桂已十阅月,以桂林渐成军事要冲,城市尤易受敌机威胁,急谋另择安全地点迁移,而交通车辆缺乏异常,远迁滇、贵,势难实现。不得已暂定北流乡间为迁校之所,赶速进行。经于上月养日以航快代电呈报钧部在案,兹已在北流山围乡择定临时校址,加紧布置。教职员、学生亦已次第到达,日内即可继续上课。理合将迁校情形呈报钧部,察核备案,实为公便。谨呈教育部部长陈。

私立无锡国学专修学校校长　唐文治　假

教务主任、代理校长　冯振

中华民国二十七年十二月十日

[《笺函》,《私立无锡国学专修学校有关经费文表1937—1949》,全宗号五,案卷号5225,中国历史第二档案馆]

（冯振致钱基博函）

子泉先生道鉴：

十月四日、十一月廿四日两次寄书,谅达左右。久未得示,未审兴居何似？伏维万福。兹有陈者,本校自播迁以来,经费收入除少数学费外,只赖国库每月补助。而七折之后,再加九扣,又与沪校平分,实得不过六百三十元。当此物价上涨不已之时,以之支撑一员生数逾百人之专科学校,其竭蹶情形,不言可喻。暑假前教部参事孟寿椿先生到校视察,目睹师生刻苦耐劳状况,曾面允向教部陈说,增加补助,并嘱拟定预算,呈文申请。早经遵办,但数月迄今,尚未确实核复。而物价愈高,处境愈困。今会计年度将告结束,拟再向教部申请每月实足补助经费二千元,另一次补助设备费七千元。仍依原日预算,不敢增加,然物价上涨,较之三数月前已一倍以上矣。素仰先生名高当代,交游众广,敬乞于陪都及教部方面贵亲友中,分别致函,疏通嘘植,则一言九鼎,补助之请,定能早邀核准。本校前途,实深利赖。以先生平日爱护本校之殷,且当校董之主,断不以在远而见遗。故敢沥胆奉陈,乞赐督纳,无任感祷！前奉寄拙诗,第七句"漓江远接湘江水","远"拟易"水"。未审尊见以为何如？乞与默存世兄鉴定为感！

专肃。敬候

道安！

晚冯振再拜

（民国二十九年）十二月八日

（钱基博致顾毓琇函）

一樵先生左右：

前奉赐书，曾以尺素相复。舍亲高君来信，承鼎力介绍，赴唐山工学院，而以中英庚款董事会就近相招，遂辜负盛意。然对大君子裁成后进之盛心，则固铭之肺腑而弗谖者也。昨得迁桂无锡国学专修学校教务主任冯君振心快函，详述经济之支绌、维持之不易，大部参事孟寿椿先生目睹，向大部陈说增加补助经费，已经拟定预算经费，而望为左右进一言，以责于博，其辞甚哀，原函尘察。现在抗战建设，通商、惠工、助农、教战，斯诚当务之急，而国学专修学校似迂阔而远于事情，然民族复兴与心理建设亦或以无用为有用。我公诚闳识渊览，明当世之故，亦傥垂念国专学生不才之才，而宏其乐教之意耶？其中有学生十余人，系乡人子弟随校转徙以入桂者，生活尤苦。博即汇法币一百元寄冯君，每人酌赠以购衣履。博诚哀冯君来书辞意之悲，而进出位之言，惟公鉴其不得已之忧而矜怜之。博明知国家经费有定，而私校补助预算扩张之不易，然不忍不为一言，以有望于君子之乐育之也。不尽缕缕，惟为国自重，千万。

钱基博手奏

（民国二十九年）十二月十六日

（顾毓琇致钱基博函）

子泉先生大鉴：

展诵手教，敬悉一一。闻于无锡国学专修学校请增补助费一案，上年曾由本部据发临时补助费一万元。本年俟支配省私立专科以上学校补助费时当为注意。

知注特复。并颂

道祺。

弟顾毓琇敬复

（编者按：此件第一页表格中注明为三十年一月二十一日拟稿，拟稿者为郭楠，称"弟"者当是不知钱顾为师生关系也。）

[《呈报本校已在桂林穿山建筑校舍，自本学期起即迁桂林上课请赐察核备案由》，《私立无锡国学专修学校武昌文华图书馆专科学校迁校及校舍建筑等问题的文件 1937—1947》，全宗号五，案卷号 5456，中国第二历史档案馆]

## 私立无锡国学专修学校呈

教育部部长陈：

案查，本校自二十七年冬，因桂林疏散人口，迁来北流，租赁民房，赓续上课，迄今将及三年。虽正常发展，惟力是视。但以僻处一隅，交通不便，聘请教员、购置图籍、招收新生、增加设备种种，俱极困难。不得不在桂林附近谋建校舍，以作永久基础。于七月十日，以山字第零一一四号公文呈报钧部在案。兹桂林校舍将告完成，亟须迁往开学上课，现拟日内即自北流开始向桂林迁移。以后钧部训令、指令、明密电报，均请径寄桂林穿山本校。理合备文呈请察核备案，实为公便。谨呈。

私立无锡国学专修学校校长　唐文治　假

教务主任、代理校长　冯振

（中华民国三十年八月二十日　发）

[冯振《呈核二十九学年度校务行政计划与工作进度对照报告表并三十学年年度校务行政计划及进度表由》,《私立无锡国学专修学校校务行政计划、工作报告和在沪复课员生名册1939—1944》,全宗号五,案卷号 5614,中国历史第二档案馆]

### 私立无锡国学专修学校呈

教育部部长陈:

按奉钧部三十年十二月高字五〇七二〇号训令及高字五〇七二一号训令略,开查该校二十九学年度校务行政计划与工作进度对照报告表、三十学年度校务行政计划及进度表,尚未呈送来部仰克日编订,呈核为要等,因奉此。兹谨遵令,拟具本校二十九学年度校务行政计划与工作进度对照报告表,并三十学年年度校务行政计划及进度表各一份送呈察核。谨呈。

私立无锡国学专修学校校长　唐文治　假

459

教务主任、代理校长　冯振

(民国三十一年四月二十二日　发)

[冯振《呈报本校由沪退出学生徐占馨张公衍等二人名册一份敬祈察核并赐发补助费由》,《私立无锡国学专修学校有关经费文表/1937—1949》,全宗号五,案卷号 5225,中国历史第二档案馆]

### 私立无锡国学专修学校呈

教育部部长陈:

按奉钧部三十一年渝字第〇一一七号代电内开,凡自港沪退出之学生,一律准许借读,免收各费,并列册报部,由部酌给补助等,因奉此。查本校本期先后有由沪退出学生徐占馨、张公衍等二名到校借读,该生等间关万里,逃至后方,目前经济困乏异常,情殊可悯。除免费收容外谨造具名册一份,呈报钧部,敬祈察核,并赐发补助费,以资救济,实为公便。谨呈。

私立无锡国学专修学校校长　唐文治　假

教务主任、代理校长　冯振

(民国三十一年七月五日　发)

(编者按:教育部指令云"兹查该校仅收容二人,所请发给补助费,未便照准"。又此件后附《私立无锡国学专修学校三十学年度下学期收容由沪退出学生名册(三十一年七月)》一份,未录。)

[《呈送本校建筑图书馆、学生宿舍、教职员宿舍及全校校舍分布图、建筑工程详细图暨工作说明书、估价单、合同式样等各四份,敬祈核办由》,《私立无锡国学专修学校武昌文华图书馆专科学校迁校及校舍建筑等问题的文件 1937—1947》,全宗号五,案卷号 5456,中国第二历史档案馆]

### 私立无锡国学专修学校呈

教育部部长陈:

按奉钧部三十二年七月廿四日第三六〇五三号令开:"案查,前奉国民政府军事委员会三十二年五月廿四日侍密字第一七六二五号代电,以据该校校董会呈请,现于桂林附近建筑校舍,请锡巨款,俾资扩充一案,饬由部核办等因,经电复,俟该校将建筑计划及图样呈送到部,再行核办在案。兹奉国民政府军事委员会三十二年六月十二日侍密字一七九四六号代电,饬转知该校等因奉此合行令仰该校遵办"等,因奉此。谨将本校建筑图书馆、学生宿舍、教职员宿舍及全校校舍分布图、建筑工程详细图样暨工作说明书、估价单、合同式样等各四份送呈察核,并祈早颁巨款,俾利进行,不胜感祷之至。谨呈。

校长　唐文治　假

代理校长　冯振

附：教育部指令

无锡国学专修学校呈件均悉。查本年度国库支绌，本部经管各费，为数有限。该校筹建校舍，需款过巨，无法筹措，原件存。仰即知照。此令。

**[冯振《呈为恳予增拨文书专修科经费壹拾肆万肆仟陆伯壹拾元以资扩充由》，《私立无锡国学专修学校有关经费文表/1937—1949》，全宗号五，案卷号5225，中国历史第二档案馆]**

**私立无锡国学专修学校呈**

461

教育部部长陈：

按查本校于三十一年四月奉钧部高字第一四五一一号训令，设置二年制文书专修科，以养成应用人才。业经遵令拟具计划书及课程纲要，呈准于三十一年秋季招收新生一班在案。创办以来，各界人士或致函称誉或莅校嘉许，咸认部令本校培养此项人才最切合当前社会需要，应急谋扩充以供需求。爰经校务会议议决，呈请钧部准予继续招收新生，衔接班次。惟本校现有校舍仅敷目前应用，续招新生，自需添建校舍，购置□具，增聘教职员。计除钧部原已核定文书专修科一班每年补助费五万五千元，已因物价腾涨超出预算甚巨外，盖以扩充之需，总计全年不足之数十四万四千六百一十元。以目前本校经费之奇绌，实无余力负担。然既不愿违钧部培养应用人才之旨，又不欲负各界人士期许之意，用特拟具扩充文书专修科计划书一份，呈送钧部，敬祈察核，赐予增拨扩充文书科经费壹拾肆万肆仟陆伯壹拾元,以利进行。实为公便,谨呈。

私立无锡国学专修学校校长 　唐文治 　假

教务主任、代理校长 　冯振

(中华民国三十二年三月六日 　发)

(编者按:教育部指令云"本年该专修科无庸扩充招生"。又此件后附《私立无锡国学专修学校文书专修科扩充计划书(三十一年三月)》一份,未录。)

## [冯振《呈请准予钧部核定扩充文书专修科计划增拨经费后始行编造预算由》,《私立无锡国学专修学校有关经费文表/1937—1949》,全宗号五,案卷号 5225,中国历史第二档案馆]

### 私立无锡国学专修学校呈

462 教育部部长陈:

按奉钧部本年三月十日高字一一三三四号代电内开,兹支配该校附设文书专修科一班经费四万五千元,除函请财政部饬库径行拨款外,合行电仰知照并应编造预算七份,呈报核转等,因奉此。本应即行遵办,惟本校关于文书专修科之设,因各方人士纷函嘉许,促谋扩充,以应急需,业经拟具扩充文书专修科计划书一份,于本年三月六日以桂字第一九八号呈文,呈送钧部在案,拟俟指令,核定该项计划增拨经费后,始行编造预算。理合具文呈明,敬祈察核。谨呈。

私立无锡国学专修学校校长 　唐文治 　假

教务主任、代理校长 　冯振

(民国三十二年四月七日 　发)

[编者按:教育部指令云"仍仰照前令办理(指"本年无庸续招文书专修科新生"),并编造预算呈核"。]

[《呈报三十二年度本校补助费案设施计划及添置设备清册教职员生活津贴清册敬祈察核由》,《私立无锡国学专修学校有关经费文表/1937—1949》,全宗号五,案卷号 5225,中国历史第二档案馆]

### 私立无锡国学专修学校呈

教育部部长陈:

　　按奉钧部本年四月高字第一六二八四号令略,开查三十二年度私立专科以上学校补助费总额,经奉行政院核定,业由本部召开审查委员会审议,分配该校本年度补助费数额经核定计四万元,应依照规定表式拟具详细设施计划呈报等,因奉此。兹谨造具本校三十二年度补助费案设施计划及添置设备清册、教职员生活津贴清册共三份,呈报钧部,敬祈察核。谨呈。

私立无锡国学专修学校校长　唐文治　假

教务主任、代理校长　冯振

（民国三十二年五月五日　发）

463

（编者按:教育部指令云"准予备查"。）


[《呈复本校上海补习部师生情形并拟恳拨款十万元由校派员赴沪资助内迁由》,《私立无锡国学专修学校有关经费文表/1937—1949》,全宗号五,案卷号 5225,中国历史第二档案馆]

### 私立无锡国学专修学校呈

教育部部长陈:

　　按奉钧部三十二年三月二十日高字一三七九八训令内开,本部前据侯堮、张寿贤等签请核给该校校长唐蔚芝救济费一案,经将原呈转呈蒋兼院长核办。顷奉蒋兼院长三十二年二月廿一

日侍秘字第一六一一八号代电内开,据转呈国立编译馆编审侯
墸等签呈,悉唐蔚芝先生毕生办学,晚节清高,良堪矜式,除已去
电慰问并致救济费三万元交该部转汇外,所请资送该沪分校师
生内移一节,即希核办为要等,因奉此。并附三万元支票一份到
部,除呈复并饬原签呈人张寿贤领款设法转给外,合令仰查明该
沪分校师生情形并拟具内移办法,呈部以凭核办此令等,因奉
此。查本校上海补习部据三十年十月函告有教职员三十人学生
百八十人,自太平洋事变后消息时断时续,员生多少,因敌伪检
查邮电甚严,致未能于函件中获知明确数字,惟据可靠方面消
息,现有教职员约二十人、学生约八十人。虽生活清苦,仍能坚
持清操,弦诵不辍,至内移办法:(一)本校拟于最短期内派员间
道赴沪调查实况,办理内迁事宜;(二)内迁费用教职员每人暂
以三千元计,学生以千五百元计,估计实能内迁之教职员为十
人、教职员为四十人计,需款九万元之谱,加以派员一人赴沪,往
还旅费及临时特别费用约一万元。拟恳钧部暂时赐拨国币十万
元,以资应用,待办理竣事后据实报销。如有不足,仍请钧部酌
量补发,是否可行,敬祈指令示遵。谨呈。

私立无锡国学专修学校校长　唐文治　假

教务主任、代理校长　冯振

(民国三十二年五月十三日　发)

附:教育部指令

　　私立无锡国学专修学校三十二年五月十三日呈一件《为呈
复本校上海补习部师生情形并拟恳拨款十万元由校派员赴沪资
助内迁由》呈悉。准拨五万元,为该校上海补习部师生内迁补
助费,即以此款为限,酌定内迁人数,款到仰补据报复。此令。

[冯振《电为前请增拨文书专修科经费以资扩充敬恳迅赐核定指令示遵由》,《私立无锡国学专修学校有关经费文表/1937—1949》,全宗号五,案卷号 5225,中国历史第二档案馆]

重庆教育部陈部长钧鉴:

查本校关于文书专修科设置,因社会人士纷纷促谋扩充,业经拟具计划,呈请增拨经费继续招生,于三十二年三月六日以桂字一九八号呈文呈送在案。现暑假期近,各项计划急待进行,敬恳钧部迅赐核定指令示遵为祷。

私立无锡国学专修学校代理校长　冯振　叩辰删铃

（民国三十二年五月十五日　发）

（编者按:教育部指令云前已有指令"不必续招文书专修科新生","仍遵照前令办理"。）

465

[《呈报文书专修科预算书敬恳体恤艰困续拨不足之数捌万玖仟肆佰元以资维持由》,《私立无锡国学专修学校有关经费文表/1937—1949》,全宗号五,案卷号 5225,中国历史第二档案馆]

## 私立无锡国学专修学校呈

教育部部长陈:

按奉本年三月十日高字一一三三四号代电内开,兹支配该校附设文书专修科一班全年经费四万伍千元,除函请财政部饬库径行拨款外,合行电仰知照并应编造预算七份,呈报核转。嗣奉钧部高字三〇二二五号指令内开,三十二年四月七日桂字第二一五号呈一件,为呈请准予俟钧部核定,扩充文书专修科,计划增拨经费后始行编造预算,由呈悉查此案。前据该校来呈,业于本年五月八日以高字第二二八三六号指令,饬本年无庸续招文书专修科新生在案,仍仰遵照前令办理并编造预算呈核此令等,因奉此。兹谨编造本年度文书专修科预算书七份呈核,惟近来物价激增,一二月中竟涨至数倍,所造预算均属最低数额,省无可省。但除已准拨四万五千元外,尚不足捌万玖仟肆佰元,仍恳钧部体恤艰困,将不足之数捌万玖仟肆佰元如数赐拨,以资维持,而利教育。无任感祷。谨呈。

私立无锡国学专修学校校长　唐文治　假

教务主任、代理校长　冯振

(民国三十二年八月十六日　发)

(编者按:教育部指令云"准予备查"。此件后附有《私立无锡国学专修学校三十二年度文书专修科预算书》,暂未录。)

466　　[《呈为物价腾涨恳请赐予增拨本校本年度补助费俾资维持由》,《私立无锡国学专修学校有关经费文表/1937—1949》,全宗号五,案卷号5225,中国历史第二档案馆]

## 私立无锡国学专修学校呈

教育部部长陈:

按查钧部三十一年四月十八日高字第1450号训令,本校三十一年度经常补助费经行政院核定为三万元;又钧部于同年月日高字第1451号训令,本校文书专修科全年经费核定为四万元;后又增加一万五千元,全校共八万五千元;又查钧部三十二年四月高字第16284号训令,本校本年度经常补助费经行政院核定为四万元;又钧部于同月十日高字第11334号训令,本校文书专修科全年经费核定为四万五千元,合计仍为八万五千元。自去春迄今,物价已激增至五倍以上,目下各物仍呈继涨之势,而钧部补助一如去年,出入相衡,不足甚巨,倘不赐予救济,今后计划之实施、教职员之生活俱将无法维持。除文书专修科经费已另电呈请增拨外，经常补助费一项，敬恳增拨二十万元，俾资维持，而利教育。不胜感祷。谨呈。

私立无锡国学专修学校校长　唐文治　假

教务主任、代理校长　冯振

（民国三十二年八月二十九日　发）

（编者按：教育部就前两项呈文一并指令云"查本年度经费及补助费已分配无余，所请增拨文书专修科经费及本年度补助费一节，未便照准。"）

**［《呈请教育部迅予赐发本校教员研究补助费，以资激励由》，《私立无锡国学专修学校教职员任免、资格审查等有关人事文件1938—1944》，全宗号五，案卷号2903，中国第二历史档案馆］**

467

案查，钧部自三十二年度起，定有专科以上学校教员研究补助费，各国立学校闻早已按月颁发。钧部于已立案各私立以上学校各项补助，如战区学生膳贷金、故林主席中正奖学金以及久任教员奖帮金等，向与各国立学校同等待遇；即教员资格之核定，亦与各国立学校同受审查。惟于本校教员研究补助费一项，独异于国立各校院，迟迟未蒙赐发，似非钧部对于服务教育人员一视同仁之意。当此米珠薪桂之时，教员生活尤感困难，敬恳钧部案照各国立专科以上学校教员研究补助费办法，迅速赐予核发本校教员补助费，俾资激劝，教育幸甚，本校幸甚！谨呈。

校长　唐文治　假

代理校长　冯振

（中华民国三十三年二月二十九日）

附:教育部指令(中华民国三十三年四月十七日)

私立无锡国学专修学校三十三年二月十九日呈一件《请教育部迅予赐发本校教员研究补助费,以资激励由》呈悉。查本部发给专科以上学校教员学术研究补助费,规定以国立各院校专任教员、其资格已经核定者为限,省、私立各校教员暂不在发给之列。所请发给该校教员研究补助费一节,未便照准,仰即知照,此令。

[《呈为物价腾涨恳请增拨本校三十三年度补助费四十八万元俾资维持而利教育由》,《私立无锡国学专修学校有关经费文表 1937—1949》,全宗号五,案卷号 5225,中国历史第二档案馆]

## 私立无锡国学专修学校呈

教育部部长陈:

按查,本校于二十六年以前,财政部每月经常补助二千元,全年二万四千元。按上月桂林《大公报》之物价统计,现时与战前相较,平均为二百五十倍,若依此数计之,是本校补助费每月应为五十万元,全年应为六百万元。而本校去年蒙钧部赐拨补助费为四万元,另文书专修科四万五千元,财政部补助二万四千元(尚欠八千八百元),全年共得十万九千元。以去年物价较战前增加一百倍计之,所得补助尚不及百分之五;若以目前物价计之,更不及百分之二。再以征收学生学费言,在战前每学期每名为四十元,现在每学期每名收米一石,以抗战前每一石米八元计之,仅为五分之一。以收入如此之短少,加以七八年来,初则播迁不定,后于三十年迁桂,复筹建校舍,增添各种设备:现已有校址三百余亩,礼堂、图书馆、办公厅各一座,教室五座,男女学生宿舍三座,教职员宿舍二座,厨房、盥洗室、厕所、门房均备,且已装置电灯;又凿井一口,开池植林,图书增购至壹万余册,各种台凳用品暨体育设置均已粗具规模;学生人数亦已增至二百八十余人。在此艰难困苦中,所以能有此建设,一方面赖社会人士热心帮助,一方面则为在校同人艰苦努力、节衣缩食之所致。今抗战胜利日益接近,而生活之指数亦与日俱增,所望于社会人士之资助实难继续持久。本校同人为培养国家元气,作育有用人才,尽其天职,在此抗战期间固多甘愿艰苦度日,然时至今日,早已约之又约,节无可节,且均有营养不足或操劳过度转趋衰颓之势,今后更将因物价之高涨而日益加甚。似此,作育人才固难望其继续维持,即已成之才亦恐先遭受损失。人才为建国之骨干,未成之才急需培养,已成之才尤须保存,盖未成之才必待已成之才为之培养。今扶植教育,就学生言则为培养未成之才,就教员言则为保存已成之才,若教员而至于饥寒交迫、颠连无告或不得已而改业,舍长而用短,恐非所以保存人才之道。若学校无以维持,青年至于失学,更非所以培养人才之道。且似本校千辛万苦、历尽艰困、展转播迁之学校,若卒致无以维持员生,至于离散,恐亦非国家奖励艰贞不移之至意。今国家财政困难,谁不深知? 即本校同人亦非敢过存奢望,希冀依照二百五十倍或一百倍之指数增加补助至数百万元。然今低至不及抗战前五倍之数,实属无法维持。敬祈钧部俯念迫切之情,厚垂爱护之意,赐增补助至二十倍即每月四万元,全年四十八万元,在钧部似非力不能及,在本校则勉可支持。钧部素以培养人才、扶植教育为宗旨,而于本校亦甚加爱护,如各项奖助金之颁发几与各国立院校一视同仁,惟杯水车薪,沾益有限。伏乞本过去爱护本校扶植教育之旨,曲加垂察,赐予救济,则本校幸甚,教育幸甚。谨呈。

469

校董会董事长　李济深

代理校长　冯振

（民国三十三年三月十一日　发）

（编者按：教育部指令云"该校三十三年度补助费，应俟统筹后另行饬知"。）

[《私立无锡国学专修学校呈财政部部长孔》，《私立无锡国学专修学校有关经费文表 1937—1949》，全宗号五，案卷号 5225，中国历史第二档案馆]

## 私立无锡国学专修学校呈

财政部部长孔（卅三年三月十五日）：

案查，本校于二十六年以前，钧部每月经常补助二千元，全年补助二万四千元。按现时一般物价统计，与战前相较平均为二百五十倍，若依此指数计之，是本校补助费每月应为五十万元，全年应为六十万元。而本校蒙钧部之补助费仍为全年二万四千元（去年尚欠八千八百元），合教育部补助费四万元，另文书专修科四万五千元，总计全年共得十万九千元。以去年物价较战前增加一百倍计之，尚不及百分之五；若以目前物价计之，更不及百分之二。而本校七八年来，初则播迁不定，后于卅年在桂购地筹建校舍，增迁（添）各种设备，现已有校址三百余亩，校舍十六七座，一切均已粗具规模，学生亦已增加至二百八十余人。在此艰难困苦中，所以能有此建设，一方面赖社会人士之热心帮助，一方面则为在校同人艰苦努力节衣缩食之所致。今抗战胜利日益接近，而生活之指数亦与日俱增，所望于社会人士之资助，实难继续持久。本校同人为培养国家元气，作育有用人才，尽其天职，在此抗战期间固多甘愿艰苦度日，然时至今日，早

470

已约之又约，节无可节，且均有营养不足或操劳过度转趋衰颓之势。今后更将因物价之高涨而日益加甚，不特未成之才难以培养，即已成才之教员亦将无以保存。今国家财政困难，谁不深知？即本校同人亦非敢过存奢望，希冀依照二百五十倍或一百倍之指数，增加补助至数百万元。然今低至不及战前五倍之数，实属无法维持。钧部素于本校爱护备至，敬祈本过去提倡文化、扶植教育之旨，俯念迫切之情，赐予增拨补助至二十倍之数，每月四万元，全年四十八万元，俾资维持，则不独本校感德，教育前途实深利赖。谨呈。

校长　唐文治

代理校长　冯振

附：财政部公函

案据，私立无锡国学专修学校桂字第四七六号，呈称该校经费因物价增涨不敷支应，请增拨补助费四十八万元，以资维持而利教育等情。查本年度国家总预算补助支出经常门常时部分核列，该校补助费一万五千一百二十元，未将上年度增拨数目伸算计列，据称不敷支应，自属实情。该校为国育才，尚著成绩，惟本年度预算力从紧缩，严格限制，追加国库增拨，实感困难。事关教育文化，拟请贵部在主管私立专科以上学校补助费原预算内，再予酌量增加补助，俾资维持，而宏作育。除批复外，相应抄录原呈函，请查核办理见复，以便转知为荷。

此致教育部。

附抄送原呈一件。

财政部长　孔祥熙

附:公函

　　贵部六月廿一日 71763 号公函以据私立无锡国学专修学校呈请增拨补助费四十八万元一案,抄送原呈嘱查明照办见复等由,查该校本年度经常补助费,业经本部在私立专科以上学校补助费项下分配六万元又文书专修科分配十二万元,并饬知在案。现在该项补助专款已分配无余,无法再予增拨。相应函复查照为荷。

　　此致教育部。

　　[《呈请增拨本校三十三年度文书专修科目补助费或准予征收学费敬祈察核示遵由》,《私立无锡国学专修学校有关经费文表 1937—1949》,全宗号五,案卷号 5225,中国历史第二档案馆]

## 私立无锡国学专修学校呈

教育部部长陈:

　　按奉钧部五月初四日高字 21084 号训令内开"案查本部前令该校自三十一学年其附设文书专修科一班至本年暑假修业期满下学期仍应续招设一班兹核拨本年度全年补助费六万元另补助该校建设费六万元共十二万元除呈请行政院转令财政部饬国库署于五月及十月分两次径拨外合行令仰知照"等,因奉此。查全年补助费六万元,平均每月不过五千元,按照目前生活仅可聘请教授一人,实属万难维持。敬恳赐予至少增拨补助费十万元,倘因预算已定无法增拨,则请准予下学期招收文书科新生时,照三年制及五年制国学专修科各生一律征收学费,俾资维持而利进行,是否有当? 敬祈察核示遵。谨呈。

校长　唐文治　假

代理校长　冯振

民国三十三年五月十九日　发

（编者按：教育部指令云"该校文书专修科经常补助费陆万元，如确系不敷，姑准在建设费陆万元内移用贰万元，所请准予征求学费一节，应毋庸议"。）

[《电请迅予电汇迁移费伍拾万元俾资抢救由》，《私立无锡国学专修学校有关经费文表 1937—1949》，全宗号五，案卷号 5225，中国历史第二档案馆]

私立无锡国学专修学校航快代电：

十万火急。重庆教育部陈部长钧鉴，桂林紧急疏散，企迅电汇迁移费五十万元，俾资抢救阖校员生，同深感祷。

无锡国学专修学校代理校长　冯振叩午冬钤

民国三十三年七月二日　发

473

[《电请迅赐电拨本年度补助设备各费俾资抢救由》，《私立无锡国学专修学校有关经费文表 1937—1949》，全宗号五，案卷号 5225，中国历史第二档案馆]

私立无锡国学专修学校航快代电：

十万火急。重庆教育部陈部长钧鉴，谏电计达。本年度补助设备各费迄未拨到，乞迅赐电拨俾资救济。

无锡国学专修学校代理校长　冯振叩午冬钤

民国三十三年七月二日　发

（编者按：教育部指令云"所请补助迁移费一节，业经另案两次共汇发拾万元，至本年度应发该校之补助费，系由财政部国库径拨，亦经核示在案"。）

[《呈为重行呈请文书专修科经常补助费无法维持敬祈赐予增拨以资继续开办由》,《私立无锡国学专修学校有关经费文表 1937—1949》,全宗号五,案卷号 5225,中国历史第二档案馆]

### 私立无锡国学专修学校呈

教育部部长陈:

　　按奉钧部七月十一日高字第 33472 号指令,乃开"该校文书专修科经常补助费陆万元如确系不敷姑准在建设费陆万元内移用贰万元所请准予征收学费一节应毋庸议仰即知照"等,因奉此。关于不准征收学费一节,足见钧部提倡文书之意,本校自当遵从。惟查前年奉令开办文书专修科时核定经费为四万五千元,以物价增加十倍计便需要四十五万元,以现时物价与前年相较,实早已超过十倍。乃钧部欲令本校以十二万元继续开办,即令此十二万元全部作为聘请教员之用,平均每月不过一万元,照目前最低薪津,仅敷聘一教授一助教之费。若以八万元计,则平均每月不过六千余元,仅可聘一教授。本校经费原已支绌万分,实无其他款项可以移用弥补。钧部既不准征收学费,又不允增加补助,本校欲仰遵钧令,则无米之炊,巧妇不能。欲停止招生,则既违钧令,亦非本校为社会服务之意;进退两难,实为狼狈。敬恳钧部俯察下情,赐予增拨补助,俾获勉强维持,继续开办。教育幸甚,本校幸甚。谨呈。

校长　唐文治　假

代理校长　冯振

(民国三十三年七月二十八日　发)

(编者按:教育部指令云"所请一节,碍难照准"。)

[《电请以非常救济办法赐予特殊救济由》,《私立无锡国学专修学校有关经费文表 1937—1949》,全宗号五,案卷号 5225,中国历史第二档案馆]

私立无锡国学专修学校代电:

万急。教育部陈部长钧鉴,本校迁校来蒙山,经于九月二十一日以总字第〇〇三号电呈钧部,查此次迁校,公私损失均属不赀,原定本月九日开始注册,十六日正式上课。而目前情势日益恶化,交通多阻,学生到校不易,收入势必大减,今后各教职员及战区生活更将难以维持。敬祈迅以非常救济办法赐予特殊救济,无任感祷。

私立无锡国学专修学校校长代理校长冯振叩酉支铃

(民国三十三年十月四日　发)

475

(编者按:教育部指令云"本部经费困难,应毋庸议")

[《电送□本校领具迁移补助费印收并乞续赐增拨补助由》,《私立无锡国学专修学校有关经费文表 1937—1949》,全宗号五,案卷号 5225,中国历史第二档案馆]

私立无锡国学专修学校代电:

重庆教育部陈部长钧鉴:按奉钧部七月十日高字 33397 号代电汇发本校迁移补助费四万元,又奉钧部午号总电增拨迁移补助费六万元,前后共计十万元,具见钧部爱护本校之至意,阖校员生同深感激。惟查此次本校仓卒疏散,公私损失均属不赀,虽蒙钧部一再赐予补助,但为数相差尚巨。敬祈钧部本爱护本校之至意,续赐增补助,俾获应变救济,无任感祷。十万元印收一纸一并电呈察核。

私立无锡国学专修学校代理校长冯振叩未元钤

（编者按：教育部代电云"本部经费支绌，所请再增发补助费一节，应毋庸议"。）

## [《电请迅拨迁移费俾便迁回无锡由》，《私立无锡国学专修学校有关经费文表 1937—1949》，全宗号五，案卷号 5225，中国历史第二档案馆]

私立无锡国学专修学校代电：

重庆教育部钧鉴：查最近日寇投降，战事业已结束，本校亟宜迁回无锡。现有教职员眷属及学生二百八十人，所有旅途费用以每人三万元计，需费约八百四十万元。敬祈迅予赐发上项迁移费暨迁移护照，并转饬容县、梧州、广州、上海各地方当局指派车辆，俾便随时准备出发为祷。

私立无锡国学专修学校代理校长冯振叩未养钤

（中华民国三十四年八月二十二日发）

（编者按：教育部指令云"该校迁移费应由校董会自行筹措，本部俟汇案呈请行政院拨发后应再行酌予补助"。）

## [《电请钧部俯察本校困难依照国立各院校复员办法赐予救济俾得迁回无锡由》，《私立无锡国学专修学校有关经费文表 1937—1949》，全宗号五，案卷号 5225，中国历史第二档案馆]

私立无锡国学专修学校代电：

重庆教育部朱部长钧鉴：案据最近报纸载钧部召开教育复员会议，关于专科以上学校复员办法，有私立学校复员经费由校董会筹措一项。在原则上自属正当办法，惟查去岁战事，桂省受灾特重，本校辗转播迁，损失尤巨，而本校各校董亦同因战事影响,蒙受重大损失,自身尚望政府予以救济,更无余力补助学校。且本校自民国二十六年内迁,留桂数年,尽力经营,粗具规模。去岁湘桂战起,校舍尽付焚如。本校虽历尽艰辛,始终率领学生继续上课。今国家大定,本校迁回无锡,势不容缓,而迁移费用校董既无力筹措,在此困难环境中,只有仰仗政府予以补助,敬祈钧部俯察实情,体恤艰困,依照国立各院校复员办法赐予救济,俾得于本学期结束后即行迁回无锡,是所至祷。

　　　　　　私立无锡国学专修学校代理校长冯振叩酉鱼铃

　　　　　　中华民国三十四年十月六日发

（编者按:教育部指令云"应俟汇案请行政院核拨后再行酌予补助"。）

[《电呈复员无锡原址上课由》,《私立无锡国学专修学校武昌文华图书馆专科学校迁校及校舍建筑等问题的文件 1937—1947》,全宗号五,案卷号 5456,中国第二历史档案馆]

重庆教育部朱部长钧鉴:

　　本校定寒假中由广西北流复员至江苏无锡原址,于丑月(五月)佳日全部启程就道。以后所有训示请径寄无锡学前街原址是祷。

　　　　　　私立无锡国学专修学校代理校长叩庚铃

　　　　　　私立无锡国学专修学校代电　三十五年二月八日

[《呈报本校复员员生业经抵达无锡,并将校钤奉缴唐校长接收由》,《私立无锡国学专修学校武昌文华图书馆专科学校迁校及校舍建筑等问题的文件 1937—1947》,全宗号五,案卷号5456,中国第二历史档案馆]

为呈报事,案查:

属校于民国二十七年暑假,唐校长因病请假,离桂回沪,委托振以教务主任代理校长职务,呈报钧部在案,八年以来,兢兢惟恐陨越。去岁抗战胜利,今奉令复员,所有迁桂本校员生,现经抵达无锡原校。校钤一颗,并经奉缴唐校长接受,由唐校长呈报外,理合备文呈报钧部赐詧,实为公便。谨呈教育部部长朱。

私立无锡国学专修学校前代理校长　冯振

中华民国三十五年六月二十四日

[《教育部训令(奖拾肆第 33273 号,中华民国二十九年九月七日发)》,《私立无锡国学专修学校关于教员服务奖状、奖助金、久任教员奖金的呈件》,全宗号七,案卷号长期 37,苏州大学档案馆]

### 令私立无锡国学专修学校

查各级学校教员连续在同一学校长期服务,不特于教学效能之促进有至大之贡献,即其服务精神之坚卓,亦至堪嘉尚。本部为激励此项长期服务之学校教员起见,特于本年四月,办法教员服务奖励规则,并分令全国各专科以上学校将服务满规定年资之专任教员名单报部核奖。兹第一批报部核奖之十三院校,业经分别核定,并由部于八月二十七日教师节公布。该校唐文治、陆修祜二员已连续服务十五年以上,应授予二等服务奖状;冯振一员已连续服务满十年以上,应授予三等服务奖状。该项奖状三件随令颁发,仰即照上开名单,查明转发为要,此令。

附发二等服务奖状二件,三等服务奖状一件。

部长　陈立夫

[《教育部指令(高 45326 号,中华民国三十一年一月十七日发)》,《私立无锡国学专修学校关于教员服务奖状、奖助金、久任教员奖金的呈件》,全宗号七,案卷号长期 37,苏州大学档案馆]

### 令私立无锡国学专修学校

三十年八月一日呈一件《呈请照章授予教员晋等服务奖状由》呈悉。该校教授兼教务主任冯振在校连续服务满十五年以上,应予加授二等服务奖状,以昭激劝。该项奖状随令附发,仰即查收转发,此令。

附发冯振二等服务奖状一件。

部长　陈立夫

[《冯振致白崇禧信》,《私立无锡国学专修学校(桂校)校董会关于印信、经费的请示、批复、训令、指令和校董名单》,全宗号七,案卷号永久 14,苏州大学档案馆]

健公总长勋鉴:旌驾旋桂,曾专程趋谒,适值公出,未获承训,至深向往。敝校无锡国专本期已遵照部令于九月三日上课,新旧学生九班共二百八十余人,一切进行尚称顺利。惟物价高涨,较之去年,何止倍蓰。而教育部经常补助,一仍旧贯;出入相衡,不敷甚巨,维持艰难,达于极点。顷已呈请教育部,恳于本年度特别补助费赐予增加,共拨八万元,以救眉急。敬恳我公在陈部长前鼎言嘘拂,俾获实现。以我公平日爱护敝校之殷,谅必邀垂允也。

　　专肃奉达。敬仰

勋绥。

冯振谨上

卅二年十一月二日

　　[《冯振致刘侯武信》,《私立无锡国学专修学校 ( 桂校 ) 校董会关于印信、经费的请示、批复、训令、指令和校董名单》,全宗号七,案卷号永久 14,苏州大学档案馆]

侯公监察使校董先生勋鉴:

　　本校本学期遵照部令已于九月三日上课,新旧学生九班共二百八十余人,一切进行尚称顺利。惟物价高涨,较之去年,何止倍蓰。而教部经常补助,一仍旧贯;出入相衡,不敷甚巨,维持艰难,达于极点。顷已呈请教部,恳于本年度特别补助费赐予增加,共拨八万元,以救眉急。敬恳我公致函陈部长鼎言嘘拂,俾获实现。以我公平日爱护敝校之殷,谅必蒙垂允也。

　　专肃奉恳。敬颂

勋绥。

冯振谨上

卅二年十一月二日

　　(刘桂秋按:"侯公"当指刘侯武,时为国专校董,国民政府两广监察使。)

[《私立无锡国学专修委托书》,《无锡国学专修学校呈报民三十二年至三十四年毕业生名册、成绩、考试委员会名单、学籍表,教育部有关验印的指令和桂校迁回无锡的信函》,全宗号七,案卷号长期47,苏州大学档案馆]

兹因抗战胜利,本校即拟迁回无锡。所有桂林校舍大部损坏,除校址地皮仍予保留外,所余地上建筑及一切校具等物,既拟出让,以资弥补。爰特委托封尚礼先生全权办理出让事宜,特具委托书,以资证明。此证。

代理校长　冯振

中华民国三十四年十月　　日

481

[《冯振致李济深信》,《无锡国学专修学校呈报民三十二年至三十四年毕业生名册、成绩、考试委员会名单、学籍表,教育部有关验印的指令和桂校迁回无锡的信函》,全宗号七,案卷号长期47,苏州大学档案馆]

任公董事长钧鉴:

敬肃者。溯自去岁湘北战起,祸延桂省,本校辗转南迁。今夏五月在北流山围继续开学,迄今已半载。曾于六月七日奉上乙函,略陈经过。八月在容,得与公子沛金兄相晤,藉稔兴居万福,至慰下怀。尝一片托代呈侯,谅邀察及。前以迁北开课,倍感困难,曾以董事长、代理校长名义先后分别致函朱宏汉(朝森)、陈著英(锡珖)、罗清涛(活)三先生,敦请为本校名誉校董,负责劝募,以资救济,虽成绩如何,现尚未得确实答复,而经过如此,理应奉陈。自日寇投降,一切俱已改观,全国正在进行复员。本校迁桂校舍已尽毁于火,为本校前途计,只有迁回无锡,重复旧观。经于本月七日校务会决定,于本学期结束后,如港沪交通恢复,即行迁回无锡。惟兹事体大,原应先行秉承我公,再作决定。只因交通不便,未克走谒,敬祈随时赐予训示,俾有所遵循,无任感祷。

　　专肃。敬叩

钧安。

晚冯振谨上<br>十月十七日

　　[《私立无锡国学专修学校公函(围总字第〇〇七号,卅四年十一月六日)》,《无锡国学专修学校呈报民三十二年至三十四年毕业生名册、成绩、考试委员会名单、学籍表,教育部有关验印的指令和桂校迁回无锡的信函》,全宗号七,案卷号长期47,苏州大学档案馆]

　　交通部广东区特派员办公处、招商局广州分局:敬启者。敝校自抗战以来,由无锡辗转播迁,经长沙而桂林而北流。在桂林自建校舍,去岁桂省战事已尽毁于火。今春在北流山围,借都龙乡中心校为临时校址,继续开学,学生二百余人。现日寇投降,敝校亟拟迁回无锡,决定于寒假期内启程,惟交通问题颇感焦虑:

　　一、粤沪航运在年底能否完全恢复?

　　二、学校团体是否另有优待办法?

　　三、各舱位票价若干?

　　上述三点敬请贵处分别赐示,俾有所准备,并希望惠予协助,无任感荷。此致。

代理校长　冯振

第五编　附录

## 冯振小传

月之十七，汪士楷先生（桂林汉民中学教员）来访，嘱撰小传，以供展览（约撰小传者为梁漱溟、任中敏两先生及余三人）。嗟乎！四十无闻，斯不足畏；暗摸不识，何传之云？固辞不获，赧颜书之，以博一粲云尔。中华民国三十二年十月二十日，北流冯振振心识于桂林穿山无锡国学专修学校之桐华馆。

冯振字振心，广西北流人。年十四，游学上海，始入中国公学，继入南洋大学（上海交通大学前身），先后共五年。大病几死，遂辍学。

年二十一，任梧州中学教员，凡四年半。而值民国十年粤桂之战，改任北流中学教员，旋任校长，亦四年半，以病辞职。

民国十六年，年三十一，任无锡国学专修学校教员，旋兼任教务主任。前后凡兼任江苏教育学院、正风文学院、暨南、大夏、交通各大学教授，或一年，或二年，惟迄今未尝离无锡国专，盖十七年矣。

民国二十六年冬，国专迁长沙。二十七年春，迁桂林。暑假，校长唐蔚芝师请假回沪，遂以教务主任代理校长。其冬，国专迁北流，凡二年半。三十年秋，重迁桂林。自建校舍于穿山，今又两年余矣。

振少以多病，在学校为学生之日至浅，忝为人师，忽已二十七年。过不自揆，广心博骛，义理、辞章、考据三者，每欲兼营并包，而所得皆浅。义理好先秦诸子，兼治宋明理学；辞章好诗古文辞，不拘之于宗派，而浮词滥调，在所必摈；考据好许氏《说文》，而清儒形声故训之学，亦颇心醉。所著书已刊者有：《自然

485

室诗稿》《续集》《老子通证》《荀子讲记》《吕氏春秋高注订补》《韩非子论略》《七言绝句作法举隅》《说文解字讲记》等,共若干种。成书而未刊者:《文集》《札记》《诗词杂话》《七言律髓》之类,又若干种焉(《诗词杂话》后付印约五分之一)。

平生读书,好首尾无间,一字不轻放过;或随手校勘,丹黄遍其上。然于书籍,素极珍惜,即翻阅数过,苟无圈识,如未尝触手,其他服用器物,多亦称是。深契东坡寓物不留物之旨,虽有荣观,燕处超然。弱冠,患失眠症,乃饮酒自遣,其后能日饮无何,亦可半年不饮。尝自言平生无所嗜好,或曰:"子信无所嗜,似但嗜读书耳。"然案牍劳形,躬亲细务,又往往束书不观,客言亦非笃论也。

遇人接物,一任真率,不翕翕然热,惟期淡而可久。然于公私之辨甚严,私事重情,公事则任法,故私事于人少忤,而公事则失人欢。久之,虽能相谅以解,而不耐世故周旋,随处弥缝其缺,亦其短也。

与诸生言,好标"忠恕"二字,盖以人伦群居之道尽在于是。又尝以实事求是、刻苦耐劳,交勖互勉,且谓形劳则心佚,形佚则心劳,故劳形即所以佚心,劳心亦所以佚形,不能心形俱劳,亦不宜心形并佚,劳佚相剂,乃能长久。

性好读书、讲书、著书,而不好任职务,乃迫于所遇,每不从心,虽深明道家秉要执本、以简御繁之道,而短于才、周于虑,碌碌终日,劳而寡功,虽人安吾拙,而负愧滋多矣。

(自撰于 1943 年 10 月 20 日)

# 冯振自传年表

**丁酉**（1897年）　清光绪二十三年夏历四月初九日辰时生于广西北流山围容村沙梨园。一岁。

**戊戌**（1898年）　清光绪二十四年。二岁。

**己亥**（1899年）　清光绪二十五年。三岁。

**庚子**（1900年）　清光绪二十六年。四岁。夏历二月十四日弟挥之生。

**辛丑**（1901年）　清光绪二十七年。五岁。

**壬寅**（1902年）　清光绪二十八年。六岁。

**癸卯**（1903年）　清光绪二十九年。七岁。夏历九月十七日祖父绂臣公逝世，六十六岁。十二月初三祖母梁氏逝世，六十七岁。

**甲辰**（1904年）　清光绪三十年。八岁。始进蒙馆读四子书。

**乙巳**（1905年）　清光绪三十一年。九岁。续进蒙馆。

**丙午**（1906年）　清光绪三十二年。十岁。本村开办蒙学，进蒙学堂。

**乙未**（1907年）　清光绪三十三年。十一岁。续进本村蒙学。

**戊申**（1908年）　清光绪三十四年。十二岁。续进本村蒙学。

**己酉**（1909年）　清宣统元年。十三岁。进北流县立高等小学。

**庚戌**（1910年）　清宣统二年。十四岁。夏历正月，随介民叔父往上海就学，考中国公学未录取，自学补习。夏历四月，至苏州文甫叔祖处暂驻，并学习中文。暑假，回上海。秋季，进南洋中学预科，并时至介民叔处补习英文。

**辛亥**（1911年）　清宣统三年。十五岁。春季，进吴淞中国公

487

学,插第二学期。中秋赴杭州旅行观潮,回校即得武昌起义之报。上海光复,各校停课。冬由沪南归,在广州逗留一月,年终抵家。

**壬子**(1912 年)　中华民国元年。十六岁。夏历五月,复往上海。秋季,进南洋中学二年级。寒假,得父亲逝世之耗,又由沪回家。

**癸丑**(1913 年)　中华民国二年。十七岁。夏历正月,携挥之弟赴沪,仍进南洋中学,挥弟进南洋中学预科。暑假,投考交通部上海高等工业专门学校附中,无三年级,仍插二年级。

**甲寅**(1914 年)　中华民国三年。十八岁。仍在上海原校肄业。暑假,挥弟投考一年级。

**乙卯**(1915 年)　中华民国四年。十九岁。仍在上海原校肄业。暑假,同挥弟回家省亲,假满回校。十一月大病,休养一月未复元。

**丙辰**(1916 年)　中华民国五年。二十岁。一月,请假休学回家养病。三月,至陈寿芝表兄处就医并养病,暑假后复元。夏历十月二十日与甘伟支结婚。

**丁巳**(1917 年)　中华民国六年。二十一岁。二月,离家拟赴沪复学,路过梧州,挚友梧州中学校长陈柱尊留任教席,遂留梧州中学。暑假,家乡容村有鼠疫,家人避居金水桥,我未回家。挥弟从上海归,在梧州小住即回家。九月,伟支在家产一女,取名玉英。寒假,回家度岁。

**戊午**(1918 年)　中华民国七年。廿二岁。夏历正月玉英殇,仍赴梧州中学任教员。暑假,乡村又有鼠疫,我未回家,赴广州购书。寒假,回家度岁。

**己未**(1919 年)　中华民国八年。廿三岁。仍留梧州中学任教员。夏历正月,同扔、拔二弟赴梧州。暑假回家,假满同伟支赴梧,初寓合益街,后寓东门街。

**庚申**(1920 年)　中华民国九年。廿四岁。夏历正月,同陈柱尊、陶守中赴广州,并游罗浮山。是时,美金跌价,每元约值银币八角(以前约值四元),准备赴美留学,并已预订船票。三月,伟支从梧州回家。四月,同陈柱尊、谭戒甫及梧州中学同学百余人旅行桂林,逆流上溯,廿余日始到。阅报知美金价格突涨三倍,以后盘旋不降,赴美计划遂致打消。五月,回梧州。九月,伟支产一女,取名搴兰。十一月初三,挥弟结婚,我从梧州请假归。甘云庵从平南来,并同游容县都峤山。

**辛酉**(1921 年)　中华民国十年。廿五岁。夏历正月,同挥、扔、拔三弟赴梧,仍任中学教员。五月,粤桂战争起,从梧回家。秋季,任北流县立中学教员。

**壬戌**(1922 年)　中华民国十一年。廿六岁。仍任北流中学教员。夏历五月,女搴兰殇。七月二十九日,母亲逝世,年四十八。八月廿八日,伟支产一男,名森。十二月十一日,鉴明二哥逝世,年三十八。

**癸亥**(1923 年)　中华民国十二年。廿七岁。仍任北流中学教员。四月,校长梁士桢请假赴南京、上海考察教育,由我代理校长。

**甲子**(1924 年)　中华民国十三年。廿八岁。仍任北流中学教员兼代理校长。暑假,梁校长回校,我往上海参观教育。原拟至南京、北京、汉口、武昌、广州各处,到无锡后,值齐燮元、卢永祥之战起,被困无锡,达四十日。北流中学梁校长辞职,改委我任校长。十月,南归任北流中学教员兼校长。

489

伟支更名兰言。

**乙丑**(1925 年)　　中华民国十四年。廿九岁。仍任北流中学校长兼教员。四月,扔弟病殁上海。十二月,辞北流中学校长兼教员职。

**丙寅**(1926 年)　　中华民国十五年。三十岁。二月,任容县县立中学教员。四月,辞职。兰言产一男,名楠。五月,挥弟从南宁抱病归,秋间稍差,冬后转剧。

**丁卯**(1927 年)　　中华民国十六年。三十一岁。夏历正月初七日,挥弟逝世,年二十八。八月,应无锡国学专门学院之聘,赴锡任教,旋兼教务主任。

**戊辰**(1928 年)　　中华民国十七年。卅二岁。仍任无锡国专教务主任。暑假同拔弟回家。假满,仍来无锡,拔弟亦在国专肄业。

**己巳**(1929 年)　　中华民国十八年。卅三岁。仍在无锡国专任职,上半年兼任江苏省立教育学院课,下半年兼任上海国立暨南大学课。暑假未回家。

**庚午**(1930 年)　　中华民国十九年。卅四岁。仍在无锡国专任职,兼上海暨南大学课。暑假,回家一行。

**辛未**(1931 年)　　中华民国廿年。卅五岁。仍在无锡国专任职,上半年兼上海暨南大学课,下半年兼大夏大学课。暑假,回家一行。

**壬申**(1932 年)　　中华民国廿一年。卅六岁。仍在无锡国专任职,兼上海大夏大学课。"一·二八"事变发生后,停止兼任上海教课。暑假,回家一行。三月,兰言产一女,名琰英。

**癸酉**(1933 年)　　中华民国廿二年。卅七岁。仍在无锡国专任教职。暑假,回家一行。

**甲戌**(1934 年)　中华民国廿三年。卅八岁。仍在无锡国专任教职。三月,兰言产一女,名采苹(编者按:原作采蘋,后以简化,写作采苹)。暑假回家,并携眷来锡,寓升平巷。下半年兼上海大学课。

**乙亥**(1935 年)　中华民国廿四年。卅九岁。仍在无锡国专任教职。春假,同兰言、苹女至杭州西湖旅行。暑假,同黄宾虹、陈一百应广西区教育厅之聘,至南宁担任中学教师暑期讲习班课,顺道回家一行。下半年仍兼上海交通大学课。双十节,同兰言至常熟虞山旅行。

**丙子**(1936 年)　中华民国廿五年。四十岁。仍在无锡国专任教职。三月,兰言产一女,名采芹。

**丁丑**(1937 年)　中华民国廿六年。四十一岁。仍在无锡国专任教职。一月,兰言血崩,卧病半年始愈。四月,参加上海友声参观团,赴南京、曲阜、泰山、济南、天津、北京、青龙桥、南口、十三陵等处旅行参观。八月,楠儿殁无锡,兰言病复发,两月余始略愈。十一月十四日半夜,全家与国专部分同人、同学从无锡乡间乘小舟沿运河避日寇难。十七日晚到镇江,乘德和轮赴汉口转长沙。我携眷回乡,冬至后一日到家。

491

**戊寅**(1938 年)　中华民国廿七年。四十二岁。仍任无锡国专教职。二月,无锡国专由长沙迁桂林,我由乡到桂林,临时校址在环湖北路。六月,校长唐蔚芝师回沪,委我代理校长,我送唐师至梧州,顺道回家一行。八月,仍来桂林。十二月,因武汉、广州失守,桂林疏散,国专迁北流山围,部分同人、同学寄居我家。

**己卯**(1939 年)　中华民国廿八年。四十三岁。仍任无锡国专教职。四月,兰言产一男,名郅仲。八月,国专迁北流萝村,距山围二十五华里。丧采芝女。

**庚辰**(1940年) 中华民国廿九年。四十四岁。仍任无锡国专教职。校址仍在萝村。

**辛巳**(1941年) 中华民国卅年。四十五岁。仍任国专教职。暑假,国专重迁桂林,自建校舍于穿山。九月四日,森儿病殁家乡。

**壬午**(1942年) 中华民国卅一年。四十六岁。仍任无锡国专教职。二月,兰言携苹、芹二女及仲儿来桂。

**癸未**(1943年) 中华民国卅二年。四十七岁。仍任无锡国专教职。

**甲申**(1944年) 中华民国卅三年。四十八岁。仍任无锡国专教职。六月廿二日,桂林宣布疏散,各校提前放暑假,兰言携苹、芹二女及仲儿回北流本乡,我仍留穿山本校。八月,局势渐定,仍在桂林招生。九月十日,局势突变,桂林紧急疏散。我与留校员工十二日离桂,乘民船至阳朔留公塘,再至平乐,转赴蒙山。十月,国专在蒙山文尔塘钟家开课。十一月,荔浦沦陷,部分国专员生赴金秀瑶山,我与部分员生仍留文尔塘,旋迁大塘岑家。

**乙酉**(1945年) 中华民国卅四年。四十九岁。仍任无锡国专教职。一月,蒙山沦陷,我与国专留蒙员生迁昭平仙回乡鹿鸣村。二月,日寇至仙回搜劫,逃避山上露宿两夜。寇退,仍回鹿鸣村,书籍行李多损失,旋往昭平县城,转往北陀乡。三月,将国专员生眷属安置在北陀国民中学,我与少数员工间道赴苍梧戎墟,越过日寇沦陷区,沿容苍公路步行八日至容县,再回山围乡间。四月,无锡国专在山围复课。暑假,至容县招生。八月,日寇投降,国专一面上课,一面准备复员工作。

**丙戌**(1946 年)　中华民国卅五年。五十岁。仍任无锡国专教职。二月,国专员生开始复员。由容县乘汽车至梧州,再搭拖渡赴广州,因海轮缺少,在广州停留两月余,借中山大学文明路校舍为临时校舍上课。五、六两月,始分批赴沪,复员无锡。

**丁亥**(1947 年)　中华民国卅六年。五十一岁。仍任无锡国专教职。春假,至西湖游览。暑假,回家。旋同兰言携莘、芹、仲三儿赴穗,乘粤汉路火车至汉口,再乘长江轮至南京,转无锡。

**戊子**(1948 年)　中华民国卅七年。五十二岁。仍任无锡国专教职。暑假,至杭州营救郅芬侄,渠在笕桥航空军校被捕。暑假,复兼任江南大学课。

**己丑**(1949 年)　中华民国卅八年。五十三岁。一月四日,由无锡携眷至杭州,取道浙赣粤汉铁路南归,在杭候车十日。十三日,离杭。十六日,到株洲。十九日,到广州,寓竹丝冈吕逸卿家。在广州度阴历岁。二月四日,回北流山围本乡。三月,应容县中学临时讲座之约,到容县任课,并携眷往容,儿辈就读中小学。暑假,应南宁师范学院之聘。十一月十二日由容赴邕,十四日到校。十二月四日,南宁解放。

**庚寅**(1950 年)　五十四岁。仍任师院中文系教授兼系主任。二月,师院奉令迁桂,与广西大学合并,我为迁院委员之一。二月二十二日,离邕先来桂林参加筹备工作。三月十五日,全部师院员生抵桂。四月上课。暑假后师范学院与文学院合并为文教学院,我仍兼中文系系主任。十月,芹女参军。

493

**辛卯**（1951 年）　五十五岁。上半年仍兼中文系系主任,下半年专任教授。二月,苹女由容县取道广州来桂,转学市立第一中学。四月一日,兰言携仲儿由容县来抵桂林。七月后兰言初患肠胃病,后转神经衰弱症,时住医院。十月廿八日,我同文教法商两院同人、同学往南宁,转赴钦州专区参加土地改革工作。廿九日,到南宁,学习文件并听报告。十一月十八日,赴钦州。廿一日,赴合浦。我与部分文教法商两院教授分配在常乐工委会研究室工作,时至各乡调查研究。

**壬辰**（1952 年）　五十六岁。仍任广西大学教授。一月八日,集中常乐参加学习,并听试点乡总结报告。十二日,铺开土改工作,赴廉州城,我分配在廉南乡工作。十三日,下乡。五月廿二日,廉南乡土改全部完成,举行庆功大会。廿四日,往乾江镇参加工作。廿九日,西大土改队集中廉州回校。六月二日,回抵桂林,兰言亦于是日出院,回校休养。

（以上为作者自撰）

**癸巳**（1953 年）　五十七岁。仍任广西师院中文系教授。九月十一日,院系调整开始,组织决定我仍留本校。陈竺同、陈兆畴、陈一百三教授于九月廿二日离桂赴广州中山大学。苹女考取哈尔滨外国语学院。

**甲午**（1954 年）　五十八岁。仍任广西师院中文系教授。元月,将从江苏师院寄回的书籍三箱及一书柜捐赠广西师院。复余冠英信,讨论《乐府诗选》问题。撰写《乐府诗选注释商榷》《高中语文课本古典文学部分注解和提示商榷》。四月十四日获蔚芝师在沪逝世讣告,甚为悲痛。

**乙未**（1955 年）　五十九岁。仍任广西师院中文系教授。三月一日开始使用人民币,并认购建设公债一百元。六月二十

四日,芹女从志愿军奉命回国,转业至广东中山纪念中学读
书。十月十五日,梁唐晋院长作肃反运动动员报告,全国开
始了肃反运动。

丙申(1956年) 六十岁。仍任广西师院中文系教授。四月二
日,赴京参加教育部召开的古典文学教学大纲座谈会,途经
武汉,访华中师院钱子泉、方步瀛两教授。四月五日抵京,
晚访巨赞法师。四月八日,访梁漱溟先生。会议期间遇上
海大夏大学学生高敏学(任教于沈阳师院)及无锡国专学
生马茂元(任教于上海师院)。四月廿二日,与徐儒同行赴
邕出席自治区政协会议。五月,为文学古籍刊行社圈校
《诚斋集》。七月三日,校《诚斋集》完毕。七月十六日,接
苹女获优秀生通知。七月廿五日,出席桂林市政协会议。
七月卅一日,赴京出席古典文学教学大纲讨论会,并访人民
出版社舒芜先生,和麦朝枢谈校勘《诚斋集》事。八月一
日,访盘斗寅先生。会议期间访晤周振甫、钱锺书、余冠英、
杨东莼、赵真文、吴则虞等。九月十日,代理林焕平主任处
理系务工作。十月十九日,写入党申请书,并交党支部书记
文禧同志。十二月十八日,出席自治区政协会议。

丁酉(1957年) 六十一岁。任广西师院中文系主任、教授。元
月,写《离骚词例通释》,并为全市中学语文教师作"唐宋诗
词"和"唐代诗歌的作家和作品"的专题报告。四月十八
日,赴武汉华中师院参加科学讨论会并晤杨东莼。四月卅
日,出席市第二届人代会。五月一日,梁漱溟来访,并在本
院作"五四运动及成立广西壮族自治区问题"的报告。七
月三日,梁唐晋作关于反右派斗争报告。八月十七日,赴邕
出席区政协会议及区第一届人代会第五次会议。八月廿七

日,仲儿被西安航空学院飞机系录取。十月一日,第二份入党申请书交文禧同志。十月廿一日和十二月二日,杨江书记和张院长分别约谈申请入党问题。十一月廿四日,校《石遗室诗续编》。

**戊戌**(1958 年) 六十二岁。任广西师院中文系主任、教授。三月十五日,赴邕出席自治区政协会议。六月廿三日,莘女在京产一男孩,取名燕康。八月卅一日,芹女被北京林学院园林专业录取。奉广西省委宣传部命,与彭泽陶教授、王永华教授及青年教师曾德珪等,共同研究毛主席《送瘟神》七律二首,由曾德珪执笔,撰成《读毛主席新诗〈送瘟神二首〉》,发表于九月十日《广西日报》。十二月十日,写题《钢花》创刊诗。

**己亥**(1959 年) 六十三岁。仍任广西师院中文系主任、教授。元月,莘女、来婿支援边疆,赴西宁青海农牧学院任教。四月十二日,赴邕出席自治区文联作协成立大会。五月十八日,贺敬之来院作报告,并晤谈诗歌创作问题。

**庚子**(1960 年) 六十四岁。仍任广西师院中文系主任、教授。元月,试译《文心雕龙·原道篇》为语体。元月廿四日,参加全院科学报告大会,为主席团成员,并代表中文系致辞。是日晚,参加各系主任、党支书会议,讨论制定培养研究生三年计划。三月,编写《近体诗举例讲义》,为《桂林山水与文学》科研组审查曾德珪主编之选注诗稿。四月,与市政协常委协商成立桂林市征集文史资料委员会及委员名单。审查曾德珪主编的中学语文函授教材《先秦文学作品选》。五月十五日,复旦大学中文系副主任鲍正鹄(原无锡国专学生)来访。五月廿一日,参加市风景规划及建筑设计等问题座谈会并提建议。十一月廿二日，出席自治区政协会议。

**辛丑**（1961 年）　六十五岁。仍任广西师院中文系主任、教授。元月廿四日，出席系科学报告会并发言。六月七日，《广西日报》发表我的《试谈山水诗的阶级性问题》。六月，为选修生和青年教师讲授晁错《论兵事书》及《老子》等。七月，为进修生讲授《三曹诗选》。八月，审查函授教材《两汉文学作品选》。十月廿日至廿八日，参加自治区人民代表及区政协委员视察组到全州、兴安、灌阳视察。十一月廿二日，谢森同志伴送我至广州从化休养。十一月廿五日，陈一百、吕逸卿教授来访。十一月廿六日，巨赞法师适从柬埔寨访问回国，在穗意外相逢。

**壬寅**（1962 年）　六十六岁。仍任广西师院中文系主住、教授。元月至六月，仍在从化休养。元旦，赴广州与吕逸卿、陈一百、陈千钧等教授相晤，并探讨教学问题。元月卅日，院干部科长代表院领导慰问我和赵佩莹、陈伯康等，张科长并单独与我谈申请入党问题。元月卅一日，第三份入党申请书交张科长。二月二日，仲儿来从化过春节。二月四日，参加广东省委交际处春节宴会，应邀者有包尔汉和史良等。五月初，苹女调来广西师院外语系任教。六月廿九日，离从化返桂。十月廿五日，仲儿毕业分配至海军部队工作。十一月十八日至十二月一日，至阳朔、荔浦视察。十二月九日，苹女生一男孩，取名海康。十二月十日，赴邕参加政协会议。

**癸卯**（1963 年）　六十七岁。仍任广西师院中文系主任、教授。四月八日，与陈克副院长讨论教师进修事。又，是日下午至五月八日,因病住院。五月廿三日,至院部参加拟定一九六三年至一九七三年十年培养提高师资规划。七月,党玉敏同学中文系毕业,书朱晦庵诗"旧学商量加邃密,新知培养转深沉"以赠。八月廿六日,王力教授来院演讲关于《古代汉语》,并与之讨论古汉语教材编写问题。十月廿六日到卅一日,出席桂林市政协会议及人代会。十一月,审阅函授教研室编写的古典文学学习指导书稿。十二月八日,出席自治区政协会议并视察西津水库,历时十天。

甲辰(1964 年) 六十八岁。仍任广西师院中文系主任、教授。四月,审阅青年教师读书笔记。六月廿四日,北京中国书店来人索取我的诗集、《老子通证》《七言绝句作法举隅》等著作共廿余册。八月六日,出席自治区政协及人代会,并往龙胜、庙头、五通、宛田等地视察。九月十五日,苹女赴上海外语学院进修。十月七日至一九六五年元月廿一日,与郑显通、董继昌、刘鹤年、赵佩莹、唐肇华、袁煜、王永华、彭泽陶等十四人同在南宁社会主义学院学习。

乙巳(1965 年) 六十九岁。仍任广西师院中文系主任、教授。元月廿一日,由社会主义学院学毕返桂。三月十二日,中文系搬至猫儿山。七月,审查《唐代诗文选》篇目。七月十一日,苹女从上海进修结束返桂。十月廿六日,林半觉来谈选注《桂林山水诗选》事。

丙午(1966 年) 七十岁。任广西师院中文系主任、教授。元月七日至十六日,参加桂林市各界人士参观团赴柳州参观水泥厂和园艺场。二月十七日至三月九日,兰言因肺气肿住院。十月四日,全系教工集中文艺理论教研室听罗启业报告北京文化大革命观感。十月十三日起,群众组织令我每天参加小组学习和清洁劳动。十二月九日,海康甥四岁生日,又是我和兰言结婚五十年金婚纪念日,故摄影留念。

**丁未**(1967 年)　七十一岁。仍任广西师院中文系主任、教授。全院全面处于停课状态。元月,按群众组织要求继续每天学习毛主席著作,看大字报和参加清洁卫生劳动。四月五日,要求我每天背诵毛主席语录。五月十四日,苹女在保健院产一男孩,取名武康。五月十五日,仲儿及儿媳三悌带孙女红英从青岛回桂。五月卅日,仲儿及儿媳离桂回部队。六月七日,群众组织令我写自我检查。十二月二十六日,听六九五五部队张团长作复课闹革命报告。十一月廿二日,原无锡国专学生陈荔英来桂探访。

**戊申**(1968 年)　七十二岁。仍任广西师院中文系主任、教授。元月开始,每天群众组织派人监视我和其他被审查人员学习毛主席著作、看大字报和搞清洁卫生劳动。元月十五日,中文系南天门战斗队强迫我写有关历次申请入党的材料,作为批判资产阶级建党路线的材料。我变成多次在全院批判会上被批判的典型。三月十一日,群众组织令我整理所作之诗文以备送交革命师生批判。四月廿三日,仲儿、三悌从青岛回桂。五月六日,兰言、仲儿、三悌带孙女红英离桂。是日,枪声甚密,火车误点,彼等露宿南站一夜。翌日仍无车,只好返回市内,商店多已关闭。五月十一日,始乘车北去。此后局势紧张,枪声不断,我则被红卫兵监督劳动。五月十七日,市民及本院教工眷属多疏散搬迁至市郊。六月五日,阳桥、榕湖饭店一带有激烈战斗,枪炮声、炸药包爆炸声时有所闻。六月十九日夜,突然枪炮声大作,流弹划破夜空,全家暂避教学大楼后。九月十一日,我被监督劳动。十一月廿一日,被揪出示众。随即整日被监督劳动,增加劳动强度和时间,虽感身体难以支持,不敢违抗。

**己酉**(1969 年)　七十三岁。仍为广西师院中文系主任、教授。元月二日,革命领导小组布置清理自一九六六年八月廿日以来所写"交代"和"自我检查"列表上交。元月四日,专案组来人要我交代有关历年在报刊上发表之诗文与海外友人通讯等。元月八日下午,以"斗争地主分子、反动学术权威冯振大会"为名,我被批判斗争。是日晚,我被继续批判斗争。二月二十三日晚,以"忆苦思甜"为名,我又被当作活靶子批判斗争,并责令每日参加劳动,每日写思想汇报,外出理发也要请假。五月七日,批判"修正主义建党路线",以我为典型材料。五月廿二日晚,要我交代个人历史。十二月九日,林望锦宣布我从十日起与师生一起学习,但不算"解放"。十二月十一日,专案组将"关于冯振问题的处理决定"交给我看,并要我表态签字。十二月廿九日,全院大会宣布:兰言不戴地主帽子,由群众监督劳动。之后,每天由燕康甥扶她并陪同参加学习、打扫厕所。由于长期精神受压、积劳成疾,以致长期患肺气肿及心脏病。

**庚戌**(1970 年)　七十四岁。仍任广西师院中文系主任、教授。元月份任务是值班看守系大门。二月份除继续看守系大门外,允许与师生一起听有关报告和全院性的大批判活动。三月卅日夜,部分学生到家清理旧书,缴走部分书籍。四月份召开多次全院性检举揭发批判大会,我因被安排守门,均未参加大会。四月廿七日夜七时,参加全系热烈欢呼我国第一颗人造卫星发射成功的集会。十月廿七日,因肠胃消化不良,肾脏有蛋白,遵医嘱卧床休息一周余。十一月十四日仲儿由太原回桂。十一月廿四日,要求办个人家庭毛泽东思想学习班,我家由苹女及女婿主持。十二月二十五日,参加全院活学活用毛主席著作讲用会。十二月廿九日,参加修建大庆路劳动。全年除参加学习劳动外,主要任务是看守系大门。

**辛亥**(1971年)　七十五岁。仍任广西师院中文系教授。系主任职务虽未正式宣布免去,实际上自一九六七年始已不再行使系主任职权。元月十四日,编写《古文选》。元月廿四日,适仲儿、三悌回桂过春节,芹女携林林、明明两甥也于元月八日返桂,感到特别高兴。元月廿八日,冯其庸、丁浦由江西来访。二月八日,参加欢迎工农兵上大学活动。七月廿一日,编写试点班《古代文选》教材。芹女于九月廿七日产一男孩,取名张争。十月四日,苹女因病赴京诊治,十一月一日返桂。十二月廿一日,兰言气喘突然严重,往工人医院急诊住院。十二月廿七日,兰言病危并下通知,我与郅强侄到医院照料。

**壬子**(1972年)　七十六岁。仍任广西师院中文系教授。兰言病经医生抢救治疗转危为安。元月十八日,我因参加市政协会议,请一保姆在医院照料兰言。会议期间曾到兴安参观铁矿、农药厂、化肥厂,历时十二天。二月十二日,兰言出院,住院达一个半月。五月三日,校阅系里编写的《文言虚字》教材初稿并提意见。五月十五日,整理我赠本院之古典书籍。六月十日,编选《古代诗文选》目录。七月廿六日,编写《古代文选》教材。九月十日,赴京漫游大江南北。在京期间先后访王力、周振甫、钱锺书、梁漱溟、吴则虞、盘斗寅、黄昶芳、陶绍勤等。九月卅日,梁漱溟相约对其所著

《儒佛异同论》之一、二、三手稿提出个人意见。讨论约一小时半。十月三日抵太原，仲儿到站迎接；四日往山西大学访阎宗临、梁佩云夫妇；九日到济南，访山东大学王绍曾，并晤王硕克；十一日到青岛，由仲儿战友袁璞陪同游览青岛各名胜；十八日到沪，下榻王桐荪处，在沪先后访吴德明、王瑗仲、朱东润、唐谋伯、魏建猷、杨燕廷等；廿六日到南京；次日访陈中凡；廿九日抵无锡，下榻蒋廷荣处，并访秦允明；卅一日到苏州访钱仲联，晤蒋子敬、邓戛鸣、温渊。十一月三日返沪。十一月五日晤陈松英、陈梧英。十一月七日，离沪返桂，历时共两个月。作诗数十首，可谓《自然室诗续编》。十二月十六日，写庆祝一九七三年元旦诗一首。十二月十九日，寄《自然室诗正续集》给阎宗临、周振甫、王绍曾。十二月廿二日，兰言突觉气逼住院，历时一周。

**癸丑**(1973 年)　七十七岁。仍任广西师院中文系教授。元月十六日，兰言病复发住院，我和苹女轮流在医院作陪，二月廿六日出院。三月廿二日审阅编写教材稿。四月十三、十四日请秦似夫妇便餐欢送调往西大。八月廿五日欢迎新生入学，写七言绝句两首，登院刊。九月三日，抄录整理一九五〇年以后所作诗稿。九月十日写《诗词杂话》稿两则。十月廿二日，为教工讲"荀子学说简介"。十一月廿三日市政协组织参观同人山发现之约五六千年前洞穴遗址和人兽骨及石器等。

**甲寅**(1974 年)　七十八岁。仍任广西师院中文系教授。元月廿六日，整理校对《自然室诗第三集》，并写自叙；卅一日付印。四月三日，仲儿、三悌及孙女红英返桂。四月廿六日，三悌在工人医院产一女，取名蕾蕾。六月十五日，与黄素芬商谈荀子《劝学篇》翻译问题。六月十九日,整理荀子《劝学篇》翻译稿。七月卅日,为专题小组解答荀子有关"先王后王"问题并由《广西日报》社摄影。九月一日,为市一中教师讲解《千字文》部分疑难句子。十月十二日,出席市统战部座谈会。十月廿三日,苹女在工人医院产一男,取名晓青。

**乙卯**(1975年)　七十九岁。仍任广西师院中文系教授。元月廿一日和二月二日夜,兰言两次因病住院。二月廿日,参加古典文学小组讨论编写教材问题。三月八日,写祝贺我院党代会召开献词。五月九日(农历四月初九)是我生日,特邀拔得弟、集芙、郅强侄到家便餐。七月一日,写"七一"纪念诗。九月十六日,参加市参观团赴沪。十一月六日,秦似由邕来访,谈有关古典文学疑难问题。十一月九日,兰言又感不适住院。十二月三十一日,参加中文系七三级工农兵学员毕业摄影。

503

**丙辰**(1976年)　八十岁。仍任广西师院中文系教授。元月八日,外孙武康出席市三好学生代表大会,全家为之欣慰。元月十二日,参加周恩来总理追悼会,悲痛至极。三月廿二日夜,兰言病危住院。芹女、仲儿先后于四月十日和十三日返桂。四月十七日晨七时兰言不幸逝世。是日上午九时许,舒秀英来家,口头告知兰言已平反,全家人百感交集,欲哭无泪,欲言无语。如兰言能在生前得知其已平反,必将含笑长眠九泉。是日夜作诗纪念兰言。五月开始参加修订《辞源》工作。七月,陈梧英从昆明来访。九月,赴南宁参加《辞源》工作会议(因毛主席逝世而停)。十月二十二日,闻"四人帮"被打倒,全民欢庆,我亦热泪盈眶,写了揭批"四人帮"七绝六首,托党玉敏刊登《广西师院》第十二期。十二月参加讨论制定四省区协作《辞源》修订工作的计划。十二月十日，德来婿出席市科技先代会，甚慰。十二月十八日，晤夏瞿禅教授夫妇；十九日肖丽芬夫妇来访。

**丁巳**（1977年）　八十一岁。仍任广西师院中文系教授。除六月卧病二十五日外，全年坚持每日上午到院本部参加《辞源》修订工作，并不定期为中文系青年教师辅导《文心雕龙》《说文解字》《唐代诗选》等。四月，参加市统战部组织的参观学习。五月，就中华书局选印选注计划提出意见。六月，仲儿芹女同时回桂小聚。八月，高炎、朱茂珍分别来访；中山大学王起教授夫妇来访晤。九月，秦似来访，商讨《古代诗选》有关问题。十二月，赴南宁参加自治区政协会议，访晤介民叔。

**戊午**（1978年）　八十二岁。仍任广西师院中文系教授，并参加院学术委员会、院中国古代文学研究室工作。担任《辞源》修订工作组顾问，每日往院图书馆工作。参加这一审编工作的还有周洁芳、黄立业等人。元月、六月、七月分别为《辞源》修订组中文系及中文系尧山分部短训班作《学习毛主席给陈毅谈诗的一封信的体会报告》。七月报告会后，由黄素芬、德来婿及外孙晓青陪同为兰言扫墓。中文系油印我的《诗词杂话》及《漫游大江南北诗选》，并分寄朱东润、梁漱溟、周振甫等友人。三月，潘君博来访。六月，陆雄林、李镇等来访。七月，郅敦侄携家从广州来访。九月，汝英妹从汉口来访。九月，院向我宣布我和兰言的复查结论，我谈了保留意见。十一月起因病休息。

**己未**（1979年）　八十三岁。仍任广西师院中文系教授。二月，被任命为中文系主任职务，赋《八十三抒怀》诗志愧。四月中参加拟定中文系招收研究生方案。四月,周振甫从昆明来访。五月,闻仲儿已入党转正,为之庆贺。六月,王桐荪夫妇携孙子由沪到桂游览,住我家,一周后转赴贵阳。时值芹女出差在桂,相聚甚欢。六月底,《辞源》修订工作全部完成,并合影留念。八月十八日,托党玉敏把周振甫寄来的无锡国专学生石岩著的《葵心诗词稿》转赠广西第一、第二图书馆,广西师范学院图书馆和中文系资料室。九月,外孙海康被华中师大数学系录取。十一月,周满江、胡光舟陪同复旦大学王运熙教授来访谈。十二月,张葆全领研究生沙灵娜来谈学习进修问题。

**庚申**(1980年)　八十四岁。仍任广西师院中文系主任、教授。元月,突患腰椎炎,卧床不起,生活不能自理,幸由桂林医专放射科主任黄理良先生特请天津下放医专的陈医师来家治疗,渐有起色,免于瘫痪。二月,苹女到广州外语学院进修,故请陈大闻来家作陪照料我的生活。三月,身体基本恢复,生活能自理,对中文系青年教师及研究生进行不定期的辅导和答疑。十月,外孙燕康参加中国青年手球队出访突尼斯、阿尔及利亚等国,闻此讯高兴万分。十二月,苹女光荣参加中国共产党,并获优秀教师称号,甚慰。

**辛酉**(1981年)　八十五岁。任广西师院中文系名誉主任、教授。三月,德来婿调市经委工作。我虽身体刚恢复,仍在家与中文系研究生见面并答疑。我向中文系提出派一年轻教师帮助整理旧作,可惜此事拖延许久才派人来,又未能坚持下去而无结果。

**壬戌**(1982年)　八十六岁。仍任广西师院中文系名誉主任、教授。五月,虞逸夫(又名虞念祖,无锡国专学生)与马万里妹妹来桂举办马万里画展,专程来访并合影留念。五月廿日,因肺炎住院一周。出院后,为《中学语文文摘报》题词。七月,北流县委来两同志,要我谈谈一九二四年我任北流中学校长时如何支持学生运动的情况,我因体力极度衰弱,力不从心、言语困难,深感遗憾。后几个月虽能行走,但已无更多精力从事教研活动。

**癸亥**(1983 年)  八十七岁。仍任广西师院中文系名誉主任、教授。元月廿一日,学院召开纪念冯振、彭泽陶、徐锡龄三教授执教五十周年茶话会,我卧床不能参加,由苹女代读我的书面发言,会后院领导颁发给我赠书证明,自元旦起突然失去生活自理能力,穿着衣袜均由苹女照顾,下床行走亦需人扶。二月廿八日晚(农历正月初五),因高烧气逼住院,当即下病危通知单。住院期间得到院系领导关心。芹女,仲儿,敦侄,红英、蕾蕾孙女,张林、燕康、海康、武康、晓青、张争等外孙均在身边。

**冯振先生因年事已高,体力不支,虽经医师抢救,无效,于三月十三日下午二时三十分在桂林工人医院病逝,终年八十有七。临终前嘱咐子女请组织考虑实现多年心愿——加入中国共产党以及将赠院图书馆及中文系资料室之图书加盖私章以表忠心。前者,始终未实现;后者,则已由子女办妥。**

(一九五三年以后的年表是党玉敏、冯采苹根据冯先生的日记及亲朋好友提供的情况补撰而成,本书刊印时,该补撰部分复经其子冯郢仲先生及学生曾德珪重加补订)

(撰于一九五三年十月,冯采苹补撰于一九八九年年初,冯郢仲订补于二○○○年冬,修订于二○二三年六月)

## 唐蔚芝：冯母李太孺人家传

门人北流冯振，佐余掌无锡国学专修学校有年。壬申岁之秒，凄然来请曰：先妣弃养，距今十年馀矣。春露秋霜，烈蒿之感，悲不能已，深惧嘉言懿行，无以传于后世。今弟子昆季咸受业于先生，先妣在时，素敬先生道德文章，敢乞一言为传，以慰先妣于地下。

呜呼！余亦无母之人也，闻振言，若飘风发发之砭吾骨也。爰亟询太孺人之平生，振乃凄然而述曰：先妣为玉林李公树人长女，幼颖悟，记忆力逾于常人，凡耳所闻、目所见，终身未尝忘。虽未精文学，而雅慕读书。年二十，来归府君雨三公。府君先娶前母陈氏，生兄汝力；继娶先妣，生不孝振及弟挥、弟拚、弟拔，凡四人。弟子家故贫，先大父母勤俭持家，凡耕稼蚕桑，靡不亲理厥事。先大母恒督农事于外，门以内，酒浆笾豆，先妣实尸之。先大父母无遗罹，居恒先意承志，视无形而听无声。凡枣栗甘旨之属，黾勉求之，必躬必亲，罔不周备，十数年如一日。逮先大父母殁，尽哀尽礼；先府君弃养，亦如之。乡之人金曰："幸哉！有贤妇若此。"

振又述曰：弟子与兄汝力虽异母生，而先妣视汝力如己出，汝力与弟子等亦忘其为异母兄弟也。汝力先出外游学，弟子与弟挥就乡塾读。每夜分，先妣篝灯火，执女红，令弟子等读其旁，温日间所读书，必一字无龃龉，乃令预习下课。天将明，又呼背诵一通，乃入塾。故弟子等读书史洽熟，常倍于他童。厥后汝力游学桂林，弟子与挥负笈上海，幼弟拚、拔亦就里塾中读，先妣教之一如教弟子时。每当夏冬季假，兄弟五人怡怡先妣之侧。夜则选授诸弟文章,先姚就旁坐听。诸弟背诵,虽一字之误不能欺。每遇古人善行,则举以诏勖,语简而严。犹忆某夜弟子授诸弟欧阳永叔《泷冈阡表》毕,先姚慨然顾弟拔曰:"欧公生四岁而孤,汝之孤则二岁耳。欧公为世名儒,文传而人亦传,汝曹宜何如?"弟子等肃然受教。至今思之,犹觉其言之悲也!平居又慨然曰:"自吾为汝家妇,稔知汝祖汝父,绝爱读书,耻子孙不为士人。故不惜艰劬,缩衣食,筹学费,以造就汝曹。吾家素积德,后必有昌者,汝曹其勉之哉!"呜呼!先母之志,维先生其表扬之。

振又述曰:先姚宅心惟仁,制行惟俭,不愿膏粱之味,节脧分甘,以周贫乏。遇人有恩礼,邻族戚党,无不爱且诚,人亦乐为之尽。不幸卧病经年,时剧时差,存问者不绝。闻稍愈,咸色然以喜;比剧,群戚然以忧。及殁,来吊者流涕,踵相接也。先姚虽不获中寿,而其死也哀。追晞潜德,维先生其光剡之。

余闻之,喟然感曰:有是哉!太孺人之孝且慈也。昔吾苏善述母行者,首推归震川、张皋文二先生。今振称述母仪,恺恻恳挚,当与二先生相亚,请即纪兹为传可矣。且夫天生烝民,良知同具。人第知孝之出于天性,而不知慈之亦根乎天性。孝贵乎爱敬明察,故其和顺通于神明;慈贵乎精细慎密,故其博施周于宙合。《大学》论"齐治"之道,引《康诰》"如保赤子",而释之曰:"心诚求之,虽不中不远矣。"此言慈之发于天性也。今太孺人能教其子,非所谓心诚求之而不远者耶?夫一家之和气,所以能绵延而勿替,惟赖正位乎内者。庸言庸行,摄以威仪,自然下观而化矣,奚必有赫赫之名哉?太孺人生于清光绪乙亥夏历五月二十六日,民国十一年九月二十日卒,享年四十有八。盖自近代非孝无亲之说兴,世之人子,多有不能记其考若姚之忌日者矣。今冯氏兄弟,孝悌雍雍,当以此训其子孙,而及其乡里。故特连类书之,贻与振以归,载诸家乘。昔荀卿子论读书之法曰:"诵数以贯之,思索以通之。"今学校诵数之法不讲肄久矣,深愿振昆弟辈,以太孺人之实事求是,敦崇品行,普造士林,俾世之有志读书而不得其门者,作家庭之模范可也。

世侍生太仓唐文治顿首拜撰。

## 陈衍:故处士冯君雨三墓表

郁林古名郡,而勾漏天下名山,独亘于北流。秀气所窍,宜产绩学能文之士。近乃得二人,曰陈柱,曰冯振,皆请业于余。振主无锡国学学校讲席有年,余间承乏讲经史。振出其父行略,请曰:吾父抗志为学人,年事长大,则刻苦忍爱,蕲不肖有成,念之常痛于心,愿先生哀而表其墓。

案君讳沛光,字雨三。明季有讳某者自粤东负贩至北流之山围,居焉,嗣是世业农。曾祖讳悦淳,祖讳传正,邑诸生。考讳恩辅,君其仲子。治举业不售,则兼督耕桑,劳苦节衣食,为诸子就学费。有子五人,长汝力,元妃同邑陈氏出。次振,又次挥、抃、拔,继妃玉林李氏出。尝慨然曰:"国家盛衰,系人才消长。吾粤西僻处南峤,吾邑益南,千百年文化寥阒,教之不昌,才于何有? 子弟有可造,不养成德行道艺,为公计,何必有斯人? 为私计,亦跂行喙息而已。"于是令汝力游学桂林。振年十四,即令浮海数千里,负笈沪上。逾年革命军兴,学校中辍归。君见其学孟晋,则督愈亟。明年仍遣至沪,戒毋反顾家庭。讵其秋君遂病不起,春秋甫四十有六。哀哉! 病时恐乱振居业心,不许家人函告,临没又严戒勿使知。噫! 以中人之产,岁悉索数百金,糜于求学,已能见其大。而复忍骨肉永诀之情,一瞑不视,其刚果尤不可及。初,振与弟挥就乡塾读,夜归,母操女红,令读于旁。既熟,复加考问,故所读常夥且熟于他童。及君不禄,挥亦游学。扪、拔又就读乡塾,母督之如督其二兄。振、挥归里,授二弟书,至欧阳公《泷冈阡表》,母顾曰:"欧公四岁而孤,勤苦励学,卒大成。汝曹当何如?"又曰:"自吾归汝家,知汝祖绝重士人,深耻子孙不为士人。汝父无论矣。"母性强记,而目所及,终身不忘,故所举以训振等者甚博。其考问书史,一字之误,不能欺也。君之得力内助盖如此。君留心时务,报纸杂志,多所观览,了然于天下大势,搢绅先生有弗如者。性好施予,拮据学费外,振贫乏,惟力是视,不留以自奉也。汝力学成,方壮而卒。

振能文工诗,治文字学、诸子学,著述甚富,深造有得。挥、扪、拔学皆成就。挥、扪早卒,拔充某校教授。

通家愚弟侯官陈衍谨表。

### 王绍曾:从冯振心先生与陈柱尊的交往中想到的

提起陈柱尊先生,我跟他并不陌生。1927 年 2 月,我初进国专,就是陈柱尊先生给我们讲授《诗经》,虽然时间不长,但印象深刻。那时穿西装的人还比较少,特别是在国专,几乎清一色的穿长袍的,而独有陈柱尊先生却是西装革履。陈柱尊先生个子很魁伟,讲话声音洪亮,尤其是他串讲《诗经》朗读的声调抑扬顿挫,富于音节美,引起学生们很大的兴趣。当时陈柱尊先生兼上海大夏大学文学院教授,每周都往返于锡沪之间。

1927 年 8 月秋季开学,新来了两位先生,一位是钱子泉先生,另一位是冯振心先生,据说冯先生就是替代陈柱尊先生而来的。而且知道他们既是北流同乡,又是知己朋友。他们两个都是诗人,同时研究群经诸子,又都能喝酒,酒量很大。每当陈柱尊先生来无锡相会时,他们就开怀畅饮,对酒当歌,其乐无穷。1932年8月,我因"一·二八"事变离开商务印书馆,应唐校长之招,在图书馆工作。那时图书馆是新建的一幢楼,图书馆楼上东侧的一间房子是冯振心先生的卧房兼书房,每当看到陈柱尊先生来无锡,冯先生的房间便顿时热闹起来。第二天一早,我到图书馆上班,发现冯先生房间里还是杯盘狼藉,说明昨晚又是一个通宵。

陈柱尊在《自然室诗稿叙》中曾谈及他与冯先生饮酒的经过。可见冯先生原来是不会饮酒的,由于与陈柱尊先生相处久,竟亦能饮,而且进而与陈柱尊先生争胜。陈柱尊先生把冯先生的诗与酒联系起来,好像诗与酒密不可分。据我统计,在《自然室诗稿》中,冯先生与陈柱尊先生唱酬之作或与陈柱尊相关的诗,直到最后一首《吊柱尊墓》,共计56首,几乎没有一首诗不提到酒。最典型的是以下这些诗篇:

《饮酒歌戏赠柱尊》《深夜与柱尊酌酒次韵》《次韵和柱尊舟中饮酒》《逢柱尊》《赠柱尊》《寄畅园知鱼槛与柱尊酌酒》《席上赠柱尊》《寄柱尊》《柱尊自沪来锡留饮寓斋柱尊先得诗因次其韵》《柱尊将回沪留之酌酒柱尊有诗即次其韵》《岁暮寄柱尊海上》。

以上11首诗,时间从1916年到1939年,跨越23年,两位先生始终是醉酒饱德,在谈诗论学之中相互砥砺,希望在学问、事业中有所建树。冯先生的诗作,句句出自肺腑,对陈柱尊先生的推崇,情见乎辞。《赠柱尊》一首,可以说是对柱尊先生一生最好的概括。今天重温这些诗篇,冯先生与柱尊先生友谊的深厚,性情的真挚,品格的高尚,都跃然纸上。诗是那样的沁人心

511

脾,令人百读不厌。可是"岂知一别惊胡骑,何止三年隔酒杯",原来"当时十日数书来,犹觉孤怀郁不开",现在竟然三年不通消息,山川的阻隔,固然是一个原因,更为重要的是:不该发生在柱尊先生身上的事,终于发生了,亲如手足的故人在抗战胜利前夕撒手长归了。这对冯先生是一个重大的打击。《吊柱尊墓》这首七律,凝聚着冯先生的满怀创痛。在故人墓前,有千言万语要向故人倾吐,但又怎么说呢? 冯先生真是长歌当哭,欲哭无泪。诗是这样写的:

> 一尊满意复同倾,岂料沧桑隔死生。
> 万劫不磨知己在,百端难语寸心明。
> 重泉应抱千秋恨,早世翻教后累轻。
> 宿草荒坟吾敢哭,迸攒酸泪只吞声。

从两人的友谊说到柱尊先生之死,不管天翻地覆,知己还是知己。复杂的心情,很难用语言来表达。值得注意的是"重泉应抱千秋恨,早世翻教后累轻",这里有许多该说又不该说的话。冯先生不是以春秋大义责备贤者,而是设想古人也必然悔恨自己,深见用笔之妙。最后两句"宿草荒坟吾敢哭,迸攒酸泪只吞声",冯先生用一个"敢"字表达他不同流俗的勇气和心情,一腔悲愤,化作酸泪,该是多么的沉痛啊! 冯先生这首诗一出来,便受到国专校友的普遍传诵,这不是偶然的。冯先生与柱尊先生的学问和爱好,有很多相似之处,不光表现在诗酒上。柱尊先生在《自然室诗稿叙》中说:"余好治诗古文辞,而振心亦好之。久之,振心亦同受业于唐先生,于是每日课后必相见,见则必论诗古文辞。浸假而治小学、治经、治诸子,莫不同之。而吾以数年之长,凡所议说,振心尤私心好之。然吾性狂甚,虽力自矫饬,犹时一吐露,酒时尤甚。"柱尊先生又对冯先生说:"君性狷,余性狂。狷者固当有取于狂以求至乎中,然而不取焉,无大害也。若吾之狂,而不能取于君之狷,则必招杀身之祸。"柱尊先生这两段话,说明两人治诗、治学,无乎不同,而两人性格则截然相异。可谓有知人之明与自知之明。柱尊先生的失误,就在于未能取冯先生之狷而抱恨终天。据柱尊先生自己说:"凡余之过失,他人言之所不能服者,得振心一言,则余立谢。"如果不是抗日战争发生,一个身陷孤岛,一个远在广西,随时得到振心先生一言相助,也许不该发生的事就不会发生。从这里更加体会到冯先生洁身自好的高尚的道德情操。冯先生高大的形象,永远在我心中。

（收入《冯振纪念文集》,2000 年） **513**

## 挽联撷英

### 1.胡邦彦

振心先生老夫子大人　灵帏

　　　　舞象坐春风大老即今尊伏胜；

　　　　骑箕留教泽謏才谈往愧侯芭。

### 2.许岱云

　　　　夫子门墙曾步趋，国家多难泪沾衿。

　　　　衡阳暂断北来雁，锡麓再鸣一曲琴。

　　　　继承茹经本夙愿，精研解字却劳心。

　　　　风云流散卅年事，此日不闻謦欬音。

### 3.学生邵鸿勋、臧鲲、许符实、沈燮元、江正谟

无锡国专开创经营发扬祖国文化培育英才入座春风沾化雨；

广西分校辗转播迁磨砺民族气骨抗击倭寇缅怀仪型悼恩师！

### 4.卢心竹

　　　　三年承诲千里从游回溯奖借当时孤厚意；

　　　　卅载相违几番失晤自此商量文艺更何期！

### 5.陈其郊

　　　　发聩蒙始九千字名理亟敷陈骨肉斯文长感旧；

　　　　违謦欬逾四十年诗篇资盥诵门墙风谊顿伤今！

6.袁璞、朱启芝、冯刚

如躬耕黄牛如挥汗园丁播文播史播医桃李满天下英灵九泉当欣慰；

不追逐名利不动摇信仰有德有功有言学问留人间晚辈一生效楷模。

7.蒙杏文

师道正气五岳与共存；

学术卓识弟子受陶铸。

8.蒋劢、高文兰

明德慎思博学彬彬长者千秋垂范；

言传身教行贞郁郁宗师百世流芳。

9.谢学裘

夫子大人千古：

梁溪立雪三寒暑,绛帐暌违五十年。

海角天涯难一面,空教挥泪读遗篇。

10.徐湘亭

哀悼冯振心先生：

孔门四科推先进,掌教锡山二十秋。

奇字素知杨子富,玄言还向老君求。

春风吹满江南岸,时雨普沾百粤邱。

夜半惊传噩耗梦,更添热泪千般愁。

11.陈以鸿

振心教授百岁诞辰纪念：

　　锡山兴学沪桂同源孤岛叹栖迟遥企门墙铿一面；

　　大雅云亡游杨继逝神州期崛起恢张国故慰三公。

12.陈荔英

1976年悼念冯师母甘兰言夫人：

　　　　突兀一朝闻噩耗，追怀往事记情深。

　　　　趋庭愧我蹉跎了，悼念空余泪满襟。

1983年悼念冯振心老师：

　　　　南国春阴哀一老，恸师双泪忽纵横。

　　　　锡山被泽言难尽，独秀峰前漓水情。

　　　　南迁母校北归舟，战胜艰难志已酬。

　　　　最是一生声望重，德高著述共千秋。

13.陈一百

道德文章，光昭四海，膺服马列，老而弥笃。

诚一代楷模，崇高精神，将永垂不朽！

14.朱东润唁电

　　治学谨严，执教淳笃，噩耗传来，益深痛切！

15.王蘧常

　　　　兄事半生，通谊真传柱下史；

讣惊千里,精魂常伴七星岩。

### 16.王桐荪

十载久追随,(余毕业无锡国专后,即留校工作,1937 年方离萝村迁校去昆明,与自沦陷区辗转到滇的家属团聚。追随先生盖十年之久。)音容忽邈,桂山漓水哭夫子;

今朝承化去,(前年先生大病后赐书有"承化归尽,听其自然"之语。)典范长在,道德文章启后生。

### 17.彭鹤濂

振心吾师千古:

忆曾立雪程门外,检点遗书尚有存。
诗学诚斋谁得似,永留清气满乾坤。

(师著有《自然室诗》,朱东润丈谓颇似杨诚斋。)

517

### 18.潘君博

惊闻冯振老师于 1983 年 3 月 13 日逝世赋此致哀:

四十年前立雪时,亲承教诲长新知。
言传身教足矜式,道德文章永可师。
桂地重游瞻健旺,鹭江怀想诵新诗。
春风正赖滋桃李,噩耗惊闻泪沾衣。

### 19.黄素芬伉俪

挽诗:

三十年来蒙教诲,花开时节悼先生。
艺穷李杜精音律,学有老庄任物情。

葵藿倾心向旭日，自然名室揽清缨。
严霜履尽盼春绿，春绿映阶空满庭。
灵前含泪奠心香，杨柳依依丝缕长。
金玉良言铭肺腑，芬菲腐臭细平章。
护花愿作奠基土，引路甘为津口梁。
蜡炬成灰存浩气，太湖八桂尽春芳。

挽联：

三千里河山南来北往全力振兴中华爱国者；
七十年教育夏热冬寒一心栽培桃李好园丁。